KB007149

# 중학생을 위한
# 소설 30선(상)

## 책머리에

모든 문학은 인간의 삶을 담아내는 그릇이다. 그 중에서도 소설은 삶을 좀더 면밀하고 자상하게 담아내는 그릇이라고 할 수 있겠다.

우리는 소설을 읽으면서 우리가 직접 겪지 못한 꾸며진 현실 속으로 들어가보게 된다. 거기서 우리는 각양각색의 인물들을 통해 다양한 삶의 모습을 발견하고 그들의 삶을 이해하는 동시에, 등장인물들을 둘러싸고 있는 상황이나 시대의 분위기를 간접적으로 체험하기도 한다. 그리하여 우리는 자신의 지나온 삶을 돌아보기도 하고 미래에 펼쳐질 새로운 삶을 설계해 보기도 한다.

또한 우리는 소설을 읽으면서 무엇보다 '재미'를 느낀다. 소설을 읽는 재미는 소설이 줄거리가 있는 이야기의 구조로 되어 있기 때문일 것이다. 하지만 소설읽기의 재미는 단순히 사건의 앞뒤를 좇아가는 것에만 그치지 않는다. 세상을 속속들이 파악하는 작가의 남다른 시각과 독특한 문체도 소설 읽는 즐거움을 주는 중요한 요소들이다.

이러한 즐거움을 우리 청소년들은 그동안 가져 보지 못한 게 사실이다.

'입시만을 위해 꽉 채워진 가방' 속에는 소설책 한권이 비집고 들어갈 틈이란 조금도 없었던 것이다. 소설과 관련된 문학적 지식을 암기하는 데 몰두했을 뿐 제대로 소설을 감상하고 이해하기에는 많은 어려움이 있었다.

이 책은 우리 청소년들, 특히 중학생을 위해 꾸며졌다.

1920년대부터 최근까지 발표된 수많은 우리 나라 소설들 중에서 대표적인 작가의 작품을 고르려고 노력했고 특히 월북작가라는 이유로 그 문학적 가치에 비해 상대적으로 소홀히 평가되어 왔던 이태준, 박태원, 김남천과 같은 작가들의 작품을 상권에 포함시켰다. 그리고 하권에는 80년대 작가들의 작품까지 가려 실음으로써 청소년들의 소설 읽기에 좀더 생생한 즐거움을 주고자 했다.

또한 소설 감상에 도움을 주고자 작가 소개, 작품 해설, 간단한 문제 출제도 곁들였다.

아무쪼록 학생 여러분들이 이 책 『중학생을 위한 소설 30선』 상, 하 두권을 통해, 우리 소설문학사의 전체적인 흐름과 변화를 파악하는 문학 공부뿐만 아니라 참다운 가치관을 세울 수 있도록 인생 공부에도 작으나마 도움이 되길 기대한다.

끝으로 여기에 작품을 실을 수 있도록 흔쾌히 허락해 준 훌륭하신 여러 작가분들께 진심으로 감사를 드린다.

김 훈 • 안도현

# 차례

## 상권


이광수 • 꿈 / 7
현진건 • 운수 좋은 날 / 18
나도향 • 물레방아 / 32
이효석 • 메밀꽃 필 무렵 / 50
김유정 • 동백꽃 / 61
김동인 • 배따라기 / 71
주요섭 • 사랑방 손님과 어머니 / 89
채만식 • 논 이야기 / 115
이태준 • 복덕방 / 139
염상섭 • 표본실의 청개구리 / 155
이 상 • 날개 / 205
박태원 • 오월의 훈풍(薰風) / 230
계용묵 • 백치(白痴) 아다다 / 240
김남천 • 남매 / 257
박화성 • 고향 없는 사람들 / 277
전영택 • 화수분 / 297
전광용 • 흑산도 / 308

차례

## 하권

김동리 • 까치소리
이범선 • 오발탄
황석영 • 가객
김정한 • 모래톱 이야기
김채원 • 초록빛 모자
송 영 • 계절
이문구 • 관촌수필
현기영 • 순이삼촌
김성동 • 산란(山蘭)
이동하 • 장난감 도시
양귀자 • 원미동 시인

# 꿈

이 광 수

바닷가의 첫여름 밤.

어제는 분명히 유쾌한 날이었다. 처음 보는 고장에를 구경차로 간다는 것은 인생에서 가장 유쾌한 일 중의 하나이다. 하물며 앓던 아이들이 일어난 것을 보고 떠났음이랴!

서울서부터 인천까지 오는 동안의 연로(沿路)[1]의 풍경도 사 년 동안이나 못 보던 내게는 무척 정다웠다. 누릇누릇 익으려는 보리, 밀밭의 물결이라든지, 시원스럽게 달린 경인 가도의 새 큰길이라든지, 소사의 복숭아밭들, 주안의 소금밭이며 때마침 만조인 인천 바다가 석양 볕에 빛나는 것이라든지, 다 내 마음에 맞았고, 상인천역에서 송도까지 오는 택시 운전수가 또 퍽 유쾌한 인물이어서 내 길의 흥을 돋움이 여간이 아니었다.

호텔이라고 이름하는 여관의 살풍경하고 불친절한 것에서 얻은 불쾌감은 내 방 난간에 기대어 앉아서 잔잔한 바다를 보는 기쁨으로 에고도[2] 기쁨이 남았다. 목욕도 좋았고 밥도 맛있었고 식은 맥주 한 잔도 해풍과 함께 서늘하였다.

열한 살 난 어린 아들도 대단히 흥이 나서 좋아하였다.

"자 우리 자자. 자고 내일 아침에 일찍 일어난다구. 일찍 일어나서 바닷가에 산보한다구."

---

1) 연로 : 도로에 연해 있는 곳. 연도.
2) 에고도 : 제하고도.

"나 조개 잡을 테야."

"그래. 게도 있다."

"물지 않아?"

"무니까 재미있지. 무는 놈을 못 물게 잡아야 재미 아냐?"

부자간에 이런 대화가 있고 우리는 자리에 들었다.

하룻밤에 방세만 육 원! 우리 부자만 내일 점심까지 먹고 나면 십칠팔 원은 든다! 그것은 나 같은 가난한 서생에게는 큰 돈이다. 그래도 유쾌하였다.

'이렇게 유쾌한 때가 일생엔들 그리 흔한가?'

나는 이렇게 스스로 돈 주머니를 위로하면서 잠이 들었다.

문득 잠이 깬 것은 새로 한 시, 내가 눈을 뜨는 것과 복도에서 시계가 치는 것과 공교히도 동시였다.

느린 냇물 소리가 멀리서 울려왔다. 달빛이 훤하였다.

나는 일어나서 난간 앞에 놓은 등교의에 걸터앉았다.

하늘에는 솜을 뜯어 깔아 놓은 듯한 구름이 있었다. 땅에는 바람이 없는 것은 물결이 싸울싸울하는 것으로 보아서 알겠지마는 하늘에는 상당히 바람이 부는가 싶어서 달이 연방 구름 속으로 들었다 났다 하였다. 음력 열이렛달은 한편쪽이 약간 이지렀으나 아직도 만월의 태를 잃지는 아니하였다. 그는 시끄러운 구름 떼를 벗어나려고 푸른 하늘 조각을 찾아서 헤매는 것 같았다. 그러나 아무리 맑은 하늘을 찾아서 달려도 구름은 어디까지나 달을 쫓아가서 가리우고야 말려는 것 같았다.

그러나 땅은 고요하였다. 먼 바위에 철썩거리는 물결 소리가 들릴락말락한 것이 더욱 땅의 고요함을 더하는 것 같았다. 지은 지 얼마 아니 되는 이 집 재목들이 수분을 잃고 죄어드느라고 바짝바짝하는 소리까지도 들리는 것 같았다. 멀리 바다 건너 남쪽으로 보이는 섬 그림자들이 희미하게 꿈 같았다.

이렇게 고요한 환경이 모두 무서웠다. 나는 무시무시한 죽음의 그늘 속에 몸을 둔 것과 같았다. 머리가 쭈뼛쭈뼛하였다.

꿈 때문이다.

꿈에도 그것은 달밤이었다. 나는 사랑하여서는 아니 될, 그러나 그리운 사람을 만났다. 그것은 괴로운 일이었다. 그 그리운 사람은 바짝바짝 내게로 가까이 왔다. 나는 마음으로는 그에게로 끌리면서 몸으로는 그에게서 물러나왔다. 그것은 애끊는 일이었다.

"내 곁으로 오지 마시오. 당신의 그 아름다운 양자와 단정한 음성으로 내 마음을 흔들어 놓지 마시오. 그러다가 내 마음이 뒤집히리다."

나는 이런 소리를 입 속으로만 중얼거리면서 그에게로부터 멀리로 달아났다. 그것은 참으로 못 견디게 괴로운 일이었다.

"잠깐만—잠깐만 기다리셔요. 네, 잠깐만. 한 말씀만—한 말씀만 내 말을 들어 주셔요."

아름다운 이는 이렇게 숨찬 소리로 부르면서 풀잎에 맺힌 이슬에 치맛자락을 후줄근하게 적시면서 따라왔다.

"아니, 나를 따라오지 마시오. 그러다가 내 숨이 막혀 버리고 말리다. 나도 당신을 사랑할 사람이 못 되고, 당신도 나를 사랑하지 못할 처지에 있습니다. 당신의 입술로써 나오는 말씀은 내가 영영 아니 듣는 것이 좋습니다. 들었다가 내 결심의 가는 닻줄이 끊어질는지 모릅니다. 지금까지에 거진거진 다 끊어지고 실올같이 남은 못 믿을 내 마음의 닻줄—그것이 끊어지는 날에는 다시는 내 마음을 비끄러맬 아무 것도 없습니다. 한번 끊어지는 날을 상상하여 봅시오. 당신과 나와의 두 몸과 두 혼은 지옥으로 굴러 들어갈밖에 없는 것입니다. 당신과 나를 이렇게 못 견디게 만드는 그것은 무서운 업력(業力)[3]입니다. 운명의 음모입니다. 그렇고말고, 꼭 그렇습니다. 그러길래로 내가 모처럼 당신을 잊어버릴 만한 때에는 당신이 그 다정스럽고도 가련한 눈물을 머금고 내 앞에 나타나는 것입니다. 그 음모에 넘어갈 것입니까. 수십 년 공든 탑을 무너뜨릴 것입니까. 아예 나를 따라오지 마셔요. 기실은 마음으로는 내가 따르는 것입니다마는, 여보시오, 우리 이 인연의 줄을 끊읍시다. 야멸차게 끊어 버립시다."

3) 업력 : (불) 과보(果報)를 이끄는 업의 큰 힘.

이렇게 중얼거리면서 나는 달려갔다.

그의 느껴 우는 소리가 들린다.

나는 어느덧 산속으로 들어왔다. 달밤이었다.

산이래야 나무도 없고 풀도 없었다. 거무스름한 무덤들이 골짜기 그늘에서 삐죽삐죽 머리들을 들고 있었다.

"나는 무서워하여서는 아니 된다. 무섭긴 무엇이 무서워. 나는 무섭지 않다." 하면서 나는 골짜기를 빠른 걸음으로 올라간다. 그것을 다 추어 올라가면 평평한 수풀이 있었다. 거기를 올라가야만 내가 무서움을 벗어날 것만 같았다. 그러나 내 걸음은 빨리 걸으려 할수록 나아가지는 아니하고 골짜기 그늘의 무덤은 한량이 없는 것 같았다.

"무엇이 무서워. 무덤이 왜 무서워. 금시에 무덤이 갈라져서 그 속에서 썩은 송장과 해골들이 불쑥불쑥 일어나 나오기로 무서울 것이 무엇이야 ? "

나는 이렇게 뽐내면서 걸었다.

그러나 자꾸만 무서웠다. 내 입은,

"안 무서워, 안 무서워 ! "

하고, 그와 반대로 내 마음은,

'아이 무서워, 아이 무서워 !'

하고 떨었다.

나는 그 무덤들을 아니 볼 양으로 고개를 무덤 없는 편으로 돌렸다. 그러나 무덤운 내 눈을 따라오는 듯하였다.

"날 안 보고 어딜 가 ? 날 안 보고 어딜 가 ? "

수없는 무덤들은 이렇게 웅얼거리고 내 눈을 따르는 것 같았다. 반은 그늘에, 가리우고 반은 어스름 달빛에 비친 수없는 무덤들 !

나는 그 무덤들을 아니 보려고 두 눈을 꽉 감았다. 그러나 그러면 모든 무덤들이 내가 안 보는 틈을 타서 내게 모여드는 것 같았다. 더러는 내 옷자락을 붙들고, 더러는 내 손을, 더러는 내 발을, 더러는 내 허리를, 더러는 내 목을, 내 머리카락을 한 올씩 붙들고 십방으로 낚아채는 것 같았다.

온몸에는 소름이 끼치고 전신에는 부쩍부쩍 기름땀이 났다.

나는 눈을 떴다. 그러면 여전히 반은 그늘에 가리우고 반은 달빛에 몽롱한, 거무스름한 무덤들이 내 전후 좌우를 쭉 둘러쌌다. 평평한 수풀은 여전한 거리에 빤히 보였다.

"너희들은 왜 이리 나를 못 견디게 구노? 내가 너희들과 무슨 관계가 있노?"

나는 무덤들을 바라보고 이렇게 소리를 질렀다. 그러나 무서움에 졸아든 내 목구멍에서는 소리가 나오지를 아니하였다.

나는 그 중에 가장 내 앞에 가까이 있는 무덤을 향하여서,

"네 무덤을 열고 나서라. 아무리 무서운 모양을 하였더라도 상관없으니 어서 나서라. 나서서 내게 지운 빚을 말하여라. 내게 할 말을 똑바로 하여 다고. 내가 네게 무슨 잘못하였나? 내가 너를 때렸나? 네 재물을 빼앗았나? 네 사랑하는 사람을 범하였나? 내가 네게 무슨 원통한 일을 하였나? 아무리 무섭고 보기 흉한 꼴이라도 다 상관없으니 어서 나서서 말을 해! 내가 갚을 것이면 갚아 주마. 왜 나를 이렇게 무섭게 하고 못 견디게 구나?"

그러나 그 무덤은 말이 없었다. 다만 메마른 흙에 겨우 뿌리를 박은 풀이 간들간들할 뿐이었다.

나는 모든 무덤을 향하여서 같은 소리를 하였다. 네게 원통한 일을 한 일이 있거든 어서 말을 하라고. 내게서 받을 것이 있거든 어서 받아 가라고. 그러고 나를 이렇게 무섭게 하고 못 견디게 하기를 그만두라고. 실상 나는 몸뚱이를 천만 조각을 내어서 모든 빚을 다 갚아 주고 머리카락 한 올만 남더라도 좋으니 이 무서움에서 벗어나고 싶었다.

그러나 무덤들은 말이 없었다. 다만 반은 그늘에, 반은 달빛에 거무스름하게 앉아 있을 뿐이었다.

무덤들이 말이 없는 것이 더욱 무서웠다.

어디서 사람의 느껴 우는 소리가 들려 온다. 나는 오싹 새로운 소름이 끼침을 깨닫는다.

"오, 너도 내게 받을 빚이 있어서 나를 따르는가? 저 무덤 속에 묻힌 사람들 모양으로 너도 내게서 무슨 원통한 일을 당하였던가? 그래서 마치 빚지고 도망한 사람을 찾아 떠나듯이 이 세상에 들어와서 나를 따라다니는가? 그렇게 아름답고 다정한 모양을 하여 가지고 내 마음을 어질러 놓고 그러면서도 내가 손을 대지 못할 자리에 있어서 내 애를 태우는 것인가?"

"여보시오. 꼭 한마디만 — 한마디만 내 말씀을 들으셔요. 우우우."

그의 울음 섞인 목소리가 여전히 먼 거리에서 들려 온다.

"안 돼, 안 돼."

하고 나는 무덤 사이로 달린다.

도저히 내 힘으로 이 무서움을 억제할 길이 없어서, "나무 아미타불, 나무 관세음 보살"을 소리 높이 부르면서 있는 힘을 다하여서 그늘의 골짜기를 달려 올랐다. 이러는 중에 내 꿈이 깬 것이다. 몸에 식은땀은 흘러 있지 아니하였으나 꿈에 있던 음산한 기분은 그저 있었다.

달은 구름 사이로 달린다. 그 구름 조각들을 벗어나려고 애를 쓰는 모양이나, 어디까지 가더라도 그 구름을 벗어날 것 같지 아니하였다.

나는 이 모든 광경 — 달과 구름과 하늘과 바다와 먼 섬 그림자와 그리고 내몸과 — 을 아름답게 유쾌하게 보아 볼 양으로 힘을 썼다.

나는 일어나서 난간에 기대어 앉아서 담배를 피워 물었다. 담배 맛이 쓰기만 하다.

"내게 신열이 있나?"

나는 이렇게 중얼거리면서 내 머리를 만져 보았다. 머리는 좀 더웠으나 내 손이 찬 탓인지 모른다고 생각하고,

"내가 피곤해서 이렇군."

하고 혼자 변명하여 보았다.

피곤도 하였다. 어린 두 딸이 이어이어 홍역을 하였다. 유치원 다니는 아이가 먼저 홍역에 걸렸다. 바로 그 전 공일날 나를 따라서 청량리에 나가서 풀꽃을 뜯고 나비를 따라다니고 그렇게 건강, 그 물건인 듯하던 것이 삼사 일

내에, 그 높은 열에 시달려서 폐렴까지 병발하여서 거진 다 죽었다가 살아났다. 그러자 작은딸이 또 홍역이다. 그도 제 언니가 밟은 길을 다 밟고 산소흡입까지 사흘밤이나 하고야 살아났다.

그것들이 때가 까맣게 낀 발로 비칠비칠 걷게 된 것이 이삼 일째다. 나는 병장이라고 앓는 아이들 머리맡에서 밤을 새우는 일도 아니하였지마는 그래도 아비라고 마음은 썼는 양하여서 얼굴이 쑥 빠지고 눈이 푹 꺼졌다. 그래서 그런가.

나는 내 곁에서 곤하게 자는 아들이 홍역하던 것을 생각하여 본다. 헛소리를 하고 눈을 뒤집고 하던 양, 내 아내와 나와는 큰애를 잃은 지 두어 달도 못 지나서 당하는 일이라 손길을 비틀고 가슴을 졸이던 양을 생각하여 본다. 모두 무서운 꿈 기억과 같았다.

홍역은 전생의 모든 죄를 탕감(蕩減)[4]하는 병이라고 한다. 그러므로 누구나 아니하는 사람이 없다고 한다. 죄 없는 사람이 없으며, 홍역 아니하는 사람이 없다는 것이다. 마마[5]도 그러하다. 인공적으로라도 마마는 한 번 치르고야 만다.

이러한 연상들은 모두 불길한 데로만 내 생각을 끈다. 앓는 것, 죽는 것 들들.

철썩, 철썩.

바닷가 바위에 부딪치는 물결 소리가 들린다. 달은 구름 조각 사이로 달린다. 달빛을 받는 바다의 빛이 밝았다 어두웠다 한다. 모두 음침한 것만 같다.

나는 젊어서부터 내가 사랑하던 사람들을 추억해 본다. 내 기분을 명랑하게 하자는 것이다. 모든 러브 신들을 추억하여 본다. 그러나 그것들이 음침한 꿈과 같았다.

그 애인들의 몸에는 때 묻은 옷이 걸쳐 있고 눈에는 빛이 없고 살은 문둥병자 모양으로, 무덤 속에서 뛰어나온, 반쯤 썩은 송장으로 검푸르고 악취를 발하였다. 나는 고개를 돌렸다.

---

4) 탕감 : 진 빚을 온통 감해 줌.
5) 마마 : 천연두

"그렇지, 그것이 실상이지."

나는 이렇게 중얼거렸다. 정욕이라는 분홍 안경을 쓰기 전 이 모든 광경은 아름다워질 수가 없었다. 그러나 나는 그 안경을 잃어버렸다. 어느 날 어느 시에 어디다가 내어 버린 것도 아닌데 언제 잃어버린 지도 모르게 그 정욕의 안경을 잃어버리고 말았다.

문득 이러한 생각이 났다.

'아니다, 아니야! 우주와 인생이 모두 다 아름다운 것인데 내 눈이 죄로 어두워서 이렇게 흉하게 무섭게 보이는 것이다!'

그렇게 생각하면 거기도 진리는 있는 것 같았다. 내가 홍역을 하는 것이었다. 홍역을 할 때나 마마를 할 때에는(성홍열이나 염병이나 인플루엔자도 그렇다) 허깨비가 보인다. 벙치 쓴 놈, 몽둥이 든 놈, 눈깔 셋 박힌 놈, 여섯 박힌 놈, 거꾸로 서서 다니는 놈, 뱀, 고양이, 머리 헙수룩한 놈, 입으로 피 흘리는 계집, 아이들, 이러한 무서운 허깨비들이 보인다. 그것들은 다 나와 은원(恩怨)[6] 관계 있는 자들이 내게 찾을 것을 찾으려고 덤비는 것이다.

오관의 모든 감각과 정욕이 고열로 하여서 마비될 때에 내 본래의 혼이 어렴풋이 눈을 뜨는 것이다. 그 눈은 필시 내 임종시에 내가 갈 곳을 볼 눈이다.

나는 이러한 생각을 할 때에 몸에 오싹 소름이 끼쳤다.

허공과 바다와 먼 산 그림자로부터 무서운 혼령들이 악을 쓰고 내게,

"내라, 내! 내게 줄 것을 내놔, 내!"

하고 달려드는 것 같았다.

"오냐, 받아라 받아! 찾을 것 있거든 받아! 옛다 내 목숨까지도 받아!"

나는 이렇게 악을 써 보았다.

그러나 그것은 태연한 용기가 아니라 발악이었다.

"선선하군."

하고 나는 이불 속으로 들어갔다. 선뜩하는 이불 속에도 구렁이, 지네, 노래기, 이런 것들이, "내라 내!" 하고 덤비는 것 같고 다다미 틈으로서도 그런 것

---

6) 은원 : 은혜와 원한.

들이 올라오는 것 같았다.

'찌, 부찌.'

하고 집 재목들이 간조하여서 틈 트는 소리가 들렸다. 어디서 고약한 냄새가 내 코를 찌르는 것 같았다.

"새 집, 새 다다미, 새로 시친 옷깃, 이불 껍데기."

나는 이렇게 꼽아 보았으나 도무지 냄새 날 데가 없었다. 그래도 못 견디게 흉한 냄새가 코를 찔렀다. 나는 돌아누워 보았다. 도로 마찬가지였다.

"응, 쩟쩟."

하고 나는 한숨을 쉬었다.

"홍역이다, 홍역이야."

나는 혼자 중얼거렸다.

그것은 다 자신의 냄새였다. 내 썩은 혼의 냄새였다.

'썩은 혼!'

나는 이러한 견지에 과거를 추억한다. 추억하려고 해서 추억하는 것이 아니라 마치 누가 시키는 것같이, 마치 염라 대왕의 명경대 앞에 세워진 죄인이 거울에 낱낱이 비친 제 일생의 추악한 모든 모양을 아니 보려 하여도 아니 볼 수 없는 것같이, 나도 이 순간에 내 과거를 추억하지 아니치 못하게 된 것이다.

"죄, 죄, 죄, 탐욕, 사기, 음란, 탐욕, 사기, 음란, 이간, 중상, 죄, 죄, 죄."

다시 벌떡 일어났다.

"그래, 그래. 무서울 거다, 무서울 거야. 냄새가 날 거다. 썩은 냄새가 날 거다."

나는 이렇게 중얼거렸다.

나는 일어나 앉아서 관세음 보살을 염불하였다.

'種種諸惡趣. 地獄鬼畜生. 生老病死苦. 以漸悉令滅.'

이라고 가르쳐 주신 석가 여래의 말씀에나 매어 달려 보자는 것이었다. 관세음보살은 '施無畏者'라고 부처님이 가르쳐 주셨다. 무섭지 않게 하여 주시는 어른이란 말씀이다.

'만일 임종의 순간에 이렇게 무서운 광경이 앞에 보인다면.'
하는 생각이, 내가 반야 바라밀다 심경을 외우는 동안에도 몇 번이나 몸서리를 치게 하고 지나갔다.

"五蘊皆空이다. 모두 다 공인데 무어 ? "

이렇게 뽐내어 본다. 그러나 오온이 다 공이면서도 인과 응보가 차착[7] 없음이 이 세계라고 한다.

"악아, 오줌 누고 자거라. 응, 오줌 누고 자. "
하고 나는 자는 아들을 흔들면서 불렀다.

그리고는 다시 잠이 들었다. 무서움에 지쳐서 잠이 들었나 보다.

이튿날 나는 아들을 데리고 바닷가로 돌아다니기도 하고 보트도 탔다. 지난밤 꿈은 다 잊어버린 사람 모양으로. 그러고 점잔을 빼면서, 마치 지극히 깨끗한 성자나 되는 듯이 안정한 표정을 가지고 집으로 돌아왔다.

홍역 앓고 일어난 어린 딸들은 끔찍이 좋은 아버지인 줄 알고,

"아버지. "
하고 와서 매어 달렸다. 나는 빙그레 웃었다.

---

7) 차착 : 어그러져 순서가 틀리고 앞뒤가 맞지 않음.

## 작가소개

이광수 (1892~ ? )

평북 정주에서 출생했다. 호는 춘원. 동경에서 2 · 8 독립 선언을 주도하고 <독립신문>의 편집을 책임지기도 했다. 1917년 장편 『무정』을 「매일신보」에 연재하면서 민족적 계몽주의를 전파하는 선구적 역할을 한 문인이었으나, 1923년 「민족개조론」을 발표하면서 친일적 성향을 보여 비판의 대상이 되기도 하였다. 대표작으로 「어린 희생」 「소년의 비애」 「유정」 『개척자』 『흙』 『사랑』 등이 있다. 발표 당시 대중들의 폭발적인 호응을 얻기도 한 이광수의 작품은 주로 계몽주의적이면서 이상주의적인 성향을 보이는데, 지나친 계몽성으로 인해 교훈적인 요소가 강하게 드러난다.

## 작품해설

1939년 『문장』에 발표된 「꿈」은 여행을 떠나게 된 '나'가 꿈을 꾸면서 겪게 되는 고뇌를 그리고 있는 단편소설이다. 이 소설은 1930년대 말 작가가 친일적 태도를 보이는 것과 연관이 있다. 작가는 친일 행위로 나아가는 과정에서 겪는 죄의식과 고뇌를 홍역에 비유하여 자기 변호의 의도를 내비치고 있다고 하겠다.

## 읽고 나서

(1) 작가는 이 작품에서 전생의 모든 죄를 탕감하는 병이 '홍역'이며, 홍역을 앓지 않는 사람이 없다고 했다. 작가의 편력과 연관시킬 때 홍역이 상징하는 바는 무엇인가. 또 작가와는 달리 '홍역'을 정면에서 헤쳐나가는 삶을 살았던 일제하의 대표적인 시인 두 사람을 생각해보자.

— 작가의 친일 행위. 윤동주, 이육사

(2) 작가는 단편 <꿈, 1939> 말고도 중편 <꿈, 1947>을 발표했다. 중편 <꿈, 1947>은 우리의 고전 중 어떤 책의 어떤 설화를 소설화한 것인가?

— 삼국유사. 조신의 꿈

# 운수 좋은 날

현 진 건

새침하게 흐린 품이 눈이 올 듯하더니 눈은 아니오고 얼다가 만 비가 추적추적 내리었다.

이날이야말로 동소문 안에서 인력거꾼 노릇을 하는 김 첨지에게는 오래간만에도 닥친 운수 좋은 날이었다. 문안에 (거기도 문밖은 아니지만) 들어간답시는 앞집 마나님을 전찻길까지 모셔다 드린 것을 비롯하여 행여나 손님이 있을까 하고 정류장에서 어정어정하며 내리는 사람 하나하나에게 거의 비는 듯한 눈길을 보내고 있다가 마침내 교원인 듯한 양복쟁이를 동광 학교까지 태워다 주기로 되었다.

첫번에 삼십 전, 둘쨋번에 오십 전—. 아침 댓바람[1]에 그리 흉치 않은 일이었다. 그야말로 재수가 옴붙어서 근 열흘 동안 돈 구경도 못한 김 첨지는 십 전짜리 백통화 서 푼, 또는 다섯 푼이 찰깍 하고 손바닥에 떨어질 제 거의 눈물을 흘릴 만큼 기뻤었다. 더구나 이날 이때에 이 팔십 전이라는 돈이 그에게 얼마나 유용한지 몰랐다. 컬컬한 목에 모주 한 잔도 적실 수 있거니와 그보다도 앓는 아내에게 설렁탕 한 그릇도 사다 줄 수 있음이다.

그의 아내가 기침으로 쿨룩거리기는 벌써 달포가 넘었다. 조밥도 굶기를 먹다시피 하는 형편이니 물론 약 한 첩 써 본 일이 없다. 구태여 쓰려면 못쓸 바도 아니로되 그는 병이란 놈에게 약을 주어 보내면 재미를 붙여서 자꾸

---

1) 댓바람 : 일에 당하여 맨 첫번으로.

온다는 자기의 신조(信條)에 어디까지 충실하였다. 따라서 의사에게 보인 적이 없으니 무슨 병인지는 알 수 없으되 반듯이 누워 가지고, 일어나기는 세로 모로도 못 눕는 걸 보면 중증은 중증인 듯. 병이 이대도록 심해지기는 열흘 전에 조밥을 먹고 체한 때문이다. 그때도 김 첨지가 오래간만에 돈을 얻어서 좁쌀 한 되와 십 전짜리 나무 한 단을 사다 주었더니 김 첨지의 말에 의지하면 그 오라질 년이 천방지축으로 냄비에 대고 끓였다. 마음은 급하고 불길은 달지 않아 채 익지도 않은 것을 그 오라질 년이 숟가락은 고만두고 손으로 움켜서 두 뺨에 주먹덩이 같은 혹이 불거지도록 누가 빼앗을 듯이 처박질하더니만 그날 저녁부터 가슴이 땅긴다 배가 켕긴다고 눈을 흡뜨고 지랄병을 하였다. 그때 김 첨지는 열화와 같이 성을 내며,

"에, 오라질 년, 조랑복은 할 수가 없어. 못 먹어 병, 먹어서 병, 어쩌란 말이야! 왜 눈을 바루 뜨지 못해!"

하고 김 첨지는 앓는 이의 뺨을 한 번 후려갈겼다. 흡뜬 눈은 조금 바루어졌건만 이슬이 맺히었다. 김 첨지의 눈시울도 뜨끈뜨끈하였다.

이 환자가 그러고도 먹는 데는 물리지 않았다. 사흘 전부터 설렁탕 국물이 마시고 싶다고 남편을 졸랐다.

"이런 오라질 년! 조밥도 못 먹는 년이 설렁탕은……. 또 처먹고 지랄병을 하게."

라고 야단을 쳐보았건만, 못 사주는 마음이 시원치는 않았다.

인제 설렁탕을 사 줄 수도 있다. 앓는 어미 곁에서 배고파 보채는 개똥이(세살먹이)에게 죽을 사줄 수도 있다. — 팔십 전을 손에 쥔 김 첨지의 마음은 푼푼[2]하였다.

그러나 그의 행운은 그걸로 그치지 않았다. 땀과 빗물이 섞여 흐르는 목덜미를 기름 주머니가 다 된 왜목 수건으로 닦으며 그 학교 문을 돌아 나올 때였다. 뒤에서 "인력거!" 하고 부르는 소리가 난다. 자기를 불러 멈춘 사람이 그 학교 학생인 줄 김 첨지는 한 번 보고 짐작할 수 있었다. 그 학생은 다짜고짜로,

---

2) 푼푼 : 모자람 없이 넉넉함.

"남대문 정거장까지 얼마요 ? "
라고 물었다. 아마도 그 학교 기숙사에 있는 이로 동기(冬期) 방학을 이용하여 귀향하려 함이리라. 오늘 가기로 작정은 하였건만 비는 오고 짐은 있고 해서 어찌할 줄 모르다가, 마침 김 첨지를 보고 뛰어나왔음이리라. 그렇지 않으면 왜 구두를 채 신지 못해서 질질 끌고, 비록 고쿠라 양복일망정 노박이로[3] 비를 맞으며 김 첨지를 뒤쫓아 나왔으랴.

"남대문 정거장까지 말씀입니까. "
하고 김 첨지는 잠깐 주저하였다. 그는 이 우중에 우장도 없이 그 먼 곳을 철벅거리고 가기가 싫었음일까 ? 처음 것, 둘째 것으로 고만 만족하였음일까 ? 아니다, 결코 아니다. 이상하게도 꼬리를 맞물고 덤비는 이 행운 앞에 조금 겁이 났음이다. 그리고 집을 나올 제 아내의 부탁이 마음에 켕기었다. — 앞집 마나님한테서 부르러 왔을 제 병인은 그 뼈만 남은 얼굴에 유일의 생물 같은 유달리 크고 움푹한 눈에 애걸하는 빛을 띠며,

"오늘은 나가지 말아요. 제발 덕분에 집에 붙어 있어요. 내가 이렇게 아픈데……. "
라고 모기소리같이 중얼거리고 숨을 걸그렁걸그렁하였다. 그때에 김 첨지는 대수롭지 않은 듯이,

"압다, 젠장맞을 년, 별 빌어먹을 소리를 다 하네. 맞붙들고 앉았으면 누가 먹여살릴 줄 알아. "
하고 훌쩍 뛰어나오려니까 환자는 붙잡을 듯이 팔을 내저으며,

"나가지 말라도 그래, 그러면 일찍이 들어와요. "
하고 목메인 소리가 뒤를 따랐다.

정거장까지 가잔 말을 들은 순간에 경련적으로 떠는 손, 유달리 큼직한 눈, 울 듯한 아내의 얼굴이 김 첨지의 눈앞에 어른어른하였다.

"그래 남대문 정거장까지 얼마란 말이오 ? "
하고 학생은 초조한 듯이 인력거꾼의 얼굴을 바라보며 혼잣말같이,

---

3) 노박이로 : 계속해서 오래 붙박이로.

"인천 차가 열한 점에 있고, 그 다음에는 새로 두 점이든가."
라고 중얼거린다.

"일 원 오십 전만 줍시오."

이 말이 저도 모를 사이에 불쑥 김 첨지의 입에서 떨어졌다. 제 입으로 부르고도 스스로 그 엄청난 돈 액수에 놀래었다. 한꺼번에 이런 금액을 불러라도 본 지가 그 얼마만인가! 그러자 그 돈 벌 용기가 병자에 대한 염려를 사르고 말았다. 설마 오늘내로 어떠랴 싶었다. 무슨 일이 있더라도 제일 제이의 행운을 곱친 것보다도 오히려 갑절이 많은 이 행운을 놓칠 수 없다 하였다.

"일 원 오십 전은 너무 과한데."

이런 말을 하며 학생은 고개를 기웃하였다.

"아니올시다. 이수로 치면 여기서 거기가 시오 리가 넘는답니다. 또 이런 진날에 좀더 주셔야지요."
하고 빙글빙글 웃는 차부의 얼굴에는 숨길 수 없는 기쁨이 넘쳐 흘렀다.

"그러면 달라는 대로 줄 터이니 빨리 가요."

관대한 어린 손님은 그런 말을 남기고 총총히 옷도 입고 짐도 챙기러 갈 데로 갔다.

그 학생을 태우고 나선 김 첨지의 다리는 이상하게 거뿐하였다. 달음질을 한다느니보다 거의 나는 듯하였다. 바퀴도 어떻게 속히 도는지 구른다느니보다 마치 얼음을 지쳐 나가는 스케이트 모양으로 미끄러져 가는 듯하였다. 얼은 땅에 비가 내려 미끄럽기도 하였지만.

이윽고 끄는 이의 다리는 무거워졌다. 자기 집 가까이 다다른 까닭이다. 새삼스러운 염려가 그의 가슴을 눌렀다.

"오늘은 나가지 말아요. 내가 이렇게 아픈데!"

이런 말이 잉잉 그의 귀에 울렸다. 그리고 병자의 움쑥 들어간 눈이 원망하는 듯이 자기를 노리는 듯하였다. 그러자 엉엉 하고 우는 개똥이의 곡성을 들은 듯싶다. 딸꾹딸꾹하고 숨 모으는 소리도 나는 듯싶다.

"왜 이러우, 기차 놓치겠구먼."

하고 탄 이의 초조한 부르짖음이 간신히 그의 귀에 들어왔다. 언뜻 깨달으니 김 첨지는 인력거를 쥔 채 길 한복판에 엉거주춤 멈춰 있지 않은가.

"예, 예."

하고 김 첨지는 또다시 달음질하였다. 집이 차차 멀어갈수록 김 첨지의 걸음에는 다시금 신이 나기 시작하였다. 다리를 재게 놀려야만 쉴 새 없이 자기의 머리에 떠오르는 모든 근심과 걱정을 잊을 듯이.

정거장까지 끌어다 주고 그 깜짝 놀란 일 원 오십 전을 정말 제 손에 쥐매, 제 말마따나 십 리나 되는 길을 비를 맞아 가며 질퍽거리고 온 생각은 아니하고, 거저나 얻은 듯이 고마웠다. 졸부나 될 듯이 기뻤다. 제 자식 뻘밖에 안 되는 어린 손님에게 몇 번 허리를 굽히며,

"안녕히 다녀옵시오."

라고 깍듯이 재우쳤다.

그러나 빈 인력거를 털털거리며 이 우중에 돌아갈 일이 꿈밖이었다. 노동으로 하여 흐른 땀이 식어지자 굶주린 창자에서, 물 흐르는 옷에서 어슬어슬 한기가 솟아나기 비롯하매 일 원 오십 전이란 돈이 얼마나 괜찮고 괴로운 것인 줄 절절히 느끼었다. 정거장을 떠나는 그의 발길은 힘 하나 없었다. 온몸이 옹송그려지며[4] 당장 그 자리에 엎어져 못 일어날 것 같았다.

"젠장맞을 것! 이 비를 맞으며 빈 인력거를 털털거리고 돌아를 간담. 이런 빌어먹을, 제 할미를 붙을 비가 왜 남의 상판을 딱딱 때려!"

그는 몹시 화증을 내며 누구에게 반항이나 하는 듯이 게걸거렸다. 그럴 즈음에 그의 머리엔 또 새로운 광명이 비쳤나니 그것은 '이러구 갈 게 아니라 이 근처를 빙빙 돌며 차 오기를 기다리면 또 손님을 태우게 될는지도 몰라'란 생각이었다. 오늘 운수가 괴상하게도 좋으니까 그런 요행이 또 한 번 없으리라고 누가 보증하랴. 꼬리를 굴리는 행운이 꼭 자기를 기다리고 있다고 내기를 해도 좋을 만한 믿음을 얻게 되었다. 그렇다고 정거장 인력거꾼의 등쌀이 무서우니 정거장 앞에 섰을 수는 없었다. 그래 그는 이전에도 여러 번 해본

---

4) 옹송그려지며 : 궁상맞게 몸을 옹그리며.

일이라 바로 정거장 앞 전차 정류장에서 조금 떨어지게, 사람 다니는 길과 전찻길 틈에 인력거를 세워 놓고 자기는 그 근처를 빙빙 돌며 형세를 관망하기로 하였다. 얼마만에 기차는 왔고 수십 명이나 되는 손이 정류장으로 쏟아져 나왔다. 그중에서 손님을 물색하는 김 첨지의 눈엔 양머리에 뒤축 높은 구두를 신고 망토까지 두른 기생 퇴물인 듯, 난봉 여학생인 듯한 여편네의 모양이 띄었다. 그는 슬근슬근 그 여자의 곁으로 다가 들었다.

"아씨, 인력거 아니 타시랍시요 ? "

그 여학생인지 뭔지가 한참은 매우 태깔을 빼며 입술을 꼭 다문 채 김 첨지를 거들떠보지도 않았다. 김 첨지는 구걸하는 거지나 무엇같이 연해 연방 그의 기색을 살피며,

"아씨, 정거장 애들보담 아주 싸게 모셔다 드리겠습니다. 댁이 어디신가요."

하고 추근추근하게도 그 여자의 들고 있는 일본식 버들고리짝[5]에 제 손을 대었다.

"왜 이래, 남 귀치않게. "

소리를 벽력같이 지르고는 돌아선다. 김 첨지는 어랍시요 하고 물러섰다.

전차는 왔다. 김 첨지는 원망스럽게 전차 타는 이를 노리고 있었다. 그러나 그의 예감은 틀리지 않았다. 전차가 빡빡하게 사람을 싣고 움직이기 시작하였을 제 타고 남은 손 하나이 있었다. 굉장하게 큰 가방을 들고 있는 걸 보면 아마 붐비는 차 안에 짐이 크다 하여 차장에게 밀려 내려온 눈치였다. 김 첨지는 대어섰다.

"인력거를 타시랍시요. "

한동안 값으로 승강이를 하다가 육십 전에 인사동까지 태워다 주기로 하였다. 인력거가 무거워지매 그의 몸은 이상하게도 가벼워졌고 그리고 또 인력거가 가벼워지니 몸은 다시금 무거워졌건만 이번에는 마음조차 초조해 온다. 집의 광경이 자꾸 눈앞에 어른거리어 인제 요행을 바랄 여유도 없었다. 나무 등걸이나 무엇 같고 제 것 같지도 않은 다리를 연해 꾸짖으며 갈팡질팡 뛰는

5) 버들고리짝 : 고리버들의 가지로 만든 옷 넣는 상자.

수밖에 없었다. 저놈의 인력거꾼이 저렇게 술이 취해 가지고 이 진 땅에 어찌 가노라고 길가는 사람이 걱정을 하리만큼 그의 걸음은 황급하였다. 흐리고 비 오는 하늘은 어둠침침하게 벌써 황혼에 가까운 듯하다. 창경원 앞까지 다 달아서야 그는 턱에 닿은 숨을 돌리고 걸음도 늦추 잡았다. 한 걸음 두 걸음 집이 가까워 올수록 그의 마음조차 괴상하게 누그러웠다. 그런데 이 누그러움은 안심에서 오는 게 아니요, 자기를 덮친 무서운 불행을 빈틈없이 알게 될 때가 박두한[6] 것을 두리는[7] 마음에서 오는 것이다. 그는 불행에 다닥치기 전 시간을 얼마쯤이라도 늘리려고 버르적거렸다.[8] 기적에 가까운 벌이를 하였다는 기쁨을, 할 수 있으면 오래 지니고 싶었다. 그는 두리번두리번 사면을 살피었다. 그 모양은 마치 자기 집 — 곧 불행을 향하고 달려가는 제 다리를 제 힘으로는 도저히 어찌할 수 없으니 누구든지 나를 좀 잡아다고, 구해다고 하는 듯하였다.

그럴 즈음에 마침 길가 선술집에서 그의 친구 치삼이가 나온다. 그의 우글우글 살찐 얼굴에 주홍이 덧는 듯, 온 턱과 뺨을 시커멓게 구레나룻이 덮었거늘, 노르탱탱한 얼굴이 바짝 말라서 여기저기 고랑이 패이고 수염도 있대야 턱 밑에만 마치 솔잎 송이를 거꾸로 붙여 놓은 듯한 김 첨지의 풍채하고는 기이한 대상을 짓고 있었다.

"여보게 김 첨지, 자네 문안 들어갔다 오는 모양일세그려. 돈 많이 벌었을 테니 한잔 빨리게."

뚱뚱보는 말라깽이를 보던 맡에 부르짖었다. 그 목소리는 몸짓과 딴판으로 연하고 싹싹하였다. 김 첨지는 이 친구를 만난 게 어떻게 반가운지 몰랐다. 자기를 살려 준 은인이나 무엇같이 고맙기도 하였다.

"자네는 벌써 한잔한 모양일세그려. 자네도 오늘 재미가 좋아 보이."
하고 김 첨지는 얼굴을 펴서 웃었다.

"압다, 재미 안 좋다고 술 못 먹을 낸가. 그런데 여보게, 자네 온몸이 어째

---

6) 박두한 : 가까이 닥쳐 온.
7) 두리는 : '두려워하는'의 옛말.
8) 버르적거리다 : 어려운 일이나 고비에서 헤어나려고 몸을 괴롭게 자꾸 움직이다.

독에 빠진 새앙쥐 같은가 ? 어서 이리 들어와 말리게. "

선술집은 훈훈하고 뜨뜻하였다. 추어탕을 끓이는 솥뚜껑을 열 적마다 뭉게뭉게 떠오르는 흰 김, 석쇠에서 빠지짓빠지짓 구워지는 너비아니 구이며 제육이며 간이며 콩팥이며 북어며 빈대떡……. 이 너저분하게 늘어놓인 안주 탁자에 김 첨지는 갑자기 속이 쓰려서 견딜 수 없었다. 마음대로 할 양이면 거기 있는 모든 먹음 먹이를 모조리 깡그리 집어 삼켜도 시원치 않았다. 하되 배고픈 이는 위선 분량 많은 빈대떡 두 개를 쪼이기로 하고 추어탕을 한 그릇 청하였다. 주린 창자는 음식맛을 보더니 더욱더욱 비어지며 자꾸자꾸 들이라 들이라 하였다. 순식간에 두부와 미꾸리 든 국 한 그릇을 그냥 물같이 들이키고 말았다. 셋째 그릇을 받아 들었을 제 데우던 막걸리 곱배기 두 잔이 더웠다. 치삼이와 같이 마시자 원원이 비었던 속이라 찌르르하고 창자에 퍼지며 얼굴이 화끈하였다. 눌러 곱배기 한 잔을 또 마셨다.

김 첨지의 눈은 벌써 개개 풀리기 시작하였다. 석쇠에 얹힌 떡 두 개를 숭덩숭덩 썰어서 볼룩거리며 또 곱배기 두 잔을 부어라 하였다.

치삼은 의아한 듯이 김 첨지를 보며,

"여보게 또 붓다니, 벌써 우리가 넉 잔씩 먹었네, 돈이 사십 전일세. "
라고 주의시켰다.

"아따 이놈아, 사십 전이 그리 끔찍하냐. 오늘 내가 돈을 막 벌었어. 참 오늘 운수가 좋았느니. "

"그래 얼마를 벌었단 말인가 ? "

"삼십 원을 벌었어, 삼십 원을 ! 이런 젠장맞을 술을 왜 안 부어……. 괜찮다 괜찮다, 막 먹어도 상관이 없어. 오늘 돈 산더미같이 벌었는데. "

"어, 이 사람 취했군, 그만두세. "

"이놈아, 이걸 먹고 취할 내냐, 어서 더 먹어. "
하고는 치삼의 귀를 잡아채며 취한 이는 부르짖었다. 그리고 술을 붓는 열다섯 살 됨직한 중대가리에게로 달려들며,

"이놈, 오라질 놈, 왜 술을 붓지 않어. "

라고 야단을 쳤다. 중대가리는 희희 웃고 치삼을 보며 문의하는 듯이 눈짓을 하였다. 주정꾼이 이 눈치를 알아보고 화를 버럭 내며,

"에미를 붙을 이 오라질 놈들 같으니, 이놈 내가 돈이 없을 줄 알고"

하자마자 허리춤을 훔칫훔칫하더니 일 원짜리 한 장을 꺼내어 중대가리 앞에 펄쩍 집어 던졌다. 그 사품[9]에 몇 푼 은전이 잘그랑 하며 떨어진다.

"여보게 돈 떨어졌네, 왜 돈을 막 끼얹나. "

이런 말을 하며 일변 돈을 줍는다. 김 첨지는 취한 중에도 돈의 거처를 살피는 듯이 눈을 크게 떠서 땅을 내려다보다가 불시에 제 하는 짓이 너무 더럽다는 듯이 고개를 소스라치자 더욱 성을 내며,

"봐라 봐 ! 이 더러운 놈들아, 내가 돈이 없나, 다리 뼉다구를 꺾어 놓을 놈들 같으니. "

하고 치삼의 주워 주는 돈을 받아,

"이 원수엣 돈 ! 이 육시[10]를 할 돈 ! "

하면서, 팔매질을 한다. 벽에 맞아 떨어진 돈은 다시 술 끓이는 양푼에 떨어지며 정당한 매를 맞는다는 듯이 쨍 하고 울었다.

곱배기 두 잔은 또 부어질 겨를도 없이 말려 가고 말았다. 김 첨지는 입술과 수염에 붙은 술을 빨아들이고 나서 매우 만족한 듯이 그 솔잎 송이 수염을 쓰다듬으며,

"또 부어, 또 부어. "

라고 외쳤다.

또 한 잔 먹고 나서 김 첨지는 치삼의 어깨를 치며 문득 껄껄 웃는다. 그 웃음소리가 어떻게 컸는지 술집에 있는 이의 눈은 모두 김 첨지에게로 몰리었다.

웃는 이는 더욱 웃으며,

"여보게 치삼이, 내 우스운 이야기 하나 할까. 오늘 손을 태고 정거장에까

---

9) 사품 : 어떤 계제의 겨를이나 기회.
10) 육시 : 이미 죽은 사람에게 참형을 함.

지 가지 않았겠나. ”

“그래서. ”

“갔다가 그저 오기가 안 됐데그려, 그래 전차 정류장에서 어름어름하며 손님 하나를 태울 궁리를 하지 않았나. 거기 마침 마나님이신지 여학생이신지—요새야 어디 논다니[11]와 아가씨를 구별할 수가 있던가 — 망토를 두르시고 비를 맞고 서 있겠지. 슬근슬근 가까이 가서 인력거 타시랍시요 하고 손가방을 받으려니까 내 손을 탁 뿌리치고 홱 돌아서더니만 ‘왜 남을 이렇게 귀찮게 굴어 ! ’ 그 소리야말로 꾀꼬리소리지, 허허 ! ”

김 첨지는 교묘하게도 정말 꾀꼬리 같은 소리를 내었다. 모든 사람은 일시에 웃었다.

“빌어먹을 깍쟁이 같은 년, 누가 저를 어쩌나, ‘왜 남을 귀찮게 굴어 !’ 어이구 소리가 처신도 없지, 허허. ”

웃음소리들은 높아졌다. 그러나 그 웃음소리들이 사라지기 전에 김 첨지는 훌쩍훌쩍 울기 시작하였다.

치삼은 어이없이 주정뱅이를 바라보며,

“금방 웃고 지랄을 하더니 우는 건 또 무슨 일인가. ”

김 첨지는 연해 코를 들이마시며,

“우리 마누라가 죽었다네. ”

“뭐, 마누라가 죽다니, 언제 ? ”

“이놈아 언제는, 오늘이지. ”

“에끼 미친 놈, 거짓말 마라. ”

“거짓말은 왜, 참말로 죽었어, 참말로……. 마누라 시체를 집에 뻐들쳐 놓고 내가 술을 먹다니, 내가 죽일 놈이야, 죽일 놈이야. ”

하고 김 첨지는 엉엉 소리를 내어 운다.

치삼은 흥이 조금 깨어지는 얼굴로,

“원 이 사람이, 참말을 하나 거짓말을 하나. 그러면 집으로 가세, 가. ”

---

11) 논다니 : 〈속〉 웃음과 몸을 파는 계집.

하고 우는 이의 팔을 잡아당기었다.

치삼의 끄는 손을 뿌리치더니 김 첨지는 눈물이 글썽글썽한 눈으로 싱그레 웃는다.

"죽기는 누가 죽어. "

하고 득의가 양양.

"죽기는 왜 죽어, 생때같이 살아만 있단다. 그 오라질 년이 밥을 죽이지. 인제 나한테 속았다. "

하고 어린애 모양으로 손뼉을 치며 웃는다.

"이 사람이 정말 미쳤단 말인가. 나도 아주먼네가 앓는단 말은 들었었는데."

하고, 치삼이도 어느 불안을 느끼는 듯이 김 첨지에게 또 돌아가라고 권하였다.

"안 죽었어, 안 죽었대도 그래. "

김 첨지는 화증을 내며 확신 있게 소리를 질렀으되 그 소리엔 안 죽은 것을 믿으려고 애쓰는 가락이 있었다. 기어이 일 원어치를 채워서 곱배기 한 잔씩 더 먹고 나왔다. 궂은 비는 의연히 추적추적 내린다.

김 첨지는 취중에도 설렁탕을 사 가지고 집에 다다랐다. 집이라 해도 물론 셋집이요 또 집 전체를 세든 게 아니라 안과 뚝 떨어진 행랑방 한 칸을 빌려 든 것인데 물을 길어대고 한 달에 일 원씩 내는 터이다. 만일 김 첨지가 주기를 띠지 않았던들 한 발을 대문에 들여놓았을 제 그곳을 지배하는 무시무시한 정적 — 폭풍우가 지나간 뒤의 바다 같은 정적에 다리가 떨렸으리라. 쿨룩거리는 기침소리도 들을 수 없다. 그르렁거리는 숨소리조차 들을 수 없다. 다만 이 무덤 같은 침묵을 깨뜨리는 — 깨뜨린다느니보다 한층 더 침묵을 깊게 하고 불길하게 하는 빡빡 하는 그윽한 소리, 어린애의 젖 빠는 소리가 날 뿐이다. 만일 청각이 예민한 이 같으면 그 빡빡 소리는 빨 따름이요, 꿀떡꿀떡하고 젖 넘어가는 소리가 없으니 빈 젖을 빤다는 것도 짐작할는지 모르리라.

혹은 김 첨지도 이 불길한 침묵을 짐작했는지도 모른다. 그렇지 않으면 대문에 들어서자마자 전에 없이,

"이 난장맞을 년, 남편이 들어오는데 나와 보지도 않아, 이 오라질 년."
이라고 고함을 친 게 수상하다. 이 고함이야말로 제 몸을 엄습해 오는 무시무시한 증을 쫓아 버리려는 허장성세(虛張聲勢)12)인 까닭이다.

하여간 김 첨지는 방문을 왈칵 열었다. 구역을 나게 하는 추기 — 떨어진 삿자리 밑에서 나온 먼지내, 빨지 않은 기저귀에서 나는 똥내와 오줌내, 가지각색 때가 켜켜이 앉은 옷내, 병인(病人)의 땀 썩은 내가 섞인 추기가 무딘 김 첨지의 코를 찔렀다.

방 안에 들어서며 설렁탕을 한구석에 놓을 사이도 없이 주정꾼은 목청을 있는 대로 다 내어 호통을 쳤다.

"이런 오라질 년, 주야장천(晝夜長川)13) 누워만 있으면 제일이야! 남편이 와도 일어나지를 못해."
라는 소리와 함께 발길로 누운 이의 다리를 몹시 찼다. 그러나 발길에 채이는 건 사람의 살이 아니고 나무 등걸과 같은 느낌이 있었다. 이때에 빽빽 소리가 응아 소리로 변하였다. 개똥이가 물었던 젖을 빼어 놓고 운다. 운대도 온 얼굴을 찡그려 붙여서, 운다는 표정을 할 뿐이다. '응아' 소리도 입에서 나는 게 아니고 마치 뱃속에서 나는 듯하였다. 울다가 울다가 목도 잠겼고 또 울 기운조차 시진14)한 것 같다.

발로 차도 그 보람이 없는 걸 보자 남편은 아내의 머리맡으로 달려들어 그야말로 까치집 같은 환자의 머리를 꺼들어 흔들며,

"이년아, 말을 해, 말을! 입이 붙었어, 이 오라질 년!"

"……."

"으응, 이것 봐, 아무 말이 없네."

"……."

"이년아, 죽었단 말이냐, 왜 말이 없어."

"……."

---

12) 허장성세 : 실속없이 허세만 떠벌림.
13) 주야장천 : 밤낮으로 쉬지 않고 잇따라서.
14) 시진 : 메말라 없어짐.

"으응. 또 대답이 없네, 정말 죽었나버이."

이러다가 누운 이의 흰 창을 덮은, 위로 치뜬 눈을 알아보자마자,

"이 눈깔! 이 눈깔! 왜 나를 바라보지 못하고 천장만 보느냐, 응."

하는 말 끝엔 목이 메었다. 그러자 산 사람의 눈에서 떨어진 닭의 똥 같은 눈물이 죽은 이의 뻣뻣한 얼굴을 어룽어룽 적시었다. 문득 김 첨지는 미친 듯이 제 얼굴을 죽은 이의 얼굴에 한데 비벼대며 중얼거렸다.

"설렁탕을 사다 놓았는데 왜 먹지를 못하니, 왜 먹지를 못하니……. 괴상하게도 오늘은! 운수가 좋더니만……."

**작가소개** 현진건 (1900~1943)

대구에서 출생하였으며, 호는 빙허. 1919년 대구에서 이상화, 백기만 등과 함께 동인지 『거화』를 발간하기도 했으며, 1920년 『개벽』에 단편 「희생화」를 발표하면서 문단에 정식으로 등단하였다. 1922년 박종화, 박영희, 나도향 등과 함께 『백조』를 창간, 우리 나라 근대문학의 형성에 기여하였다. 주요 작품으로 「술 권하는 사회」 「빈처」 「할머니의 죽음」 「운수 좋은 날」 「까막잡기」 「B사감과 러브 레터」 『적도』 『무영탑』 등이 있다. 염상섭 등과 함께 사실주의 문학의 개척자로 평가받는 그는 1931년 이후 그의 작품 세계 후기로 접어들면서 역사소설에 집착을 보여 준 바 있다.

**작품해설**

1924년 『개벽』에 발표된 「운수 좋은 날」은 일제 강점기 하에서 삶의 애착이 강한 한 인력거꾼이 겪는 비극을 통해 당시 하층민들의 비참한 생활상을 그리고 있는 단편이다. 아내가 먹고 싶다는 설렁탕을 사들고 귀가하였으나 아내의 싸늘한 시신만이 주인공을 기다리고 있는 슬픈 현실이 이 작품의 결말 부분이다. 이것은 주인공의 '운수 좋은 하루'가 결국은 '운수 좋지 않은 날'이라는 반어적 수법이 표현된 것인데, 철저한 사실주의적 기법이 돋보이는 소설이다.

**읽고 나서**

(1) 작품의 제목인 '운수 좋은 날'에서는 대부분의 독자들이 맑은 날씨를 연상하지만, 실제로는 작품 전반에 걸쳐 계속 비가 내리고 또 비가 오기 때문에 김 첨지에게 운수 좋은 날이 될 수 있었다. 운수는 좋았지만 결말은 반대로 아내의 죽음으로 끝난다. 행운이 반전되어 비극으로 결말 짓는 이런 소설의 기법을 무엇이라고 하는가?

— 아이러니

(2) '운수 좋은 날'에서 쓰인 아이러니의 효과에 대해서 생각해 보자.

— 결말의 비극성과 주제를 더욱 강렬하게 표현한다.

# 물레방아

나 도 향

1

덜컹덜컹 홈통이 들었다가 다시 쏟아져 흐르는 물이 육중한 물레방아를 번쩍 쳐들었다가 쿵하고 확 속으로 내던질 제, 머슴들의 콧소리는 허연 겻가루가 켜켜이 앉은 방앗간 속에서 청승스럽게 들려 나온다.

솰솰솰, 구슬이 되었다가 은가루가 되고 댓줄기같이 뻗치었다가 다시 쾅쾅 쏟아져 청룡이 되고 백룡이 되어 용솟음쳐 흐르는 물이 저쪽 산모퉁이를 십리나 두고 돌고 다시 이쪽 들 복판을 오 리쯤 꿰뚫은 뒤에, 이방원이가 사는 동네 앞 기슭을 스쳐 지나가는데 그 위에 물레방아 하나가 놓여 있다.

물레방아에서 들여다보면 동북간으로 큼직한 마을이 있으니, 이 마을에서 가장 부자요, 가장 세력이 있는 사람은 그 이름을 신치규라고 부른다. 이방원이라는 사람은 그 집의 막실살이를 하여 가며 그의 땅을 경작하여 자기 아내와 두 사람이 그날그날을 지내 간다.

어떤 가을밤 유난히 밝은 달이 고요한 이 촌을 한적하게 비칠 때, 그 물레방앗간 옆에 어떤 여자 하나와 어떤 남자 하나가 서서 이야기를 하는 소리가 들리었다.

그 여자는 방원의 아내로 지금 나이가 스물두 살, 한창 정열에 타는 가슴으로 가장 행복스러울 나이의 젊은 여자요, 그 남자는 오십이 반이 넘어 인생으로서 살아올 길을 다 살고서 거의거의 쇠멸의 구렁텅이를 향해 가는 늙은이다.

그의 말소리는 마치 그 여자를 달래는 것같이,

"얘, 내 말이 조금도 그를 것이 없지? 쉰네 할멈에게서도 자세한 말을 들었을 테지만 너 생각해 보아라. 네가 허락만 하면 무엇이든지 네가 하고 싶다는 것을 내가 전부 해줄 테란 말야. 그까짓 방원이 녀석하고 네가 몇 백 년 살아야 언제든지 막실 구석을 면하지 못할 테……허허, 사람이란 젊어서 호강해 보지 못하면 평생 한 번 해보지 못하고 죽을 것이 아니냐. 내가 말하는 것이 조금도 잘못한 것이 없느니라! 대강 네 말을 쉰네 할멈에게서 듣기는 들었으나 그래도 네게 한 번 바로 대고 듣는 것만 못해서 이리로 만나자고 한 것이다. 네 마음은 어떠냐? 어디, 허허, 내 앞이라고 조금도 어떻게 알지 말고 이야기해 봐, 응?"

이 늙은이는 두말 할 것 없이 신치규다. 그는 탐욕스러운 눈으로 방원의 계집을 들여다보며 한 손으로 등을 두드린다.

새침한 얼굴이 파르족족하고 기다란 눈썹과 검푸른 두 눈 가장자리에 예쁜 입, 뾰로통한 빰이며 콧날이 오똑한데다가 후리후리한 키에 떡 벌어진 엉덩이가 아무리 보더라도 무섭게 이지적인 동시에 또는 창부형으로 생긴 것이다.

계집은 아무 말이 없이 서서 짐짓 부끄러운 태를 지으며 매혹적인 웃음을 생긋 웃고는 고개를 돌렸다. 그 웃음이 얼마나 짐승 같은 신치규의 만족을 사게 되었으며, 또는 마음을 충동시켰는지 희끗희끗한 수염이 거의 계집의 뺨에 닿도록 더 가까이 와서,

"응? 왜 대답이 없니? 부끄러워서 그러니? 그렇게 부끄러워할 일은 아닌데."

하고 계집의 손을 잡으며,

"손도 이렇게 예쁜 줄을 이제까지 몰랐구나. 참 분결 같다. 이렇게 얌전히 생긴 애가 방원 같은 천한 놈의 계집이 되어 일평생을 그대로 썩는다는 것은 너무 가엾고 아깝지 않으냐? 얘."

계집은 몸을 돌리려고 하지도 않고 영감이 하는 대로 내버려두며 눈을 땅

만 내려다보고 섰다가 가까스로 입을 떼는 듯하더니,

"제 말야 모두 쇤네 할멈이 여쭈었지요. 저에게는 너무 분수에 과한 말씀이니까요."

"온, 천만에 소리를 다 하는구나. 그게 무슨 소리냐? 너도 아다시피 내가 너를 장난삼아 그러는 것도 아니겠고, 후사(後嗣)[1]가 없어 그러는 것이니까 네가 내 아들이나 하나 낳아 주렴. 그러면 내 것이 모두 네 것이 되지 않겠니? 자아, 그러지 말고 오늘 허락을 허렴. 그러면 내일이라도 방원이란 놈을 내쫓고 너를 불러들일 테니."

"어떻게 내쫓을 수가 있에요?"

"허어, 그게 그리 어려울 게 뭐 있니……내가 나가라는데 제가 안 나가고 배길 줄 아니?"

"그렇지만 너무 과하지 않을까요?"

"무엇? 그런 생각을 하니까 네가 이 모양으로 이때까지 있었지. 어떻단 말이냐? 그런 것은 조금도 염려하지 말구, 자아 또 네 서방에게 들킬라, 어서 들어가자."

"먼저 들어가세요."

"왜?"

"남이 보면 수상히 알게요."

"뭘, 나하고 가는데 수상히 알 게 뭐야……. 어서 가자."

계집은 천천히 두어 걸음 따라가다가,

"영감!"

하고 머츰하고[2] 서 있다.

"왜 그러니?"

계집은 다시 말없이 서 있다가,

"아니에요." 하고,

---

1) 후사 : 대를 잇는 자식.

2) 머츰하고 : 잠시 그치고

"먼저 들어가세요. "
하고 돌아선다. 영감이 간이 달아서 계집의 손을 잡으며,
"가자, 집으로 들어가자. "
그의 가슴은 두근거리는지 숨소리가 잦아진다. 계집은 손을 빼려고 하며,
"점잖으신 어른이 이게 무슨 짓이에요. "
하면서도 그 몸짓에는 모든 것을 허락한다는 뜻이 보였다. 영감은 계집의 몸을 끌어안더니 방앗간 뒤로 돌아 들어섰다. 계집은 영감 가슴에 안겨 정욕이 가득찬 눈으로 그를 보면서,
"영감. "
말 한마디 하고 침 한 번 삼키었다.
"영감이 거짓말은 안 하시지요 ? "
"아니. "
그의 말은 떨리었다. 계집은 영감의 팔을 한 손으로 잡고 또 한 손으로는 방앗간 속을 가리켰다.
"저리로 들어가세요. "
영감과 계집은 방앗간에서 이삼십 분 후에 다시 나왔다.

2

사흘이 지난 뒤에 신치규는 방원이를 자기 집 사랑 마루 앞으로 불렀다.
"얘. "
방원은 상전이라 고개를 숙이고,
"예. "
공손하게 대답을 하였다.
"네가 그간 내 집에서 정성스럽게 일을 한 것은 고마운 일이지마는……. "
점잔과 주짜를 빼면서 신치규는 말을 꺼내었다. 방원의 가슴은 이 '마는'

이라는 말 뒤에 이어질 말을 미리 깨달은 듯이 온몸의 피가 가슴으로 모여드는 듯하더니 다시 터럭[3]이라는 터럭은 전부 거꾸로 일어서는 듯하였다.

"오늘부터는 우리 집에 사정이 있어 그러니, 내 집에 있지 말고 다른 곳에 좋은 곳을 찾아가 보아라."

아무 조건이 없다. 또는 이곳에서도 할말이 없다. 죽으라고 하면 죽는 시늉이라도 해야 하는 것이다. 주인은 돈 가지고 사람을 사고 팔 수도 있는 것이다.

방원은 가슴이 답답하였다. 자기 혼잣몸 같으면 어디 가서 어떻게 빌어먹더라도 살 수가 있지마는 사랑하는 아내를 구해 갈 길이 막연하다. 그는 고개를 굽히고 허리를 굽히고 나중에는 마음을 굽히어 사정도 하여 보고 애걸도 하여 보았다. 그러나 그것은 헛된 일이다. 주인의 마음은 쇠나 돌보다도 더 굳었다.

그는 하는 수 없이 자기 아내에게 그 이야기를 하였다. 그리고 아내더러 안주인 마님께 사정을 좀 하여 얼마간이라도 더 있게 해 달라고 하여 보라고 하였다. 그러나 아내는 방원의 말을 들을 리가 없었다. 도리어,

"그러면 어떻게 한단 말이오. 이제부터는 나를 어떻게 먹여 살릴 테요?"

"너는 그렇게 먹고 살 수가 없을까 봐 겁이 나니?"

"겁이 나지 않고. 생각을 해 보구려. 인제는 꼼짝할 수 없이 죽지 않았소?"

"죽어?"

"그럼 임자가 나를 데리고 이곳까지 온 때에 무엇이라고 하였소. 어떻게 해서든지 너 하나야 먹여 살리지 못하겠느냐고 하셨지요?"

"그래."

"그래 얼마나 나를 잘 먹여 살리고 나를 호강시켰소? 이때까지 이태나 되도록 끌구 돌아다닌다는 것이 남의 집 행랑이었지요."

"애, 그것을 네가 모르고 하는 말이냐? 내가 허려고 하지 않아서 그렇게 된 것이냐? 차차 살아가는 동안에 무슨 일이든지 생기겠지. 설마 요대로 늙

---

3) 터럭 : 사람이나 길짐승의 몸에 난 길고 굵은 털.

어 죽기야 하겠니 ? ”

“듣기 싫소 ! 뿔 떨어지면 구워 먹지 어느 천년에. ”

방원이는 가뜩이나 내쫓기고 화가 나는데 계집까지 그리하니까 속에서 열화가 치밀어 올라왔다.

“이 육시를 하고도 남을 년 ! 왜 남의 마음을 글컹거리니 ? ”

“왜 사람에게 욕을 해 ! ”

“이년아, 욕 좀 하면 어떠냐 ? ”

“왜 욕을 해 ! ”

계집의 얼굴이 노래지며 대든다.

“이년이 발악인가 ? ”

“누가 발악야, 계집년 하나 건사 못하는 위인이 계집보고 욕만 하고, 한 게 뭐야 ? 그래 은가락지 은비녀나 한 벌 사주어 보았어 ? 내가 임자 하자고 하는 대로 하지 않은 것은 없지 ! ”

“이년아, 은가락지 은비녀가 그렇게 갖고 싶으냐 ? 더러운 년아. ”

“무엇이 더러워 ? 너는 얼마나 정한 놈이냐 ! ”

계집의 입 속에서는 ‘놈’ 소리가 나오기 시작한다.

“이년 보게 ! 누구더러 놈이래. ”

하고 손길이 계집의 낭자[4]를 후려잡더니 그대로 집어 들고 주먹으로 등줄기를 우리었다.

“이 주릿대를 안길 년 ! ”

발길이 엉덩이를 두어 번 지르니까 계집은 그대로 거꾸러졌다가 다시 일어났다. 풀어헤뜨린 머리가 치렁치렁 끌리고 쌜룩한 눈에는 독기가 섞이었다.

“왜 사람을 치니 ? 이놈 ! 죽여라 죽여, 어디 죽여 보아라, 이놈 나 죽고 너 죽자 ! ”

하고 달려드는 계집을 후려쳐서 거꾸러뜨리고서,

“이년이 죽으려고 기를 쓰나 ! ”

---

4) 낭자 : 부인네의 아래 뒤통수에 땋아서 틀어올려 비녀를 꽂는 머리털. 쪽.

방원이가 계집을 치는 것은 그것이 주먹을 가지고 하는 일종의 농담이다. 그는 주먹이나 발길이 계집의 몸에 닿을 때 거기에 얻어맞는 계집의 살이 아픈 것보다 더 찌르르하게 가슴 복판을 찌르는 아픔을 방원은 깨닫는 것이다. 홧김에 계집을 치는 것이 실상은 자기의 마음을 자기의 이빨로 물어뜯는 것이나 다름이 없는 것이다. 때리는 그에게는 몹시 애처로움이 있고 불쌍함이 있는 것이다. 그러나 자기의 화풀이를 받아 주는 사람은 아직까지도 계집밖에는 없었다. 제일 만만하다는 것보다도 가장 마음놓고 화풀이할 수 있음이다. 싸움한 뒤 하루가 못 되어 두 사람이 베개를 나란히 하고 서로 꼭 끼고 잘 때에는 그렇게 고맙고 그렇게 감격이 일어나는 위안이 또다시 없음이다. 계집을 치고 화풀이를 하고 난 뒤에 다시 가슴을 에는 듯한 후회와 더 뜨거운 포옹으로 위로를 받을 그때에는 두 사람 아니라 방원에게는 그만큼 힘있고 뜨거운 믿음이 또다시 없는 까닭이다.

계집은 일부러 소리를 높여서 꺼이꺼이 운다.

온 마을 사람들이 거의 귀를 기울였으나,

"응, 또 사랑싸움을 하는군!"

하고 도리어 그 싸움을 부러워하였다. 옆집 젊은 것이 와서 싱글벙글 웃으며 들여다보며,

"인제 고만두라구."

하며 말리는 시늉을 한다. 동네 아이들만 마당 앞에 죽 들어서서 눈들이 뚱그래지며 구경을 한다.

## 3

그날 저녁에 방원이는 술이 얼근하여 들어왔다. 아마 계집을 차던 마음은 어느덧 풀어지고 술로 흥분된 마음에 그는 계집의 품이 몹시 그리워져서 자기 아내에게 사과를 할 마음까지 생기었다. 본시 사람이 좋고 마음이 약하고 다

정한 그는 무식하게 자라난 까닭에 무지한 짓을 하기는 하나, 그것은 결코 그의 성격을 말하는 무지함이 아니다.

그는 비척거리면서 집으로 향하는 길에 가슴츠레하게 풀린 눈을 스르르 내리감고 혼잣소리로,

"빌어먹을 놈 ! 나가라면 나가지 무서운가 ? 제 집 아니면 살 곳이 없는 줄 아는 게로군 ! 흥, 되지 않게 다 무엇이냐 ? 돈만 있으면 제일이냐 ? 이놈, 네가 그러다가는 이 주먹 맛을 언제든지 볼라. 그대로 곱게 돼질 줄 아니. "
하고 개천 하나를 건너 뛴 후에,

"돈 ! 돈이 무엇이냐 ? "

한참 생각하다가,

"에후. "

한숨을 쉬고 나서,

"돈이 사람을 죽이는구나 ! 돈 ! 돈 ! 흥, 사람 나고 돈 났지 돈 나고 사람 났니 ? "

또 징검다리를 비척비척하고 건넌 뒤에,

"고 배라먹을 년이 왜 고렇게 포달[5]을 부려서 장부의 마음을 긁어 놓아 !"

그의 목소리에는 말할 수 없이 다정한 맛이 있었다. 그는 자기 계집을 생각하면 모든 불평이 스러지는 듯이 숙였던 고개를 쳐들어 하늘을 보면서,

"허어, 저도 고생은 고생이지. "
하고 다시 고개를 숙인 후,

"내가 너무 해, 너무 그럴 게 아닌데. "

그는 자기 집에 와서 문고리를 붙잡고 흔들면서,

"애 ! 자니 ! 자 ? "

그러나 대답이 없고 캄캄하다.

"이년이 어디를 갔어 ! "

그는 문짝을 깨어져라 하고 닫은 후에 다시 길거리로 나와 그 옆집으로 가서,

---

5) 포달 : 심술이 나서 악을 쓰고 함부로 주워대는 말.

"여보, 아주머니 ! 우리 집 색시 어디 갔는지 보았소 ? "

밥들을 먹은 옆엣집 내외는,

"어디서 또 취했소그려 ! 애 어머니가 아까 머리 단장을 하더니 저 방아께로 갑디다. "

"방아께로 ? "

"네. "

"빌어먹을 년 ! 방아께로는 뭘 먹으러 갔누 ! "

다시 혼자 방아를 향하여 가면서 혼자 중얼거린다.

그는 방앗간을 막 뒤로 돌아서자 신치규와 자기 아내가 방앗간에서 나오는 것을 보았다.

'아 ! '

그는 너무 뜻밖의 일이므로 아무 말도 하지 못하고 그대로 한참이나 멀거니 서서 보기만 하였다.

그의 눈에서는 쌍심지가 거꾸로 섰다. 열이 올라와서 마치 주홍을 칠한 듯이 그의 눈은 붉어지고 번개 같은 광채가 번뜩거리었다.

그는 한참이나 사지를 떨었다. 두 이가 서로 맞춰서 달그락달그락거렸다. 그의 주먹은 부서질 것같이 단단히 쥐어졌다.

계집과 신치규는 방원이 와 선 것을 보고서 처음에는 조금 간담이 서늘하여졌으나 다시 태연하게 내려앉았다. 일이 이렇게 되었으매 할 대로 하라는 뜻이다.

방원은 달려들어서 계집의 팔목을 잡았다. 그리고 이를 악물고 부르르 떨었다.

"나는 네가 이럴 줄은 몰랐다. "

계집은,

"뭘 이럴 줄을 몰라 ? "

하며 파란 눈을 흘겨보더니,

"나중에는 별꼴을 다 보겠네. 으레 그럴 줄을 인제 알았나 ? 놔요 ! 왜 남의 팔을 잡고 요 모양야. 오늘부터는 나를 당신이 그리 함부로 하지는 못해요! 더러운 녀석 같으니! 계집이 싫다고 그러면 국으로[6] 물러갈 일이지, 이게 무슨 사내답지 못한 일야! 놔요!"

팔을 뿌리쳤으나 분노가 전신에 가득 찬 그는 그렇게 쉽게 손을 놓지 않았다.

"얘! 네가 이것이 정말이냐?"

"정말이 아니구, 비싼 밥 먹고 거짓말할까?"

"네가 참으로 환장을 했구나!"

"아니, 누구더러 환장을 했대? 온 기가 막혀 죽겠지! 놔요, 놔! 왜 추근추근하게 이 모양야? 놔."

하고서 힘껏 뿌리치는 바람에 계집의 손이 쑥 빠지었다. 계집은 손목을 주무르면서 암상맞게 돌아섰다.

이때까지 이 꼴을 멀찍이 서서 보고 있던 신치규는 두어 발자국 나서더니 기침 한 번을 서투르게 하고서,

"얘! 네가 술이 취했으면 일찍 들어가 자든지 할 것이지 웬 짓이냐? 네 눈깔에는 아무것도 보이는 것이 없단 말이냐? 너희 연놈이 싸우는 것은 너희 연놈이 어디든지 가서 할 일이지 여기 누가 있는지 없는지 눈깔에 보이는 것이 없어?"

"엣 괘씸한 놈!"

눈깔을 부라리었다. 방원은 한참이나 쳐다볼 뿐 말이 없었다. 생각대로 하면 한 주먹에 때려눕힐 것이지마는 그러나 그의 머릿속에는 아까까지의 상전이라는 관념이 남아 있었다.

번갯불같이 그 관념이 그의 입과 팔을 얽어 놓았다. 어려서부터 오늘날까지 남을 섬겨 보기만 한 그의 마음은 상전이라면 모두 두려워하는 성질이 깊이깊이 뿌리를 박아 놓았다. 그러나 오늘부터는 신치규가 자기의 상전이 아니요, 자기가 신치규의 종도 아니다. 다만 똑같은 사람으로 서로 마주 섰을 뿐이다. 아니다, 지금부터는 치규도 방원의 원수였다. 그의 간을 씹어 먹어

---

6) 국으로 : 제가 생긴 그대로.

도 오히려 나머지 한이 있는 원수다.

신치규는 똑바로 쳐다보는 방원을 마주 쳐다보며,

"똑바로 쳐다보면 어쩔 테냐 ? 온, 세상이 망하려니까 별 해괴한 일이 다 많거든. 어째, 이놈아 ! "

"이놈아 ? "

방원은 한 걸음 들어섰다. 나무같이 힘센 다리가 성큼 하고 나설 때 신치규는 머리끝이 으쓱하였다. 쇠몽둥이 같은 두 주먹이 쑥 앞으로 닥칠 때 그의 가슴은 덜컥 내려앉았다.

"네 입에서 이놈이라는 소리가 나오니 ? 이 사지를 찢어발겨도 오히려 시원치 못할 놈아 ! 네가 내 계집을 빼앗으려고 오늘 날더러 나가라고 그랬지 ? "

"어허, 이거 이놈이 눈깔이 뻬었군. 얘, 나는 먼저 들어가겠다. 너는 네 서방하구 나중 들어오너라. "

신치규는 형세가 위험하니까 슬글슬금 꽁무니를 빼려고 돌아서서 들어가려 했다. 방원은 돌아서는 신치규의 멱살을 잔뜩 쥐어 한 팔로 바싹 치켜 들고,

"이놈 어디를 가 ? 네가 이때까지 맛을 몰랐구나 ! "

하며 한 번 집어쳐 땅바닥에다가 태질[7]을 한 뒤에 그대로 타고 앉아서 목줄띠를 누르니까, 마치 뱀이 개구리 잡아먹을 적 모양으로 꽥꽥 소리가 나며 말 한마디 못한다.

"이놈, 너 죽고 나 죽으면 고만 아니냐 ? "

하고 방원은 주먹으로 사정없이 닥치는 대로 들이댄다. 나중에는 주먹이 부족하여 옆에 있는 모루돌멩이를 집어서 죽어라 하고 내리친다. 그의 팔, 그의 몸에 끓어오르는 분노가 극도에 달하자 사람의 가슴속에 본능적으로 숨어 있는 잔인성이 조금도 남지 않고 그대로 나타났다. 그의 눈은 마치 펄떡펄떡 뛰는 미끼를 가로채고 앉은 승냥이나 이리와 같이 뜨거운 피를 보고야 만족하다는 듯이 무섭게 번쩍거렸다. 그에게는 초자연의 무서운 힘이 그의 팔과 다리에 올라왔다.

---

7) 태질 : 되게 메어치거나 넘어뜨리는 것.

이 꼴을 보는 계집은 무서웠다. 끔찍끔찍한 일이 목전에 생길 것이다. 그의 맥이 풀린 다리는 마음대로 놓여지지 않았다.

"아! 사람 살류! 사람 살류!"

적적한 밤중 쓸쓸한 마을에는 처참한 여자 목소리가 으스스하게 울리었다. 이 소리를 들은 방원은 더욱 힘을 주어서 눈을 딱 감고 죽어라 내리 짓찧었다. 뼈가 돌에 맞는 소리가 살이 을크러지는 소리와 함께 퍽퍽하였다. 피 묻은 돌이 여기저기 흩어지고 갈가리 찢긴 옷에는 살점이 묻었다.

동네편 쪽에서는 수군수군하더니 구둣소리가 나며 칼소리가 덜거덕거리었다. 방원의 머리에는 번갯불같이 무엇이 보이었다. 그는 손에 주먹을 쥔 채 잠깐 정신을 차려 그쪽으로 귀를 기울였다.

"순검."

그는 신치규의 배를 타고 앉아서 순검의 구둣소리를 듣자 비로소 자기가 무슨 짓을 하였는지 깨달았다.

그는 미친 사람처럼 일어났다. 그리고 옆에 서서 벌벌 떠는 계집에게로 갔다.

"애! 가자! 도망가자! 너하고 나하고 같이 가자! 자, 어서어서!"

계집은 자기에게 또 무슨 일이 있을까 해 겁내어 도망하려 한다. 방원은 계집을 따라가며,

"애! 애! 네가 이렇게도 나를 몰라 주니? 내가 너를 어떻게 생각하는지 알지를 못하니? 자! 어서 도망가자. 어서어서. 뒤에서 순검이 쫓아온다!"

계집은 그대로 서서 종종걸음을 치며,

"싫소! 임자나 가구려! 나는 싫어요, 싫어."

"가자! 응! 가!"

그는 미친 사람처럼 계집의 팔을 붙잡고 끌었다. 그때 누구인지 그의 두 팔을 마치 형틀에 매다는 것같이 꽉 뒤로 끼어안는 사람이 있었다.

"이놈아! 어디를 가?"

그는 뒤를 돌아보지 않고도 그가 누구인지 알았다. 그는 온몸에 맥이 풀리어 그대로 뒤로 자빠지려 할 때 어느덧 널판 같은 주먹이 그의 뺨을 사정없이

갈겼다.

"정신 차려 ! "

"네. "

그는 무의식적으로 고개가 숙여지고 말소리가 공손하여졌다.

땅바닥에서는 신치규가 꿈지럭거리며 이리저리 뒹군다. 청승스러운 비명이 들린다. 방원은 포승지인 채, 계집은 그대로 주재소로 끌려가고, 신치규는 머슴들이 업어 들였다.

## 4

석 달이 지났다. 상해죄로 감옥에서 복역을 하던 방원은 만기가 되어 출옥을 하였다. 그러나 신치규는 아무 일 없이 자기 집에서 치료하고 방원의 계집을 데려다 산다. 신치규는 온몸이 나은 뒤에 홀로 생각하였다.

'죽는 줄만 알았더니 그래도 이렇게 살아 있으니 !'

하고 얼굴에 흠이 진 곳을 만져 보며,

'오히려 그놈이 그렇게 한 것이 나에게는 다행이지, 얼굴이 아프기는 좀 하였으나 ! 허어.'

'어떻게 그놈을 떼어 버릴까 하고 그렇지 않아도 걱정을 하던 차에 잘되었지. 그놈 한 십 년 감옥에서 콩밥을 먹었으면 좋겠다. '

방원은 감옥에서 생각하기를 나가기만 하면 연놈을 죽여 버리고 제가 죽든지 요정[8]을 내리라 하였다.

집에서 내쫓기고 계집까지 빼앗기고, 그것을 생각하면 이가 갈리고 치가 떨리었다. 그것이 모두 자기의 돈 없는 탓이란 것을 생각하며, 더욱 분한 생각이 났다.

'에 더러운 년 !'

---

8) 요정 : 끝을 마침.

그가 홍바지에 쇠사슬을 차고서 일을 할 때에도 가끔 침을 땅에다 뱉으면서 혼자 중얼거리었다.

'사람이 이러고서야 살아서 무엇하나. 멀쩡한 놈이 계집 빼앗기고 생으로 콩밥까지 먹으니…….'

그가 감옥에서 나올 때에는 감옥소를 다시 한번 둘러보고, 내가 여기서 마지막으로 목숨을 잃어버리든지 그렇지 않으면 내가 내 손으로 내 목을 찔러 죽든지, 무슨 요정이 날 것을 생각하고 다시 온몸에 힘을 주고 쓸쓸한 웃음을 웃었다.

그는 이백 리나 되는 길을 걸어 계집이 사는 촌에를 왔다.

그러나 아무도 그를 아는 체하는 사람이 없었다. 전에 친하게 지내던 사람들도 그를 보고 피해 갔다.

마치 문둥병자나 마찬가지 대우를 하였다. 감옥에서 나온 뒤로부터는 더욱 세상이 차디차졌다. 자기가 상상하던 것보다도 더 무정하여졌다. 그는 하는 수 없이 밤이 될 때까지 그 근처 산 속으로 돌아다녔다. 그러다가 깊은 밤에 촌으로 내려왔다. 그는 그 방앗간을 다시 지나갔다. 석 달 전 생각이 났다. 자기가 여기서 잡혀 갔다는 것을 생각할 때 더욱 억울하고 분한 생각이 치밀어 올라왔다. 그는 한참이나 거기 서서 그때 일을 생각하고 몸서리를 친 후에 다시 그전 집을 찾아갔다.

날이 몹시 추워지고 눈이 쌓였다. 입은 옷은 가을에 입고 감옥에 들어갔던 그것이므로 살을 에는 듯하였으나 그는 분한 생각과 홍분된 마음에 그것도 몰랐다.

'연놈을 모두 처치를 해버려 ?'

혼자 속으로 궁리를 하다가,

'그렇지, 그까짓 것들은 살려 두어야 쓸데없는 인생들야.'

하면서 옆구리에 지른 기름한 단도를 다시 만져 보았다. 그는 감격스런 마음으로 그것을 쓰다듬었다. 그는 신치규의 집 울을 넘어 들어갔다. 그의 발은 전에 다닐 적같이 익숙하였다. 그는 사랑을 엿보고 다시 뒤로 돌아서 건넌방

창 밑에 와 섰다. 귀를 기울였으나 아무 말도 들리지 않았다. 그는 손에 칼을 빼들었다. 그리고는 일부러 뒤 창문을 달각달각 흔들었다.

"그 뉘 ? "

하고 계집의 머리가 쑥 나오며 문이 열리었다. 그는 얼른 비켜 섰다. 문은 다시 닫혀지고 계집은 들어갔다.

방원의 마음은 이상하게 동요가 되었다. 예쁜 계집의 목소리가 오래간만에 귀에 들릴 때 마치 자기가 감옥에서 꿈을 꿀 적 모양으로 요염하고도 황홀하게 그의 마음을 꾀는 것 같았다. 그는 꿈속에서 다시 만난 것 같고 오래간만에 그를 만나 보매 모든 결심은 얼음같이 녹는 듯하였다. 그래도 계집이 설마 나를 영영 잊어버리랴 하고 옛날의 정리를 생각할 때, 그것이 거짓말이 아니고 무엇이냐는 생각이 났다.

아무리 자기를 감옥에까지 가게 하였다 하더라도 그는 감히 칼을 들어 죽이려는 용기가 단번에 나지 않아서 주저하기 시작하였다.

'아니다, 다시 한번만 물어 보자 ! '

그는 들었던 칼을 다시 집고 생각하였다.

'거짓말이다. 거짓말이다. 그럴 리가 없다. '

그는 반신반의하였다.

'그렇다, 한번만 다시 물어 보고 죽이든 살리든 하자 ! '

그는 다시 문을 달각달각하였다. 계집은 이번에도 다시 문을 열고 사면을 둘러보더니 헌 짚신짝을 신고 나왔다.

"뉘요 ! "

그가 방원이 서 있는 집 모퉁이를 돌아서려 할 제,

"내다 ! "

하고 입을 틀어막고 칼을 가슴에 대었다.

"떠들면 죽어 ! "

방원은 계집의 입을 수건으로 결박한 후 들쳐 업고서 번개같이 달음질쳤다.

그는 어느 결에 계집을 업어다가 물레방아 앞에 내려놓은 후 결박을 풀었다. 그리고 한숨을 쉬었다.

"나를 모르겠니 ? "

캄캄한 그믐밤에 얼굴을 바짝 계집의 코앞에 들이댔다. 계집은 얼굴을 자세히 보더니,

"아 —. "

소리를 지르더니 뒤로 물러섰다.

"조금도 놀랄 것이 없다. 오늘 네가 내 말을 들으면 살려 줄 것이요, 그렇지 않으면 이거야 ! "

하고 시퍼런 칼을 들이대었다. 계집은 다시 태연하게,

"말요 ? 임자의 말을 들을 것 같으면 벌써 들었지요, 이때까지 있겠소 ? 임자도 나의 마음을 알지요 ? 임자와 나와 이 년 전에 이곳으로 도망해 올 적에도 전남편이 나를 죽이겠다고 허리를 찔러 그 흠이 있는 것을 날마다 밤에 당신이 어루만졌지요 ? 내가 그까짓 칼쯤을 무서워서 나 하고 싶은 것을 못한단 말이오 ? 흥, 이게 무슨 비겁한 짓이오, 사내 자식이. 자 ! 찌르려거든 찔러 봐아, 자, 자. "

계집은 두 가슴을 벌리고 대들었다. 방원은 너무 계집의 태도가 대담하므로 들었던 칼이 도리어 뒤로 움찔할 만큼 기가 막혔다. 그는 무의식중에,

"정말이냐 ? "

하고 한 걸음 더 가까이 나섰다.

"정말이 아니고 ? 내가 비록 여자이지마는 당신같이 겁쟁이는 아니라오 ! 이것이 도무지 무엇이오 ? "

계집은 그래도 두려웠던지 방원의 손에 든 칼을 뿌리쳐 땅에 떨어뜨리었다.

이 칼이 땅에 떨어지자 방원은 이때까지 용사와 같이 보이던 계집이 몹시 비겁스럽고 더러워 보이어 다시 칼을 집어 들고 덤비었다.

"에잇 ! 간사한 년 ! 어쩔 테냐 ? 나하고 당장에 멀리 가지 않을 테냐 ? 자아, 가자 ! "

그는 눈물 어린 눈으로 타일러 보기도 하고 간청도 하여 보았다.

"자아, 어서 옛날과 같이 나하고 멀리멀리 도망을 가자! 나는 참으로 내 칼로 너를 죽일 수는 없다!"

계집의 눈에는 독이 올라왔다. 광채가 어두운 밤에 번개같이 번쩍거리며,

"싫어요. 나는 죽으면 죽었지 가기는 싫어요. 이제 나는 고만 그렇게 구차하고 천한 생활을 다시 하기는 싫어요. 고만 물렸어요."

"너의 입으로 정말 그런 말이 나오느냐? 너는 나를 우리 고향에 다시 돌아가지도 못하게 만들어 놓고, 나의 모든 것을 다 잃어버리게 한 후에, 또 나중에는 세상에서 지옥이라고 하는 감옥소에까지 가게 했지! 그러고도 나의 맨 마지막 원을 들어 주지 않을 테냐?"

"나는 언제든지 당신 손에 죽을 것까지도 알고 있소! 자! 오늘 죽으나 내일 죽으나 언제든지 죽기는 매일반, 이렇게 된 이상 어서 죽이시오."

"정말이냐? 정말야?"

"정말요!"

계집은 결심한 뜻을 나타내었다. 방원의 손은 떨리었다. 그리고 그는 눈을 감고,

"에, 여우 같은 년!"

하고 칼 끝을 계집의 옆구리를 향하여 힘껏 밀었다. 계집은 이를 악물고,

"사람 죽인다!"

소리 한 번에 그 자리에 거꾸러졌다. 칼자루를 든 손이 피가 몰리는 바람에 우르르 떨리더니 피가 새어 나왔다. 방원은 그 칼을 빼어 들더니 계집 위에 거꾸러져서 가슴을 찌르고 절명[9]하여 버리었다.

---

9) 절명 : 목숨이 끊어짐.

**작가소개** 나도향 (1902~1927)

서울에서 출생했다. 1921년 『배재학보』에 「추억」을 발표하면서 작품 활동을 시작했으며 『백조』 동인으로 참가하기도 했다. 주요 작품으로 「젊은이의 시절」 「물레방아」 「벙어리 삼룡이」 「뽕」 『환희』 『청춘』 등이 있다. 그는 초기에는 낭만주의적 성향을 보이는 작품을 많이 발표했으나 후기에는 자연주의적 사실주의의 객관적 관찰과 시각을 통한 작품 세계를 보여주었다.

**작품해설**

1925년 『조선문단』에 발표된 「물레방아」는 1920년대 우리 나라의 토속적 분위기를 자아내는 물레방앗간 모습을 묘사하는 것으로 시작된다. 하지만 이 작품에서 물레방아는 반복적인 행위를 되풀이하는 숙명성을 상징하고 있는 것으로 보인다. 일제 하에서 지주의 탐욕과 위선에 대한 하층민의 반항의식을 통해 인간 관계의 파열을 사실주의적 기법으로 그리고 있다.

**읽고 나서**

(1) 물레방아에서 방원의 아내 모습과 성격을 가장 사실적으로 묘사한 곳을 찾아보자.

— 새침한 얼굴이 파르족족하고 길다란 눈썹과 검푸른 두 눈 가장자리에 예쁜 입, 뾰로통한 빰이며 콧날이 오똑한 데다가 후리후리한 키에 떡 벌어진 엉덩이가 아무리 보더라도 무섭게 이지적인 동시에 또는 창부형으로 생긴 것이다.

(2) 이효석의 작품 〈메밀꽃 필 무렵〉 에서 나오는 '물레방앗간'과 이 작품의 '물레방아'는 작품 내에서 어떤 의미를 갖는가?

— 농경사회에서 곡식을 찧는 곳이며, 성과 연관된 장소이다.

# 메밀꽃 필 무렵

이 효 석

여름 장이란 애시당초에 글러서, 해는 아직 중천에 있건만 장판은 벌써 쓸쓸하고 더운 햇발이 벌려 놓은 전 휘장 밑으로 등줄기를 훅훅 볶는다. 마을 사람들은 거지반 돌아간 뒤요, 팔리지 못한 나무꾼패가 길거리에 궁싯거리고들 있으나 석유병이나 받고 고깃마리나 사면 족할 이 축들을 바라고 언제까지든지 버티고 있을 법은 없다. 츱츱스럽게 날아드는 파리떼도, 장난꾼 각다귀[1]들도 귀치않다. 얼금뱅이[2]요 왼손잡이인 드팀전[3]의 허 생원은 기어코 동업의 조 선달을 낚구어 보았다.

"그만 거둘까 ? "

"잘 생각했네. 봉평 장에서 한번이나 흐붓하게 사본 일 있었을까. 내일 대화장에서는 한몫 벌어야겠네. "

"오늘밤은 밤을 새서 걸어야 될걸. "

"달이 뜨렷다. "

절렁절렁 소리를 내며 조 선달이 그날 산 돈을 따지는 것을 보고 허 생원은 말뚝에서 넓은 휘장을 걷고 벌여 놓았던 물건을 거두기 시작하였다. 무명 필과 주단 바리가 두 고리짝에 꼭 찼다. 멍석 위에는 천 조각이 어수선하게 남

---

1) 각다귀 : 모기과의 일종. 남의 것을 착취하는 악한을 일컫기도 한다.
2) 얼금뱅이 : 얼굴에 마마 자국이 생겨 얼금얼금 얽은 사람.
3) 드팀전 : 온갖 피륙을 파는 가게.

왔다. 다른 축들도 벌써 거진 전들을 걷고 있었다. 약빠르게 떠나는 패도 있었다. 어물 장수도 땜장이도 엿장수도 생강 장수도 꼴들이 보이지 않았다.

내일은 진부와 대화에 장이 선다. 축들은 그 어느 쪽으로든지 밤을 새며 육칠십 리 밤길을 타박거리지 않으면 안 된다. 장판은 잔치 뒷마당같이 어수선하게 벌어지고 술집에서는 싸움이 터져 있었다. 주정꾼 욕지거리에 섞여 계집의 앙칼진 목소리가 찢어졌다. 장날 저녁은 정해 놓고 계집의 고함소리로 시작되는 것이다.

"생원, 시침을 떼두 다 아네……충줏집 말야. "

계집 목소리로 문득 생각난 듯이 조 선달은 비죽이 웃는다.

"화중지병[4]이지. 연소(年少)패들을 적수로 하구야 대거리[5]가 돼야 말이지."

"그렇지도 않을걸. 축들이 사족을 못쓰는 것도 사실은 사실이나, 아무리 그렇다군 해두 왜 그 동이 말일세. 감쪽같이 충줏집을 후린 눈치거든. "

"무어 그 애숭이가 ? 물건 가지고 낚었나 부지. 착실한 녀석인 줄 알았더니. "

"그 길만은 알 수 있나……궁리 말구 가보세나그려. 내 한턱 씀세. "

그다지 마음이 당기지 않는 것을 좇아갔다. 허 생원은 계집과는 연분이 멀었다. 얼금뱅이 상판을 쳐들고 대어설 숫기[6]도 없었으나 계집편에서 정을 보낸 적도 없었고, 쓸쓸하고 뒤틀린 반생이었다. 충줏집을 생각만 하여도 철없이 얼굴이 붉어지고 발밑이 떨리고 그 자리에 소스라쳐 버린다. 충줏집 문을 들어서 술좌석에서 짜장 동이를 만났을 때에는 어찌된 서슬엔지 발끈 화가 나 버렸다. 상 위에 붉은 얼굴을 쳐들고 제법 계집과 농탕치는[7] 것을 보고서야 견딜 수 없었던 것이다. 녀석이 제법 난질꾼인데 꼴사납다. 머리에 피도 안 마른 녀석이 낮부터 술 처먹고 계집과 농탕이야. 장돌뱅이 망신만 시키고 돌아다니누나. 그 꼴에 우리들과 한몫 보자는 셈이지. 동이 앞에 막아서면서부

4) 화중지병 : 그림의 떡.
5) 대거리 : 상대하여 대듦.
6) 숫기 : 활발하여 부끄럼이 없는 기운.
7) 농탕치는 : 남녀가 난잡한 행동으로 마구 어울리는 것.

터 책망이었다. 걱정두 팔자요 하는 듯이 빤히 쳐다보는 상기된 눈망울에 부딪힐 때, 결김에 따귀를 하나 갈겨 주지 않고는 배길 수 없었다. 동이도 화를 쓰고 팩하게 일어서기는 하였으나, 허 생원은 조금도 동색하는 법 없이 마음먹은 대로는 다 지껄였다. — 어디서 주워먹은 선머슴인지는 모르겠으나, 네게도 아비 어미 있겠지. 그 사나운 꼴 보면 맘 좋겠다. 장사란 탐탁하게 해야 되지, 계집이 다 무어야. 나가거라, 냉큼 꼴 치워.

그러나 한마디도 대거리하지 않고 하염없이 나가는 꼴을 보려니, 도리어 측은히 여겨졌다. 아직두 서름서름한 사인데 너무 과하지 않았을까 하고 마음이 선득[8]해졌다. 주제도 넘지, 같은 술손님이면서두 아무리 젊다고 자식 낳게 되는 것을 붙들고 치고 닦아셀 것은 무어야 원. 충줏집은 입술을 쫑긋하고 술 붓는 솜씨도 거칠었으나, 젊은애들한테는 그것도 약이 된다나 하고 그 자리는 조 선달이 얼버무려 넘겼다. 너 녀석한테 반했지. 애숭이를 빨문 죄된다. 한참 법석을 친 후이다. 담도 생긴 데다가 웬일인지 흠뻑 취해 보고 싶은 생각도 있어서 허 생원은 주는 술잔이면 거의 다 들이켰다. 거나해짐을 따라 계집 생각보다도 동이의 뒷일이 한결같이 궁금해졌다. 내 꼴에 계집을 가로채서는 어떡헐 작정이었누 하고 어리석은 꼬락서니를 모질게 책망하는 마음도 한편에 있었다. 그러기 때문에 얼마나 지난 뒤인지 동이가 헐레벌떡거리며 황급히 부르러 왔을 때에는, 마시던 잔을 그 자리에 던지고 정신없이 허덕이며 충줏집을 뛰어나간 것이었다.

"생원 당나귀가 바를 끊구 야단이에요."

"각다귀들 장난이지 필연코."

짐승도 짐승이려니와 동이의 마음씨가 가슴을 울렸다. 뒤를 따라 장판을 달음질하려니 거슴츠레한 눈이 뜨거워질 것 같다.

"부락스런[9] 녀석들이라 어쩌는 수 있어야죠."

"나귀를 몹시 구는 녀석들은 그냥 두지는 않을걸."

---

8) 선득 : 갑자기 놀라거나 찬 느낌을 받는 모양.
9) 부락스런 : 불량스런.

반평생을 같이 지내 온 짐승이었다. 같은 주막에서 잠자고, 같은 달빛에 젖으면서 장에서 장으로 걸어다니는 동안에 이십 년의 세월이 사람과 짐승을 함께 늙게 하였다. 까스러진 목 뒤 털은 주인의 머리털과도 같이 바스러지고, 개진개진 젖은 눈은 주인의 눈과 같이 눈곱을 흘렸다. 몽당비처럼 짧게 슬리운 꼬리는, 파리를 쫓으려고 기껏 휘저어 보아야 벌써 다리까지는 닿지 않았다. 닳아 없어진 굽을 몇 번이나 도려내고 새 철을 신겼는지 모른다. 굽은 벌써 더 자라나기는 틀렸고 닳아 버린 철 사이로는 피가 빼짓이 흘렀다. 냄새만 맡고도 주인을 분간하였다. 호소하는 목소리로 야단스럽게 울며 반겨한다.

어린아이를 달래듯이 목덜미를 어루만져 주니 나귀는 코를 벌름거리고 입을 투르르거렸다. 콧물이 튀었다. 허 생원은 짐승 때문에 속도 무던히는 썩였다. 아이들의 장난이 심한 눈치여서 땀 배인 몸뚱어리가 부들부들 떨리고 좀체 흥분이 식지 않는 모양이었다. 굴레가 벗어지고 안장도 떨어졌다. 요 몹쓸 자식들, 하고 허 생원은 호령을 하였으나 패들은 벌써 줄행랑을 논 뒤요 몇 남지 않은 아이들이 호령에 놀래 비슬비슬 멀어졌다.

"우리들 장난이 아니우. 암놈을 보고 저 혼자 발광이지."

코흘리개 한 녀석이 멀리서 소리를 쳤다.

"고녀석 말투가……."

"김 첨지 당나귀가 가버리니까 왼통 흙을 차고 거품을 흘리면서 미친 소같이 날뛰는걸. 꼴이 우스워 우리는 보고만 있었다우. 배를 좀 보지."

아이는 앵돌아진[10] 투로 소리를 치며 깔깔 웃었다. 허 생원은 모르는 결에 낯이 뜨거워졌다. 뭇 시선을 막으려고 그는 짐승의 배 앞을 가리워 서지 않으면 안 되었다.

"늙은 주제에 암샘을 내는 셈야, 저놈의 짐승이."

아이의 웃음소리에 허 생원은 주춤하면서 기어코 견딜 수 없어 채찍을 들더니 아이를 쫓았다.

"쫓으려거든 쫓아 보지. 왼손잡이가 사람을 때려."

10) 앵돌아진 : 마음이 홱 토라진.

줄달음에 달아나는 각다귀에는 당하는 재주가 없었다. 왼손잡이는 아이 하나도 후릴 수 없다. 그만 채찍을 던졌다. 술기도 돌아 몸이 유난스럽게 화끈거렸다.

"그만 떠나세. 녀석들과 어울리다가는 한이 없어. 장판의 각다귀들이란 어른보다도 더 무서운 것들인걸."

조 선달과 동이는 각각 제 나귀에 안장을 얹고 짐을 싣기 시작하였다. 해가 꽤 많이 기울어진 모양이었다.

드팀전 장돌이를 시작한 지 이십 년이나 되어도 허 생원은 봉평 장을 빼논 적은 드물었다. 충주 제천 등의 이웃 군에도 가고, 멀리 영남 지방도 헤매이기는 하였으나 강릉쯤에 물건하러 가는 외에는 처음부터 끝까지 군내를 돌아다녔다. 닷새만큼씩의 장날에는 달보다도 확실하게 면에서 면으로 건너간다. 고향이 청주라고 자랑삼아 말하였으나 고향에 돌보러 간 일도 있는 것 같지는 않았다. 장에서 장으로 가는 길의 아름다운 강산이 그대로 그에게는 그리운 고향이었다. 반날 동안이나 뚜벅뚜벅 걷고 장터 있는 마을에 거지반 가까웠을 때, 거친 나귀가 한바탕 우렁차게 울면 — 더구나 그것이 저녁녘이어서 등불들이 어둠 속에 깜박거릴 무렵이면 늘 당하는 것이건만 허 생원은 변치 않고 언제든지 가슴이 뛰놀았다.

젊은 시절에는 알뜰하게 벌어 돈푼이나 모아 본 적도 있었으나, 읍내에 백중이 열린 해 호탕스럽게 놀고 투전을 하고 하여 사흘 동안에 다 털어 버렸다. 나귀까지 팔게 된 판이었으나 애끊는 정분에 그것만은 이를 물고 단념하였다. 결국 도로아미타불로 장돌이를 다시 시작할 수밖에는 없었다. 짐승을 데리고 읍내를 도망해 나왔을 때에는 너를 팔지 않기 다행이었다고 길가에서 울면서 짐승의 등을 어루만졌던 것이었다. 빚을 지기 시작하니 재산을 모을 염[11]은 당초에 틀리고 간신히 입에 풀칠을 하러 장에서 장으로 돌아다니게 되었다.

호탕스럽게 놀았다고는 하여도 계집 하나 후려 보지는 못하였다. 계집이란

---

11) 염 : 무엇을 하려는 생각.

쌀쌀하고 매정한 것이었다. 평생 인연이 없는 것이라고 신세가 서글퍼졌다. 일신(一身)에 가까운 것이라고는 언제나 변함없는 한 필의 당나귀였다.

그렇다고는 하여도 꼭 한 번의 첫일을 잊을 수는 없었다. 뒤에도 처음에도 없는 단 한 번의 괴이한 인연! 봉평에 다니기 시작한 젊은 시절의 일이었으나 그것을 생각할 적만은 그도 산 보람을 느꼈다.

"달밤이었으나 어떻게 해서 그렇게 됐는지 지금 생각해두 도무지 알 수 없어."

허 생원은 오늘밤도 또 그 이야기를 끄집어내려는 것이다. 조 선달은 친구가 된 이래 귀에 못이 박히도록 들어 왔다. 그렇다고 싫증을 낼 수도 없었으나 허 생원은 시침을 떼고 되풀이할 대로는 되풀이하고야 말았다.

"달밤에는 그런 이야기가 격에 맞거든."

조 선달 편을 바라는 보았으나 물론 미안해서가 아니라 달빛에 감동하여서였다. 이지러는 졌으나 보름을 가제[12] 지난 달은 부드러운 빛을 흐뭇이 흘리고 있다. 대화까지는 칠십 리의 밤길, 고개를 둘이나 넘고 개울을 하나 건너고 벌판과 산길을 걸어야 된다. 달은 지금 긴 산허리에 걸려 있다. 밤중을 지난 무렵인지 죽은 듯이 고요한 속에서 짐승 같은 달의 숨소리가 손에 잡힐 듯이 들리며, 콩포기와 옥수수 잎새가 한층 달에 푸르게 젖었다. 산허리는 온통 메밀밭이어서 피기 시작한 꽃이 소금을 뿌린 듯이 흐뭇한 달빛에 숨이 막힐 지경이다. 붉은 대궁이 향기같이 애잔하고 나귀들의 걸음도 시원하다. 길이 좁은 까닭에 세 사람은 나귀를 타고 외줄로 늘어섰다. 방울소리가 시원스럽게 딸랑딸랑 메밀밭께로 흘러간다. 앞장선 허 생원의 이야깃소리는 꽁무니에 선 동이에게는 확적히는 안 들렸으나, 그는 그대로 개운한 제멋에 적적하지는 않았다.

"장 선 꼭 이런 날 밤이었네. 객주집 토방이란 무더워서 잠이 들어야지. 밤중은 돼서 혼자 일어나 개울가에 목욕하러 나갔지. 봉평은 지금이나 그제나 마찬가지지. 보이는 곳마다 메밀밭이어서 개울가가 어디 없이 하얀 꽃이

---

12) 가제 : 갓. 바로 얼마 전.

야. 돌밭에 벗어도 좋을 것을, 달이 너무도 밝은 까닭에 옷을 벗으러 물방앗간으로 들어가지 않았나. 이상한 일도 많지. 거기서 난데없는 성 서방네 처녀와 마주쳤단 말이네. 봉평서야 제일가는 일색이었지. 팔자에 있었나 부지."

아무렴 하고 응답하면서 말머리를 아끼는 듯이 한참이나 담배를 빨 뿐이었다. 구수한 자줏빛 연기가 밤기운 속에 흘러서는 녹았다.

"날 기다린 것은 아니었으나 그렇다고 달리 기다리는 놈팽이가 있는 것도 아니었네. 처녀는 울고 있단 말야. 짐작은 대고 있었으나 성 서방네는 한창 어려워서 들고날 판인 때였지. 한집안 일이니 딸에겐들 걱정이 없을 리 있겠나. 좋은 데만 있으면 시집도 보내련만 시집은 죽어도 싫다지……. 그러나 처녀란 울 때같이 정을 끄는 때가 있을까. 처음에는 놀라기도 한 눈치였으나 걱정 있을 때는 누그러지기도 쉬운 듯해서 이럭저럭 이야기가 되었네……. 생각하면 무섭고도 기막힌 밤이었어."

"제천인지로 줄행랑을 놓은 건 그 다음날이렷다?"

"다음 장도막[13]에는 벌써 온 집안이 사라진 뒤였네. 장판은 소문에 발끈 뒤집혀 고작해야 술집에 팔려 가기가 상수[14]라고 처녀의 뒷공론이 자자들 하단 말이야. 제천 장판을 몇 번이나 뒤졌겠나. 하나 처녀의 꼴은 꿩 귀먹은 자리야. 첫날밤이 마지막 밤이었지. 그때부터 봉평이 마음에 든 것이 반평생을 두고 다니게 되었네. 평생인들 잊을 수 있겠나."

"수 좋았지. 그렇게 신통한 일이란 쉽지 않어. 항용 못난 것 얻어 새끼 낳고 걱정 늘고. 생각만 해도 진저리 나지……. 그러나 늙으막바지까지 장돌뱅이로 지내기도 힘드는 노릇 아닌가? 난 가을까지만 하구 이 생애와두 하직하려네. 대화쯤에 조그만 전방이나 하나 벌이구 식구들을 부르겠어. 사시 장철 뚜벅뚜벅 걷기란 여간이래야지."

"옛 처녀나 만나면 같이나 살까……난 거꾸러질 때까지 이 길 걷고 저 달 볼 테야."

---

13) 장도막 : 장날과 장날 사이의 동안.
14) 상수 : 제일 좋은 꾀. 상책.

산길을 벗어나니 큰길로 틔어졌다. 꽁무니의 동이도 앞으로 나서 나귀들은 가로 늘어섰다.

"총각두 젊겠다, 지금이 한창 시절이렷다. 충줏집에서는 그만 실수를 해서 그 꼴이 되었으나 섧게 생각 말게."

"처 천만에요. 되려 부끄러워요. 계집이란 지금 웬 제격인가요. 자나깨나 어머니 생각뿐인데요."

허 생원의 이야기로 실심해 한 끝이라 동이의 어조는 한풀 수그러진 것이었다.

"아비 어미란 말에 가슴이 터지는 것도 같았으나 제겐 아버지가 없어요. 피붙이라고는 어머니 하나뿐인걸요."

"돌아가셨나 ?"

"당초부터 없어요."

"그런 법이 세상에."

생원과 선달이 야단스럽게 껄껄들 웃으니, 동이는 정색하고 우길 수밖에는 없었다.

"부끄러워서 말하지 않으려 했으나 정말예요. 제천 촌에서 달도 차지 않은 아이를 낳고 어머니는 집을 쫓겨났죠. 우스운 이야기나, 그러기 때문에 지금까지 아버지 얼굴도 본 적 없고 있는 고장도 모르고 지내와요."

고개가 앞에 놓은 까닭에 세 사람은 나귀를 내렸다. 둔덕은 험하고 입을 벌리기도 대근하여[15] 이야기는 한동안 끊겼다. 나귀는 건듯[16]하면 미끄러졌다. 허 생원은 숨이 차 몇 번이고 다리를 쉬지 않으면 안 되었다. 고개를 넘을 때마다 나이가 알렸다. 동이 같은 젊은 축이 그지없이 부러웠다. 땀이 등을 한바탕 쭉 씻어 내렸다.

고개 너머는 바로 개울이었다. 장마에 흘러 버린 널다리가 아직도 걸리지 않은 채로 있는 까닭에 벗고 건너야 되었다. 고의를 벗어 띠로 등에 얽어매고

---

15) 대근하여 : 견디기 힘들어.
16) 건듯 : 문득. 잠깐.

반 벌거숭이의 우스꽝스런 꼴로 물 속에 뛰어들었다. 금방 땀을 흘린 뒤였으나 밤물은 뼈를 찔렀다.

"그래, 대체 기르긴 누가 기르구 ? "

"어머니는 하는 수 없이 의부를 얻어 가서 술장사를 시작했죠. 술이 고주래서 의부라고 전망나니예요. 철들어서부터 맞기 시작한 것이 하룬들 편한 날 있었을까. 어머니는 말리다가 채이고 맞고 칼부림을 당하곤 하니 집 꼴이 무어겠소. 열여덟 살 때 집을 뛰어나서부터 이 짓이죠. "

"총각 낫세론 섬이 무던하다고 생각했더니 듣고 보니 딱한 신세로군. "

물은 깊어 허리까지 채었다. 속 물살도 어지간히 센데다가 발에 채이는 돌멩이도 미끄러워 금시에 훌칠 듯하였다. 나귀와 조 선달은 재빨리 거의 건넜으나 동이는 허 생원을 붙드느라고 두 사람은 훨씬 떨어졌다.

"모친의 친정은 원래부터 제천이었던가 ? "

"웬걸요. 시원스리 말은 안 해주나 봉평이라는 것만은 들었죠. "

"봉평, 그래 그 아비 성은 무엇이구 ? "

"알 수 있나요. 도무지 듣지를 못했으니까. "

"그 그렇겠지. "

하고 중얼거리며 흐려지는 눈을 까물까물하다가 허 생원은 경망하게도 발을 빗디디었다. 앞으로 고꾸라지기가 바쁘게 몸째 풍덩 빠져 버렸다. 허비적거릴수록 몸을 건잡을 수 없어 동이가 소리를 치며 가까이 왔을 때에는 벌써 퍽으나 흘렀었다. 옷째 쫄짝 젖으니 물에 젖은 개보다도 참혹한 꼴이었다. 동이는 물 속에서 어른을 해깝게[17] 업을 수 있었다. 젖었다고는 하여도 여윈 몸이라 장정 등에는 오히려 가벼웠다.

"이렇게까지 해서 안됐네. 내 오늘은 정신이 빠진 모양이야. "

"염려하실 것 없어요. "

"그래 모친은 아비를 찾지는 않는 눈치지 ? "

"늘 한 번 만나고 싶다고는 하는데요. "

---

17) 해깝게 : 가볍게.

"지금 어디 계신가 ? "

"의부와도 갈라져 제천에 있죠. 가을에는 봉평에 모셔 오려고 생각중인데요. 이를 물고 벌면 이럭저럭 살아갈 수 있겠죠. "

"아무렴 기특한 생각이야. 가을이랬다 ? "

동이의 탐탁한 등허리가 뼈에 사무쳐 따뜻하다. 물을 다 건넜을 때에는 도리어 서글픈 생각에 좀더 업혔으면도 하였다.

"진종일 실수만 하니 웬일이오, 생원. "

조 선달은 바라보며 기어코 웃음이 터졌다.

"나귀야. 나귀 생각하다 실족을 했어. 말 안 했던가. 저 꼴에 제법 새끼를 얻었단 말이지. 읍내 강릉집 피마[18]에게 말일세. 귀를 쫑긋 세우고 달랑달랑 뛰는 것이 나귀 새끼같이 귀여운 것이 있을까. 그것 보러 나는 일부러 읍내를 도는 때가 있다네. "

"사람을 물에 빠치울 젠 딴은 대단한 나귀 새끼군. "

허 생원은 젖은 옷을 웬만큼 짜서 입었다. 이가 덜덜 갈리고 가슴이 떨리며 몹시도 추웠으나 마음은 알 수 없이 둥실둥실 가벼웠다.

"주막까지 부지런히들 가세나. 뜰에 불을 피우고 훗훗이[19] 쉬어. 나귀에겐 더운물을 끓여 주고. 내일 대화장 보고는 제천이다. "

"생원도 제천으로……. "

"오래간만에 가보고 싶어. 동행하려나, 동이 ? "

나귀가 걷기 시작하였을 때 동이의 채찍은 왼손에 있었다. 오랫동안 아둑신이같이 눈이 어둡던 허 생원도 요번만은 동이의 왼손잡이가 눈에 띄지 않을 수 없었다.

걸음도 해깝고 방울소리가 밤 벌판에 한층 청청하게 울렸다.

달이 어지간히 기울어졌다.

---

18) 피마 : 성장한 암말.

19) 훗훗이 : 약간 갑갑할 정도로 훈훈하고 덥게.

**작가소개** 이효석 (1907~1942)

강원도 평창에서 출생했다. 1928년 『조선지광』에 단편 「도시와 유령」을 발표하면서 문단에 나왔다. 1933년 이무영, 김기림, 정지용, 이태준 등과 함께 〈구인회〉 동인을 결성하기도 했다. 주요 작품으로 「메밀꽃 필 무렵」 「화분」 「돈」 「가을의 서정」 「분녀」 「장미 병들다」 『벽공무한』 등이 있다. 그는 인간의 순수한 자연성, 원초적 욕망을 서정적으로 그리는 작품을 많이 발표했다.

**작품해설**

1936년 『조광』에 발표된 「메밀꽃 필 무렵」은 그의 대표작으로 널리 알려져 있다. 가족도 친척도 없는 장돌뱅이인 허 생원은 젊은 시골 처녀와 우연히 맺어졌던 한 번의 정분을 못 잊어하는 순정하고 외로운 사람이다. 똑같은 장돌뱅이로 만난 동이라는 청년이 이십 년 전 그 처녀와의 인연으로 갖게 된 아들임을 알게 된다는 게 줄거리다. 이 작품에서 사회성이나 역사성을 발견할 수는 없지만, 푸른 달빛에 젖은 메밀밭의 풍경, 서정시를 연상시키는 아름다운 문체, 따뜻한 인간애 등은 읽는 이에게 충분한 감동을 주는 데 모자람이 없다.

**읽고 나서**

(1) 허 생원이 여자를 사랑하는 데 소극적이 되고 또 아들과의 관계를 드러내는 신체적 특징은 무엇인가?

— 얼금뱅이와 왼손잡이

(2) 이 작품에서 시적인 문체로 서정적인 풍경을 그린 것 중 가장 뛰어난 곳은 어디인가?

— 밤중을 지난 무렵인지 죽은 듯이 고요한 속에 짐승 같은 달의 숨소리가 손에 잡힐 듯 들리며 콩포기와 옥수수 잎새가 한층 달에 푸르게 젖었다. 산허리는 온통 메밀밭이어서 피기 시작한 꽃이 소금을 뿌린 듯이 달빛에 숨이 막힐 지경이다.

# 동백꽃

김 유 정

오늘도 또 우리 수탉이 막 쪼이었다. 내가 점심을 먹고 나무를 하러 갈 양으로 나올 때이었다. 산으로 올라서려니까 등뒤에서 푸드득푸드득, 하고 닭의 횃소리가 야단이다. 깜짝 놀라며 고개를 돌려 보니 아니나 다르랴, 두 놈이 또 얼리었다.

점순네 수탉(대강이[1]가 크고 똑 오소리같이 실팍하게 생긴 놈)이 덩저리 작은 우리 수탉을 함부로 해내는 것이다. 그것도 그냥 해내는 것이 아니라 푸드득하고 면두를 쪼고 물러섰다가 좀 사이를 두고 또 푸드득하고 모가지를 쪼았다. 이렇게 멋을 부려 가며 여지없이 닦아 놓는다. 그러면 이 못생긴 것은 쪼일 적마다 주둥이로 땅을 받으며 그 비명이 킥, 킥 할 뿐이다. 물론 미처 아물지도 않은 면두를 또 쪼이어 붉은 선혈은 뚝뚝 떨어진다. 이걸 가만히 내려다보자니 내 대강이가 터져서 피가 흐르는 것같이 두 눈에서 불이 번쩍 난다. 대뜸 지게 막대기를 메고 달려들어 점순네 닭을 후려칠까 하다가 생각을 고쳐먹고 헛매질로 떼어만 놓았다.

이번에도 점순이가 쌈을 붙여 놨을 것이다. 바짝바짝 내 기를 올리느라고 그랬음에 틀림없을 것이다. 고놈의 계집애가 요새로 접어들어서 왜 나를 못 먹겠다고 고렇게 아르렁거리는지 모른다.

나흘 전 감자 조각만 하더라도 나는 저에게 조금도 잘못한 것은 없다. 계

1) 대강이 : 머리 · 대가리.

집애가 나물을 캐러 가면 갔지 남 울타리 엮는 데 쌩이질[2]을 하는 것은 다 뭐냐. 그것도 발소리를 죽여 가지고 등뒤로 살며시 와서,

"얘, 너 혼자만 일하니 ? "

하고 긴치 않은[3] 수작을 하는 것이었다.

어제까지도 저와 나는 이야기도 잘 않고 서로 만나도 본척만척하고 이렇게 점잖게 지내던 터이련만 오늘로 갑작스레 대견해졌음은 웬일인가. 황차[4] 망아지 만한 계집애가 남 일하는 놈보구—.

"그럼 혼자 하지 떼루 하듸 ? "

내가 이렇게 내배앝는 소리를 하니까,

"너 일하기 좋니 ? "

또는,

"한여름이나 되거든 하지, 벌써 울타리를 하니 ? "

잔소리를 두루 늘어놓다가 남이 들을까 봐 손으로 입을 틀어막고는 그 속에서 깔깔대인다. 별로 우스울 것도 없는데 날씨가 풀리더니 이놈의 계집애가 미쳤나 하고 의심하였다. 게다가 조금 뒤에는 제 집께를 할금할금 돌아보더니 행주치마의 속으로 꼈던 바른손을 뽑아서 나의 턱밑으로 불쑥 내미는 것이다. 언제 구웠는지 아직도 더운 김이 확 끼치는 굵은 감자 세 개가 손에 뿌듯이 쥐였다.

"느 집엔 이거 없지 ? "

하고 생색 있는 큰소리를 하고는 제가 준 것을 남이 알면은 큰일날 테니 여기서 얼른 먹어 버리란다. 그리고 또 하는 소리가,

"너 봄감자가 맛있단다. "

"나는 감자 안 먹는다, 너나 먹어라. "

나는 고개도 돌리지 않고 일하던 손으로 그 감자를 도로 어깨 너머로 쑥 밀어 버렸다. 그랬더니 그래도 가는 기색이 없고, 뿐만 아니라 쌔근쌔근하고 심

---

2) 쌩이질 : 한창 바쁠 때 쓸데없는 소리로 남을 귀찮게 하는 것.

3) 긴치 않은 : 중요하지 않은

4) 황차 : '하물며'라는 뜻의 접속부사.

상치 않게 숨소리가 점점 거칠어진다. 이건 또 뭐야 싶어서 그때서야 비로소 돌아다보니 나는 참으로 놀랐다. 우리가 이 동리에 들어온 것은 근 삼 년째 되어 오지만 여지껏 가무잡잡한 점순이의 얼굴이 이렇게까지 홍당무처럼 새빨개진 법이 없었다. 게다 눈에 독을 올리고 한참 나를 요렇게 쏘아보더니 나중에는 눈물까지 어리는 것이 아니냐. 그리고 바구니를 다시 집어들더니 이를 꼭 악물고는 엎어질 듯 자빠질 듯 논둑으로 횡하게 달아나는 것이다.

어쩌다 동리 어른이,

"너 얼른 시집 가야지 ? "

하고 웃으면,

"염려 마서유. 갈 때 되면 어련히 갈라구 ! "

이렇게 천연덕스레 받는 점순이었다. 본시 부끄럼을 타는 계집애도 아니려니와 또한 분하다고 눈에 눈물을 보일 얼병이도 아니다. 분하면 차라리 나의 등허리를 바구니로 한 번 모질게 후려쌔리고 달아날지언정.

그런데 고약한 그 꼴을 하고 가더니 그 뒤로는 나를 보면 잡아먹으려고 기를 복복 쓰는 것이다. 설혹 주는 감자를 안 받아 먹은 것이 실례라 하면, 주면 그냥 주었지 "느 집엔 이거 없지?"가 다 뭐냐. 그렇잖아도 저희는 마름이고 우리는 그 손에서 배재를 얻어 땅을 부치므로 일상 굽실거린다. 우리가 이 마을에 처음 들어와 집이 없어서 곤란으로 지낼 제, 집터를 빌리고 그 위에 집을 또 짓도록 마련해 준 것도 점순네의 호의였다. 그리고 우리 어머니 아버지도 농사 때 양식이 달리면 점순네한테 가서 부지런히 꾸어다 먹으면서 인품 그런 집은 다시 없으리라고 침이 마르도록 칭찬하곤 하는 것이다. 그러면서도 열일곱씩이나 된 것들이 수군수군하고 붙어 다니면 동리의 소문이 사납다고 주의를 시켜 준 것도 또 어머니였다. 왜냐하면 내가 점순이하고 일을 저질렀다가는 점순네가 노할 것이고, 그러면 우리는 땅도 떨어지고 집도 내쫓기고 하지 않으면 안 되는 까닭이었다. 그런데 이놈의 계집애가 까닭없이 기를 복복 쓰며 나를 말려 죽이려고 드는 것이다.

눈물을 흘리고 간 담날 저녁 나절이었다. 나무를 한짐 잔뜩 지고 산을 내려오려니까 어디서 닭이 죽는 소리를 친다. 이거 뉘 집에서 닭을 잡나, 하고 점순네 울 뒤로 돌아오다가 나는 고만 두 눈이 뚱그래졌다. 점순이가 저희 집 봉당에 홀로 걸터앉았는데 이게 치마 앞에다 우리 씨암탉을 꼭 붙들어 놓고는,

"이놈의 닭! 죽어라, 죽어라."

요렇게 암팡스레 패주는 것이 아닌가. 그것도 대가리나 치면 모른다마는 아주 알도 못 낳으라고 그 볼기짝께를 주먹으로 콕콕 쥐어박는 것이다.

나는 눈에 쌍심지가 오르고 사지가 부르르 떨렸으나 사방을 한번 휘둘러보고야 그제서 점순이 집에 아무도 없음을 알았다. 잡은 참 지게 막대기를 들어 울타리의 중턱을 후려치며,

"이놈의 계집애! 남의 닭 알 못 낳으라구 그러니?"

하고 소리를 빽 질렀다.

그러나 점순이는 조금도 놀라는 기색이 없고 그대로 의젓이 앉아서 제 닭 가지고 하듯이 또 죽어라, 죽어라, 하고 패는 것이다. 이걸 보면 내가 산에서 내려올 때를 겨냥해 가지고 미리부터 닭을 잡아 가지고 있다가 너 보란 듯이 내 앞에 쥐 지르고 있음이 확실하다. 그러나 나는 그렇다고 남의 집에 뛰어 들어가 계집애하고 싸울 수도 없는 노릇이고 형편이 썩 불리함을 알았다. 그래 닭이 맞을 적마다 지게 막대기로 울타리를 후려칠 수밖에 별도리가 없다. 왜냐하면 울타리를 치면 칠수록 울섶이 물러앉으며 뼈대만 남기 때문이다. 허나 아무리 생각하여도 나만 밑지는 노릇이다.

"아, 이년아! 남의 닭 아주 죽일 터이냐?"

내가 도끼눈을 뜨고 다시 꽥 호령을 하니까 그제서야 울타리께로 쪼르르 오더니 울 밖에 섰는 나의 머리를 겨누고 닭을 내팽개친다.

"에이 더럽다! 더럽다!"

"더러운 걸 널더러 입때 끼고 있으랬니? 망할 계집애년 같으니!"

하고 나도 더럽단 듯이 울타리께를 휭허케 돌아내리며 약이 오를 대로 다 올랐다라고 하는 것은 암탉이 풍기는 서슬에 나의 이마빼기에다 물찌똥을 찍 갈

졌는데 그걸 본다면 알집만 터졌을 뿐 아니라 골병은 단단히 든 듯싶다. 그리고 나의 등뒤를 향하여 나에게만 들릴 듯 말 듯한 음성으로,

"이 바보 녀석아 ! "

"얘 ! 너 배냇병신[5]이지 ? "

그만도 좋으련만,

"얘 ! 너 느 아버지가 고자라지 ? "

"뭐 울 아버지가 그래 고자야?" 할 양으로 열벙거지가 나서 고개를 홱 돌리어 바라봤더니 그때가지 울타리 위로 나와 있어야 할 점순이의 대가리가 어디를 갔는지 보이지를 않는다. 그러다 돌아서서 오자면 아까에 한 욕을 울 밖으로 또 퍼붓는 것이다. 욕을 이토록 먹어 가면서도 대거리[6] 한마디 못하는 걸 생각하니 돌부리에 채이어 발톱 밑이 터지는 것도 모를 만치 분하고 급기야는 두 눈에 눈물까지 불끈 내솟는다.

그러나 점순이의 침해는 이것뿐이 아니다. 사람들이 없으면 틈틈이 제 집 수탉을 몰고 와서 우리 수탉과 쌈을 붙여 놓는다. 제 집 수탉은 썩 험상궂게 생기고 쌈이라면 홰를 치는 고로 으레 이길 것을 알기 때문이다. 그래서 툭하면 우리 수탉이 면두며 눈깔이 피로 흐드르하게 되도록 해놓는다. 어떤 때에는 우리 수탉이 나오지를 않으니까 요놈의 계집애가 모이를 쥐고 와서 꾀어내다가 쌈을 붙인다.

이렇게 되면 나도 다른 배차[7]를 차리지 않을 수 없었다. 하루는 우리 수탉을 붙들어 가지고 넌지시 장독께로 갔다. 쌈닭에게 고추장을 먹이면 병든 황소가 살모사를 먹고 용을 쓰는 것처럼 기운이 뻗친다 한다. 장독에서 고추장 한 접시를 떠서 닭 주둥아리께로 들이밀고 먹여 보았다. 닭도 고추장에 맛을 들였는지 거스르지 않고 거진 반접시 턱이나 곧잘 먹는다. 그리고 먹고 금세는 용을 못 쓸 터이므로 얼마쯤 기운이 돌도록 홰 속에다 가두어 두었다.

밭에 두엄을 두 짐 져내고 나서 쉴 참에 그 닭을 안고 밖으로 나왔다. 마침

---

5) 배냇병신 : 어머니 뱃속에서부터 기형적인 사람을 이르는 말.
6) 대거리 : 상대하여 대듦.
7) 배차 : 차례를 배정함.

밖에는 아무도 없고 점순이만 저희 울 안에서 헌옷을 뜯는지 혹은 솜을 터는지 웅크리고 앉아서 일을 할 뿐이다. 나는 점순네 수탉이 노는 밭으로 가서 닭을 내려놓고 가만히 맥을 보았다. 두 닭은 여전히 얼리어 쌈을 하는데 처음에는 아무 보람이 없었다. 멋지게 쪼는 바람에 우리 닭은 또 피를 흘리고 그러면서도 날갯죽지만 푸드득푸드득하고 올라뛰고 뛰고 할 뿐으로 제법 한 번 쪼아 보지도 못한다. 그러나 한번은 어쩐 일인지 용을 쓰고 펄쩍 뛰더니 발톱으로 눈을 하비고[8] 내려오며 면두를 쪼았다. 큰 닭도 여기에는 놀랐는지 뒤로 멈씰하며 물러난다. 이 기회를 타서 작은 우리 수탉이 또 날쌔게 덤벼들어 다시 면두를 쪼니 그제서는 감때사나운[9] 그 대강이에서도 피가 흐르지 않을 수가 없었다. 옳다 알았다, 고추장만 먹이면은 되는구나, 하고 나는 속으로 아주 쟁그러워[10] 죽겠다. 그때에는 뜻밖에 내가 닭쌈을 붙여 놓는 데 놀라서 울 밖으로 내다보고 섰던 점순이도 입맛이 쓴지 눈살을 찌푸렸다. 나는 두 손으로 볼기짝을 두드리며 연방, “잘한다! 잘한다!” 하고 신이 머리끝까지 뻗치었다.

그러나 얼마 되지 않아서 나는 넋이 풀리어 기둥같이 묵묵히 서 있게 되었다. 왜냐하면 큰 닭이 한 번 쪼이면 앙갚음으로 호들갑스레 연거푸 쪼는 서슬에 우리 수탉은 찔끔 못 하고 막 곯는다. 이걸 보고서 이번에는 점순이가 깔깔거리고 되도록 이쪽에서 많이 들으라고 웃는 것이다.

나는 보다못하여 덤벼들어서 우리 수탉을 붙들어 가지고 도로 집으로 들어왔다. 고추장을 좀더 먹였더라면 좋았을걸, 너무 급하게 쌈을 붙인 것이 퍽 후회가 난다. 장독께로 돌아와서 다시 턱밑에 고추장을 들이댔다. 흥분으로 말미암아 그런지 당최 먹질 않는다. 나는 하릴없이 닭을 반듯이 누이고 그 입에다 궐련 물부리를 물리었다. 그리고 고추장 물을 타서 그 구멍으로 조금씩 들이부었다. 닭은 좀 괴로운지 킥킥하고 재치기를 하는 모양이나 그러나 당장의 괴로움은 매일같이 피를 흘리는 데 댈 게 아니라 생각하였다.

---

8) 하비고 : 손톱이나 발톱 같은 것으로 긁어 파고.
9) 감때사나운 : 매우 억세고 사나워서 휘어내기 힘든.
10) 쟁그러워 : 미운 자가 잘못되는 것을 볼 때 아주 고소한.

그러나 한 두어 종지 가량 고추장 물을 먹이고 나서는 나는 고만 풀이 죽었다. 싱싱하던 닭이 왜 그런지 고개를 살며시 뒤틀고는 손아귀에서 빠드러지는 것이 아닌가. 아버지가 볼까 봐서 얼른 홰에다 감추어 두었더니 오늘 아침에서야 겨우 정신이 든 모양 같다.

그랬던 걸 이렇게 오다 보니까 또 쌈을 붙여 놓으니 이 망할 계집애가 필연 우리 집에 아무도 없는 틈을 타서 제가 들어와 홰에서 꺼내 가지고 나간 것이 분명하다.

나는 다시 닭을 잡아다 가두고 염려는 스러우나 그렇다고 산으로 나무를 하러 가지 않을 수도 없는 형편이었다.

소나무 삭정이를 따며 가만히 생각해 보니 암만해도 고년의 목쟁이를 돌려놓고 싶다. 이번에 내려가면 망할 년 등줄기를 한번 되게 후려치겠다 하고 싱둥싱둥 나무를 지고는 부리나케 내려왔다.

거지반 집에 다 내려와서 나는 호드기[11]소리를 듣고 발이 딱 멈추었다. 산기슭에 널려 있는 굵은 바윗돌 틈에 노란 동백꽃이 소보록하니 깔리었다.

그 틈에 끼어 앉아서 점순이가 청승맞게끔 호드기를 불고 있는 것이다. 그보다도 더 놀란 것은 고 앞에서 또 푸드득푸드득하고 들리는 닭의 횃소리다. 필연코 요년이 나의 약을 올리느라고 또 닭을 집어내다가 내가 내려올 길목에다 쌈을 시켜 놓고 저는 그 앞에 앉아서 천연스레 호드기를 불고 있음에 틀림없으리라.

나는 약이 오를 대로 다 올라서 두 눈에서 불과 함께 눈물이 펑 쏟아졌다. 나무 지게도 벗어 놀 새도 없이 그대로 내동댕이치고는 지게 막대기를 뻗치고 허둥지둥 달려들었다.

가까이 와보니 과연 나의 짐작대로 우리 수탉이 피를 흘리고 거의 빈사(瀕死)[12] 지경에 이르렀다. 닭도 닭이려니와 그러함에도 불구하고 눈 하나 깜짝 없이 고대로 앉아서 호드기만 부는 그 꼴에 더욱 치가 떨린다. 동리에서도 소

---

11) 호드기 : 물오른 버들가지나 짤막한 밀짚토막으로 만든 피리.
12) 빈사 : 거의 죽게 된 지경에 이름.

문이 났거니와 나도 한때는 걱실걱실[13]히 일 잘하고 얼굴 예쁜 계집애인 줄 알았더니 시방 보니까 그 눈깔이 꼭 여우 새끼 같다.

나는 대뜸 달려들어서 나도 모르는 사이에 큰 수탉을 단매로 때려엎었다. 닭은 푹 엎어진 채 다리 하나 꼼짝 못하고 그대로 죽어 버렸다. 그리고 나는 멍하니 섰다가 점순이가 매섭게 눈을 홉뜨고 닥치는 바람에 뒤로 벌렁 나자빠졌다.

"이놈아! 너 왜 남의 닭을 때려 죽이니?"

"그럼 어때?"

하고 일어나다가,

"뭐 이 자식아! 누 집 닭인데?"

하고 복장을 떼미는 바람에 다시 벌렁 자빠졌다. 그리고 나서 가만히 생각하니 분하기도 하고 무안도 스럽고 또 한편 일을 저질렀으니 인젠 땅이 떨어지고 집도 내쫓기고 해야 될는지도 모른다. 나는 비슬비슬 일어나며 소맷자락으로 눈을 가리고는 얼김에 엉하고 울음을 놓았다. 그러나 점순이가 앞으로 다가와서,

"그럼, 너 이담부턴 안 그럴 테냐?"

하고 물을 때에야 비로소 살길을 찾은 듯싶었다. 나는 눈물을 우선 씻고 뭘 안 그러는지 명색도 모르건만,

"그래!"

하고 무턱대고 대답하였다.

"요담부터 또 그래 봐라, 내 자꾸 못살게 굴 테니."

"그래 그래, 인젠 안 그럴 테야."

"닭 죽은 건 염려 마라. 내 안 이를 테니."

그리고 뭣에 떠다 밀렸는지 나의 어깨를 짚은 채 그대로 퍽 쓰러진다. 그 바람에 나의 몸뚱이도 겹쳐서 쓰러지며 한창 피어 퍼드러진 노란 동백꽃 속으로 폭 파묻혀 버렸다.

---

13) 걱실걱실 : 성질이 너그러워 언행이 활발한 모양.

알싸한, 그리고 향긋한 그 냄새에 나는 땅이 꺼지는 듯이 온 정신이 고만 아찔하였다.

"너 말 마라 ? "

"그래 ! "

조금 있더니 요 아래서,

"점순아 !  점순아 !  이년이 바느질을 하다 말구 어딜 갔어!" 하고 어딜 갔다 온 듯싶은 그 어머니가 역정이 대단히 났다.

점순이가 겁을 잔뜩 집어먹고 꽃 밑을 살금살금 기어서 산 아래로 내려간 다음 나는 바위를 끼고 엉금엉금 기어서 산 위로 치빼지 않을 수 없었다.

**작가소개** 김유정 (1908~1937)

강원도 춘성 출생. 1933년『신여성』에「총각과 맹꽁이」를 발표하면서 문단에 나왔다. 주요 작품으로「금 따는 콩밭」「산골 나그네」「소낙비」「따라지」「봄 봄」「동백꽃」「땡볕」등이 있다. 향토적인 배경, 해학적인 사건 전개, 육담과 속어를 자유롭게 사용하는 문체는 김유정 소설만의 독특한 특징이다.

**작품해설**

1936년『조광』에 발표된「동백꽃」은 '나'와 점순이라는 사춘기 소년 소녀들의 희화적인 사랑 이야기다. 어리숙하고 숫기 없는 1인칭 화자인 '나'는 닭싸움을 매개로 한 점순이의 구애를 눈치 채지 못하고 전전긍긍한다. 이들 두 주인공이 갖고 있는 갈등은 농촌 소년 소녀들의 건강성과 순박성으로 인해 오히려 읽는 이에게 따뜻한 웃음을 자아내게 한다.

**읽고 나서**

(1) 이 작품의 주제는 무엇인가?

— 산골 남녀의 본능적인 삶과 순박한 사랑

(2) 이 작품에서 나와 점순이의 갈등과 화해를 매개하는 것은 무엇인가?

— 닭

# 배따라기

김 동 인

좋은 일기이다.

좋은 일기라도, 하늘에 구름 한 점 없는 — 우리 '사람'으로서는 감히 접근 못할 위엄을 가지고, 높이서 우리 조그만 '사람'을 비웃는 듯이 내려다보는, 그런 교만한 하늘은 아니고, 가장 우리 '사람'의 이해자인 듯이 낮게 뭉글뭉글 엉기는 분홍빛 구름으로써 우리와 서로 손목을 잡자는 그런 하늘이다. 사랑의 하늘이다.

나는 잠시도 멎지 않고, 푸른 물을 황해로 부어 내리는 대동강을 향한, 모란봉 기슭 새파랗게 돋아나는 풀 위에 뒹굴고 있었다.

이날은 삼월 삼질, 대동강에 첫 뱃놀이하는 날이다. 까맣게 내려다보이는 물 위에는, 결결이 반짝이는 물결을 푸른 놀잇배들이 타고 넘으며, 거기서는 봄 향기에 취한 형형색색의 선율이, 우단보다도 부드러운 봄 공기를 흔들면서 날아온다. 그리고 거기서 기생들의 노래와 함께 날아오는 조선 아악(雅樂)[1]은 느리게, 길게, 유창하게, 부드럽게, 그리고 또 애처롭게 — 모든 봄의 정다움과 끝까지 조화하지 않고는 안 두겠다는 듯이, 대동강에 흐르는 시꺼먼 봄물, 청류벽에 돋아나는 푸르른 풀어음, 심지어 사람의 가슴속에 봄에 뛰노는

1) 아악 : 옛날 우리 나라의 궁정용 고전음악.

불 붙는 핏줄기까지라도, 습기 많은 봄 공기를 다리 놓고 떨리지 않고는 두지 않는다.

봄이다. 봄이 왔다.

부드럽게 부는 조그만 바람이, 시꺼먼 조선 솔을 꿰며, 또는 돋아나는 풀을 스치고 지나갈 때의 그 음악은 다른 데서는 듣지 못할 아름다운 음악이다.

아아, 사람을 취케 하는 푸르른 봄의 아름다움이여! 열다섯 살부터의 동경 생활에 마음껏 이런 봄을 보지 못하였던 나는, 늘 이것을 보는 사람보다 곱 이상의 감명을 여기서 받지 않을 수 없다.

평양성 내에서는, 겨우 툭툭 터진 땅을 헤치며 파릇파릇 돋아나는 나무새기와 돋아나려는 버들의 어음으로 봄이 온 줄 알 뿐, 아직 완전히 봄이 안 이르렀지만, 이 모란봉 일대와 대동강을 넘어 보이는 '가나안' 옥토를 연상시키는 장림(長林)[2]에는 마음껏 봄의 정다움이 이르렀다.

그리고 또 꽤 자란 밀보리들로 새파랗게 장식한 장림의 그 푸른 빛, 만족한 웃음을 띠고 그 벌에 서서 내다보는 농부의 모양은, 보지 않아도 생각할 수가 있다.

구름은 자꾸 하늘을 날아다니는 모양이다. 그 밀 위에 비치었던 구름의 그림자는 그 구름과 함께 저편으로 몰려가며, 거기는, 세계를 아까 만들어 놓은 것 같은 새로운 녹빛이 펴져 나간다. 바람이나 조금 부는 때는 그 잘 자란 밀들은 물결과 같이, 누웠다 일어났다 일록일청(一綠一靑)으로 춤을 춘다. 그리고 봄의 한가함을 찬송하는 솔개들은, 높은 하늘에서 동그라미를 그리면서, 더욱더 아름다운 봄에 항수를 붓는다.

다스한 봄정에 솟아나리다
다스한 봄정에 솟아나리다

나는 두어 번 소리 나게 읊은 뒤에 담배를 붙여 물었다. 담뱃내는 무럭무

2) 장림 : 길게 뻐쳐 있는 숲.

럭 하늘로 올라간다.

하늘에도 봄이 왔다.

하늘은 낮았다. 모란봉 꼭대기에 올라가면 넉넉히 만질 수가 있으리만큼 하늘은 낮다. 그리고 그 낮은 하늘보다는 오히려 더 높이 있는 듯한 분홍빛 구름은, 뭉글뭉글 엉기면서 이리저리 날아다닌다.

나는 이러한 아름다운 봄 경치에 이렇게 마음껏 봄의 속삭임을 들을 때는, 언제든 '유토피아'를 아니 생각할 수 없다. 우리가 시시각각으로 애를 쓰며 수고하는 것은 — 그 목적은 무엇인가 ? 역시 유토피아 건설에 있지 않을까 ?

유토피아를 생각할 때는 언제든 그 '위대한 인격의 소유자'며 '사람의 위대함을 끝까지 즐긴' 진나라 시황을 생각지 않을 수 없다.

우리가 어찌하면 죽지를 아니할까 하여, 동남동녀(童男童女)[3] 삼백을 배에 태워 불사약을 구하러 떠나 보내며, 예술의 사치를 다하여 아방궁을 지으며, 매일 신하 몇천 명과 잔치로써 즐기며, 이리하여 여기 한 유토피아를 세우려던 시황은, 몇만의 역사가가 어떻다고 욕을 하든, 그는 정말로 인생의 향락자이며 역사 이후의 제일 큰 위인이라고 할 수가 있다. 그만한 순전한 용기 있는 사람이 있고야 우리 인류 역사는 끝이 날지라도 한 사람을 가졌었다고 할 수 있다.

"큰 사람이었었다."

하면서 나는 머리를 들었다.

이때다. 기자묘 근처에서 무슨 슬픈 음률이 봄공기를 진동시키며 날아오는 것이 들렸다. 나는 무심코 귀를 기울였다.

영유 배따라기다. 그것도 웬만한 광대나 기생은 발꿈치에도 미치지 못하리만큼 — 그만큼 그 배따라기의 주인은 잘 부르는 사람이었다.

비나이다, 비나이다
산천 후토 일월 성신

3) 동남동녀 : 사내아이와 계집아이.

하나님전 비나이다
실낱 같은 우리 목숨
살려 달라 비나이다
에－야, 어그여지야 —

여기까지 이르렀을 때에 저편 아래 물에서 장구소리와 함께 기생의 노래가 울리어 오며 배따라기는 그만 안 들리게 되었다. 나는 이 년 전 한여름을 영유서 지내 본 일이 있다. 배따라기의 본고장인 영유를 몇 달 있어 본 사람은 그 배따라기에 대하여 언제든 한 속절없는 애처로움을 깨달을 것이다.

영유, 이름은 모르지만, ×산에 올라가서 내다보면 앞은 망망한 황해이니, 그곳 저녁때의 경치는 한번 본 사람은 영구히 잊을 수가 없으리라. 불덩이 같은 커다란 시뻘건 해가, 남실남실 넘치는 바다에 도로 빠질 듯, 도로 솟아오를 듯 춤을 추며, 때때로 보이지 않는 배에서 배따라기만 슬프게 날아오는 것을 들을 때엔 눈물 많은 나는 때때로 눈물을 흘렸다. 이로 보아서 어떤 원의 아내가 자기의 모든 영화를 낡은 신같이 내어 던지고 뱃사람과 정처 없는 물길을 떠났다 함도 믿지 못할 말이랄 수가 없다.

영유서 돌아온 뒤에도 그 배따라기는 내 마음에 깊이 새기어져 잊을 수가 없었고, 언제 한번 다시 영유를 가서 그 노래를 한 번 더 들어 보고 그 경치를 다시 한번 보고 싶은 생각이 늘 떠나지를 않았다.

장구소리와 기생의 노래는 멎고 배따라기만 구슬프게 날아온다. 결결이 부는 바람으로 말미암아 때때로는 들을 수가 없으되, 나의 기억과 곡조를 종합하여 들은 배따라기는 이 대목이다.

강변에 나왔다가
나를 보더니만,
혼비백산하여

꿈인지 생시인지
와르륵 달려들어
섬섬 옥수로 붙어 잡고,
호천망극 하는 말이
'하늘로서 떨어지며
땅으로서 솟아났다
바람결에 묻어 오고
구름길에 쌔여 왔나'
이리 서로 붙들고 울음 울 제,
인리 제인이며
일가 친척이 모두 모여,

여기까지 들은 나는 마침내 참지 못하고 벌떡 일어서서 소나무 가지에 걸었던 모자를 내려 쓰고, 그곳을 찾으려 모란봉 꼭대기에 올라섰다. 꼭대기는 좀더 노랫소리가 잘 들린다. 그는 배따라기의 맨 마지막, 여기를 부른다.

밥을 빌어서
죽을 쑬지라도
제발 덕분에
뱃놈 노릇은 하지 마라
에—야, 어그여지야—

그의 소리로써 방향을 찾으려던 나는, 그만 그 자리에 섰다.
'어딘가 ? 기자묘 ? 혹은 을밀대(乙密臺) ?'
그러나 나는 오래 서 있을 수가 없었다. 어떻든 찾아보자 하고 현무문으로 가서 문 밖에 썩 나섰다. 기자묘의 깊은 솔밭은 눈앞에 쫙 퍼진다.
'어딘가 ? '

나는 또 물어 보았다.

이때에 그는 또다시 배따라기를 시초부터 부른다. 그 소리는 왼편에서 온다.

왼편이구나 하면서, 소리 나는 곳을 더듬어서 소나무 틈으로 한참 돌다가, 겨우 기자묘치고는 그중 하늘이 넓고 밝은 곳에, 혼자서 뒹굴고 있는 그를 찾아내었다. 나의 생각한 바와 같은 얼굴이다. 얼굴, 코, 입, 눈, 몸집이 모두 네모나고 — 그의 이마의 굵은 주름살과 시꺼먼 눈썹은, 고생 많이 함과 순진한 성격을 나타낸다.

그는 어떤 신사가 자기를 들여다보는 것을 보고, 노래를 그치고 일어나 앉는다.

"왜 ? 그냥 하지요. "
하면서 나는 그의 곁에 가 앉았다.

"머……. "
할 뿐 그는 눈을 들어서 터진 하늘을 쳐다본다.

좋은 눈이었다. 바다의 넓고 큼이 유감 없이 그의 눈에 나타나 있다. 그는 뱃사람이라 나는 짐작하였다.

"잘하는구레. "

"잘해요 ? "

그는 나를 잠깐 보고, 사람 좋은 웃음을 띤다.

"고향이 영유요 ? "

"예, 머, 영유서 나기는 했디만, 한 이십 년 영윤 가 보디두 않앗시요. "

"왜, 이십 년씩 고향엘 안 가요 ? "

"사람의 일이라니, 마음대로 됩데까 ? "

그는, 왜 그러는지, 한숨을 짓는다.

"거저, 운명이 데일 힘셉디다. "

운명의 힘이 제일 세다는 그의 소리에는, 삭이지 못할 원한과 뉘우침이 섞여 있다.

"그래요 ? "

나는 다만 그를 건너다볼 뿐이다.

한참 잠잠하니 있다가 나는 다시 말하였다.

"자, 노형의 경험담이나 한번 들어 봅시다. 감출 일이 아니면 한번 이야기 해 보소."

"머, 감출 일은……."

"그럼, 어디 들어 봅시다그려."

그는 다시 하늘을 쳐다보았다.

그러나 좀 있다가,

"하디요."

하면서 내가 담배를 붙이는 것을 보고 자기도 대에 담배를 붙여 물고 이야기를 꺼낸다.

"십구 년 전 팔월 열하룻날 일인데요."

하면서, 그가 이야기한 바는 대략 이와 같은 것이다.

그의 살던 마을은 영유 고을서 한 이십 리 떠나 있는, 바다를 향한 조그만 어촌이다. 그의 살던 조그만 마을 — 서른 집쯤 되는 — 에서는 그는 꽤 유명한 사람이었다.

그의 부모는 모두 열댓 세 났을 때 돌아갔고, 남은 사람이라고는 곁집에 딴 살림하는 그의 아우 부처(夫妻)와 그 자기 부처뿐이었다. 그들 형제가 그 마을에서 제일부자이고 또 제일 고기잡이를 잘하였고, 그중 글이 있었고, 배따라기도 그 마을에선 빼어나게 그 형제가 잘하였다. 말하자면 그 형제가 그 동네의 대표적 사람이었다.

팔월 보름은 추석 명절이다. 팔월 열하룻날 그는 명절에 쓸 장도 볼 겸 그의 아내가 늘 부러워하는 거울도 하나 사올 겸 장으로 향하였다.

"당손네 집에 있는 것보다 큰 것이요. 닞디 말구요."

그의 아내는 길까지 따라 나오면서 잊지 않도록 부탁하였다.

"안 닞어."

하면서 그는 떠오르는 새빨간 햇빛을 앞으로 받으면서 자기 마을을 나섰다.

그는 아내를 (이렇게 말하기는 우습지만) 고와했다. 그의 아내는 촌에서는 드물도록 연연하고도 예쁘게 생겼다. (그는 나에게 이렇게 말하였다.)

"성내(평양) 덴줏골(갈보촌)을 가두 그만한 거 쉽디 않갓시요."

그러니까 촌에서는, 그리고 그 당시에는 남에게 우습게 보이도록 그 부처의 사이는 좋았다. 늙은이들은 계집에게 혹하지 말라고 흔히 그에게 권고하였다.

부처의 사이는 좋았지만 — 아니, 오히려 좋으므로 그는 아내에게 시기를 많이 하였다. 그리고 그의 아내는 시기를 받을 일을 많이 하였다. 품행이 나쁘다는 것이 아니라, 그의 아내는 대단히 쾌활한 성질로서 아무에게나 말 잘하고 애교를 잘 부렸다.

그 동네에서는 무슨 명절이나 되면, 그 집이 그중 정결함을 핑계삼아 젊은이들은 모두 그의 집에 모이고 하였다.

그 젊은이들은 모두 그의 아내에게 '아즈마니'라 부르고, 그의 아내는 '아즈바니 아즈바니' 하며 그들과 지껄이고 즐기며, 그 웃기 잘하는 입에는 늘 웃음을 흘리고 있었다. 그럴 때마다 그는 한편 구석에서 눈만 할끈거리며 있다가, 젊은이들이 돌아간 뒤에는 불문 곡직하고 아내에게 덤벼들어 발길로 차고 때리며, 이전에 사다 주었던 것을 모두 걷어 올린다.

싸움을 할 때에는 언제든 곁집에 있는 아우 부처가 말리러 오며, 그렇게 되면 언제든 그는 아우 부처까지 때려 주었다.

그가 아우에게 그렇게 구는 데는 이유가 있었다 — 그의 아우는, 촌사람에게는 다시 없도록 늠름한 위엄이 있었고, 맨날 바닷바람을 쏘였지만 얼굴이 희었다. 이것뿐으로도, 시기가 된다 하면 되지만, 특별히 아내가 그의 아우에게 친절히 하는 데 이르러서는, 그는 억울하도록 시기를 하였다.

그가 영유를 떠나기 반년 전쯤 — 다시 말하자면 그가 거울을 사러 장에 갈 때부터 반년 전쯤 그의 생일날이었다. 그의 집에서는 음식을 차려서 잘 먹었는데, 그에게는 괴상한 버릇이 있었으니, 맛있는 음식은 남겨두었다가 좀 있다 먹고 하는 것이 습관이었다. 그의 아내도 이 버릇은 잘 알 터인데 그의 아우가 점심때쯤 오니까, 아까 그가 아껴서 남겨두었던 그 음식을 아우에게 주려 하였다. 그는 눈을 부릅뜨고 '못 주리라'고 암호하였지만 아내는 그것을 보았는지 못 보았는지 그의 아우에게 주어 버렸다. 그는 마음속이 자못 편치 못하였다. '트집만 있으면 이년을…….' 그는 마음먹었다.

그의 아내는 시아우에게 상을 준 뒤에 물러오다가 그만 발을 조금 밟았다.

"이년!"

그는 힘껏 발을 들어서 아내를 냅다 찼다. 그의 아내는 상 위에 거꾸러졌다가 일어난다.

"이년, 사나이 발을 짓밟는 년이 어디 있어!"

"거 좀 밟아서 발이 부러뎃쉐까?"

아내는 낯이 새빨개져서 울음 섞인 소리로 고함친다.

"이년! 말대답이……."

그는 일어서서 아내의 머리채를 휘어잡았다.

"형님! 왜 이러십니까?"

아우가 일어서면서 그를 붙잡았다.

"가만 있거라, 이놈의 자식."

하며, 그는 아우를 밀친 뒤에 아내를 되는 대로 내리찧었다.

"죽일 년, 이년! 나가거라!"

"죽여라, 죽여라! 난, 죽어도 이 집에선 못 나가!"

"못 나가?"

"못 나가디 않구. 뉘 집이게……."

이때다. 그의 마음에는 그 '못 나가겠다'는 아내의 마음이 푹 들이박혔다. 그 이상 때리기가 싫었다.

우두커니 눈만 흘기고 있다가 그는,

"망할 년, 그럼 내가 나갈라."

하고 그만 문 밖으로 뛰어나가서,

"형님, 어디 갑니까?"

하는 아우의 말에는 대답도 안 하고, 곁동네 탁주집으로 뒤도 안 돌아보고 가서, 거기 술 파는 계집과 술상 앞에 마주앉았다.

그날 저녁 얼근히 취한 그는 아내를 위하여 떡을 한 돈어치 사 가지고 집으로 돌아왔다.

이리하여 또 서너 달은 평화가 이르렀다. 그러나 이 평화가 언제까지든 계속될 수는 없었다. 그의 아우로 말미암아 또 평화는 쪼개져 나갔다.

오월 초승부터 영유 고을 출입이 잦던 그의 아우는 오월 그믐께부터는 고을서 며칠씩 묵어 오는 일이 많았다. 함께, 고을에 첩을 얻어두었다는 소문이 퍼졌다. 이 소문이 있은 뒤로 아내는 그의 아우가 고을 들어가는 것을 벌레보다도 더 싫어하고, 며칠 묵어서 오는 때면 곧 아우의 집으로 가서 그와 담판을 하며, 심지어 동서되는 아우의 처에게까지 못 가게 하지 않는다고 싸우는 일이 있었다. 칠월 초승께 그의 아우는 고을에 들어가서 열흘쯤 묵어 온 일이 있었다. 이때도 전과 같이 그의 아내는 그의 아우며 제수와 싸우다 못하여, 마침내 그에게까지 와서 아우가 그런 못된 데를 다니는 것을 그냥 둔다고 해보자 한다. 그 꼴을 곱게 보지 않았던 그는 첫마디로 고함을 쳤다.

"네가 상관이 무에가 ? 듣기 싫다."

"못난둥이. 아우가 그런 델 댕기는 걸 말리디두 못하고 !"

분김에 이렇게 그의 아내는 고함쳤다.

"이년, 무얼 ?"

그는 벌떡 일어섰다.

"못난둥이 !"

그 말이 채 끝나기 전에 그의 아내는 악 소리와 함께 그 자리에 거꾸러졌다.

"이년 ! 사나이에게 그 따윗 말버릇 어디서 배완 !"

"에미네 때리는 건 어디서 배왔노 ? 못난둥이 !"

그의 아내는 울음으로 부르짖었다.

"상년 그냥 ? 나갈 ! 우리 집에 있디 말구 나갈 !"

그는 내리찧으면서 부르짖었다. 그리고 아내를 문을 열고 밀쳤다.

"나가디 않으리 ! "
하고 그의 아내는 울면서 뛰어나갔다.

"망할 년 ! "

토하는 듯이 중얼거리고 그는 그 자리에 주저앉았다.

그의 아내는 해가 지고 어두워져도 돌아오지 않았다. 일단 내어쫓기는 하였지만 그는 아내의 돌아옴을 기다리고 있었다. 어두워져서도 그는 불도 안 켜고, 성이 나서 우들우들 떨면서 아내가 돌아오기를 기다렸다. 그러나 그의 아내의 참 기쁜 듯이 웃는 소리가 그의 아우의 집에서 밤새도록 울리었다. 그는 움쩍도 안 하고 그 자리에 앉아서 밤을 새운 뒤에 새벽 동터 올 때 아내와 아우를 죽이려고 부엌에 가서 식칼을 가지고 들어와서 문을 벌컥 열었다.

그의 아내로서 만약 근심스러운 얼굴을 하고 그 문 밖에 우두커니 서서 문을 들여다보고 있지 않았다면, 그는 아내와 아우를 죽이고야 말았으리라.

그는 아내를 보는 순간 마음에 가득 차는 사랑을 깨달으면서 칼을 내던지고 뛰어나가서 아내의 머리채를 휘어잡고, 이년 ! 하면서 들어오더니 빰을 물어뜯으면서 함께 이리저리 자빠져서 뒹굴었다.

그런 이야기는 다 하려면 끝이 없으되 다만 '그' , '그의 아내' , '그의 아우' 세 사람의 삼각 관계는 대략 이와 같다.

각설 —

거울은 마침 장에 마음에 맞는 것이 있었다. 지금 것과 대보면, 어떤 때는 코도 크게 보이고 입이 작게도 보이는 것이지만, 그 당시에는 그리고 그런 촌에서는 둘도 없는 귀물(貴物)[4]이었다. 거울을 사 가지고 장을 본 뒤에 그는 이 거울을 아내에게 주면 그 기뻐할 모양을 생각하며 새빨간 저녁 햇빛을 받는 넘치는 듯한 바다를 안고 자기 집으로, 늘 들러 오던 탁주집에도 안 들르고 돌아왔다.

그러나 그가 그의 집 방 안에 들어설 때에는 뜻도 안 하였던 광경이 그의 눈에 벌리어 있었다.

---

4) 귀물 : 귀중한 물건.

방 가운데는 떡상이 있고, 그의 아우는 수건이 벗어져서 목 뒤로 늘어지고, 저고리 고름이 모두 풀어져 가지고 한편 모퉁이에 서 있고, 아내도 머리채가 모두 뒤로 늘어지고, 치마가 배꼽 아래 늘어지도록 되어 있으며, 그의 아내와 아우는 그를 보고 어찌할 줄을 모르는 듯이, 움찍도 안 하고 서 있었다.

세 사람은 한참 동안 어이없이 서 있었다. 그러나 좀 있다가 마침내 그의 아우가 겨우 말했다.

"그놈의 쥐 어디 갔니 ? "

"흥 ! 쥐 ? 훌륭한 쥐 잡댔구나 ! "

그는 말을 끝내지도 않고, 짐을 벗어 던지고, 뛰어가서 아우의 멱살을 그러 쥐었다.

"형님 ! 정말 쥐가……. "

"쥐 ? 이놈 ? 형수하고 그런 쥐 잡는 놈이 어디 있니 ? "

그는 아우의 따귀를 몇 대 때린 뒤에 등을 밀어서 문 밖에 내어 던졌다. 그런 뒤에 이제 자기에게 이를 매를 생각하고 우들우들 떨면서 아랫목에 서 있는 아내에게 달려들었다.

"이년 ! 시아우와 그러는 년이 어디 있어 ! "

그는 아내를 거꾸러뜨리고 함부로 내리찧었다.

"정말 쥐가……아이 죽겠다. "

"이년 ! 너두 쥐 ? 죽어라 ! "

그의 팔다리는 함부로 아내의 몸 위에 오르내렸다.

"아이, 죽갔다. 정말 아까 적은이(시아우)가 왔게 떡 먹으라구 내놓았더니……."

"듣기 싫다 ! 시아우 붙은 년이 무슨 잔소릴……. "

"아이, 아이, 정말이야요, 쥐가 한 마리 나……. "

"그냥 쥐 ? "

"쥐 잡을래다가……. "

"상년 ! 죽어라 ! 물에래두 빠데 죽얼 ! "

그는 실컷 때린 뒤에, 아내도 아우처럼 등을 밀어 쫓았다. 그 뒤에 그의 등으로,

"고기 배때기에 장사해라！"

하고 토하였다.

분풀이는 실컷 하였지만, 그래도 마음속에 자못 편치 못하였다. 그는 아랫목으로 가서, 바람벽[5]을 의지하고 실신한 사람같이 우두커니 서서 떡상만 들여다보고 있었다.

한 시간……두 시간…….

서편으로 바다를 향한 마을이라 다른 곳보다는 늦게 어둡지만 그래도 술시(戌時)[6]쯤 되어서는 깜깜하니 어두웠다. 그는 불을 켜려고 바람벽에서 떠나 성냥을 찾으러 돌아갔다. 성냥은 늘 있던 자리에 있지 않았다. 그래서 여기저기 뒤적이고 있노라니까, 어떤 낡은 옷뭉치를 들칠 때에 문득 쥐소리가 나면서 무엇이 후닥닥 뛰어나온다. 그리하여 저편으로 기어서 도망한다.

"역시 쥐댔구나！"

그는 조그만 소리로 부르짖었다. 그리고 그만 그 자리에 맥없이 털썩 주저앉았다.

아까 그가 보지 못한 때의 광경이 활동사진과 같이 그의 머리에 지나갔다.

아우가 집에를 온다. 아우에게 친절한 아내는 떡을 먹으라고 아우에게 떡상을 내놓는다. 그때에 어디선가 쥐가 한 마리 뛰어나온다. 둘(아우와 아내)이서는 쥐를 잡느라고 돌아간다. 한참 성화시키던 쥐는 어느 구석에 숨어 버린다. 그들은 쥐를 찾느라고 두리번거린다. 그때에 그가 집에 들어선 것이다.

"상년, 좀 있으믄 안 들어오리……."

그는 억지로 마음먹고 그 자리에 드러누웠다.

그러나 아내는 밤이 가고 날이 밝기는커녕 해가 중천에 올라도 돌아오지를 않았다. 그는 차차 걱정이 나서 찾아보러 나섰다.

---

5) 바람벽 : 방을 둘러 막은 둘레.
6) 술시 : 오후 7시에서 9시까지의 시각.

아우의 집에도 없었다. 동네를 모두 찾아보아도 본 사람도 없다 한다.

그리하여 낮쯤 한 삼사 리 내려가서 바닷가에서 겨우 아내를 찾기는 찾았지만, 그 아내는 이전 같은 생기로 찬 산 아내가 아니요, 몸은 물에 불어서 곱이나 크게 되고, 이전에 늘 웃음을 흘리던 예쁜 입에는 거품을 잔뜩 물은 죽은 아내였다.

그는 아내를 업고 집으로 돌아오기까지 정신이 없었다.

이튿날 간단하게 장사를 하였다. 뒤에 따라오는 아우의 얼굴에는,

"형님, 이게 웬일이오니까 ? "

하는 듯한 원망이 있었다.

장사를 지낸 이튿날부터 아우는 그 조그만 마을에서 없어졌다. 하루 이틀은 심상히 지냈지만, 닷새가 지나도 아우는 돌아오지 않았다. 그래서 알아보니까, 꼭 그의 아우같이 생긴 사람이 오륙 일 전에 멧산자 봇짐을 하여 진 뒤에, 시뻘건 저녁해를 등으로 받고 더벅더벅 동쪽으로 가더라 한다. 그리하여 열흘이 지나고 스무 날이 지났건만, 한번 떠난 그의 아우는 돌아올 길이 없었고, 혼자 남은 아우의 아내는 매일 한숨으로 세월을 보내게 되었다.

그도 이것을 잠자코 보고 있을 수가 없었다. 그 불행의 모든 죄는 그에게 있었다.

그도 마침내 뱃사람이 되어, 적으나마 아내를 삼킨 바다와 늘 접근하여 가는 곳마다 아우의 소식을 알아보려고 어떤 배를 얻어 타고 물길을 나섰다.

그는 가는 곳마다 아우의 이름과 모습을 말하여 물었으나 아우의 소식은 알 수가 없었다.

이리하여 꿈결같이 십 년을 지내서 구 년 전 가을, 탁탁히 낀 안개를 꿰며 연안 바다를 지나가던 그의 배는 몹시 부는 바람으로 말미암아 파선을 하여, 벗 몇 사람은 죽고 그는 정신을 잃고 물 위에 떠돌고 있었다.

그가 정신을 차린 때는 밤이었다. 그리고 어느덧 그는 뭍 위에 올라와 있었고, 그를 말리느라고 새빨갛게 피워 놓은 불빛으로 자기를 간호하는 아우를 보았다.

그는 이상하게 놀라지도 않고, 천연히 물었다.

"너, 어딍게(어떻게) 여기 완 ? "

아우는 잠자코 한참 있다가 겨우 대답하였다.

"형님, 거저 다 운명이외다. "

따뜻한 불기운에 깜빡 잠이 들려다가 그는 화닥닥 깨면서 또 말했다.

"십 년 동안에 되게 파리했구나. "

"형님, 나두 변했거니와 형님두 몹시 늙으셨쉐다. "

이 말을 꿈결같이 들으면서 그는 혼혼히 잠이 들었다. 그리하여 두어 시간, 꿀보다도 단 잠을 잔 뒤에 깨어 보니 아까같이 빨간 불은 피어 있지만 아우는 어디로 갔는지 없어졌다. 곁의 사람에게 물어 보니까 아우는 형의 얼굴을 물끄러미 한참 들여다보고 있다가 새빨간 불빛을 등으로 받으면서, 터벅터벅 아무 말없이 어둠 가운데로 스러졌다 한다.

이튿날 아무리 알아보아야 그의 아우는 종적이 없어지고 알 수 없으므로, 그는 하릴없이 다른 배를 얻어 타고 또 물길을 떠났다. 그리하여 그의 배가 해주에 이르렀을 때, 그는 해주 장에 들어가서 무엇을 사려다가, 저편 맞은편 가게에 얼핏 그의 아우 같은 사람이 있으므로 뛰어가서 보니 그는 벌써 없어졌다. 배가 해주에는 오래 머물지 않으므로 그의 마음은 해주에 남겨두고 또다시 바닷길을 떠났다.

그 뒤에 삼 년을 이리저리 돌아다녔어도 아우는 다시 볼 수가 없었다.

그리하여 삼 년을 지내서 지금부터 육 년 전에, 그의 탄 배가 강화도를 지날 날에, 바다를 향한 가파로운 뫼켠에서 바다를 향하여 날아오는 배따라기를 들었다. 그것도 어떤 구절과 곡조는 그의 아우 특색으로 변경된—그의 아우가 아니면 부를 사람이 없는, 그 배따라기이다.

배가 강화도에는 머무르지 않아서 그저 지나갔으나, 인천서 열흘쯤 머무르게 되었으므로, 그는 곧 내려서 강화도로 건너가 보았다. 거기서 이리저리 찾아다니다가, 어떤 조그만 객주집에서 물어 보니, 이름도 그의 아우요, 생긴 모습도 그의 아우인 사람이 묵어 있기는 하였으나, 사나흘 전에 도로 인천으로 갔다 한다. 그는 곧 돌아서서 인천으로 건너와서 찾아보았지만, 그 조그만 인천서도 그의 아우를 찾을 바가 없었다.

그 뒤에 눈 오고 비 오며 육 년이 지났지만, 그는 다시 아우를 만나 보지 못하고 아우의 생사까지도 알 수가 없었다.

말을 끝낸 그의 눈에는 저녁해에 반사하여 몇 방울의 눈물이 반짝인다.

나는 한참 있다가 겨우 물었다.

"노형의 계수[7]는 ? "

"모르디오. 이십 년을 영유는 안 가 봤으니깐요. "

"노형은 이제 어디루 갈 테요 ? "

"것두 모르디요. 덩처가 있나요 ? 바람 부는 대로 몰려댕기디오. "

그는 다시 한번 나를 위하여 배따라기를 불렀다.

아아, 그 속에 담겨 있는 삭이지 못할 뉘우침, 바다에 대한 애처로운 그리움.

노래를 끝낸 다음에 그는 일어서서 시뻘건 저녁해를 잔뜩 등으로 받고, 을밀대로 향하여 터벅터벅 걸어갔다. 나는 그를 말릴 힘이 없어서 멀거니 그의 등만 바라보고 앉아 있었다.

그날 밤, 집에 돌아와서도 그 배따라기와 그의 숙명적 경험담이 귀에 쟁쟁히 울리어서 잠을 못 이루고, 이튿날 아침 깨어서 조반도 안 먹고 기자묘로 뛰어가서 또다시 그를 찾아보았다. 그가 어제 깔고 앉았던 풀은 모두 한편으로 누워서 그가 다녀감을 기념하되 그는 그 근처에 보이지 않았다.

그러나, 배따라기는 어디선가 쟁쟁히 울리어서 모든 소나무들을 떨리지 않고는 안 두겠다는 듯이 날아온다.

"모란봉이다. 모란봉에 있다. "

하고 나는 한숨에 모란봉으로 뛰어갔다. 모란봉에는 사람이 하나도 없다. 부벽루에도 없다.

"을밀대다. "

---

7) 계수 : 아우의 아내.

하고 나는 다시 을밀대로 갔다. 을밀대에서 부벽루로 연한, 지옥까지 연한 듯한 골짜기에 물 한 방울을 안 새이리라고 빽빽이 난 소나무의 그 모든 잎잎은 떨리는 배따라기를 부르고 있지만, 그는 여기도 있지 않다. 기자묘의 하늘을 향하여 퍼져 나간 그 모든 소나무의 천만의 잎잎도, 그 아래쪽 퍼진 천만의 풀들도 모두 그 배따라기를 슬프게 부르고 있지만, 그는 이 조그만 모란봉 일대에서 찾을 수가 없었다.

강가에 나가서 알아보니 그의 배는 오늘 새벽에 떠났다 한다. 그 뒤에 여름과 가을이 가고 일 년이 지나서 다시 봄이 이르렀으되, 잠깐 평양을 다녀간 그는 그 숙명적 경험과 슬픈 배따라기를 두었을 뿐, 다시 조그만 모란봉에 나타나지 않는다.

모란봉과 기자묘에 다시 봄이 이르러서, 작년에 그가 깔고 앉아서 부러졌던 풀들도 다시 곧게 대가 나서 자줏빛 꽃이 피려 하지만, 끝없는 뉘우침을 다만 한낱 배따라기로 하소연하는 그는 이 조그만 모란봉과 기자묘에서 다시 볼 수가 없었다. 다만 그가 남기고 간 배따라기만 추억하는 듯이, 기념하는 듯이, 모든 잎잎이 속삭이고 있을 따름이다.

**작가소개** 김동인 (1900~1951)

평양에서 출생했다. 1919년 주요한, 전영택 등과 함께 최초의 순수문예 동인지인 『창조』를 창간하면서 단편 「약한 자의 슬픔」을 발표하였다. 주요 작품으로 「배따라기」 「광화사」 「광염 소나타」 「감자」 『젊은 그들』 『운현궁의 봄』 등이 있다. 그는 다양한 작품 경향을 보인 작가였는데 무엇보다 한국 근대 단편소설의 기틀을 확립한 작가라는 평가를 받고 있다.

**작품해설**

1921년 『창조』에 발표된 「배따라기」는 작가의 표현대로 "조선에 있어서 조선글, 조선말로 된 최초의 단편소설"이다. 이 소설은 액자소설의 형태를 취하고 있는데, 액자소설이란 외부의 이야기 속에 하나, 혹은 여러 개의 내부 이야기를 담고 있는 소설 형식을 말한다. 소박한 어촌을 배경으로 하고 있는 이 소설은 삶의 원천적인 비극성을 1인칭 관찰자의 시점으로 그림으로써 인생의 문제를 돌이켜 생각하게 한다.

**읽고 나서**

(1) 이 작품은 소설의 구성이 액자의 틀(겉 이야기)과 액자 속의 그림(속 이야기)처럼 짜여 있는 액자소설 형식이다. 속 이야기(그림)와 그를 둘러싸고 있는 겉 이야기(틀)는 각각 무엇인가?

— 겉 이야기 : 주인공이 대동강이 넘보이는 곳에서 봄빛을 즐기다가 영유 배따라기 소리를 듣고 노래 부르는 사람을 찾는 이야기

속 이야기 : 아우와 자신의 처를 의심하여 폭력을 휘두른 사내의 운명에 관한 이야기

(2) 이 작품에 나타난 작가의 예술관은 어떤 것인가?

— 아름다움은 모든 것을 희생한 뒤 느끼는 허무와 깊은 한에서 나온다.

# 사랑방 손님과 어머니

주 요 섭

1

나는 금년 여섯 살난 처녀애입니다. 내 이름은 박옥희구요. 우리 집 식구라고는 세상에서 제일 이쁜 우리 어머니와 단 두 식구뿐이랍니다. 아차, 큰일났군. 외삼촌을 빼놓을 뻔했으니.

지금 중학교에 다니는 외삼촌은 어디를 그렇게 싸돌아다니는지 집에서 끼니때나 외에는 별로 붙어 있지를 않아 어떤 때는 한 주일씩 가도 외삼촌 코빼기도 못 보는 때가 많으니까요. 깜빡 잊어버리기도 예사지요, 무얼.

우리 어머니는, 그야말로 세상에서 둘도 없이 곱게 생긴 우리 어머니는, 금년 나이 스물네 살인데 과부랍니다. 과부가 무엇인지 나는 잘 몰라도 하여튼 동리 사람들이 나더라 '과부 딸'이라고들 부르니까 우리 어머니가 과부인 줄을 알지요. 남들은 다 아버지가 있는데 나만은 아버지가 없지요. 아버지가 없다고 아마 '과부 딸'이라나 봐요.

2

외할머니 말씀을 들으면 우리 아버지는 내가 이 세상에 나오기 한 달 전에 돌아가셨대요. 우리 어머니와 결혼한 지는 일 년만이고요. 우리 아버지의 본집은 어디 멀리 있는데, 마침 이 동리 학교에 교사로 오게 되기 때문에 결혼 후에도 우리 어머니는 시집으로 가지 않고 여기 이 집을 사고(바로 이 집은 우리 외할머니댁 옆집이지요) 여기서 살다가 일 년이 못 되어 갑자기 돌아가셨대요. 내가 세상에 나오기도 전에 아버지는 돌아가셨다니까 나는 아버지 얼굴도 못 뵈었지요. 그러기 아무리 생각해 보아도 아버지 생각은 안 나요. 아버지 사진이라는 사진은 나도 한두 번 보았지요. 참말로 훌륭한 얼굴이야요. 아버지가 살아 계시다면 참말로 이 세상에서 제일 가는 잘난 아버지일 거야요. 그런 아버지를 보지 못한 것은 참으로 분한 일이야요. 그 사진도 본지가 퍽 오래되었는데, 이전에는 그 사진을 늘 어머니 책상 위에 놓아두시더니 외할머니가 오시면 오실 때마다 그 사진은 치우라고 늘 말씀하셨는데 지금은 그 사진이 어디 있는지 없어졌어요. 언젠가 한번 어머니가 나 없는 동안에 몰래 장롱 속에서 무엇을 꺼내 보시다가 내가 들어오니까 얼른 장롱 속에 감추는 것을 내가 보았는데 그게 아버지 사진인 것 같았어요.

아버지가 돌아가시기 전에 우리가 먹고 살 것을 남겨 놓고 가셨대요. 작년 여름에, 아니로군, 가을이 다 되어서군요. 하루는 어머니를 따라서 저 여기서 한 십리나 가서 조그만 산이 있는 데를 가서 거기서 밤도 따먹고 또 그 산밑에 초가집에 가서 닭고깃국을 먹고 왔는데 거기 있는 땅이 우리 땅이래요. 거기서 나는 추수로 밥이나 굶지 않게 된다고요. 그래도 반찬 사고 과자 사고 할 돈은 없대요. 그래서 어머니가 다른 사람의 바느질을 맡아서 해주지요. 바느질을 해서 돈을 벌어서 그걸로 청어도 사고 달걀도 사고 내가 먹을 사탕도 사고 한다고요.

그리고 우리 집 정말 식구는 어머니와 나와 단 둘뿐인데 아버님이 계시던 사랑방이 비어 있으니까 그 방도 쓸 겸 또 어머니의 잔심부름도 해줄 겸 해서 우리 외삼촌이 사랑방에 와 있게 되었대요.

### 3

금년 봄에는 나를 유치원에 보내 준다고 해서 나는 너무나 좋아서 동무아이들한테 실컷 자랑을 하고 나서 집으로 돌아오노라니까 사랑에서 큰외삼촌이(우리 집 사랑에 와 있는 외삼촌의 형님말이야요) 웬 한 낯선 사람 하나와 앉아서 이야기를 하고 있었습니다. 큰외삼촌이 나를 보더니 "옥희야." 하고 부르겠지요.

"옥희야, 이리 온. 와서 이 아저씨께 인사드려라."

나는 어째 부끄러워서 비슬비슬하니까 그 낯선 손님이

"아, 그 애기 참 곱다. 자네 조카딸인가?"

하고 큰외삼촌더러 묻겠지요. 그러니까 큰외삼촌은,

"응, 내 누이의 딸……경선군의 유복녀 외딸일세."

하고 대답합니다.

"옥희야, 이리 온, 응! 그 눈은 꼭 아버지를 닮았네그려."

하고 낯선 손님이 말합니다.

"자, 옥희야 커단 처녀가 왜 저 모양이야. 어서 와서 이 아저씨께 인사해요. 너의 아버지의 옛날 친구신데 오늘부터 이 사랑에 계실 텐데 인사 여쭙고 친해 두어야지."

나는 이 낯선 손님이 사랑에 계시게 된다는 말을 듣고 갑자기 즐거워졌습니다. 그래서 그 아저씨 앞에 가서 사붓이 절을 하고는 그만 안마당으로 뛰어 들어왔지요. 그 낯선 아저씨와 큰외삼촌은 소리를 크게 내서 웃더군요. 나는 안방으로 들어오는 나름으로 어머니를 붙들고,

"엄마, 사랑방에 큰삼춘이 아저씨를 하나 데리구 왔는데에, 그 아저씨가아, 이제 사랑에 있는대."

하고 법석을 하니까,

"응, 그래."

하고 어머니는 벌써 안다는 듯이 대수롭잖게 대답을 하더군요. 그래서 나는,

"언제부터 와 있나?"

하고 물으니까,

"오늘부텀."

"애구 좋아."

하고 내가 손뼉을 치니까 어머니는 내 손을 꼭 붙잡으면서,

"왜 이리 수선이야."

"그럼, 작은외삼촌은 어데루 가나?"

"외삼촌도 사랑에 계시지."

"그럼 둘이 있나?"

"응."

"한방에 둘이 있어?"

"왜 장지문 닫구 외삼촌은 아랫방에 계시구 그 아저씨는 윗방에 계시구, 그러지."

## 4

나는 그 아저씨가 어떠한 사람인지는 몰랐으나 첫날부터 내게는 퍽 고맙게 굴고 나도 그 아저씨가 꼭 마음에 들었어요. 어른들이 저희끼리 말하는 것을 들으니까 그 아저씨는 돌아가신 우리 아버지와 어렸을 적 친구라고요. 어디 먼 데 가서 공부를 하다가 요새 돌아왔는데 우리 동리 학교 교사로 오게 되었대요. 또 우리 큰외삼촌과도 동무인데 이 동리에는 하숙도 별로 깨끗한 곳이 없고 해서 윗사랑으로 와 계시게 되었다고요. 또 우리도 그 아저씨한테서 밥값을 받으면 살림에 보탬이 좀 되고 한다고요.

그 아저씨는 그림책을 얼마든지 가지고 있어요. 내가 사랑방으로 나가면 그 아저씨는 나를 무릎에 앉히고 그림책들을 보여 줍니다. 또 가끔 과자도 주고요.

어느 날은 점심을 먹고 이내 살그머니 사랑에 나가 보니까 아저씨는 그때에야 점심을 잡수셔요. 그래 가만히 앉아서 점심 잡숫는 걸 구경하고 있노라니까 아저씨가,

"옥희는 어떤 반찬을 제일 좋아하누?"

하고 묻겠지요. 그래 삶은 달걀을 좋아한다고 했더니 마침 상에 놓인 삶은 달걀을 한 알 집어 주면서 나더러 먹으라고 합니다. 나는 그 달걀을 벗겨 먹으면서,

"아저씨는 무슨 반찬이 제일 맛나우 ? "
하고 물으니까, 그는 한참이나 빙그레 웃고 있더니,
"나두 삶은 달걀. "
하겠지요. 나는 좋아서 손뼉을 짤깍짤깍 치고,
"아, 나와 같네. 그럼, 가서 어머니한테 알려야지 . "
하면서 일어서니까 아저씨가 꼭 붙들면서,
"그러지 말어. "
그러시겠지요. 그래도 나는 한번 맘을 먹은 다음엔 꼭 그대로 하고야 마는 성미지요. 그래 안마당으로 뛰쳐 들어가면서,
"엄마, 엄마, 사랑아저씨두 나처럼 삶은 달걀을 제일 좋아한대. "
하고 소리를 질렀지요.
"떠들지 말어. "
하고, 어머니는 눈을 흘기십니다.

그러나 사랑아저씨가 달걀을 좋아하는 것이 내게는 썩 좋게 되었어요. 그것은 그 다음부터는 어머니가 달걀을 많이씩 사게 되었으니까요. 달걀장수 노파가 오면 한꺼번에 열 알도 사고 스무 알도 사고 그래선 두구두구 삶아서 아저씨 상에도 놓고 또 으레 나도 한 알씩 주고 그래요. 그뿐만 아니라 아저씨한테 놀러 나가면 가끔 아저씨가 책상 서랍 속에서 달걀을 한두 알 꺼내서 먹으라고 주지요. 그래 그 담부터는 나는 아주 실컷 달걀을 많이 먹었어요.

나는 아저씨가 매우 좋았어요. 마는[1] 외삼촌은 가끔 툴툴하는 때가 있었어요. 아마 아저씨가 마음에 안 드나 봐요. 아니, 그것보다도 아저씨 잔심부름을 꼭 외삼촌이 하게 되니까 그것이 싫어서 그러나 봐요. 한번은 어머니와 외삼촌이 말다툼하는 것까지 내가 들었어요.

어머니가,
"야, 또 어디 나가지 말구 사랑에 있다가 선생님 들어오시거든 상 내가야지."
하고 말씀하시니까 외삼촌은 얼굴을 찡그리면서,

---

1) 마는 : '하지만, 그러나'의 뜻

"제길, 남 어디 좀 볼일이 있는 날은 으레 끼니때에 안 들어오고 늦어지니……."
하고 툴툴하겠지요. 그러니까 어머니는,

"그러니 어짜갔니? 너밖에 사랑 출입할 사람이 어디 있니?"

"누님이 좀 상 들구 나가구려. 요새 세상에 내외합니까!"

어머니는 갑자기 얼굴이 빨개지시고 아무 대답도 없이 그냥 외삼촌에게 향하여 눈을 흘기셨습니다. 그러니까 삼촌은 흥흥 웃으면서 사랑으로 나갔지요.

5

나는 유치원에 가서 창가도 배우고 유희도 배우고 하였습니다. 유치원 여자 선생님이 풍금을 아주 썩 잘 타요. 그런데 우리 유치원에 있는 풍금은 예배당에 있는 풍금과는 아주 다른데 퍽 조그마한 것이지마는 소리는 썩 좋아요. 그런데 우리 집 웃간에도 유치원 풍금과 똑같이 생긴 것이 놓여 있는 것이 갑자기 생각이 났어요. 그래 그날 나는 집으로 오는 길로 어머니를 끌고 웃간으로 가서,

"엄마, 이거 풍금 아니유?"
하고 물으니까 어머니는 빙그레 웃으시면서,

"그렇단다. 그건 어찌 알았니?"

"우리 유치원에 있는 풍금이 이것과 꼭 같은데 무얼, 그럼 엄마두 풍금 탈 줄 아우?"
하고 나는 다시 물었습니다. 그것은 내가 이때껏 한번도 어머니가 풍금 앞에 앉는 것을 본 일이 없기 때문입니다.

어머니는 아무 대답도 아니하십니다.

"엄마, 이 풍금 좀 타봐!"
하고 재촉하니까 어머니 얼굴은 약간 흐려지면서,

"그 풍금은 너의 아버지가 날 사다 주신 거란다. 너의 아버지가 돌아가신 후에는 그 풍금은 이때까지 뚜껑두 한 번 안 열어 보았다……."

이렇게 말씀하시는 어머니 얼굴을 보니까 금방 울음보가 터질 것만 같이 보여서 나는 그만,

"엄마, 나 사탕 주어."

하면서 아랫방으로 끌고 내려왔습니다.

## 6

아저씨가 사랑방에 와 계신 지 벌써 여러 밤을 잔 뒤입니다. 아마 한 달이나 되었지요. 나는 거의 매일 아저씨 방에 놀러 갔습니다. 어머니는 나더러 그렇게 가서 귀찮게 굴면 못쓴다고 가끔 꾸지람을 하시지만 정말인즉 나는 조금도 아저씨를 귀찮게 굴지는 않았습니다. 도리어 아저씨가 나를 귀찮게 굴었지요.

"옥희 눈은 아버지 닮았다. 고 고운 코는 아마 어머니를 닮었지, 고 입하고! 응, 그러냐 안 그러냐? 어머니도 옥희처럼 곱지, 응?"

이렇게 여러 가지로 물을 적도 있었습니다. 그래서 나는,

"아저씨 입때 우리 엄마 못 봤수?"

하고 물었더니 아저씨는 잠잠합니다.

그래서 나는,

"우리 엄마 보러 들어갈까?"

하면서 아저씨 소매를 잡아당겼더니, 아저씨는 펄쩍 뛰면서,

"아니, 아니, 안 돼. 난 지금 분주해서."

하면서 나를 잡아 끌었습니다. 그러나 정말로 무슨 그리 분주하지도 않은 모양이었어요. 그러기 나더러 가란 말도 않고 그냥 나를 붙들고 앉아서 머리도 쓰다듬어 주고 뺨에 입도 맞추고 하면서,

"요 저구리 누가 해주지? ……밤에 엄마하구 한자리에서 자니?"

하는 등 쓸데없는 말을 자꾸만 물었지요.

그러나 웬일인지 나를 그렇게도 귀애해 주던 아저씨도 아랫방에 외삼촌이 들어오면 갑자기 태도가 달라지지요. 이것저것 묻지도 않고 나를 꼭 껴안지도 않고 점잖게 앉아서 그림책이나 보여주시고 그러지요. 아마 아저씨가 우

리 외삼촌을 무서워하나 봐요. 하여튼 어머니는 나더러 너무 아저씨를 귀찮게 한다고 어떤 때는 저녁 먹고 나서 나를 방 안에 가두어두고 못 나가게 하는 때도 더러 있었습니다. 그러나 조금 있다가 어머니가 바느질에 정신이 팔리어서 골몰하고 있을 때 몰래 가만히 일어나서 나오지요. 그런 때에는 어머니는 내가 문 여는 소리를 듣고서야 퍼뜩 정신을 차려서 쫓아와 나를 붙들지요. 그러나 그런 때는 어머니는 골은 아니 내시고,

"이리 온, 이리 와서 머리 빗고……."

하고 끌어다가 머리를 다시 곱게 땋아 주시지요.

"머리를 곱게 땋고 가야지. 그렇게 되는 대루 하구 가문 아저씨가 숭보시지 않니?"

하시면서…….

또 어떤 때에는 머리를 다 땋아 주시고는,

"응, 저구리가 이게 무어냐?"

하시면서 새 저고리를 내주시는 때도 있었습니다.

## 7

어떤 토요일 오후였습니다. 아저씨는 나더러 뒷동산에 올라가자고 하셨습니다. 나는 너무 좋아서 가자고 그러니까 아저씨가,

"들어가서 어머니께 허락 맡고 온."

하십니다. 참 그렇습니다. 나는 뛰쳐 들어가서 어머니께 허락을 맡았습니다. 어머니는 내 얼굴을 다시 세수시켜 주고 머리도 다시 땋고 그러고 나서는 나를 아스러지도록 한 번 몹시 껴안았다가 놓아 주었습니다.

"너무 오래 있지 말고, 응."

하고 어머니는 크게 소리치셨습니다. 아마 사랑아저씨도 그 소리를 들었을 거야요.

뒷동산에 올라가서는 정거장을 한참 내려다보았으나 기차는 안 지나갔습니다. 나는 풀잎을 쭉쭉 뽑아 보기도 하고 땅에 누운 아저씨의 다리를 꼬집어

보기도 하면서 놀았습니다. 한참 후에 아저씨가 손목을 잡고 내려오는데 유치원 동무들을 만났습니다.

"옥희가 아빠하구 어디 갔다 온다 응."

하고 한 동무가 말하였습니다. 그 아이는 우리 아버지가 돌아가신 줄을 모르는 아이였습니다. 나는 얼굴이 빨개졌습니다. 그때 나는 얼마나 이 아저씨가 정말 우리 아버지였더라면 하고 생각했는지 모릅니다. 나는 정말로 한 번만이라도,

"아빠!"

하고 불러 보고 싶었습니다. 그러고 그날 그렇게 아저씨하고 손목을 잡고 골목 골목을 지나오는 것이 어찌도 재미가 좋았는지요.

나는 대문까지 와서,

"난 아저씨가 우리 아빠래문 좋겠다."

하고 불쑥 말해 버렸습니다. 그랬더니 아저씨는 얼굴이 홍당무처럼 빨개져서 나를 몹시 흔들면서,

"그런 소리 하문 못써."

하고 말하는데 그 목소리가 몹시도 떨렸습니다. 나는 아저씨가 몹시 성이 난 것처럼 보여서 아무 말도 못하고 안으로 뛰어 들어갔습니다. 어머니가,

"어데까지 갔던?"

하고 나와 안으며 묻는데, 나는 대답도 못하고 그만 훌쩍훌쩍 울었습니다. 어머니는 놀라서,

"옥희야, 왜 그러니? 응?"

하고 자꾸만 물었으나 나는 아무 대답도 못하고 울기만 했습니다.

## 8

이튿날은 일요일인 고로 나는 어머니와 함께 예배당에 가려고 차리고 나서 어머니가 옷을 갈아입는 동안 잠깐 사랑에를 나가 보았습니다. '아저씨가 아직 성이 났나?' 하고 가만히 방 안을 들여다보았더니 책상에 앉아서 무엇을

쓰고 있던 아저씨가 내다보면서 빙그레 웃었습니다. 그 웃음을 보고 나는 마음을 놓았습니다. 아저씨가 지금은 성이 풀린 것이 확실하니까요. 아저씨는 나를 이리 보고 저리 보고 훑어보더니,

"옥희 오늘 어디 가노? 저렇게 곱게 채리구."

하고 물었습니다.

"엄마하구 예배당 가."

"예배당에?"

하고 나서 아저씨는 잠시 나를 멍하니 바라다보더니,

"어느 예배당에?"

하고 물었습니다.

"요 앞에 예배당에 가지 뭐."

"응? 요 앞이라니?"

이때 안에서,

"옥희야."

하고 부드럽게 부르는 어머니 목소리가 들리었습니다. 나는 얼른 안으로 뛰어 들어오면서 돌아보니까 아저씨는 또 얼굴이 빨갛게 성이 났겠지요. 내 원, 참으로 무슨 일로 요새는 아저씨가 그렇게 성을 잘 내는지 알 수 없었습니다.

예배당에 가서 찬미하고 기도하다가 기도하는 중간에 갑자기 나는 '혹시 아저씨두 예배당에 오지 않았나?' 하는 생각이 나서 눈을 뜨고 고개를 들어 남자석을 바라보았습니다. 그랬더니 하, 바로 거기에 아저씨가 와 앉아 있겠지요. 그런데 아저씨는 어른이면서도 눈감고 기도하지 않고 우리들처럼 눈을 뻔히 뜨고 여기저기 두리번두리번 바라봅니다. 나는 얼른 아저씨를 알아보았는데 아저씨는 나를 못 보았는지 내가 빙그레 웃어 보여도 웃지도 않고 멀거니 보고만 있겠지요. 그래 나는 손을 흔들었지요. 그러니까 아저씨는 얼른 고개를 숙이고 말더군요. 그때에 어머니가 내가 팔 흔드는 것을 깨닫고 두 손으로 나를 붙들어 끌어당기더군요. 나는 어머니 귀에다 입을 대고,

"저기 아저씨두 왔어."

하고 속삭이니까 어머니는 흠칫하면서 내 입을 손으로 막고 막 끌어 잡아다가 앞에 앉히고 고개를 누르더군요. 보니까 어머니도 얼굴이 홍당무처럼 빨개졌더군요.

그날 예배는 아주 젬병이었어요. 웬일인지 예배가 다 끝날 때까지 어머니는 성이 나서 강대만 향하여 앞으로 바라보고 앉았고, 이전 모양으로 가끔 나를 내려다보고 웃는 일이 없었어요. 그리고 아저씨를 보려고 남자석을 바라보아도 아저씨도 한 번도 바라보아도 주지 않고 성이 나서 앉아 있고 어머니는 나를 보지도 않고 공연히 꽉꽉 잡아 당기지요. 왜 모두들 그리 성이 났는지……. 나는 그만 으아 하고 한 번 울고 싶었어요. 그러나 바로 멀지 않은 곳에 유치원 선생님이 앉아 있는 고로 울고 싶은 것을 아주 억지로 참았답니다.

## 9

내가 유치원에 입학한 후 얼마 동안은 유치원에 갈 때나 올 때나 외삼촌이 바래다 주었습니다. 그러나 여러 밤을 자고 난 뒤에는 나 혼자서도 넉넉히 다니게 되었어요. 그러나 내가 유치원에서 돌아오는 때면 어머니가 옆대문(우리 집에는 대문이 사랑대문과 옆대문 둘이 있어서 어머니는 늘 이 옆대문으로만 출입하시는 것이었습니다) 밖에 기다리고 섰다가 내가 달음질쳐 가면, 안고 집 안으로 들어가곤 하는 것이었습니다.

그런데 하루는 어쩐 일인지 어머니가 대문간에 보이지를 않겠지요.

어떻게도 화가 나던지요. 물론 머릿속으로는 아마 '외할머니댁에 가셨나 부다.' 하고 생각했지마는 하여튼 내가 돌아왔는데 문간에서 기다리지 않고 집을 떠났다는 것이 몹시 나쁘게 생각되더군요. 그래서 속으로 '오늘 엄마를 좀 골려야겠다.'고 생각하고 있는데 옆대문 밖에서,

"아이고, 얘가 원 벌써 왔나 ? "

하고 어머니의 목소리가 들리더군요. 그순간 나는 얼른 신을 벗어 들고 안방으로 뛰어 들어가서 벽장문을 열고 그 속에 들어가서 숨어 버렸습니다.

"옥희야, 옥희 너 여태 안 왔니 ? "

하는 어머니의 목소리가 바로 뜰에서 나더니,
"여태 안 왔군."
하면서 밖으로 나가는 모양이었습니다. 나는 재미가 나서 혼자 흐훙흐훙 웃었습니다.

한참을 있더니 집에서는 온통 야단이 났습니다. 어머니 목소리도 들리고 외할머니 목소리도 들리고 외삼촌 목소리도 들리고,

"글쎄, 하루 종일 집이라군 안 떠났다가 옥희 유치원 파하구 오문 멕일 과자가 없기에 어머님댁에 잠깐 갔다왔는데 그동안에 이런 변이 생긴 걸……."
하는 것은 어머니 목소리.

"글쎄 유치원에서 벌써 이십 분 전에 떠났다는데 원 중간에서……."
하는 것은 외할머니 목소리.

"하여튼 내가 나가서 돌아댕겨 보웨다. 원 고것이 어딜 갔담."
하는 것은 외삼촌의 목소리.

이윽고 어머니의 울음소리가 가늘게 들렸습니다. 외할머니는 무어라고 중얼중얼 이야기하는 모양이었습니다. '이젠 그만하고 나갈까?' 하고도 생각했으나 '지난 주일날 예배당에서 성냈던 앙갚음을 해야지.' 하는 생각이 나서 나는 그냥 벽장 안에 누워 있었습니다. 벽장 안은 답답하고 더웠습니다. 그래서 이윽고 부지중(不知中)[2]에 나는 슬며시 잠이 들고 말았습니다.

얼마 동안이나 잤는지요? 이윽고 잠을 깨어 보니 아까 내가 벽장 안으로 들어왔던 것은 잊어버리고 참 이상스러운 데에 내가 누워 있거든요. 어두컴컴하고 좁고 덥고 나는 무서운 생각이 나서 엉엉 울기 시작했지요.

그러자 갑자기 어디 가까운 데서 어머니의 외마디소리가 나더니 벽장문이 벌컥 열리고 어머니가 달려들어서 나를 안아 내렸습니다.

"요 망할 것아."
하면서 어머니는 내 엉덩이를 댓 번 때렸습니다. 나는 더욱더 큰 소리를 내서 울었습니다. 그때에는 어머니는 나를 끌어안고 어머니도 따라 울었습니다.

---

2) 부지중 : 알지 못하는 동안.

"옥희야, 옥희야, 응 이젠 괜찮다. 엄마 여기 있지 않니, 응, 울지 마라. 옥희야. 엄마는 옥희 하나문 그뿐이다. 옥희 하나만 바라구 산다. 난 너 하나문 그뿐이야. 세상 다 일이 없다. 옥희만 있으문 바라구 산다. 옥희야 울지 마라, 응. 울지 마라, 응. 울지 마라."

이렇게 어머니는 나더러 자꾸 울지 말라고 하면서도 어머니는 그치지 않고 자꾸자꾸 울었습니다. 외할머니는,

"원 고것이 도깨비가 들렸단 말인가, 벽장 속엔 왜 숨는담."

하고 앉아 있고 외삼촌은,

"에, 재수나시다."

하면서 밖으로 나갔습니다.

## 10

이튿날 유치원을 파하고 집으로 오게 된 때 나는 갑자기 어제 벽장 속에 숨었다가 어머니를 몹시 울게 했던 생각이 나서 집으로 돌아가기가 어쩐지 부끄러워졌습니다. '오늘은 어머니를 좀 기쁘게 해드려얄 텐데……. 무엇을 갖다 드리문 기뻐할까?' 하고 생각하였습니다. 그러자 문득 유치원 안의 선생님 책상 위에 놓여 있던 꽃병 생각이 났습니다. 그 꽃병에는 나는 이름도 모르나 곱고 빨간 꽃이 꽂히어 있었습니다. 그런 꽃은 개나리도 아니고 진달래도 아니었습니다. 그 꽃은 나도 잘 알고 또 그런 꽃은 벌써 피었다가 져버린 후였습니다. 무슨 서양 꽃이려니 하고 나는 생각하였습니다. 나는 우리 어머니가 꽃을 사랑하는 줄을 잘 압니다. 그래서 그 꽃을 갖다가 드리면 어머니가 몹시 기뻐하려니 하고 생각하였습니다.

그래서 나는 도로 유치원 방 안으로 들어갔습니다. 마침 방 안에는 아무도 없었습니다. 선생님도 잠깐 어디를 가셨는지 보이지 않았습니다. 그래 나는 그 꽃을 두어 개 얼른 빼들고 달음질쳐 나왔지요.

집에 오니 어머니는 문간에서 기다리고 있다가 나를 안고 들어왔습니다.

"그 꽃은 어디서 났니 ? 퍽 곱구나."

하고 어머니가 말씀하셨습니다. 그러나 나는 갑자기 말문이 막혔습니다. '이건 엄마 드릴려구 유치원에서 가져왔어.' 하고 말하기가 어째 몹시 부끄러운 생각이 들었습니다. 그래 잠깐 망설이다가,

"응, 이 꽃! 저, 사랑아저씨가 엄마 갖다 주라구 줘."
하고 불쑥 말했습니다. 그런 거짓말이 어디서 그렇게 툭 튀어나왔는지 나도 모르지요.

꽃을 들고 냄새를 맡고 있던 어머니는 내 말이 끝나기가 무섭게 몹시 놀란 사람처럼 화다닥하였습니다. 그리고는 금시에 어머니 얼굴이 그 꽃보다 더 빨갛게 되었습니다. 그 꽃을 든 어머니 손가락이 파르르 떠는 것을 나는 보았습니다. 어머니는 무슨 무서운 것을 생각하는 듯이 방안을 휘 한번 둘러보시더니,

"옥희야, 그런 걸 받아 오문 안 돼."
하고 말하는 목소리는 몹시 떨렸습니다. 나는 꽃을 그렇게도 좋아하는 어머니가 이 꽃을 받고 그렇게 성을 낼 줄은 참으로 뜻밖이었습니다. 어머니가 그렇게도 성을 내는 것을 보니까 그 꽃을 내가 가져왔다고 그러지 않고 아저씨가 주더라고 거짓말을 한 것이 참 잘되었다고 나는 속으로 생각하였습니다. 어머니가 성을 내는 까닭을 나는 모르지만 하여튼 성을 낼 바에야 내게 내는 것보다 아저씨에게 내는 것이 내게는 나았기 때문입니다. 한참 있더니 어머니는 나를 방 안으로 데리고 들어와서,

"옥희야, 너 이 꽃 이야기 아무보구두 하지 말아라. 응."
하고 타일러 주었습니다. 나는,

"응."
하고 대답하면서 고개를 여러 번 까댁까댁했습니다.

어머니가 그 꽃을 곧 내버릴 줄로 나는 생각하였습니다마는 내버리지 않고 꽃병에 꽂아서 풍금 위에 놓아두었습니다. 아마 퍽 여러 밤 자도록 그 꽃은 거기 놓여 있어서 마지막에는 시들었습니다. 꽃이 다 시들자 어머니는 가위로 그 대는 잘라 내버리고 꽃만은 찬송가 갈피에 곱게 끼워두었습니다.

내가 어머니께 꽃을 갖다 주던 날 밤에 나는 또 사랑에 놀러 나가서 아저씨 무릎에 앉아서 그림책을 보고 있었습니다. 갑자기 아저씨 몸이 흠칫하였습니다. 그리고는 귀를 기울입니다. 나도 귀를 기울였습니다.

풍금소리! 그 풍금소리는 분명 안방에서 흘러 나오는 것이었습니다.

"엄마가 풍금 타나 부다."

하고 나는 벌떡 일어나서 안으로 뛰어 들어갔습니다. 안방에는 불을 켜지 않았습니다. 그러나 그때는 음력으로 보름께나 되어서 달이 낮같이 밝은데 은빛 같은 흰 달빛이 방안 절반 가득히 차 있었습니다. 나는 흰 옷을 입은 어머니가 풍금 앞에 앉아서 고요히 풍금을 타시는 것을 보았습니다.

나는 나이 지금 여섯 살밖에 안 되었지마는 하여튼 어머니가 풍금을 타는 것을 보는 것은 오늘이 처음이었습니다. 어머니는 우리 유치원 선생님보다도 풍금을 더 잘 타시는 것이었습니다. 나는 어머니 곁으로 갔습니다마는 내가 곁에 온 것도 깨닫지 못하는지 그냥 까딱 아니하고 앉아서 풍금을 탔습니다. 조금 있더니 어머니는 풍금 곡조에 맞추어서 노래를 부르기 시작하였습니다. 어머니의 목소리가 그렇게도 아름다운 것도 나는 이때까지 모르고 있었습니다. 어머니는 참으로 우리 유치원 선생님보다도 목소리가 훨씬 더 곱고 또 노래도 훨씬 더 잘 부르시는 것이었습니다. 나는 가만히 서서 어머니 노래를 들었습니다. 그 노래는 마치도 은실을 타고 별나라에서 내려오는 노래처럼 아름다웠습니다.

그러나 얼마 오래지 않아 목소리는 약간 떨리기 시작하였습니다. 가늘게 떨리는 노랫소리, 그에 따라 풍금의 가는 소리도 바르르 떠는 듯했습니다. 노랫소리는 차차 가늘어지더니 마지막에는 사르르 없어져 버렸습니다. 풍금소리도 사르르 없어졌습니다. 어머니는 고요히 풍금에서 일어나시더니 옆에 섰는 내 머리를 쓰다듬었습니다. 그 다음 순간 어머니는 나를 안고 마루로 나오셨습니다. 어머니는 아무 말씀도 없이 그냥 나를 꼭꼭 껴안는 것이었습니다. 달빛을 함빡 받은 내 어머니 얼굴은 몹시도 새하얗다고 생각되었습니다. 우리 어머니는 참으로 천사 같다고 생각하였습니다.

우리 어머니의 새하얀 두 뺨 위로는 쉴 새 없이 두 줄기 눈물이 줄줄 흘러내리고 있는 것을 나는 보았습니다. 그것을 보니 나도 갑자기 울고 싶어졌습니다.

"어머니 왜 울어 ? "

하고 나도 훌쩍거리면서 물었습니다.

"옥희야. "

"응 ? "

한참 동안 어머니는 아무 말씀도 없었습니다. 그러나 한참 후에,

"옥희야, 너 하나문 그뿐이다. "

"엄마. "

어머니는 다시 대답이 없으셨습니다.

## 11

하루는 밤에 아저씨 방에서 놀다가 졸려서 안방으로 들어오려고 일어서니까 아저씨가 하이얀 봉투를 서랍에서 꺼내어 내게 주었습니다.

"옥희, 이거 갖다가 엄마 드리고 지나간 달 밥값이라구. 응. "

나는 그 봉투를 갖다가 어머니께 드렸습니다. 어머니는 그 봉투를 받아들자 갑자기 얼굴이 파랗게 질렸습니다. 그 전날 달밤에 마루에 앉았을 때보다도 더 새하얗다고 생각되었습니다. 어머니는 그 봉투를 들고 어쩔 줄을 모르는 듯이 초조한 빛이 나타났습니다. 나는,

"그거 지나간 달 밥값이래." 하고 말을 하니까 어머니는 갑자기 잠자다 깨나는 사람처럼 "응?" 하고 놀라더니 또 금시에 백짓장같이 새하얗던 얼굴이 빨갛게 물들었습니다. 봉투 속으로 들어갔던 어머니의 파들파들 떨리는 손가락이 지전을 몇 장 끌고 나왔습니다. 어머니는 입술에 약간 웃음을 띠면서 후 하고 한숨을 내쉬었습니다. 그러나 그것도 잠깐, 다시 어머니는 무엇에 놀랐는지 흠칫하더니 금시에 얼굴이 다시 새하얘지고 입술이 바르르 떨렸습니다. 어머니의 손을 바라다보니 거기에는 지전 몇 장 외에 네모로 접은 하얀 종이

가 한 장 접혀 있는 것이었습니다. 어머니는 한참을 망설이는 모양이었습니다. 그러더니 무슨 결심을 한 듯이 입술을 악물고 그 종이를 차근차근 펴들고 그 안에 쓰인 글을 읽었습니다. 나는 그 안에 무슨 글이 씌어 있는지 알 도리가 없었으나 어머니는 그 글을 읽으면서 금시에 얼굴이 파랬다 빨갰다 하고 그 종이를 든 손은 이제는 바들바들이 아니라 와들와들 떨리어서 그 종이가 부석부석 소리를 내게 되었습니다.

한참 후에 어머니는 그 종이를 아까 모양으로 네모지게 접어서 돈과 함께 도로 넣어 반짇그릇에 던졌습니다. 그리고는 정신 나간 사람처럼 멀거니 앉아서 전등만 쳐다보는데 어머니 가슴이 불룩불룩합니다. 나는 어머니가 혹시 병이 나지 않았나 하고 염려가 되어서 얼른 가서 무릎에 안기면서,

"엄마 잘까 ? "

하고 말했습니다. 엄마는 내 뺨에 입을 맞추어 주었습니다. 그런데 어머니의 입술이 어쩌면 그리도 뜨거운지요. 마치 불에 달군 돌이 볼에 와 닿는 것 같았습니다.

한참을 자고 나서 잠이 채 깨지는 않았으나 어렴풋한 정신으로 옆을 쓸어 보니 어머니가 없었습니다. 가끔 가다 나는 그런 버릇이 있어요. 어렴풋한 정신으로 옆을 쓸면 어머니의 보드라운 살이 만져지지요. 그러면 다시 나는 잠이 들어 버리곤 하는 것이었습니다.

어머니가 자리에 없다는 것을 알게 되자 나는 갑자기 무서워졌습니다. 그래서 잠은 다 달아나고 눈을 번쩍 뜨고 고개를 돌려 살펴보았습니다. 방에는 불은 안 켰지만 어슴푸레하게 밝습니다. 뜰로 하나 가득한 달빛이 방 안까지 희미한 밝음을 던져 주는 것이었습니다. 윗목을 보니 우리 아버지의 옷을 넣어 두고 가끔 어머니가 꺼내서 쓸어 보시는 그 장롱문이 열려 있고, 그 아래 방바닥에는 흰 옷이 한 무더기 널려 있습니다. 그리고 그 옆에는 장롱을 반쯤 기대고 자리옷만 입은 어머니가 주춤하고 앉아서 고개를 위로 쳐들고 눈은 감고 무엇이라고 입술로 소곤소곤 외고 있는 것이 보였습니다. 아마 기도를 하나 보다 하고 나는 생각하였습니다. 나는 자리에서 일어나서 기어가서 어머니

무릎을 뻐개고[3] 기어들어갔습니다.

"엄마 무얼 해 ? "

어머니는 소곤거리기를 그치고 눈을 떠서 나를 한참이나 물끄러미 들여다 보십니다.

"옥희야. "

"응 ? "

"가서 자자. "

"엄마두 같이 자. "

"응, 그래 엄마두 같이 자. "

그 목소리가 어째 싸늘하다고 내게 생각되었습니다.

어머니는 돌아가신 아버지의 옷들을 한 가지씩 들고는 가만히 손바닥으로 쓸어 보고는 장롱 안에 넣었습니다. 하나씩 하나씩 쓸어 보고는 장롱 안에 넣고 하여 그 옷을 다 넣은 때 장롱문을 닫고 쇠를 채우고 그러고 나서 나를 안고 자리로 돌아왔습니다.

"엄마 우리 기도하고 자 ? "

하고 나는 물었습니다 어머니는 나를 밤마다 재워 줄 때마다 반드시 기도를 하는 것이었습니다. 내가 할 줄 아는 기도는 주기도문뿐이었습니다. 그 뜻은 하나도 모르지만 어머니를 따라서 자꾸자꾸 해보아서 지금은 나도 주기도문을 잘 웝니다. 그런데 웬일인지 어젯밤 잘 때에는 어머니가 기도할 것을 잊어버리고 그냥 잤던 것이 지금 생각이 났기 때문에 나는 그렇게 물었던 것입니다. 어젯밤 자리에 들 때, 내가,

"기도할까 ? "

하고 말하고 싶었으나 어머니가 너무도 슬픈 빛을 띠고 있는 고로 그만 나도 가만히 아무 소리없이 잠이 들고 말았던 것입니다.

"응, 기도하자. "

하고 어머니가 고요히 기도했습니다.

---

3) 뻐개고 : 이 글에서는 '두 무릎을 벌리고'의 뜻.

"엄마가 기도해."

하고 나는 갑자기 어머니의 기도하는 보드라운 음성이 듣고 싶어져서 말했습니다.

"하늘에 계신 우리 아버지시여."

어머니는 고요히 기도를 시작하였습니다.

"이름을 거룩하게 하옵시며 나라이 임하옵시며 뜻이 하늘에서 이루어진 것처럼 땅에서도 이루어지이다. 오늘날 우리에게 일용할 양식을 주옵시고 우리가 우리에게 죄 지은 자를 용서하여 준 것처럼 우리 죄를 사하여 주옵시고, 우리를 시험에 들지 말게 하옵시고……시험에 들지 말게……시험에 들지 말게……."

이렇게 어머니는 자꾸 되풀이하였습니다. 나도 지금은 막히지 않고 줄줄 외는 주기도문을 글쎄 어머니가 막히다니 참으로 우스운 일이었습니다.

"시험에 들지 말게, 시험에 들지 말게……."

하고 자꾸만 되풀이하는 것을 나는 참다 못해서,

"엄마 내 마저 하께."

하고,

"다만 악에서 구하옵소서. 대개 나라와 권세와 영광이 아버지께 영원히 있사옵나이다."

하고 내가 끝을 마쳤습니다. 어머니는 한참이나 가만 있다가 오랜 후에야 겨우,

"아멘."

하고 속삭였습니다.

## 12

요새 와서 어머니의 하는 일이란 참으로 알 수가 없는 노릇입니다. 어떤 때는 어머니는 퍽 유쾌하셨습니다. 밤에 때로는 풍금도 타고 또 때로는 찬송가도 부르고 그러실 때에는 나도 너무나 좋아서 가만히 어머니 옆에 앉아서 듣습니다. 그러나 가끔가끔 그 독창은 소리없는 울음으로 끝맺는 때가 많은

데 그럴 때면 나도 따라서 울었습니다. 그러면 어머니는 나를 안고 내 얼굴에 돌아가면서 무수히 입을 맞추어 주면서,

"엄마는 옥희 하나문 그뿐이야, 응, 그렇지……. "

하시면서 언제까지나 언제까지나 우시는 것이었습니다.

어떤 일요일날, 그렇지요, 그것은 유치원 방학하고 난 그 이튿날이었어요. 그날 어머니는 갑자기 머리가 아프시다고 예배당에를 그만두었습니다. 사랑에서는 아저씨도 어디 나가고 외삼촌도 나가고 집에는 어머니와 나와 단둘이 있었는데 머리가 아프다고 누워 계시던 어머니가 나를 부르시더니,

"옥희야 너 아빠가 보고 싶으니 ? "

하고 물으십니다.

"응, 우리두 아빠 하나 있으문. "

나는 혀를 까불리고 어리광을 좀 부려 가면서 대답을 했습니다. 한참 동안을 어머니는 아무 말씀도 아니하시고 천장만 바라보시더니,

"옥희야, 옥희 아버지는 옥희가 세상에 나오기도 전에 돌아가셨단다. 옥희두 아빠가 없는 건 아니지. 그저 일찍 돌아가셨지. 옥희가 이제 아버지를 새로 또 가지면 세상이 욕을 한단다. 옥희는 아직 철이 없어서 모르지만 세상이 욕을 한단다. 사람들이 욕을 해. 옥희 어머니는 화냥년이다, 이러구 세상이 욕을 해. 옥희 아버지는 죽었는데 옥희는 아버지가 또 하나 생겼대, 참 망측두 하지, 이러구 세상이 욕을 한단다. 그리 되문 옥희는 언제나 손가락질을 받구 옥희는 커두 시집두 훌륭한 데 못 가구 옥희가 공부를 해서 훌륭하게 돼두, 얘 그까짓 화냥년의 딸, 이러구 남들이 욕을 한단다. "

이렇게 어머니는 혼잣말 하시듯 드문드문 말씀하셨습니다. 그리고는 한참 있더니,

"옥희야. "

하고 또 부르십니다.

"옥희는 언제나, 언제나, 내 곁을 안 떠나지. 옥희는 언제나 언제나 엄마하구 같이 살지. 옥희는 엄마가 늙어서 꼬부랑할미가 되어두 그래두 옥희는 엄

마하구 같이 살지. 옥희가 유치원 졸업하구 또 소학교 졸업하구 또 중학교 졸업하구 또 대학교 졸업하구 옥희가 조선서 제일 훌륭한 사람이 돼두, 그래두 옥희는 엄마하고 같이 살지, 응! 옥희는 엄마를 얼만큼 사랑하나?"

"이만큼."

하고 나는 두 팔을 쫙 벌리어 보였습니다.

"응? 얼만큼? 응! 그만큼! 언제나, 언제나, 옥희는 엄마만 사랑하지. 그리구 공부두 잘하구. 그리구 훌륭한 사람이 되구……."

나는 어머니의 목소리가 떨리는 것으로 보아 어머니가 또 울까 봐 겁이 나서,

"엄마, 이만큼, 이만큼."

하면서 두 팔을 쫙쫙 벌리었습니다.

어머니는 울지 않으셨습니다.

"응, 그래. 옥희 엄마는 옥희 하나문 그뿐이야. 세상 다른 건 다 소용없어, 우리 옥희 하나문 그만이야. 그렇지, 옥희야."

"응!"

어머니는 나를 당기어서 꼭 껴안고 내 가슴이 막혀 들어올 때까지 자꾸만 껴안아 주었습니다.

그날 밤 저녁밥 먹고 나니까 어머니는 나를 불러 앉히고 머리를 새로 빗겨 주었습니다. 댕기도 새 댕기를 드려 주고, 바지, 저고리, 치마, 모두 새것을 꺼내 입혀 주었습니다.

"엄마, 어디 가?"

하고 물으니까,

"아니."

하고 웃음을 띠면서 대답합니다. 그러더니 풍금 옆에서 새로 다린 하얀 손수건을 내리어 내 손에 쥐어 주면서,

"이 손수건, 저 사랑아저씨 손수건인데, 이것 아저씨 갖다 드리구 와, 응. 오래 있지 말고 손수건만 갖다 드리구 이내 와, 응."

하고 말씀하셨습니다. 손수건을 들고 사랑으로 나가면서 나는 접혀진 손수건

속에 무슨 발각발각 하는 종이가 들어 있는 것처럼 생각되었습니다마는 그것을 펴보지 않고 그냥 갖다가 아저씨에게 주었습니다.

아저씨는 방에 누워 있다가 벌떡 일어나서 손수건을 받는데 웬일인지 아저씨는 이전처럼 나보고 빙그레 웃지도 않고 얼굴이 몹시 파랬습니다. 그러고는 입술을 질근질근 깨물면서 말 한마디 아니 하고 그 수건을 받더군요.

나는 어째 이상한 기분이 들어서 아저씨 방에 들어가 앉지도 못하고 그냥 되돌아서 안방으로 도로 왔지요. 어머니는 풍금 앞에 앉아서 무엇을 그리 생각하는지 가만히 있더군요. 나는 풍금 옆으로 가서 가만히 그 옆에 앉아 있었습니다. 이윽고 어머니는 조용조용히 풍금을 타십니다. 무슨 곡조인지는 몰라도 어째 구슬프고 고즈넉한 곡조야요. 밤이 늦도록 어머니는 풍금을 타셨습니다. 그 구슬프고 고즈넉한 곡조를 계속하고 또 계속하면서…….

## 13

여러 밤을 자고 난 어떤 날 오후에 나는 오래간만에 아저씨 방엘 나가 보았더니 아저씨가 짐을 싸느라고 분주하겠지요. 내가 아저씨에게 손수건을 갖다 드린 다음부터 웬일인지 아저씨가 나를 보아도 언제나 퍽 슬픈 사람, 무슨 근심이 있는 사람처럼 아무 말도 없이 나를 물끄러미 바라다만 보고 있는 고로 나도 그리 자주 놀러 나오지 않았던 것입니다. 그랬었는데 이렇게 갑자기 짐 꾸리는 것을 보고 나는 놀랐습니다.

"아저씨, 어데 가우 ? "

"응, 멀리루 간다. "

"언제 ? "

"오늘. "

"오늘 기차 타구 ? "

"응, 기차 타구. "

"갔다가 언제 또 오우 ? "

아저씨는 아무 대답도 없이 서랍에서 이쁜 인형을 하나 꺼내서 내게 주었습니다.

"옥희, 이것 가져. 응. 옥희는 아저씨 가구 나문 아저씨 이내 잊어버리구 말겠지!"

나는 갑자기 슬퍼졌습니다. 그래서,

"아니."

하고 얼른 대답하고 인형을 안고 안으로 들어왔습니다.

"엄마 이것 봐. 아저씨가 이것 나 줬다우. 아저씨가 오늘 기차 타구 먼 데루 간대."

하고 내가 말했으나 어머니는 대답이 없으십니다.

"엄마, 아저씨 왜 가우?"

"학교 방학했으니깐 가지."

"어디루 가우?"

"아저씨 집으루 가지 어디루 가."

"갔다가 또 오우?"

어머니는 대답이 없으십니다.

"난 아저씨 가는 거 나쁘다."

하고 입을 쫑긋했으나 어머니는 그 말에 대답 않고,

"옥희야, 벽장에 가서 달걀 몇 알 남았나 보아라."

하고 말씀하셨습니다.

나는 깡총깡총 방안으로 들어갔습니다. 달걀은 여섯 알이 있었습니다.

"여스 알."

하고 나는 소리쳤습니다.

"응, 다 가지고 이리 나오너라."

어머니는 그 달걀 여섯 알을 다 삶았습니다. 그 삶은 달걀 여섯 알을 손수건에 싸놓고 또 반지에 소금을 조금 싸서 한귀퉁이에 넣었습니다.

"옥희야, 너 이것 갖다 아저씨 드리고, 가시다가 찻간에서 잡수시랜다구, 응."

## 14

그날 오후에 아저씨가 떠나간 다음 나는 방에서 아저씨가 준 인형을 업고 자장자장 잠을 재우고 있었습니다. 어머니가 부엌에서 들어오시더니,

"옥희야, 우리 뒷동산에 바람이나 쐬러 올라갈까 ? "

하십니다.

"응. 가, 가. "

하면서 나는 좋아 덤비었습니다.

잠깐 다녀올 터이니 집을 보고 있으라고 외삼촌에게 이르고 어머니는 내 손목을 잡고 나섰습니다.

"엄마, 나 저 아저씨가 준 인형 가지고 가 ? "

"그러렴. "

나는 인형을 안고 어머니 손목을 잡고 뒷동산으로 올라갔습니다. 뒷동산에 올라가면 정거장이 빤히 내려다보입니다.

"엄마, 저 정거장 봐. 기차는 없군. "

엄마는 아무 말씀도 없이 가만히 서 계십니다. 사르르 바람이 와서 어머니 모시 치맛자락을 산들산들 흔들어 주었습니다. 그렇게 산 위에 가만히 서 있는 어머니는 다른 때보다도 더한층 이쁘게 보였습니다.

저편 산모퉁이에서 기차가 나타났습니다.

"아, 저기 기차 온다. "

하고 나는 좋아서 소리쳤습니다.

기차는 정거장에 잠시 머물더니 금시에 삑 하고 소리를 지르면서 움직였습니다.

"기차 떠난다. " 하면서 나는 손뼉을 쳤습니다. 기차가 저편 산모퉁이 뒤로 사라질 때까지, 그리고 그 굴뚝에서 나는 연기가 하늘 위로 모두 흩어져 없어질 때까지, 어머니는 가만히 서서 그것을 바라다보았습니다. 뒷동산에서 내려오자 어머니는 방으로 들어가시더니 이때까지 뚜껑을 늘 열어 두었던 풍금 뚜껑을 닫으십니다. 그리고 거기 쇠를 채우고 그 위에다가 이전 모양으로 반

진그릇을 얹어 놓으십니다. 그러고는 그 옆에 있는 찬송가 책을 맥없이 들고 뒤적뒤적하시더니 빼빼 마른 꽃송이를 그 갈피에서 집어내시고,

"옥희야, 이것 내다 버려라."

하고 그 마른 꽃을 내게 주었습니다. 그 꽃은 내가 유치원에서 갖다가 어머니께 드렸던 그 꽃입니다. 그러자 옆대문이 삐걱 하더니,

"달걀 사소."

하고 매일 오는 달걀장수 노파가 달걀 자배기를 이고 들어왔습니다.

"이젠 우리 달걀 안 사요. 달걀 먹는 이가 없어요."

하시는 어머니 목소리는 맥이 한푼어치도 없었습니다. 나는 어머니의 이 말씀에 놀라서 떼를 좀 써보려 했으나 석양에 빤히 비치는 어머니 얼굴을 볼 때 그 용기가 없어지고 말았습니다. 그래서 아저씨가 주신 인형 귀에다가 내 입을 갖다 대고 가만히 속삭였습니다.

"애, 우리 엄마가 거짓부리 썩 잘하누나. 내가 달걀 좋아하는 줄 알문서 생먹을 사람이 없대누나. 떼를 좀 쓰구 싶다만 저 우리 엄마 얼굴 좀 봐라. 어쩌문 저리두 새파래졌을까? 아마 어데가 아픈가 보다."

라고요.

**작가소개** 주요섭 (1902~1972)

평양에서 출생했다. 1921년 『개벽』에 단편 「추운 밤」을 발표하면서 문단에 나왔다. 주요 작품으로 「인력거꾼」 「살인」 「사랑방 손님과 어머니」 「아네모네의 마담」 등이 있다. 초기에는 하층민의 삶을 리얼하게 그린 신경향파 계열의 작품을 썼으나, 후기에는 인간의 존재를 탐구하는 작품 경향을 보여 주었다.

**작품해설**

「사랑방 손님과 어머니」는 전통적인 윤리의식의 지배를 받고 있는 어느 마을이 배경이다. 순진무구한 어린 소녀인 '나'라는 어린 소녀의 시선에 포착된 사랑방 손님과 어머니의 관계는 기성의 윤리에 의해 좌절되는 사랑의 아픔을 보여준다. 그런데 이 아픔이 아름다움으로 승화되는 것은 서정적이면서 낭만적인 분위기와 함께 1인칭 관찰자 시점을 훌륭하게 활용했기 때문이라는 평을 받는다.

**읽고 나서**

(1) 이 작품에서 여섯 살 난 옥희가 어른의 세계를 이야기하면서, 어린 소녀로서는 이해할 수 없는 묘한 거리(심미적 거리)가 생긴다. 어머니와 아저씨의 묘한 심리를 들춰내는 장치 네 가지는 무엇인가 ?

— 달걀, 꽃, 편지, 정거장

(2) 이 소설의 시점은 화자의 눈에 비친 세계만 서술하게 되어 있다. 이것을 무슨 시점이라고 하는가 ?

— 일인칭 관찰자 시점

# 논이야기

채 만 식

1

일인들이 토지와 그 밖에 온갖 재산을 죄다 그대로 내어놓고, 보따리 하나에 몸만 쫓기어 가게 되었다는 이야기를 듣는 한 생원은 어깨가 우쭐하였다.

"거 보슈 송 생원, 인전 들, 내 생각 나시지 ? "

한 생원은 허연 탑삭부리[1]에 묻힌 쪼글쪼글한 얼굴이 위아래 다섯 대밖에 안 남은 누-런 이빨과 함께 흐물흐물 웃는다.

"그러면 그렇지, 글쎄 놈들이 제아무리 영악하기로소니 논에다 네 귀탱이 말뚝 박구섬 인도깨비처럼, 어여차 어여차, 땅을 떠가지구 갈 재주야 있을 이치가 있나요 ? "

한 생원은 참으로 일본이 항복을 하였고, 조선은 독립이 되었다는 그날 — 팔월 십오일 적보다도 신이 나는 소식이었다. 자기가 한 말이 꿈결같이도 이렇게 와 들어맞다니……그리고 자기가 한 말대로, 자기가 일인에게 팔아 넘긴 땅이 꿈결같이도 도로 자기의 것이 되게 되었다니……이런 세상에 신기하고 희한할 도리라고는 없었다.

조선이 독립이 되었다는 팔월 십오일, 그때는 한 생원은 섬뻑 만세를 부르고 싶은 생각이 나지 않았어도, 이번에는 저절로 만세소리가 나와지려고 하였

1) 탑삭부리 : 짧고 다보록하게 수염이 많이 난 사람.

다.

팔월 십오일 적에 마을에서는 젊은 사람들이 설도[2]를 하여 태극기를 만들고, 닭을 추렴하고, 술을 사고 하여 놓고 조촐히 만세를 불렀다.

한 생원은 그 자리에 참례를 하지 아니하였다. 남들이 가서 같이 만세를 부르자고 하였으나 한 생원은 조선이 독립되었다는 것이 별양 반가운 줄을 모르겠었다. 그저 덤덤할 뿐이었었다.

물론 일본이 항복을 하였으니 전쟁은 끝이 난 것이요, 전쟁이 끝이 났으니 벼 공출을 비롯하여 솔뿌리 공출이야, 마초 공출이야, 채소 공출이야, 가지가지의 그 억울하고 성가신 공출이 없어지고 말 것이었다.

또, 열여덟 살배기 손자놈 용길이가 징용에 뽑혀 나갈 염려가 없을 터이었다. 얼마나 한 생원은, 일찍이 아비를 여의고, 늙은 손으로 여태껏 길러 온 외톨 손자놈 용길이가 징용에 뽑히지 말게 하려고, 구장과 면의 노무계 직원과, 부락 담당 직원에게 굽은 허리를 굽실거리며 건사를 물고 하였던고. 굶는 끼니를 더 굶어 가면서 그들에게 쌀을 보내어 주기, 그들이 마을에 얼찐하면 부랴부랴 청해다 씨암탉 잡고 술대접하기, 한참 농사일이 몰릴 때라도, 내 농사는 손이 늦어도 용길이를 시켜 그들의 논에 모 심고 김 매어 주고 하기. 이 노릇에 흰머리가 도로 검어질 지경이요, 빚은 고패가 넘도록 지고 하였다.

하던 것이 인제는 전쟁이 끝이 났으니, 징용 이자는 싹 씻은 듯 없어질 것. 마음 턱 놓고 두 발 쭉 뻗고 잠을 자고 좋았다.

이런 일을 생각하면 한 생원도 미상불 다행스럽지 아니한 것은 아니었다. 그러나 오직 그뿐이었다.

독립 ?

신통할 것이 없었다.

독립이 되기로서니, 가난뱅이 농투성이가 별안간 나으리 주사 될 리 만무하였다. 가난뱅이 농투성이가 남의 세토[3] 얻어 비지땀 흘려 가면서 일년 농사

---

2) 설도 : 앞서서 주선함.

지어 절반도 넘는 도지(소작료) 물고, 나머지로 굶으며 먹으며 연명이나 하여 가기는 독립이 되거나 말거나 매양 일반일 터이었다.

공출이야 징용이야 하여서 살기가 더럭 어려워지기는, 전쟁이 나면서부터였었다. 전쟁이 나기 전에는 일년 농사 지어 작정한 도지, 실수 않고 물면 모자라나따나 아무 시비와 성가심 없이 내 것삼아 놓고 먹을 수가 있었다.

징용도 전쟁이 나기 전에는 없던 풍도였었다. 마음놓고 일을 하였고, 그것으로써 그만이었지, 달리는 근심걱정될 것이 없었다.

전쟁 사품[4]에 생겨난 공출이니 징용이니 하는 것이 전쟁이 끝이 남으로써 없어진 다음에야 독립이 되기 전 일본 정치 밑에서도 남의 세토 얻어 도지 물고 나머지나 천신하는 가난뱅이 농투성이에서 벗어날 것이 없을진대, 한갓 전쟁이 끝이 나서 공출과 징용이 없어진 것이 다행일 따름이지, 독립이 되었다고 만세를 부르며 날뛰고 할 흥이 한 생원으로는 나는 것이 없었다.

일인에게 빼앗겼던 나라를 도로 찾고, 그래서 우리도 다시 나라가 있게 되었다는 이 잔주도, 역시 한 생원에게는 시뿌듬한 것이었다. 한 생원은 나라를 도로 찾는다는 것은 구한국 시절로 다시 돌아가는 것으로밖에는 달리는 생각할 수가 없었다.

한 생원네는 한 생원의 아버지의 부지런으로 장만한, 열서 마지기와 일곱 마지기의 두 자리 논이 있었다. 선대의 유업도 아니요, 공문서(무등기)땅을 거저 주운 것도 아니요, 버젓이 값을 내고 산 것이었다. 하되 그 돈은 체계[5]나 돈놀이(고리대금업)로 모은 돈이 아니요, 품삯 받아 푼푼이 모으고 악의악식(惡衣惡食)하면서 모은 돈이었다. 피와 땀이 어린 땅이었다.

그 피땀어린 논 두 자리에서, 열서 마지기를 한 생원네는 산 지 겨우 오 년 만에 고을 원(군수)에게 빼앗겨 버렸다.

지금으로부터 오십 년 전, 갑오 을미 병신 하는 병신년, 한 생원의 나이 스물한 살 적이었다.

---

3) 세토 : 소작
4) 사품 : 어떤 계제의 겨를이나 기회.
5) 체계 : 장에서 돈을 비싼 변리로 꾸어 주고 장날마다 본전의 얼마와 변리를 받는 일.

그 안 해 을미년 늦은 가을에 김아무라는 원이 동학란에 도망 뺀 원 대신으로 새로이 도임을 해와서, 동학의 잔당을 비질하듯 잡아죽였다.

피비린내 나는 살육이 이듬해 병신년 봄까지 계속되었고, 그리고 여름…… 인제는 다 지났거니 하여 겨우 안도를 한 참인데, 한태수(한 생원의 아버지)가 원두막에서 동헌으로 붙잡혀 가 옥에 갇히었다. 혐의는 동학에 가담하였다는 것이었다.

한태수는 전혀 동학에 가담한 일이 없었다. 그의 말대로 하면, 동학 근처에도 가보지 아니한 사람이었다.

옥에 가두어 놓고는 매일 끌어내다 실토를 하라고, 동류의 성명을 불라고, 주리를 틀면서 문초를 하였다. 육십이 넘은 늙은 정강이가 살이 으깨어지고 뼈가 아스러졌다.

나중 가서야 어찌될 값에, 당장의 아픔을 견디다 못하여 동학에 가담하였노라고 자복을 하였다. 입에서 나오는 대로 아는 사람의 이름을 불렀다.

불린 일곱 사람이 잡혀 들어와 같은 문초를 받았다. 처음에는들 내뻗었으나 원체 아픔을 이기지 못하여 자복을 하였다.

남은 것은 처형을 하는 것뿐이었다.

하루는 이방이, 한태수의 아내와 아들(한 생원)을 조용히 불렀다.

이방은 모자더러, 좌우간 살려낼 도리를 하여야 않느냐고 하였다.

모자는 엎드려 빌면서, 제발 이방님 덕택에 목숨만 살려지이다고 하였다.

"꼭 한 가지 묘책이 있기는 있는데……그럼 내가 시키는 대로 할 테냐?"

"불 속이라도 뛰어 들어가겠습니다."

"논문서를 가져오느라. 사또께다 바쳐라."

"논문서를요?"

"아까우냐?"

"……."

"가장이나 아비의 목숨보다 논이 더 소중하냐?"

"그 땅이 다른 땅과도 달라서……."

"정히 그렇게 아깝거던 고만두는 것이고."

"논문서만 가져다 바치면 정녕 모면을 할까요?"

"아니 될 노릇을 시킬까?"

"그럼 이 길로 나가서 가지고 오겠습니다."

"밤에 조용히 내아(관사)로 오도록 하여라. 나도 와서 있을 테니. 그러고 네 논이 두 자리가 있겠다?"

"네."

"열서 마지기와 일곱 마지기."

"네."

"그 열서 마지기를 가지고 오느라."

"열서 마지기를요?"

"아까우냐?"

"……."

"아깝거들랑 고만두려무나."

"그걸 바치고 나면 소인네는 논 겨우 일곱 마지기를 가지고 수다한 권솔에 살아갈 방도가……."

"당장 가장이나 애비의 목숨은 어데로 갔던지?"

"……."

"땅이야 다시 장만도 할 수가 있는 것이 아니냐?"

모자는 서로 돌아보면서 말하였다.

"바칩시다."

"바치자."

사흘 만에 한태수는 놓여 나왔다. 다른 일곱 명도 이방이 각기 사이에 들어 각기 얼마씩의 땅을 바치고 놓여 나왔다.

그 뒤 경술년에 일본이 조선을 합방하여 나라는 망하였다.

사람들이 나라 망한 것을 원통히 여길 때, 한 생원은,

"그깐 놈의 나라, 시언히 잘 망했지."

하였다. 한 생원 같은 사람으로는 나라란 백성에게 고통이지 하나도 고마운 것이 아니었다. 또 꼭 있어야 할 요긴한 것도 아니었다.

그런 나라라는 것을, 도로 찾았다고 하여, 섬뻑 감격이 일지 아니한 것도 일변 의당한 노릇이라 할 것이었다.

논 스무 마지기에서 열서 마지기를 빼앗기고 나니, 원통한 것도 원통한 것이지만, 앞으로 일이 딱하였다. 논이나 겨우 일곱 마지기를 가지고는 어림도 없었다.

하릴없이 남의 세토를 얻어, 그 보충을 하여야 하였다. 그러나 남의 세토는 도지를 물어야 하는 것이라, 힘은 내 논을 지을 때와 마찬가지로 들면서도 가을에 가서 차지를 하기는 절반도 못 되는 것이었다. 그렇지만 그렇다고 남의 세토를 소작 아니 할 수는 없었다.

이리하여 한 생원네는 나라 명색이 망하지 않고 내 나라로 있을 적부터 가난한 소작농이었다.

경술년 나라가 망하고, 삼십육 년 동안 일본의 다스림 밑에서도 같은 가난한 소작농이었다.

그리고 속담에, 남의 불에 게 잡기로 남의 덕에 나라를 도로 찾기는 하였다지만 한국 말년의 나라만을 여겨 그 나라가 오죽할 리 없고, 여전히 남의 세토나 지어먹는 가난한 소작농이기는 일반일 것이라고 한 생원은 생각하던 것이었었다.

일본이 항복을 하던 바로 전의 삼사 년에, 공출이야 징용이야 하면서 별안간 군색함과 불안이 생겼던 것이지, 그 밖에는 나라가 망하여 없어지고서 일본의 속국 백성으로 사는 것이, 경술년 이전 나라가 있어 가지고 조선 백성으로 살 적보다 별양 못할 것이 한 생원에게는 없었다. 여전히 남의 세토를 지어, 절반 이상이나 도지를 물고 그 나머지를 천신하는 가난한 소작인이요, 순사나 일인이나 면서기들의 교만과 압박보다 못할 것도 없거니와 더할 것도 없었다.

독립이 된 이 앞으로도, 그것이 천지개벽이 아닌 이상 가난한 농투성이가 느닷없이 부자장자 될 이치가 없는 것이요, 원 · 아전 · 토반이나 일본놈 대신에, 만만하고 가난한 농투성이를 핍박하는 '권세 있는 양반들'이 생겨날 것이요 할 것이매, 빼앗겼던 나라를 도로 찾아 다시금 조선 백성이 되었다는 것이 조금도 신통하거나 반가울 것이 없었다.

원과 토반과 아전이 있어, 토색질이나 하고 붙잡아다 때리기나 하고 교만이나 피우고, 하되 세미(납세)는 국가의 이름으로 꼬박꼬박 받아 가면서 백성은 죽어야 모른 체를 하고 하는 나라의 백성으로도 살아 보았다.

천하 오랑캐, 애비와 자식이 맞담배질을 하고, 남매간에 혼인을 하고, 뱀을 먹고 하는 왜인들이, 저희가 주인이랍시고서 교만을 부리고, 순사와 헌병은 칼바람에 조선 사람을 개 도야지 대접을 하고, 공출을 내어라 징용을 나가거라 야미를 하지 마라 하면서 볶아 대고, 또 일본이 우리 나라다, 나는 일본 백성이다, 이런 도무지 그럴 마음이 우러나지를 않는 억지춘향이 노릇을 시키고 하는 나라의 백성으로도 살아 보았다.

결국 그러고 보니 나라라고 하는 것은 내 나라였건 남의 나라였건 있었댔자 백성에게 고통이나 주자는 것이지, 유익하고 고마울 것은 조금도 없는 물건이었다. 따라서 앞으로도 새 나라는 말고 더한 것이라도, 있어서 요긴할 것도, 없어서 아쉬울 일도 없을 것이었다.

## 2

신해년……경술합방 바로 이듬해였다. 한 생원은—때의 젊은 한덕문은—빼앗기고 남은 논 일곱 마지기를 불가불 팔아야 할 형편에 이르렀다.

칠팔 명이나 되는 권솔인데, 내 논 일곱 마지기에다 남의 논이나 몇 마지기를 소작하여 가지고는 여간한 규모와 악의악식이 아니고서는 도저히 현상유지를 하기가 어려웠다.

한덕문은 그 부친과는 달라 살림 규모가 없었다. 사람이 좀 허황하고 헤픈

편이었다.

부친 한태수가 죽고, 대신 당가산(當家産)을 한 지 불과 오륙 년에 한덕문은 힘에 넘치는 빚을 졌다.

이 빚은 단순히 살림에 보태느라고만 진 빚은 아니었다.

한덕문은 허황하고 헤픈 값을 하느라고, 술과 노름을 쑬쑬히 좋아하였다.

일년 농사를 지어야 일년 가계가 번연히 모자라는데, 거기다 술을 먹고 노름을 하니 늘어 가느니 빚밖에는 있을 것이 없었다.

빚은 갚아야 되었다.

팔 것이라고는 논 일곱 마지기 그것뿐이었다.

한덕문이 빚을 이리 틀어막고 저리 틀어막고, 오늘로 밀고 내일로 밀고 하여 오던 끝에, 마침내는 더 꼼짝을 할 도리가 없어 논을 팔기로 작정을 대었을 무렵에, 그러자 용말에 사는 일인(日人) 길천(吉川)이가 요새로 바싹 땅을 많이 사들인다는 소문이 들리었다. 그리고 값으로 말하여도, 썩 좋은 상답이면 한 마지기(200평)에 스무 냥으로 스물 닷 냥(이십 냥 이상 이십오 냥 : 사 원 이상 오 원)까지 내고, 아주 박토라도 열 냥(이 원) 안짝은 없다고 하였다.

땅마지기나 가진 인근의 다른 농민들도 다들 그러하였지만, 한덕문은 그 중에서도 귀가 번쩍 뜨였다.

시세의 갑절이었다.

고래실논으로, 개똥배미 상지상답이라야 한 마지기에 열 냥으로 열 두어 냥(이 원~이 원 사오십 전)이요, 땅 나쁜 것은 기지개 써야 닷 냥(일 원)이었다.

'팔자 ! '

한덕문은 작정을 하였다.

일곱 마지기 논이 상지상답은 못 되어도 상답은 되니, 잘하면 열 냥은 받을 것, 열 냥이면 이칠십사 일백마흔 냥(이십팔 원).

빚이 이럭저럭 한 오십 냥(십 원)되니, 그것을 갚고 나면 아흔 냥(십팔 원)이 남아, 아흔 냥을 가지고 도로 논을 장만해. 판 일곱 마지기 만한 토리[6]의 논

---

6) 토리 : 흙의 메마르고 기름진 성질.

을 사더라도 아홉 마지기를 살 수가 있어.

결국 논 한번 팔고 사고 하는 노름에, 빚 오십 냥 거저 갚고도 논은 두 마지기가 늘어 아홉 마지기가 생기는 판이 아니냐.

이런 어수룩한 노름을 아니 하잘 며리가 없는 것이었었다.

양친은 이미 다 없는 때요, 한덕문 그가 대주(호주)였으므로, 혼자서 일을 결단하여도 간섭을 받을 일은 없었다.

곡우(穀雨)[7] 머리의 어느 날 한덕문은 맨발짚신 풀상투에 삿갓 쓰고 곰방대 물고, 마을에서 십 리 상거의 용말 출입을 나갔다. 일인 길천이가 적실히 그렇게 후한 값으로 논을 사는지, 진가를 알아보자 함이었다.

금강 어귀의 항구 군산에서 시작되어 동북간방으로 임피읍을 지나 용말로 나온 행길이, 용말 동쪽 변두리에서 솜리로 가는 길과 황등장터로 가는 길의 두 갈랫길로 갈리는, 그 샅에 가 전주집이라는 주모가 업을 하고 있는 주막이 오도카니 호올로 놓여 있었다.

한덕문은 전주집과는 생소치 아니한 사이였다.

마당이자 바로 행길인, 그 마당 앞에 섰는 한 그루의 실버들이 한창 푸르른 전주집네 주막, 살진 봄볕이 드리운 마루에 나란히 걸터앉아 세상 물정 이야기, 피차간 살아가는 이야기, 훨씬 한담을 하던 끝에 한덕문이 지날말처럼 넌지시 물었다.

"참, 저, 일인 길천이가 요새 땅을 많이 산다구 ? "

"많얼 게 아니라, 그 녀석이 아마, 이 근처 일판을, 땅이라구 생긴 건 깡그리 쓸어 사자는 배폰가 봅디다 ! "

"헷소문은 아니루구먼 ? "

"달리 큰 배포가 있던지, 그러잖으면 그 녀석이 상성(발광)을 했던지. "

"……? "

"한서방 으런두 속내 아는 배, 이 근처 논이 물 걱정 가뭄 걱정 없구, 한 마지기에 넉 섬은 먹는 논이라야 열 냥이 상값 아니우 ? 그런 걸 글쎄, 녀석은

---

7) 곡우 : 24절기의 여섯째. 양력 4월 20일이나 21일경.

스무 냥 스물댓 냥을 퍼주구 사는구랴. 제마석(한 두락에 한 석)두 못 먹는 자갈 바탕의 박토라두, 논 명색이면 열 냥 안짝 잽히는 건 없구."

"허긴, 값이나 그렇게 월등히 많이 내야 일인한테 논을 팔지, 그러잖구서야 누가."

"제엔장, 나두 진작에 논이나 시늉만 생긴 거라두 몇 섬지기 장만해 두었드라면 이런 판에 큰 횡잴 했지."

"그래, 많이들 와 파나?"

"대가릴 싸구 덤벼든답디다. 한서방 어른두 논 좀 파시구랴? 이런 때 안 팔구, 언제 팔우?"

"팔 논이 있나?"

이유와 조건의 어떠함을 물론하고, 농민이 논을 판다는 것은 남의 앞에 심히 떳떳스럽지 못한 일이었다. 번연히 내일 모레면 다 알게 될 값이라도 되도록 그런 기색을 숨기려고 드는 것이 통정[8]이었다.

뚜벅뚜벅 말굽소리가 나더니, 말 탄 길천이가 주막 앞을 지난다. 언제나 그러하듯이, 깜장 됫박모자(중산모자)에 깜장 복장(양복 : 쓰메에리)을 입고, 깜장 목 깊은 구두를 신고, 허리에는 육혈포를 차고 하였다.

한덕문은 길에서 몇 차례 본 적이 있어 그가 길천인 줄을 안다.

"어디 갔다 와요?"

전주집이 웃으면서 알은 체를 하는 것을, 길천은 웃지도 않으면서,

"응, 조-기. 우리, 나쁜 사레미 자바리 갔소 왔소."

길천의 차인꾼이요 통역꾼이요 한 백남술이가 밧줄로 결박을 지은 촌 젊은 사람 하나를 앞참 세우고 뒤미처 나타났다.

죄수(?)는 상투가 풀어지고 발기발기 찢긴 옷과 면상으로 피가 묻고 한 것으로 보아, 한바탕 늑신 두들겨맞은 것이 역력하였다.

"어디 갔다 오시우?"

전주집이 이번에는 백남술더러 인사로 묻는다.

8) 통정 : 마음 속에 있는 사정을 그대로 말함.

백남술은 분연히,

"남의 돈 집어먹구 도망 댕기는 놈은 죽어 싸지."
하면서 죄수에게 잔뜩 눈을 흘긴다.

그러고 나서 전주집더러,

"댕겨오께시니, 닭이나 한 마리 잡구 해놓게나. 놈을 붙잡느라구 한 승강했더니 목이 컬컬허이."

그러느라고 잠깐 한눈을 파는 순간이었다. 죄수가 밧줄 한끝 붙잡힌 것을 홱 뿌리치면서 몸을 날려 쏜살같이 오던 길로 내뺀다.

"엇!"

백남술이 병신처럼 놀라다 이내 죄수의 뒤를 쫓는다.

길천의 탄 말이 두 앞발을 번쩍 들어 머리를 돌리면서 땅을 차고 달린다. 그러면서 길천의 손에서 육혈포가 땅……풀씬 연기가 나면서 재우쳐 땅…….

죄수는 그러나 첫 한 방에 그대로 길바닥에 가 동그라진다. 같은 순간 버선발로 뛰어 내려간 전주집이 에구머니 비명을 지른다.

죄수는 백남술에게 박승 한끝을 다시 붙잡히어 일어난다. 길천은 피스톨 사격의 명인은 아니었었다.

일인에게 빚을 쓰는 것을 왜채라고 하고, 이 젊은 친구는 왜채를 쓰고서 갚지 아니하고 몸을 피해 다니다가 붙잡힌 사람이었다.

길천은 백남술이가,

'이 사람은 논이 몇 마지기가 있소.'
하고 조사보고를 하면, 서슴지 아니하고 왜채를 주곤 한다. 이자도 항용[9] 체계나 장변보다 헐하였다.

빚을 주는 데는 무른 것 같아도, 받는 데는 무서웠다.

기한이 지나기를 기다려, 채무자를 제 집으로 데려다 감금을 하고, 사형(私刑)[10]으로써 빚 채근을 하였다.

---

9) 항용 : 희귀할 것 없이 보통임. 늘. 항상.
10) 사형 : 사사로이 형벌을 가함.

부형이나 처자가 돈을 가지고 와서 빚을 갚는 날까지 감금과 사형을 늦추지 아니하였다.

논문서를 가지고 오는 자리는 '우대'를 하였다. 이자를 탕감하고 본전만 쳐서 논으로 받는 것이었었다. 논이 있는 사람은, 돈을 두어 두고도 즐거이 논으로 갚고 하였다.

한덕문은 다시 끌려가고 있는 죄수의 뒷모양을 우두커니 바라보면서,

'제엔장, 양반 호랑이도 지질한데, 우환중에 왜놈 호랭이까지 들어와서 이 등쌀이니, 갈수록 죽어나는 건 만만한 백성뿐이로구나.'

'쯧, 번연히 알면서 왜채를 쓰는 사람이 잘못이지, 누구를 원망하나.'

'참새가 방앗간을 거저 지날까. 이왕 외상술이라도 한잔 먹고 일어설까, 어떡헐까 ? '

이런 생각을 하고 앉았는 차에, 생각잖이, 외가편으로 아저씨뻘 되는 윤 첨지가 푸뜩 거기에 당도하였다. 윤 첨지는 황등장터에서 제 논석지기나 지니고 탁신히 사는 농민이었다.

아저씨 웬일이시냐고, 조카 잘 있었더냐고, 항용 하는 인사가 끝난 후에 이 동네 사는 길천이라는 일인이 값을 후히 내고 땅을 사들인다는 소문이 있으니 적실하냐고 아까 한덕문이 전주집더러 묻던 말을, 윤 첨지가 한덕문더러 물었다.

그렇단다는 한덕문의 대답에, 윤 첨지는 이윽고 생각을 하고 있더니 혼잣말같이,

"그럼 나두 이왕 궐(厥)[11]한테다 팔아야 하겠군. "

하다가 한덕문더러,

"황등이까지 가서두 살까 ? 예서 이십 리나 되는데. "

하고 묻는다.

"글쎄요……. 건데 논은 어째 파실 영으루 ? "

"허, 그거 온 참……저어 공주 한밭서 무안 목포루 철로가 새루 나는데, 그것이 계룡산 앞을 지나 연산 · 팔거리루 해서 논메 · 강경으루 나와 가지구, 황

11) 궐 : '그, 기(其)'와 같은 뜻임.

등장터를 지나게 된다네그려."

"그런데요?"

"그런데 철로가 난다 치면 그 십 리 안짝은 논을 죄 버리게 된다는 거야."

"어째서요?"

"차가 댕기는 바람에 땅이 울려 가지구 모를 심어두 뿌릴 제대루 잡지 못하구 해서, 벼가 자라질 못한다네그려?"

"무슨 그럴 리가……."

"건 조카가 속을 몰라 하는 소리지. 속을 몰라 하는 소린 것이, 나두 작년 정월에 공주 한밭엘 갔다 그놈 차가 철로 위루 달리는 걸 구경했지만, 아 그 쇳덩이루 만든 집챗더미 같은 시꺼먼 수레가 찻길 위루 벼락치듯 달리는데, 땅바닥이 사뭇 움죽움죽하드라니깐! 여승 지동[12]이야……. 그러니, 땅이 그렇게 지동하듯 사철 들이 울리니, 근처 논이 모가 뿌리를 잡을 것이며, 자라기를 할 것인가?"

"……."

듣고 보니 미상불 근리[13]한 말이었다.

"몰랐으면이거니와 알구두 그대루 있겠던가? 그래 좀 덜 받더래두 팔아 넘길 영으루 하구 있는데, 소문을 들으니 길천이라는 손이 요새 값을 시세보다 갑절씩이나 내구 논을 산다데나그려. 정녕 그렇다면 철로 조간이 아니라두 팔아 가지구 딴 데루 가서 판 논 갑절 되는 논을 장만함직두 한 노릇인데, 항차……."

"철로가 그렇게 난다는 건 아주 적실한가요?"

"말끔 다 칙량을 하구, 말뚝을 박아 놓구 한걸……. 황등장터 그 일판은 그래, 논들을 못 팔아 난리가 났다니까."

---

12) 지동 : 지진.

13) 근리 : 이치에 맞음.

3

일인 길천이에게 일곱 마지기 논을 일백마흔 냥에 판 것과, 그중 쉰 냥은 빚을 갚은 것, 이것까지는 한덕문의 예산대로 되었었다.

그러나 나머지 아흔 냥으로 판 논 일곱 마지기보다 토리가 못하지 아니한 논으로 두 마지기가 더한 아홉 마지기를 삼으로써 빚 쉰 냥은 공으로 갚고, 그러고도 논이 두 마지기가 붙게 된다던 것은 완전히 허사가 되고 말았다

아무도 한덕문에게 상답 한 마지기를 열 냥씩에 팔려는 사람은 없었다. 이왕 일인 길천이에게 팔면 그 갑절 스무 냥씩을 받는 고로 말이었다.

필경 돈 아흔 냥은 한덕문의 수중에서 한 반년 동안 구르는 동안 스실사실 다 없어지고 말았다.

이리하여 한덕문은 논 일곱 마지기로 겨우 빚 쉰 냥을 갚고는, 아무것도 남은 것이 없이 손 싹싹 털고 나선 셈이었다.

친구가 있어 한덕문을 책하면서 물었다.

"어떡허자구 논을 판단 말인가 ? "

"인제 두구 보게나. "

"무얼 두구 보아 ? "

"일인들이 다 쫓겨 가면 그 땅 도로 내 것 되지 갈 데 있던가 ? "

"쫓겨 갈 놈이 논을 사겠나 ? "

"저이놈들이 천지운수를 안다든가 ? "

"자네는 아나 ? "

"두구 보래두 그래. "

한덕문은 혼자 속으로는 아뿔싸, 논이라야 단지 그것뿐인 것을 팔고서, 인제는 송곳 꽂을 땅도 없이 이 노릇을 어찌한단 말이냐고, 심히 후회하여 마지 아니하였다.

그러면서도 남더러는 그렇게 배포 있이 장담을 탕탕하였다.

한덕문은 장차에 일인들이 쫓기어 가리라는 것을 확언할 아무런 근거도 가

진 것이 없었다. 따라서 자신도 없었다. 오직 그는 논을 판 명예롭지 못함과 어리석음을 싸기 위하여, 그런 희떠운 소리를 한 것일 따름이었다.

한덕문이, 일인들이 다 쫓기어 가면 그 논이 도로 제 것이 될 터이라서 논을 팔았다고 한다더라, 이 소문이 한입 두입 퍼지자 듣는 사람마다 그의 희떠움을, 혹은 실없음을 웃었다.

하는 양을 보느라고 위정,

"자네 논 팔았다면서 ? "

한다 치면,

"팔았지. "

"어째서 ? "

"돈이 좀 아쉬어서. "

"돈이 아쉽다구 논을 팔구서 어떡하자구 ? "

"일인들이 다 쫓겨 가면 그 논 도루 내 것 되지 갈 데 있나 ? "

"일인들이 쫓겨 간다든가 ? "

"그럼 백 년 살까 ? "

또 누구는 수작을 바꾸어,

"일인들이 쫓겨 간다지 ? "

한다 치면,

"그럼 !"

"언제쯤 쫓겨 가는구 ? "

"건 쫓겨 가는 때 보아야 알지. "

"에구 요 맹추야, 요 허풍선이야, 우리 나라 상감님을 쫓아내구 저이가 왕노릇을 하는데 쫓겨 가 ? "

"자넨 그럼 일인들이 안 쫓겨 가구 영영 그대루 있으면 좋을 건 무언가?"

"좋기루 할 말이야 일러 무얼 하겠나만, 우리 좋구푼 대루 세상 일이 돼준다던가 ? "

"그래두 인제 내 말을 이를 때가 오너니. "

"괜히, 논 팔구섬 할 말 없거들랑 국으루 잠자꾸 가만히나 있어요."

"체에, 내 논 내가 팔아먹는데, 죄 될 일 있니?"

"걸 누가 죄라니?"

"길천이한테 논 팔아먹은 놈이 한덕문이 하나뿐인감?"

"누가 논 판 걸 나무래? 희떤 장담을 하니깐 그러는 거지."

"희떤 장담인지 아닌지 두구 보잔 말야."

이로부터 한덕문은 그 말로 인하여 마을과 인근에서 아주 호가 났고, 어느 겨를인지 그것이 한 속담까지 되었다.

가량 어떤 엉뚱한 계획을 세운다든지 허랑한 일을 시작하여 놓고서는, 천연스럽게 성공을 자신한다든지, 결과를 기다린다든지 하는 사람이 있다 치면,

"흥, 한덕문이 길천이게다 논 팔아먹던 대 났구나."

하고 비웃곤 하는 것이었었다.

그 후, 그 속담은, 삼십오 년을 두고 전하여 내려왔다. 전하여 내려올 뿐만이 아니었다. 일본 제국주의의 조선에 있어서의 지반이 해가 갈수록 완구한 것이 되어 감을 따라, 더욱이 만주사변 때부터 시작하여 중일전쟁을 거쳐 태평양전쟁으로 일이 거창하게 벌어진 결과, 전쟁수단으로서 조선의 가치는 안으로 밖으로, 적극적으로 소극적으로, 나날이 더 커감을 좇아 일본이 조선에다 박은 뿌리는 더욱 깊이 뻗어 들어가고, 가지와 잎은 더욱 무성하여서 일본이 조선으로부터 물러간다는 것은 독립과 한가지로 나날이 더 잠꼬대 같은 생각이던 것처럼 되어 버려 감을 따라, 그래서 한덕문의 장담하던 (일인들이 다 쫓겨가면……) 이 말이, 해가 가고 날이 갈수록 속절없이 무색하여 감을 따라, 그와 반비례하여 그 말의 속담으로서의 가치와 효과만이 멸하지 않고 찬란히 빛을 내었다.

바로 팔월 십사일까지도 그러하였다. 팔월 십사일까지도,

"흥, 한덕문이 길천이한테 논 팔아먹던 대 났구나."

는 당당히 행세를 하였었다.

그랬던 것이, 팔월 십오일에 일본이 항복을 하고, 조선은 독립(실상은 우선

해방)이 되고 하였다. 그리고 며칠 아니 하여 '일인들이 토지와 그 밖 온갖 재산을 죄다 그대로 내어놓고 보따리 하나에 몸만 쫓기어 가게 되었다'는 데까지 이르렀다.

한 생원의,

"일인들이 다 쫓겨 가면……. "

은 이리하여 부득불 빛이 화안하여지고, 반대로,

"흥, 한덕문이 길천이한테 논 팔아먹던 대 났구나. "

는 그만 얼굴이 벌개서 납작하고 말 수밖에 없었다.

"여보슈 송 생원 ? "

한 생원이 허연 탑삭부리에 묻힌 쪼글쪼글한 얼굴이 위아래 다섯 대밖에 안 남은 누런 이빨과 함께 흐물흐물 자꾸만 웃어지는 웃음을 언제까지고 거두지 못하면서, 그러다 별안간 송 생원의 팔을 잡아 흔들면서 아주 긴하게,

"우리 독립 만세 한번 부르실까 ? "

"남 다아 부르구 난 댐에, 건 불러 무얼 허우 ? "

송 생원은 한 생원과 달라 길천이한테 팔아먹은 논도 없으려니와, 따라서 일인들이 쫓기어 가더라도 도로 찾을 논도 없었다.

"송 생원, 접때 마을에서 만세를 부를 제, 나가 부르셨던가 ? "

"난 그날, 허리가 아파 꼼짝못하구 누었었는걸. "

"나두 그날 고만 못 불렀어. "

"아따 못 불렀으면 못 불렀지, 늙은 것들이 만세 좀 아니 불렀기루 귀양살이 보내겠수 ? "

"난 그래두 좀 섭섭해 그랬지요……. 그럼 송 생원 우리 술 한잔 자실까 ?"

"술이나 한잔 사주신다면. "

"주막으루 나갑시다. "

두 늙은이가 지팡이를 짚고 마을에 단 한 집밖에 없는 주막으로 나갔다.

"에구머니, 독립도 되구 볼 거야. 영감님들이 술을 다 자시러 오시구. "

이십 년이나 여기서 주막을 하느라고 인제는 중늙은이가 된 주모 판쇠네가,

손님을 환영이라기보다 다뿍 걱정스러워한다.

"미리서 외상인 줄이나 알구, 술 좀 주게나."

한 생원이 그러면서 술청으로 들어가 앉는 것을, 송 생원도 들어가 앉으면서 주모더러,

"외상 두둑히 드리게. 수가 나섰다네."

"독립되는 운덤에 어느 고을 원님이나 한자리 해 가시는감?"

"원님을 걸 누가 성가시게, 흐흐흐……."

한 생원은 그러다 다시,

"거, 안주가 무어 좀 있나?"

"안주두 벤벤찮구 술두 막걸린 없구 소주뿐일걸, 노인네들이 소주 잡숫구 어떡허시게."

"아따 오줌은 우리가 아니 싸리."

젊었을 적에는 동이술을 사양치 아니하던 영감들이었다. 그러나 둘이가 다 내일 모레가 칠십. 더구나 자주자주는 술을 입에 대지 않던 차에, 싱겁다고는 하지만 소주를 칠팔 잔씩이나 하였으니 과음일 수밖에 없었다.

송 생원은 그대로 술청에 쓰러져 과연 소변을 저리기까지 하였다.

한 생원은 송 생원보다는 아직 기운이 조금은 좋은 덕에, 정신을 놓거나 몸을 가누지 못할 지경은 아니었다.

"우리 논을 좀 보러 가야지, 우리 논을. 서른다섯 해 만에 우리 논을 보러 간단 말야, 흐흐흐흐."

비틀거리면서 한 생원은 술청으로부터 나온다.

주모 판쇠네가 성화가 나서,

"방으루 들어가 누셨다, 술 깨신 댐에 가세요. 노인네들 술 드렸다구 날 또 욕허게 됐구먼."

"논 보러 가, 논. 길천이게다 판 우리 논. 흐흐흐, 서른다섯 해 만에 도루 찾은, 우리 일곱 마지기 논, 흐흐흐."

"글쎄 논은 이 댐에 보러 가시면 어디루 가요?"

"날, 희떤 소리 한다구들 웃었지. 미친놈이라구 웃었지, 들. 흐흐흐, 서른다섯 해 만에 내 말이 들어맞을 줄을 누가 알았어 ? 흐흐흐. "

말은 혀꼬부라진 소리로, 몸은 위태로이 비틀거리면서, 한 생원은 지팡이를 휘젓고 밖으로 나간다. 나가다 동네 젊은 사람과 마주쳤다.

"아, 한 생원 웬일이세요 ? "

"논 보러 간다, 논. 흐흐흐, 너두 이 녀석, 한덕문이 길천이한테 논 팔아먹던 대 났구나, 그런 소리 더러 했었지 ? 인제두 그런 소리가 나오까 ? "

"취하셨군요. "

"나, 외상술 먹었지. 논 찾았은깐 또 팔아서 술값 갚으면 고만이지. 그럼 한 서른다섯 해 만에 또 내 것 되겠지, 흐흐흐. 그렇지만 인전 안 팔지, 안 팔아. 우리 용길이놈 물려줘여지, 우리 용길이놈. "

"참, 용길이 요새 있죠 ? "

"있지. 길천이한테 팔아먹었을까 ? "

"저, 읍내 사는 영남이가 산판 하날 사서 벌목을 하는데, 이 동네 사람들더러 와 남구 비어 주구, 그 대신 우죽[14] 가져가라구 하니, 용길이두 며칠 보내서 땔나무나 좀 장만하시죠. "

"걸 누가……논을 도루 찾았는데. "

"논만 찾으면 땔나문 없어두 사시나요 ? "

"논두 없어두 서른다섯 해나 살지 않었느냐 ? "

"허허 참, 그러지 마시구 며칠 보내세요. 어서서 다 비어 버려야 할 텐데, 도무지 사람을 못 구해 그러니, 절더러 부디 그럭허두룩 서둘러 달라구, 영남이가 여간만 부탁을 해싸여죠. 아, 바루 동네서 가찹겠다, 져 나르기 수월허구……요 위 가잿골 있는 길천농장 멧갓이래요. "

"무어 ? "

한 생원은 별안간 정신이 번쩍 나면서 대어든다.

"가잿골 있는 길천농장 멧갓이라구 ? "

---

14) 우죽 : 나무 · 대의 우두머리의 가지.

"네."

"네라니? 그 멧갓이……가마안자, 아니, 그 멧갓이 뉘 멧갓이길래?"

"길천농장 멧갓 아네요? 걸, 영남이가 일인들이 이번에 거들이 나는 바람에 농장 산림감독하던 강서방한테 샀대요."

"하, 이런 도적놈들, 이런 천하 불한당놈들, 그래, 지끔두 벌목을 하구 있더냐?"

"오늘버틈 시작했다나 봐요."

"하, 이런 천하 날불한당놈들이."

한 생원은 천방지축으로 가잿골을 향하여 비틀걸음을 친다.

솔은 잘 자라지 않고, 개간하여 밭을 만들자 하니 힘이 부치고 하여, 이름만 멧갓이지, 있으나마나 한 멧갓 한 자리가 있었다. 한 삼천 평 될까말까, 그다지 크지도 못한 것이었었다.

이 멧갓을 한 생원은 길천이에게다 논을 팔던 이듬해지 그 이듬핸지, 돈은 아쉽고 한 판에 또한 어수룩히 비싼 값으로 팔아넘겼었다.

길천은 그 멧갓에다 낙엽송을 심어, 삼십여 년이 지난 지금 와서는 아주 헌다한 산림이 되었었다.

늙은이의 총기요, 논을 도로 찾게 되었다는 것에만 정신이 팔려, 깜빡 멧갓 생각은 미처 아직 못하였던 모양이었다.

마침 전신주 감의 쪽쪽 곧은 낙엽송이 총총들이 섰다. 베기에 아까워 보이는 나무였다.

한 서넛이나가 한편에서부터 깡그리 베어 눕히고, 일변 우죽을 치고 한다.

"이놈, 이 불한당놈들, 이 멧갓 벌목한다는 놈이 어떤 놈이냐?"

비틀거리면서 고함을 치고 쫓아오는 한 생원을, 사람들은 영문을 몰라 일하던 손을 멈추고 뻐언히 바라다보고 섰다.

"이놈 너루구나?"

한 생원은 영남이라는 읍내 사람 벌목 주인 앞으로 달려들면서, 한대 갈길 듯이 지팡이를 둘러멘다.

명색이 읍사람이라서, 촌 농투성이에게 무단히 해거를 당하면서 공수[15]하거나 늙은이 대접을 하려고는 않는다.

"아니, 이 늙은이가 환장을 했나 ? 왜 그러는 거야, 왜. "

"이놈, 네가 왜, 이 멧갓을 손을 대느냐 ? "

"무슨 상관여 ? "

"어째 이놈아, 상관이 없느냐 ? "

"뉘 멧갓이길래 ? "

"내 멧갓이다. 한덕문이 멧갓이다. 이놈아. "

"허허, 내 별꼴 다 보니. 괜시리 술잔 든질렀거들랑, 고히 삭히진 아녀구서, 나이깨 먹은 것이, 왜 남 일하는 데 와서 이 행악야, 행악이. 늙은인 다리뼉다구 부러지지 말란 법 있나 ? "

"오냐, 이놈, 날 죽여라. 너구 나구 죽자. "

"대체 내력을 말을 해요. 무엇 때문에 이 야룬지, 내력을 말을 해요. "

"이 멧갓이 그새까진 길천이 것이라두, 조선이 독립됐은깐 인전 내 것이란 말야, 이놈아. "

"조선이 독립이 됐는데, 어째 길천이 멧갓이 한덕문이 것이 되는구 ? "

"길천인, 일인들은, 땅을 죄다 내놓구 간깐, 그전 임자가 도루 차지하는 게 옳지, 무슨 말이냐 ? "

"오오, 이녁이 이 멧갓을 전에 길천이한테다 팔았다 ? "

"그래서. "

"그랬으니깐, 일인들이 땅을 다 내놓구 가니깐, 이녁은 팔았던 땅을 공짜루 도루 차지하겠다 ? "

"그래서. "

"그 개 뭐 같은 소리 인전 엔간치 해두구, 어서 없어져 버려요. 나는 빼젓이 길천농장 산림관리인 강태식이한테 시퍼런 돈 이천 환 주구서 계약서 받구 샀어요. 강태식인 길천이가 해준 위임장 가지구 팔구. 돈 내구 산 사람이 임

---

15) 공수 : 오른손을 밑에 왼손을 위로 하여 두 손을 맞잡아 공경의 뜻을 표하는 예.

자지, 저, 옛날 돈 받구 팔아먹은 사람이 임잘까 ? ”

8 · 15 직후, 낡은 법이 없어지고 새로운 영이 서기 전 혼란한 틈을 타서, 잇속에 눈이 밝은 무리들이 일본인 농장이나 회사의 관리자와 부동이 되어 가지고, 일인의 재산을 부당 처분하여 배를 불린 일이 허다하였다. 이 산판사건도 그런 것의 하나였다.

5

그 뒤 훨씬 지나서.

일인의 재산을 조선 사람에게 판다, 이런 소문이 들렸다.

사실이라고 한다면 한 생원은 그 논 일곱 마지기를 돈을 내고 사지 않고서는 도로 차지할 수가 없을 판이었다. 물론 한 생원에게는 그런 재력이 없거니와, 도대체 저의 임자가 있는데 그것을 아무나에게 판다는 것이 한 생원으로 보기에는 불합리한 처사였다.

한 생원은 분이 나서 두 주먹을 쥐고 구장에게로 쫓아갔다.

“그래 일인들이 죄다 내놓구 하는 것을, 백성들더러 돈을 내구 사라구 마련을 했다면서 ? ”

“아직 자세힌 모르겠어두, 아마 그렇게 되기가 쉬우리라구들 하드군요. ”

해방 후에 새로 난 구장의 대답이었다.

“그런 놈의 법이 어딨단 말인가 ? 그래, 누가 그렇게 마련을 했는구 ? ”

“나라에서 그랬을 테죠. ”

“나라 ? ”

“우리 조선나라요. ”

“나라가 다 무어 말라비틀어진 거야 ? 나라 명색이 내게 무얼 해준 게 있길래, 이번엔 일인이 내놓구 가는 내 땅을 저이가 팔아먹으려구 들어 ? 그게 나라야 ? ”

"일인의 재산이 우리 조선나라 재산이 되는 거야 당연한 일이죠."

"당연?"

"그렇죠."

"흥, 가만 둬두면 저절루 백성의 것이 될 걸 나라 명색은 가만히 앉었다 어디서 툭 튀어나와 가지구, 걸 뺏어서 팔아먹어? 그따위 행사가 어딨다든가?"

"한 생원은 그 논이랑 멧갓이랑 길천이한테 돈을 받구 파셨으니깐 임자로 말하면 길천이지 한 생원인가요?"

"암만 팔었어두, 길천이가 내놓구 쫓겨 갔은깐, 도루 내 것이 돼야 옳지, 무슨 말야. 걸, 무슨 탁에 나라가 뺏을 영으루 들어?"

"한 생원한테 뺏는 게 아니라, 길천이한테 뺏는 거랍니다."

"흥, 둘러다 대긴 잘들 허이. 공동묘지 가보게나. 핑계 없는 무덤 있던가? 저, 병신년에 원놈(군수) 김가가 우리 논 열두 마지기 뺏을 제두 핑겐 다 있었드라네."

"좌우간, 아직 그렇게 지레 염렬 하실 게 아니라, 기대리구 있느라면 나라에서 다 억울치 않두룩 처단을 하겠죠."

"일없네. 난 오늘버틈 도루 나라 없는 백성이네. 제길, 삼십육 년두 나라 없이 살아왔을려드냐. 아-니 글쎄, 나라가 있으면 백성한테 무얼 좀 고마운 노릇을 해주어야 백성두 나라를 믿구, 나라에다 마음을 붙이구 살지. 독립이 됐다면서 고작 그래, 백성이 차지할 땅 뺏어서 팔아먹는 게 나라 명색야?"

그리고는 털고 일어서면서 혼잣말로,

"독립됐다구 했을 제, 내, 만세 안 부르기, 잘했지."

**작가소개** 채만식 (1902~1950)

전북 옥구에서 출생했다. 1924년 『조선문단』에 「세길로」를 발표하면서 문단에 나왔다. 주요 작품으로 「레디메이드 인생」 「치숙」 『탁류』 『태평천하』 등이 있다. 그는 판소리 사설 문체를 소설에 계승한 대표적 작가로 손꼽히며, 아이러니 기법을 통한 풍자적인 소설을 많이 발표했다.

**작품해설**

「논 이야기」는 채만식 특유의 풍자를 잘 보여주는 작품으로 현실을 이념이나 윤리에 의해 도식적으로 나누지 않으려는 작가의 배려가 돋보이는 작품이다. 그가 풍자를 통해 비판하는 대상이 부패한 사회와 현실뿐만이 아니라, 당시 우리 농민들의 무지몽매함에까지 뻗치고 있다는 사실을 눈여겨보도록 하자.

**읽고 나서**

(1) 작가가 한 생원을 통해 말하고자 한 것은 무엇인가?
— ①새 정부의 농업정책의 잘못을 꼬집어 냄. ②일제에 빌붙어 치부를 일삼던 자들이 뉘우치지 않고 자신들의 기득권을 유지하며 더욱 기승을 부리는 세태를 한탄함.

(2) 이 작품에서 풍자의 대상이 되는 한 생원의 면모는 무엇인가?
— 게으름과 아둔한 이해 타산 · 개인의 이익에 보탬이 되지 않는다면 나라도 쓸모가 없다는 사고 방식

# 복덕방

이 태 준

철썩, 앞집 판장[1] 밑에서 물 내버리는 소리가 났다. 주먹구구[2]에 골똘했던 안 초시에게는 놀랄 만한 폭음이었던지, 다리 부러진 돋보기 너머로 똑 메이(모이)를 쪼으려는 닭의 눈을 해가지고 수챗구멍을 내다본다. 뿌연 뜨물에 휩쓸려 나오는 것이 여러 가지다. 호박 꼭지, 계란 껍질, 거피해 버린 녹두 껍질.

"녹두 빈대떡을 부치는 게로군. 흥……. "

한 오륙 년째 안 초시는 말 끝마다 '젠장'이 아니면 "흥!" 하는 코웃음을 잘 붙이었다.

"추석이 벌써 낼 모레지! 젠장……. "

안 초시는 저도 모르게 입맛을 다시었다. 기름내가 코에 풍기는 듯 대뜸 입 안에 침이 홍건해지고 전에 괜찮게 지낼 때, 충치니 풍치니 하던 것은 거짓말이었던 것처럼 아래윗니가 송곳 끝같이 날카로워짐을 느끼었다.

안 초시는 그 날카로워진 이를 빈 입인 채 빠드득 소리가 나게 한 번 물어보고 고개를 들었다.

하늘은 천 리같이 트였는데 조각 구름들이 여기저기 널리었다. 어떤 구름은 깨끗이 바래 말린 옥양목처럼 흰빛이 눈이 부시다. 안 초시는 이내 자기의 때묻은 적삼 생각이 난다. 소매를 내려다보는 그의 얼굴은 날래 들리지 않는

1) 판장 : 널빤지를 대어 막은 울타리.
2) 주먹구구 : 손가락을 일일이 꼽아서 하는 셈.

다. 거기는 한 조박의 녹두 반자나 한 잔의 약주로써 어쩌지 못할, 더 슬픔과 더 고적함이 품겨 있는 것 같았다.

훅훅 소매 끝을 불어 보고 손 끝으로 퉁겨 보기도 하다가 목침을 세우고 눕고 말았다.

"이사는 팔 하고 사오는 이십이라 천이 되지……가만……천이라 ? 사라 했으니 사천이라 사천 평……매 평에 아주 줄여 잡아 오 환씩만 하게 돼두 사 환 칠십 오 전씩이 남으리, 그럼……사사는 십육, 일만 육천 환하구……. "

안 초시가 다시 주먹구구를 거듭해서 얻어 낸 총액이 일만구천 원, 단 천 원만 들여도 일만 구천 원이 되리라는 심속이니, 만 원만 들이면 그게 얼만가 ? 그는 벌떡 일어났다. 이마가 화끈했다. 되사렸던 무릎을 얼른 곧추 세우고 뒤나 보려는 사람처럼 쪼크렸다. 마코 갑이 번연히 비인 것인 줄 알면서도 다시 집어다 눌러 보았다. 주머니에는 단돈 십 전, 그도 안경다리를 고친다고 벌써 세 번짼가 네 번째 딸에게서 사오십 전씩 얻어 가지고는 번번이 담뱃값으로 다 내어 보내고 말던 최후의 십 전, 안 초시는 주머니에 손을 넣어 그것을 집어내었다. 백통화 한 푼을 얹은 야윈 손바닥, 가만히 떨리었다. 서 참의(參議)의 투박한 손을 생각하면 너무나 얇고 잔망스러운[3] 손이거니 하였다. 그러나, 이따금 술잔은 얻어 먹고, 이렇게 내 방처럼 그의 복덕방에서 잠까지 빌어 자건만 한 번도, 집 거간[4]이나 해먹는 서 참의의 생활이 부럽지는 않았다. 그래도 언제든지 한 번쯤은 무슨 수가 생기어 다시 한번 내 집을 쓰게 되고, 내 밥을 먹게 되고, 내 힘과 내 낯으로 다시 한번 세상에 부딪쳐 보려니 믿어졌다.

초시는 전에 어떤 관상쟁이의 "엄지손가락을 안으로 넣고 주먹을 쥐어야 재물이 나가지 않는다."는 말이 생각났다. 늘 그렇게 쥐노라고는 했지만 문득 생각이 나 내려다볼 때는, 으레 엄지손가락이 얄밉도록 밖으로만 쥐어져 있었다. 그래 드팀전을 하다가도 실패를 하였고, 그래 집까지 잡혀서 장전을 내었

---

3) 잔망스러운 : 체질이 몹시 잔약하고 행동이 경망함.
4) 거간 : 사이에 들어 흥정을 붙임.

다가도 그만 화재를 보았거니 하는 것이다.

"이놈의 엄지손고락아, 안으로 좀 들어가아, 젠장."

하고 연습삼아 엄지손가락을 먼저 안으로 넣고 아프도록 두 주먹을 꽉 쥐어 보았다. 그리고 당장 내어 보낼 돈이면서도 그 십 전짜리를 그렇게 쥐인 주먹에 단단히 넣고 담배 가게로 나갔다.

이 복덕방에는 흔히 세 늙은이가 모이었다.

언제 누가 와 집 보러 가잘지 몰라, 늘 갓을 쓰고 앉아서 행길을 잘 내다보는 얼굴 붉고 눈방울 큰 노인은 주인 서 참의다. 참의로 다니다가 합병 후에는 다섯 해를 놀면서 시기를 엿보았으나 별수가 없을 것 같아서 이럭저럭 심심파적[5]으로 갖게 된 것이 이 가옥 중개업이었다. 처음에는 겨우 굶지 않을 만한 수입이었으나 대정 팔구 년 이후로는 시골 부자들이 세금에 몰려, 혹은 자녀들의 교육을 위해 서울로만 몰려들고, 그런데다 돈은 흔해져서 관철동, 다옥정 같은 중앙 지대에는 그리 고옥만 아니면 만 원대를 예사로 홀홀 넘었다. 그 판에 봄 가을로 어떤 날에는 삼사백 원 수입이 있어, 그러기를 몇 해를 지나 가회동에 수십 간 집을 세웠고, 또 몇 해 지나지 않아서는 창동 근처에 땅을 장만하기 시작하였다. 지금은 중개업자도 많이 늘었고 건양사 같은 큰 건축회사가 생기어서 당자끼리 직접 팔고 사는 것이 원칙처럼 되어 가기 때문에 중개료의 수입은 전보다 훨씬 줄은 셈이다. 그러나 이십여 간 집에 학생을 치고 싶은 대로 치기 때문에 서 참의의 수입이 없는 달이라고 쌀값이 밀리거나 나무값에 졸릴 형편은 아니다.

"세상은 먹구 살게는 마련야……."

서 참의가 흔히 하는 말이다. 칼을 차고 훈련원에 나서 병법을 익힐 제는, 한 번 호령만 하고 보면 산천이라도 물러설 것 같던 그 기개와 오늘의 자기, 한낱 가쾌[6]로 복덕방 영감으로 기생, 갈보 따위가 사글셋방 한 간을 얻어 달

---

5) 심심파적 : 할 일 없이 심심함을 잊으려고 무엇인가를 함.
6) 가쾌 : 집 흥정 붙이는 일로 업을 삼는 사람.

래도 네 네하고 따라 나서야 하는, 만인의 심부름꾼인 것을 생각하면 서글픈 눈물이 아니 날 수도 없는 것이다. 워낙 술을 즐기기도 하지만 어떤 때는 남몰래 이런 감회를 이기지 못해서 술집에 들어선 적도 여러 번이다.

그러나 호반들의 기개란 흔히 혈기에서 나오는 것이기 때문이지 몸에서 혈기가 줆을 따라 그런 감회를 일으킴조차 요즘은 적어지고 말았다. 하루는 집에서 점심을 먹다 들노라니 무슨 장사치의 외는 소리인데 귀에 익은 목청이다. 자세히 귀를 기울이니 점점 가까이 오는 소리인데 제법 무엇을 사라는 소리가 아니라 "유리병이나 간장통 팔거쏘!" 하는 소리이다. 그런데 그 목청이 보면 꼭 알 사람 같아, 일어서 마루 들창으로 내다보니 이번에는 "가마니나 신문 잡지나 팔……거쏘……." 하면서 가마니 두어 개를 지고 한 손에는 저울을 들고 중노인이나 된 사내가 지나가는데 아는 사람은 확실히 아는 사람이다. 그러나 그를 어디서 알았으며 성명이 무엇이며 애초에는 무엇을 하던 사람인지가 캄캄해지고 말았다.

"오오라！ 그렇군……분명……저런！"

하고 그는 한참 만에 고개를 끄덕이었다. 그 유리병과 간장통을 외는 소리가 골목 안으로 사라져 갈 즈음에야 서 참의는 그가 누구인 것을 깨달아 낸 것이다.

"동관 김 참의……허！"

나이는 자기보다 훨씬 연소하였으나 학식과 재기가 있는데다 호령소리가 좋아 상관에게 늘 칭찬을 받던 청년 무관이었다. 이십여 년 뒤에 들어도 갈 데 없이 그 목청이요, 그 모습이었다. 전날의 그를 생각하고 오늘의 그를 보니 저윽 감개에 사무치어 밥숟가락을 멈추고 냉수만 거듭 마시었다.

그러나 전에 혈기 있을 때와 달라 그런 기분이 오래 가지는 않았다. 중학교 졸업반인 둘째 아들이 학교에 갔다 들어서는 것을 보고, 또 싸전에서 쌀값 받으러 와 마누라가 선선히 시퍼런 지전을 내어 세는 것을 볼 때, 서 참의는 이내 속으로,

'거저 살아야지 별수 있나. 저렇게 개 가죽을 쓰고 돌아다니는 친구도 있는데……에헤.'

하였을 뿐 아니라 그런 절박한 친구에다 대면 자기는 얼마나 훌륭한 지체이냐 하는 자존심도 없지 않았다.

'지난 일 그까짓 생각할 건 뭐 있나. 사는 날까지……허허.'

여생을 웃으며 살 작정이었다. 그래 그런지 워낙 좀 실없은 티가 있는데다 요즘 와서는 누구에게나 농지거리가 늘어 갔다. 그래 늘 눈이 달리고 뾰로통한 입으로는 말 끝마다 젠장 소리만 나오는 안 초시와는 성미가 맞지 않았다.

"좀보야, 술 한잔 사주랴!"

좀보라는 말이 자기를 업수여기는 것 같아서 안 초시는 이내 발끈해 가지고,

"네깟놈 술 더러 안 먹는다."

"화토패나 밤낮 떼면 너의 어멈이 살아 온다덴?"

하고 서 참의가 발 끝으로 화투장들을 밀어 던지면 그만 얼굴이 새빨개져서 쌔근쌔근하다가 부채면 부채, 담뱃갑이면 담뱃갑, 자기의 것을 냉큼 집어 들고 안 올 듯이 새침해 나가 버리는 것이다.

"조게 계집이문 천생 남의 첩 감이야."

하고 서 참의는 껄껄 웃어 버리나 안 초시는 이렇게 돼서 올라가면 한 이틀씩 보이지 않았다.

한번은 안 초시의 딸의 무용회 날 밤이었다. 안경화라고, 한동안 토월회에도 다니다가 대판에 가 있느니 동경에 가 있느니 하더니 오륙 년 뒤에 무용가라 이름을 날리며 서울에 나타났다. 바로 제1회 공연 날 밤이었다. 서 참의가 조르기도 했지만, 안 초시도 딸의 사진과 이야기가 신문마다 나는 바람에 어깨가 으쓱해서 공표를 얻을 수 있는 대로 얻어 가지고 서 참의뿐 아니라 여러 친구를 돌라줬던 것이다.

"허! 한가운데서 지금 한창 다릿짓 하는 게 자네 딸인가?"

남은 다 멍멍히 앉았는데 서 참의가 해괴한 것을 보는 듯,

마땅치 않은 어조로 물었다.

"무용이란 건 문명국일쑤록 벗구 한다네그려."

약기는 한 안 초시는 미리 이런 대답으로 막았다.

"모르겠네, 원……지금 총각놈들은 모두 등신인가 봐……. "

"왜 ? "

하고 이번에는 다른 친구가 탄하였다.

"우린 총각 시절에 저런 걸 보면 그냥 못 배기네. "

"빌어먹을 녀석……나잇값을 못하구 개야 저건 개……. "

벌써 안 초시는 분통이 발끈거려서 나오는 소리였다.

한 가지가 끝나고 불이 환하게 켜졌을 때다.

"도루 차라리 여배우 노릇을 댕기라구 그래라. 여배운 그래두 저렇게 넙적다린 내놓구 덤비지 않더라. "

"그 자식 오지랍 경치게 넓네. 네가 안방 건는방이 몇 칸이요나 알았지, 뭘 쥐뿔이나 안다구 그래 ? 보기 싫건 나가렴. "

하고 안 초시는 화를 발끈 내었다. 그러니까 서 참의도 안방 건넌방 말에 화가 나서 꽤 높은 소리로,

"넌 또 뭘 아니 ? 요 쫌보야. "

하고 일어서 버렸다.

이 일이 있은 후 안 초시는 거의 달포나 서 참의의 복덕방에 나오지 않았었다. 그런 걸 박희완 영감이 가서 데리고 왔었다.

박희완 영감이란 세 영감 중의 하나로 안 초시처럼 이 복덕방에 와 자기까지는 안 하나 꽤 쑬쑬히 놀러 오는 늙은이다. 아니, 놀러 오기만 하는 것이 아니라 와서는 공부도 한다. 재판소에 다니는 조카가 있어 대서업[7] 운동을 한다고 속수 국어 독본을 노상 끼고 와서 삼국지 읽던 투로, '긴상 도끄에 유끼이 마쑤까. ' 어쩌고를 외고 있는 것이다.

그러나 속수 국어 독본 뚜껑이 손때에 쩔고 또 어떤 때는 목침 위에 받쳐 베고 낮잠도 자서 머리때까지 새까맣게 쩔어 조선 총독부 편찬이란 잔 글자들은 보이지 않게 되도록, 대서업 허가는 의연히 나오지 않는 모양이었다.

---

7) 대서업 : 대신 글을 써주는 업.

"너나 내나 다 산 것들이 업은 갖어 뭘 허니, 무슨 세월에……흥 ! "
하고 어떤 때, 안 초시는 한나절이나 화투패를 떼다 안 떨어지면 그 화풀이로 박희완 영감이 들고 있는 속수 국어 독본을 툭 채어 행길로 팽개치며 그랬다.

"넌 또 무슨 재술 바라구 밤낮 화토패나 떨어지길 바라니 ? "

"난 심심풀이지. "

그러나 속으로는 박희완 영감보다 더 세상에 대한 야심이 끓었다. 딸이 평양으로 대구로 다니며 지방 순회까지 하여서 제법 돈냥이나 걷힌 것 같으나 연구소를 내느라고, 집을 뜯어 고친다, 유성기를 사들인다, 교제를 하러 돌아다닌다 하느라고, 더구나 귀찮게만 아는 이 애비를 위해 쓸 돈은 예산에부터 들지 못하는 모양이었다.

"애 ? 낡은 솜이 돼 그런지, 삯바느질이 돼 그런지 바지 솜이 모두 치어서 어떤 덴 홑옷이야. 암만 해두 사쓰 한 벌 사입어야겠다." 하고 딸의 눈치만 보아 오다 한번은 입을 열었더니,

"어려니 인제 사 드릴라구요. "
하고 딸은 대답은 선선하였으나 샤쓰는 그 해 겨울이 다 지나도록 구경도 못하였다. 샤쓰는커녕 안경다리를 고치겠다고 돈 일 원만 달래도 일 원짜리를 굳이 바꿔다가 오십 전 한 잎만 주었다. 안경은 돈을 주무르던 시절에 장만한 것이라 테만 오륙 원 먹는 것이라 오십 전만으로 그런 다리는 어림도 없었다. 오십 전짜리 다리도 있지만 살 바에는 조촐한 것을 택하던 초시의 성미라 더구나 면상에서 짝짝이로 드러나는 것을 사기가 싫었다. 차라리 종이 노끈인 채 쓰기로 하고 오십 전은 담뱃값으로 나가고 말았다.

"왜 안경다린 안 고치셨어요 ? "

딸이 그 날 저녁으로 물었다.

"흥……. "

초시는 말은 하지 않았다. 딸은 며칠 뒤에 또 오십 전을 주었다. 그러면서 어떻게 들으라고 하는 소리인지,

"아버지 보험료만 해두 한 달에 삼 원 팔십 전씩 나가요. "

하였다. 보험료나 타먹게 어서 죽어 달라는 소리로도 들리었다.

"거게 내게 상관 있니 ? "

"아버지 위해 들었지, 누구 위해 들었게요, 그럼 ? "

초시는 "정말 날 위해 하는 거문 살아서 한푼이라도 다우. 죽은 뒤에 내가 알 게 뭐냐?" 소리가 나오는 것을 억지로 참았다.

"오십 전이믄 왜 안경 다릴 못 고치세요 ? "

초시는 설명하지 않았다.

"지금 아버지가 좋고 낮은 것을 가리실 처지야요 ? "

그러나 오십 전은 또 마꼬값으로 다 나갔다. 이러기를 아마 서너 번째다.

"자식도 다 소용없어. 더구나 딸자식……그저 내 수중에 돈이 있어야……."

초시는 돈의 긴요성을 날로 더욱 심각하게 느끼었다.

"돈만 가지면야 좀 좋은 세상인가 ! "

심심해서 운동삼아 좀 나다녀보면 거리마다 짓느니 고층 건축들이요, 동네마다 느느니 그림 같은 문화 주택들이다. 조금만 정신을 놓아도 물에서 갓 튀어 나온 미어기처럼 미끈미끈한 자동차가 등덜미에서 소리를 꽥 지른다. 돌아다보면 운전사는 눈을 부르떴고 그 뒤에는 금시계 줄이 번쩍거리는 살찐 중년 신사가 빙그레 웃고 앉았는 것이었다.

"예순이 낼 모레……젠장할 것. "

초시는 늙어 가는 것이 원통하였다. 어떻게 해서나 더 늙기 전에 적게 돈만 원이라도 붙들어 가지고 내 손으로 다시 한번 이 세상과 교섭해 보고 싶었다. 지금 이 꼴로서야 문화 주택이 암만 서기로 내게 무슨 상관이며 자동차, 비행기가 개미떼나 파리떼처럼 퍼지기로 나와 무슨 인연이 있는 것이냐, 세상과 자기와는 자기 손에서 돈이 떨어진, 그 즉시로 인연이 끊어진 것이라 생각되었다.

'그러면 송장이나 다름없지 뭔가 ? '

초시는 이런 질문을 자신에게 던지는 지가 이미 오래였다.

'무슨 수가 없을까 ?'

또,

'무슨 그루터기가 있어야 비비지 ? '

그러다도,

'그래도 돈냥이나 엎질러 본 녀석이 벌기도 하는 게지. '

하고, 그야말로 무슨 그루터기만 만나면 꼭 벌기는 할 자신이었다.

그러다가 박희완 영감에게서 들은 말이었다. 관변에 있는 모 유력자를 통해 비밀리에 나온 말인데 황해 연안에 제2의 나진이 생긴다는 말이었다. 지금은 관청에서만 알 뿐이나 축항용지(築港用地)는 비밀리에 매수되었으므로 불원(不遠)[8]하여 당국자로부터 공표가 있으리라는 것이다.

"그럼, 거기가 황무진가 ? 전답들인가 ? "

초시는 눈이 빨개 물었다.

"밭이라네. "

"밭 ? 그럼 매 평 얼마나 간다나 ? "

"좀 올랐대, 관청에서 사는 바람에 아무리 시굴 사람들이기루 그만 눈치 없겠나. 그래두 무슨 일루 관청서 사는지 모르거던……. "

"그래 ? "

"그래, 그리 오르진 않았대……. 아마 평당 이십오 전씩이면 살 수 있다나 보네. 그러니 화중지병[9]이지 뭘 허나 우리가……. "

"음……. "

초시는 관자놀이가 욱신거리었다. 정말이기만 하면 한 시각이라도 먼저 덤비는 놈이 더 먹는 판이다. 오륙 전 하던 땅이 한 번 개항된다는 소문이 나자 당년으로 오륙 전의 백 배 이상이 올랐고 삼사 년 뒤에는, 땅 나름이지만 어떤 요지는 천 배 이상이 오른 데가 많다.

'다 산 나이에 오래 끌 건 뭐 있나. 당년으로 넘겨두 최소한 오 환씩이야

8) 불원 : 멀지 않음.
9) 화중지병 : 그림의 떡.

무려할 테지……. '

혼자 생각한 초시는,

"대관절 어디란 말야, 거기가 ? "

하고 나앉으며 물었다.

"그걸 낸들 아나 ? "

"그럼 ? "

"그 모씨라는 이만 알지. 그리게 날더러 단 만 원이라도 자본을 운동하면 자기는 거기서도 어디 어디가 요지라는 걸 설계도를 복사해 낸 사람이니까 그 요지만 산단 말이지, 그리구 많이두 바라지 않아, 비용 죄다 제치구 순 이익의 이 할만 달라는 거야. "

"그럴 테지……. 누가 그런 자국을 일러 주구 구경만 하자겠나……. 이 할이라……이 할……. "

초시는 생각할수록 이것이 훌륭한, 그 무슨 그루터기가 될 것 같았다. 나진의 선례도 있거니와 박희완 영감 말이 만주국이 되는 바람에 중국과의 관계가 미묘해짐으로 황해 연안에도 으레 나진과 같은 사명을 가진 큰 항구가 필요한 것은 우리 상식으로도 추측할 바이라 하였다. 초시의 상식에도 그것을 믿을 수 있었다.

오늘은 오래간만에 피죤을 사서, 거기서 아주 한 대를 피워 물고 왔다. 어째 박희완 영감이 종일 보이지 않는다. 다른 데로 자금 운동을 다니나 보다 하였다. 서 참의는 점심 전에 나간 사람이 어디서 흥정이 한 자리 떨어지느라고인지 아직 돌아오지 않는다. 안 초시는 미닫이 틀 위에서 낡은 화투를 꺼내었다.

"허, 이거 봐라. "

여간해선 잘 떨어지지 않던 거북패가 단번에 뚝 떨어진다.

누가 옆에 있어 좀 보아 줬으면 싶었다.

"아무래도 이게 심상치 않아……이제 재수가 티나 부다 !"

초시는 반도 타지 않은 담배를 행길로 내어 던졌다. 출출하던 판에 담배만 몇 대를 피고 나니 목이 컬컬해진다. 앞집 수채에 뜨물에 떠내려가다 막힌 녹두 껍질이 그저 누렇게 보인다.

"오냐, 내년 추석엔……. "

초시는 이날 저녁에 박희완 영감에게서 들은 이야기를 딸에게 하였다. 실패는 했을지라도 그래도 십 수년을 상업계에서 논 안 초시라 출자를 권유하는 수작만은 딸이 듣기에도 딴 사람인 듯 놀라웠다. 딸은 즉석에서는 가부를 말하지 않았으나 그의 머리 속에서도 이내 잊혀지지는 않았던지 다음날 아침에는, 딸편이 먼저 이 이야기를 다시 꺼내었고, 초시가 박희완 영감에게 묻던 이상으로 시시콜콜히 캐어 물었다. 그러면 초시는 또 박희완 영감 이상으로 손가락으로 가리키듯, 소상히 설명하였고 일 년 안에 청장을 하더라도 최소 한도로 오십 채 이상의 순이익이 날 것이라 장담하였다.

딸은 솔직했다. 사흘 안에 연구소 집을 어느 신탁회사에 넣고 삼천 원을 돌리기로 하였다. 초시는 금시 발복이나 된 듯 뛰고 싶게 기뻤다.

"서 참의 이놈, 날 은근히 멸시했겄다. 내 굳이 널 시켜 네 집보다 난 집을 살 테다. 네깟놈이 천생 가쾌지 별거냐……. "

그러나 신탁회사에서 돈이 되는 날은 웬, 처음 보는 청년 하나가 초시의 앞을 가리며 나타났다. 그는 딸의 청년이었다. 딸은 아버지의 손에 단 일 전도 넣지 않았고 꼭 그 청년이 나서 돈을 쓰며 처리하게 하였다. 처음에는 팩 나오는 노염을 참을 수가 없었으나 며칠 밤을 지내고 나니, 적어도 삼천 원의 순이익이 오륙만 원은 될 것이라, 만 원 하나야 어디로 가랴 하는 타협이 생기어서 안 초시는 으실으실 그, 이를테면 사위 녀석 격인 청년의 뒤를 따라 나섰다.

일 년이 지났다.

모두 꿈이었다. 꿈이라도 너무 악한 꿈이었다. 삼천 원어치 땅을 사놓고 날마다 신문을 훑어보며 수소문을 하여도 거기는 축항이 된단 말이 신문에도, 소문에도 나지 않았다. 용당포와 다사도에는 땅값이 삼십 배가 올랐느니 오십 배가 올랐느니 하고 졸부들이 생겼다는 소문이 있어도 여기는 캄캄 소식일 뿐 아니라 나중에 역시, 박희완 영감을 통해 알고 보니 그 관변 모씨에게 박희완 영감부터 속아 떨어진 것이었다. 축항 후보지로 측량까지 하기는 하였으나 무슨 결점으로인지 중지되고 마는 바람에 너무 기민하게 거기다 땅을 샀던, 그 모씨가 그 땅 처치에 곤란하여 꾸민 연극이었다.

돈을 쓸 때는 일 원짜리 한 장 만져도 못 봤지만 벼락은 초시에게 떨어졌다. 서너 끼씩 굶어도 밥 먹을 정신이 나지도 않았거니와 밥을 먹으러 들어갈 수도 없었다.

"재물이란 친자간의 의리도 배추 밑 도리듯 하는 건가 ? "

탄식할 뿐이었다. 밥보다는 술과 담배가 그리웠다. 물론 안경다리는 그저 못 고치었다. 그러니 이제는 오십 전짜리는커녕 단 십 전짜리도 얻어 볼 길이 없다.

추석 가까운 날씨는 해마다의 그때와 같이 맑았다. 하늘은 천 리같이 트였는데 조각 구름들이 여기저기 널리었다. 어떤 구름은 깨끗이 바래 말린 옥양목처럼 흰빛이 눈이 부시다. 안 초시는 이번에도 자기의 때 묻은 적삼 생각이 났다. 그러나 이번에는 소매 끝을 불거나 떨지는 않았다. 고요히 흘러내리는 눈물을 그 더러운 소매로 닦았을 뿐이다.

여름이 극성스럽게 더웁더니, 추위도 그럴 징조인지 예년보다 무서리가 일찍 내리었다. 서 참의가 늘 지나다니는 식은사택(植銀舍宅)에는 울타리가 넘게 피었던 코스모스들이 끓는 물에 데쳐낸 것처럼 시커멓게 무르녹고 말았다.

참의는 머리가 띵! 하였다. 요즘 와서 울기 잘하는 안 초시를 한번 위로해 주려, 엊저녁에는 데리고 나와 청요리집으로, 추탕집으로, 새로 두 점을 치도록 돌아다닌 때문 같았다. 조반이라고 몇 술 뜨기는 했으나 혀도 그냥 뻑뻑하다. 안 초시도 그럴 것이니까 해는 벌써 오정 때지만 끌고 나와 해장술이나 먹으리라 하고 부지런히 내려와 보니, 웬일인지 복덕방이라고 쓴 베발이 아직 내어 걸리지 않았다.

"이 사람 봐……어느 땐 줄 알구 코만 고누……. "

그러나 코 고는 소리는 들리지 않았다. 미닫이를 밀어 젖힌 참의는 정신이 번쩍 났다. 안 초시의 입에는 피, 얼굴은 잿빛이다. 방 안은 움 속처럼 음습한 바람이 휭 끼친다.

'아니…… ?'

참의는 우선 미닫이를 닫고 눈을 비비고 초시를 들여다보았다. 안 초시는 벌써 아니요, 안 초시의 시체일 뿐, 둘러다보니 무슨 약병인 듯한 것 하나가 굴러져 있다.

"허……. "

파출소로 갈까 하다 그래도 자식한테 먼저 알려야겠다 하고 말만 듣던 그 안경화 무용 연구소를 찾아가서 안경화를 데리고 왔다. 딸이 한참 울고 난 뒤다.

"관청에 어서 알려야지 ? "

"아니야요. 아스세요. "

딸은 펄쩍 뛰었다.

"아스라니 ? "

"저……. "

"저라니 ? "

"제 명예도 좀……. "

하고 그는 애원하였다.

"명예 ? 안 될 말이지, 명예 생각하는 사람이 애빌 저 모양으로 세상 떠나게 해 ? "

"……. "

안경화는 엎드려 다시 울었다. 그러다가 나가려는 서 참의 다리를 끌어안고 놓지 않았다. 그리고,

"저, 살려 주세요. "

소리를 몇 번이나 거듭하였다.

"그럼, 비밀은 내가 지킬 테니 나 하자는 대로 할까 ? "

"네."
서 참의는 다시 앉았다.
"부친 위해 보험 든 거 있지?"
"네, 간이보험이야요."
"무슨 보험이던……. 얼마나 타게 되누?"
"삼백팔십 원요."
"부친 위해 들었으니 부친 위해 다 써야지?"
"그럼요."
"에헴, 그럼……돌아간 이가 늘 속사쓸 입구퍼 했어. 상등 털사쓰를 사다 입히고, 그 우에 진견으로 수의 입습 구색 맞춰 짓게 허구……장례식을 장하게 해야 말이지 초라하게 해버리면 내가 그저 안 있을 게야. 알아들어?"
"네에."
하고 안경화는 그제야 핸드백을 열고 눈물 젖은 얼굴을 닦았다.

안 초시의 소위 영결식이 그 딸의 연구소 마당에서 열리었다.
서 참의와 박희완 영감은 술이 거나하게 취해 갔다. 박희완 영감이 무얼 잡혀서 가져왔다는 부의[10] 이 원을 서 참의가,
"장례비가 넉넉하니 자네 돈 그 계집에게 줄 거 없네."
하고 우선 술집에 들러 거나하게 곱배기들을 한 것이다.
영결식장에는 제법 반반한 조객들이 모여들었다. 예복을 차리고 온 사람도 두엇 있었다. 모두 고인을 알아 온 것이 아니요, 무용가 안경화를 보아 온 사람들 같았다. 그중에는 고인의 슬픔을 알아 우는 사람인지, 덩달아 기분으로 우는 사람인지 울음을 삼키느라고 끽끽 하는 사람도 있었다. 안경화도 제법 눈이 젖어 가지고 신식 상복이라나 공단 같은 새까만 양복으로 관 앞에 나와 향불을 놓고 절하였다. 그 뒤를 따라 한 이십 명 관 앞에 와 꾸벅거리었다. 그리고 무어라고 지껄이고 나가는 사람도 있었다.

---

10) 부의 : 초상난 집에 부조로 금품을 보냄.

그들의 분향이 거의 끝난 듯하였을 때,

"에헴."

하고 얼굴이 시뻘건 서 참의도 한마디 없을 수 없다는 듯이 나섰다. 향을 한 움큼이나 집어 놓아 연기가 시커멓게 올려 솟더니 불이 일어났다. 후후 불어 불을 끄고, 수염을 한 번 쓰다듬고 절을 했다. 그리고 다시,

"헴."

하더니 조사(弔辭)[11]를 하였다.

"나 서 참일세, 알겠나? 흥……자네 참 호살세 호사야……잘 죽었느니 자네 살았으문 이만 호살 해보겠나? 인전 안경다리 고칠 걱정두 없구……아무튼지……."

하는데 박희완 영감이 들어서더니,

"이 사람 취했네그려."

하며 서 참의를 밀어냈다.

박희완 영감도 가슴이 답답하였다. 분향을 하고 무슨 소리를 한마디 했으면 속이 후련히 트일 것 같아서 잠깐 멈칫 하고 서 있어 보았으나,

"으흐흑……."

하고 울음이 먼저 터져 그만 나오고 말았다.

서 참의와 박희완 영감도 묘지까지 나갈 작정이었으나 거기 모인 사람들이 하나도 마음에 들지 않아 도로 술집으로 내려오고 말았다.

---

11) 조사 : 조상(弔喪)의 뜻을 나타낸 글, 말.

**작가소개** 이태준 (1904~ )

강원도 철원에서 출생했다. 1925년 시대일보에 「오몽녀」를 발표하면서 문단에 등단하였다. 조선문학가동맹 부위원장으로 사회주의 계열의 문학운동에 참가하다가 1946년 월북했다. 주요 작품으로 「까마귀」「달밤」「복덕방」「사냥」「불멸의 함성」 등이 있다. 그는 뛰어난 미학적인 문체로 예술성 높은 단편을 많이 발표했으며, 예술성과 사회성을 결합시킨 작가라는 평을 받는다.

**작품해설**

1937년 『조광』에 발표된 「복덕방」은 안 초시와 그의 딸의 갈등을 통해 일제강점하의 가혹한 식민 통치가 우리 민족 구성원들에게 삶의 기반을 빼앗아 가고 있음을 그린다. 계층과 성격, 세대가 각기 다른 당시 한국인들이 정신적, 경제적 뿌리를 상실하고 굴절, 몰락되어 가는 과정을 '복덕방'이라는 압축된 공간을 통해 보여 주고 있다. 순수한 우리말과 독특한 한자어를 눈여겨보면서 작품을 감상해 보자.

**읽고 나서**

(1) 안 초시의 꾀죄죄한 입성을 극명하게 드러내고 결국 아무것도 이루지 못하는 비극적 종말을 더욱 부각시키는 자연적 배경 묘사 부분은 ?

— 하늘은 천리같이 틔였는데 조각 구름들이 여기저기 널려 있다. 구름은 깨끗이 바래 말린 옥양목처럼 흰빛이 눈이 부시다.

(2) 이태준은 간결하면서도 전아한 문체로 1930년대 최고의 문장미를 이룬 작가다. 그가 쓴 문장에 대한 탁월한 이론서는 무엇인가?

— 『문장강화』

# 표본실의 청개구리

염 상 섭

1

무거운 기분의 침체와 한없이 늘어진 생(生)의 권태는 나가지 않는 나의 발길을 남포까지 끌어왔다.

귀성한 후 칠팔 개삭 간의 불규칙한 생활은 나의 전신을 해면같이 짓두들겨 놓았을 뿐 아니라 나의 혼백까지 두식[1]하였다. 나의 몸을 어디를 두드리든지 알코올과 니코틴의 독취를 내뿜지 않는 곳이 없을 만큼 피로하였었다. 더구나 육칠월 성하를 지내고 겹옷 입을 때가 되어서는 절기가 급변하여 갈수록 몸을 추스르기가 겨워서 동네 산보에도 식은땀을 줄줄 흘리고 친구와 이야기하려면 두세 마디째부터는 목침을 찾았다.

그러면서도 무섭게 앙분한 신경만은 잠자리에서도 눈을 뜨고 있었다. 두 홰 세 홰 울 때까지 엎치락뒤치락거리다가 동이 번히 트는 것을 보고 겨우 눈을 붙이는 것이 일주일 간이나 넘은 뒤에는 불을 끄고 드러눕지를 못하였다.

그중에도 나의 머리에 교착(交錯)하여[2] 불을 끄고 누웠을 때나 조용히 앉았을 때마다 가혹히 나의 신경을 엄습하여 오는 것은 해부된 개구리가 사지에 핀을 박고 칠성판 위에 자빠진 형상이다.

---

1) 두식 : 좀이 먹음.

2) 교착하여 : 단단히 달라붙어

내가 중학교 이년 시대에 박물 실험실에서 수염 텁석부리 선생이 청개구리를 해부하여 가지고 더운 김이 모락모락 나는 오장을 차례차례로 끌어내서 자는 아기 누이듯이 주정병에 채운 후에 옹위하고 서서 있는 생도들을 돌아다보며 대발견이나 한 듯이,

"자 여러분, 이래도 아직 살아 있는 것을 보시오."

하고 뾰족한 바늘 끝으로 여기저기를 콕콕 찌르는 대로 오장을 빼앗긴 개구리는 진저리를 치며 사지에 못박힌 채 벌떡벌떡 고민하는 모양이었다.

팔 년이나 된 그 인상이 요사이 새삼스럽게 생각이 나서 아무리 잊어버리려고 애를 써도 아니 되었다. 새파란 메스, 닭의 똥만한 오물오물하는 심장과 폐, 바늘 끝, 조그만 전율……차례차례로 생각날 때마다 머리끝이 쭈뼛쭈뼛하고 전신에 냉수를 끼얹는 것 같았다.

남향한 유리창 밑에서 번쩍 쳐드는 메스의 강렬한 반사광이 안공을 찌르는 것 같아 컴컴한 방 속에 드러누웠어도 꼭 감은 눈썹 밑이 부시었다. 그러나 그럴 때마다 머리맡에 놓인 책상 서랍 속에 넣어둔 면도칼이 조심이 되어서 못 견디었다.

내가 남포에 가던 전날 밤에는 그 증(症)이 더욱 심하였다. 반간통밖에 안 되는 방에 높이 매달은 전등불이 부시어서 꺼버리면 또다시 환영에 괴롭지나 않을까 하는 염려가 없지 않았으나 심사가 나서 웃통을 벗은 채로 벌떡 일어나서 스위치를 비틀고 누웠다. 그러나 '쩨응' 하는 소리가 문틈으로 스러져 나가자 또 머리를 엄습하여 오는 것은 수염 텁석부리의 메스, 서랍 속의 면도다. 메스……면도, 메스……. 잊으려면 잊으려 할수록 끈적끈적하게도 떨어지지 않고, 어느 때까지 꼬리를 물고 머릿속에서 돌아다니었다. 금시로 손이 서랍으로 갈 듯 갈 듯하여 참을 수가 없었다. 괴이한 마력은 억제하려면 할수록 점점 더하여 왔다. 스스로 서랍이 열리는 소리가 나서 소스라쳐 눈을 뜨면 덧문 안 닫은 창이 부옇게 보일 뿐이요, 방 속은 여전히 암흑에 침적하였다. 비상한 공포가 전신에 압도하여 손끝 하나 까딱거릴 수 없으면서도 이상한 매력과 유혹은 절정에 달하였다.

'내가 미쳤나? ……아니, 미치려는 징조인가 ?'
하며 제풀에 겁이 났다.

나는 잠에 취한 놈 모양으로 이불을 와락 차 던지고 일어나서 서랍에 손을 대었다. 그러나 '그래도 손을 대었다가…….' 하는 생각이 전뢰와 같이 머릿속에 번쩍할 제 깊은 꿈에서 깨인 것같이 정신이 바짝 나서 전등을 켜려다가 성냥통을 더듬어 찾았다. 한 개비를 드윽 켜들고 창틀 위에 얹어둔 양초를 집어 내려서 붙여 놓은 후 서랍을 열었다. 쓰다가 몇 달 동안이나 꾸려둔 원고, 편지, 약갑들이 휴지통같이 우글우글한 속을 부스럭부스럭하다가 미끈하고 잡히는 자루에 집어넣은 면도를 외면하고 꺼내서 창밖으로 뜰에 내던졌다. 그러나 역시 잠은 못 들었다.

맥이 확 풀리고 이마에는 식은땀이 비어져 나왔다. 시체 같은 몸을 고민하고 난 병인처럼 사지를 축 늘어뜨려 놓고 누워 생각하였다.

'하여간 이 방을 면하여야 하겠다.'

지긋지긋한 듯이 방 안을 휘익 둘러본 뒤에 이렇게 생각하였다. 어디든지 여행을 하려는 생각은 벌써 수삭[3] 전부터의 계획이었지만 여름에 한번 놀러 가본 신흥사에도 간다는 말뿐이요, 이때껏 실현은 못 되었다.

'어디든지 가야겠다. 세계의 끝까지, 무한에 영원히, 발끝 자라는 데까지, 무인도 ! 시베리아의 황량한 벌판 ! 몸에서 기름이 부지직부지직 타는 남양 ! ……아아. '

나는 그림엽서에서 본 울창한 산림, 야자수 밑에 앉은 나체의 만인(蠻人)을 생각하고 통쾌한 듯이 어깨를 으쓱하여 보았다. 단 일 분의 정거도 아니하고 땀을 뻘뻘 흘리며 힘있는 굳센 숨을 헐떡헐떡 쉬는 풀 스피드의 기차로 영원히 달리고 싶다. ……만일 타면 현기가 나리라는 염려만 없었으면 비행기! 비행기! 하며 혼자 좋아하였을지도 몰랐었다.

---

3) 삭(朔) : 달 수를 나타내는 말.

2

내가 두어 달 동안이나 집을 못 떠나고 들어앉았는 것은 금전의 구애가 제일 원인이었지마는 사실 대문 밖에 나서려도 좀처럼 하여서는 쉽지 않았다.

그 이튿날 H가 와서 오늘은 꼭 떠날 터이니 동행을 하자고 평양 방문을 권할 때에는 지긋지긋한 경성의 잡답을 등지고 떠나서 다른 기분을 얻으려는 욕구와 장단을 불구하고 하여간 기차를 타게 될 호기심에 끌리어서,

"응, 가지, 가지. "

하며 덮어놓고 동의는 하였으나 인제 정말 떠날 때가 되어서는 떠나고 싶은지 그만두어야 좋을지 자기의 심중을 몰라서, 어떻게 된 셈도 모르고 H에 끌려 남대문 역까지 하여간 나왔다.

열차는 아직 도착하지 않았으나 승객은 입장하고 있는 중이었다.

나는 급히 표를 사 가지고 재촉하는 H를 따라갔다. 시간이라는 세력이 호불호(好不好), 긍불긍(肯不肯)을 불문하고 모든 것을 불가항력하에서 독단하여 끌고 가게 된 것을 나는 오히려 다행히 알고 되어 가는 대로 되라고 생각하며 하나씩 풀려 나가는 행렬 뒤에 섰었다. 그러나 검역 증명서가 없다고 개찰구에서 H와 힐난이 되는 것을 보고 나는 행렬에서 벗어나서 또다시 아니 가겠다고 하였다.

심사[4]가 난 H는 마음대로 하라고 뿌리치며 혼자 출장 주사실로 향하다가 돌쳐 와서 같이 끌고 들어갔다.

백 촉이나 되는 전등 밑에서 히스테리컬한 간호부가 주사침을 들고 덤벼들제 나는 반쯤 걷어 올렸던 셔츠를 내리며 돌아서 마주 섰다. 그러나 간호부의 핀잔과 재촉에 마지 못하여 눈을 딱 감고 한 대 맞은 후 황황히 플랫폼으로 들어가서 차에 올랐다. 차에 올라앉아서도 공연히 후회를 하고 앉았었으나 강렬한 위스키의 힘과 격심한 전신의 동요, 반발, 차바퀴 달리는 소리, 암흑을 돌파하는 속력, 주사 맞은 어깨의 침통……모든 관능을 일시에 용약케 하는

---

4) 심사 : 남이 하는 일을 방해하려는 고약한 마음보.

자극의 와중에서 모든 것을 잊고 새벽에는 쿨쿨 자리만큼 마음이 가라앉았다. 덕택으로 오늘밤에는 메스도 번쩍거리지 않고 면도도 뛰어나오지 않았다. 동이 틀락말락하여서 우리들은 평양역에 내렸다.

남포행은 아직 이삼십 분이나 있는 고로 우리들은 세면소에서 세수를 하고 대합실로 나왔다. 나는 부석부석 붉은 눈을 내리깔고 소파 끝에 앉았다가 벌떡 일어나서,

"난 예서 좀 돌아다닐 테니……."

내던지듯이 한마디를 불쑥 하고 H를 마주 쳐다보다가,

"혼자 가서 Y군을 만나 보고, 오늘이라도 같이 이리 오면 만나 보고, 그렇지 않으면 혼자 돌아다니다가 밤차로 갈 테야."

하며 H의 대답도 듣지 않고 돌아서 나왔다.

"응 ? 뭐야 ? 그 왜 그래……또 미친증이 난 게로군."

하며 H는 벗어 들었던 레인코트를 뒤집어쓰면서 쫓아 나와 붙는다.

"……사람이 보기 싫어서……사실 Y군과 만나기도 별로 이야기할 것도 없고."

하며 애원하듯이 힘없는 구조로 한마디 하고,

"영원히 흘러가고 싶다. 끝없는 데로……."

혼잣말처럼 힘을 주어 말을 맺고 훌쩍 나와 버렸다.

H도 하는 수 없이 테이블에 놓았던 트렁크를 들고 따라 나왔다.

우리 양인은 대동강 가로 길을 찾아 나와서, 부벽루로 훤히 동이 틀까말까한 컴컴한 길을 소리없이 걸었다.

한바탕 휘돌아서 내려오다가 종로에서 조반을 사먹고 또다시 부벽루로 향하였다. 개시를 하고 문전에 물을 뿌린 뒤에 신문을 펴들고 앉았는 것은 청량하고 행복스럽게 보였다.

아까 내려올 제는 능라도서 저편 지평선에서 주홍의 화염을 뿜으며 날름날름하던 아침해가 벌써 수원지 연통 위에 올라서 천변식목 밑으로 걸어가는 우리의 곁뺨을 눈이 부시게 내리쬐었다.

칫솔을 물고 바위 위에 섰는 사람, 수건을 물에 담그고 세수하는 사람들도 간혹 눈에 띄었다. 나는 발을 멈추고 무심히 내려다보다가 자기도 산뜻한 물에 손을 담가 보고 싶은 생각이 나서 얕은 곳을 골라서 물가로 뛰어 내려갔다.

H도 좇아 내려와서 같이 손을 담그고 앉았다가,

"X군, 오후 차로 가지 ? "

"되어 가는 대로……. "

다소 머리의 안정을 얻은 나는 뭉쳤던 마음이 풀어진 듯하였다. 나는 아침 햇빛에 반짝이며 청량하게 소리없이 흘러 내려가는 수면을 내다보며 이렇게 대답하고 '물은 위대하다'라고 속으로 부르짖었다.

이때에 마침 뒤 동둑에서 누군지 이리로 점점 가까이 내려오는 발소리를 듣고 우리는 무심히 힐끗 돌아다보았다. 마른 곳을 골라 디디느라고 이리저리 뛸 때마다 등에까지 철철 내리덮은 장발을 눈이 옴폭 패인 하얀 얼굴 뒤에서 펄럭펄럭 날리면서 앞으로 가까이 오는 형상은 동경 근처에서 보던 미술가가 아닌가 의심하였다. 이 기괴한 머리의 소유자는 너희들의 존재는 나의 의식에 오르지도 않는다는 교만한 마음으로인지 혹은 일신에 모여드는 모든 시선을 피하려는 무관심한 태도로인지 모르겠으나, 하여간 오른손에 든 짤막한 댓개비[5]를 전후로 흔들면서 발끝만 내려다보며 내 등뒤를 지나 한 간통쯤 상류로 올라가 자리를 잡고 앉았다.

그도 우리와 같이 손을 물에 성큼 넣고 불쩍불쩍 소리를 내더니 양치를 한 번 하고 벌떡 일어나서 대동문을 향하여 성큼성큼 간다. 모자도 아니 쓴 장발과 돌돌 말린 때 묻은 철겨운 모시박이 두루마기 자락은 오른편 손가락에 끼우고, 교묘히 돌리는 댓가지와 장단을 맞춰서 풀풀풀풀 날리었다.

"오늘은 꽤 이른걸. "

"핫하 ! 조반이나 약조하여 둔 데가 있는 게지. "

하며 장발객을 돌아서 보다가 서로 조소하는 소리를 뒤에 두고 우리는 손을 씻으면서 동쪽으로 올라왔다.

---

5) 댓개비 : 대를 쪼개서 잘게 깎은 꽂이.

진정한 행복은 저런 생활에 있는 게야, 하며 혼자 생각하였다. 우리는 황달이 들어가는 잡초에 싸인 부벽루 앞 축대 밑까지 다다랐다. 소경회루라 할 만큼 텅 빈 누내에는 뽀얀 가을 햇빛이 가벼운 아침 바람에 안기어 전면에 흘러 들어왔다. 좀 피로한 우리는 누내에 놓인 벤치에 걸터앉으면서 여기저기 매달린 현판을 쳐다보다가,

"사람이란 그럴까, 저것 좀 보아."

좌편에 달린 현판 곁에 붙인 찰(札)을 가리키며 나는 입을 열었다.

자기의 존재를 한 사람에게라도 더 알리려는 것이 본능적 욕구라면 그만이지만 저렇게까지라도 하지 않으면 만족할 수 없다는 것을 보면……참 정말 불쌍하다고 생각하였다.

"그는 고사하고 지금 지나온 그 절벽에 역력히 새긴 이모 김모란 성명은 대체 누구더러 보라는 것이야……이러구서도 밥이 입으로 들어갔으니 좋은 세상이었지."

나는 금시로 알 수 없는 분노가 치밀어 올라와서 벌떡 일어나 성벽에 기대어 아래를 내려다보고 섰었다.

"그것이 소위 유방백세(流芳百世)[6]라는 것이지."

H도 일어나 오며,

"그렇게 내려다보고 섰는 것을 보니…… 입포리다('死의 승리'의 여주인공)가 없는 게 한이로군……."

"내가 쫄지요."

하고 나는 고소(苦笑)하였다.[7]

"적어도 '쫄지요'의 고통은 있을 테지."

"그야……현대인 쳐놓고 누구나 일반이지."

우리는 입을 다물고 잠시 섰다가 을밀대로 향하였다.

외외[8]히 건너다보이는 대각은 엎드러지면 코 닿을 듯하여도 급한 경사는

---

6) 유방백세 : 꽃다운 이름이 후세에 길이 전함.

7) 고소하였다 : 쓴웃음을 지었다.

8) 외외 : 높은 산이 우뚝 솟은 모양.

그리 쉽지 않았다. 우리는 허위단심 겨우 올라갔다. 그러나 대상(臺上)의 어떤 오복점 광고의 벤치가 맨 먼저 눈에 띌 때 부벽루에서는 앉기까지 하여도 눈 서투르지 않던 것이 새삼스럽게 불쾌한 생각이 났다. 나는 눈을 찌푸리고 잠시 들여다보다가 발도 들여놓지 않고 돌쳐서서 그늘진 서편 성 밑으로 내려왔다.

높은 성벽에 가리운 일면은 아직 구슬 이슬이 끝만 노릇노릇하게 된 잔디 잎에 매달려서 어디를 밟든지 먼지가 앉은 구두 끝이 까맣게 반짝거렸다. 나는 성에 등을 기대고 앞에 전개된 광야를 맥없이 내려다보고 섰다가 다리가 풀리어서 그대로 털썩 주저앉았다. 엄동에 음산한 냉방에서 끼치는 듯한 쌀쌀한 찬바람이 늘어진 근육에 와닿을 때 나는 정신이 바짝 들었다.

그러나 다리를 내던지고 벽에 기대어서 두 손으로 이슬 방울을 흩뜨리며 앉았는 동안에 사지가 느른하고 졸음이 와서 포켓에 넣어둔 신문지를 꺼내서 펴고 드러누웠다.

……H에게 두세 번 흔들려서 깬 때는 이렁저렁 삼십 분이나 지났었다.

깜짝 놀라 벌떡 일어나 앉으니까 H는 단장 끝으로 조약돌을 여기저기 딱딱치며 장난을 하다가 소리를 내어 깔깔 웃으면서,

"아, 예가 어덴 줄 알고 잠을 자아 ? 그리고 잠꼬댄 무슨 잠꼬대야 ? ……왜 얼굴이 저렇게 뒤틀렸어 ? "

나는 멀거니 H의 주름 많은 얼굴을 쳐다보고 앉았다가 "으응……." 하며 무엇이라고 입을 벌리려다가 하품에 막히어 말을 끊고 일어나서 두 손을 바지 포켓에 지르고 이리저리 거닐었다. H가 내 꽁무니의 앉았던 자리가 동그랗게 이슬에 젖은 것을 보고 놀라는 데에는 대꾸도 아니하고 나는 좀 선선한 증이 나서 양지로 나서면서 가자고 H를 끌었다.

"왜 그래 ? 무슨 꿈이야 ? "

H는 따라오며 물었다.

"……죽는 꿈……아주 영영 죽어 버렸다면……좋았을 걸……. "

나는 무엇을 보는 것도 없이 앞을 멀거니 내다보며 꿈의 시종을 차례차례

로 생각하여 보다가 이같이 내던지듯이 한마디 하고 궐련을 꺼내 물었다.

"자살 ? "

H는 웃으면서 나를 쳐다보았다.

"……미인의 손에……나 같은 놈에게 자살할 용기나 있는 줄 아나 ? 아 - 하. "

"누구에게 ? 미인에겔 지경이면 한두어 번 죽어 보았으면……해해해. "

"참 정말……하여간 아무 고통 없이 공포도 없이 죽는 경험만 해보고 그리고도 여전히 살아 있을 수만 있으면 여남은 번이라도 통쾌해……목을 졸라 매일 때의 쾌감 ! 그건 어떤 자극으로도 얻을 수 없는 거야. "

나는 무엇이라고 형언할 수 없는 썩어 가는 듯한 심사를 이기지 못하여 입을 다물고 올라가던 길로 천천히 내려오다가 H의 묻는 것이 귀찮아서 다점(茶店) 앞으로 지나오며 꿈 이야기를 들려주었다.

……무슨 일이었던지 분명치는 않으나……아마 쌀을 찧어서 떡을 만들었는데 익지를 않았다고 해서 그랬던지?……하여간 흰 가루가 뒤바른 한 손을 들고 마루 끝에서 어정버정하다가 인제는 죽을 때가 되었다는 것처럼 손에 들었던 수건으로 목을 매고 덧문을 첩첩이 닫은 방 앞 툇마루 위에 반듯이 드러누우니까, 어떤 바짝 말라서 뼈만 남은 흰 손이 머리맡에서 슬그머니 넘어와서 목에 매인 수건의 두 자락을 좌우로 슬금슬금 졸라대었다. 그때에 나는 이것이 당연히 당할 약조가 있었다는 것처럼 어떠한 만족과 안심을 가지고 눈을 감은 채 조용히 드러누워었다. 그때에……차차 목이 메어 올 때의 이상한 자극은 낙지(落地)[9] 이후에 처음 경험하는 쾌감이었다. 그러나 무슨 까닭에 이같이 일찍 죽지 않으면 안 되는가……참 정말 죽었는가 하는 의문이 나서 몸을 뒤틀며 눈을 번쩍 떠보았다…….

"깜짝 놀라 일어날 때에 빙그레 웃고 섰는 군은 악마가 아닌가 생각하였어. ……H군의 웃음은 늘 조소하는 듯이 보이지만 아까는 참말 화가 나서……."

실상 아까 깨었을 때에 제일 심사가 나는 것은 꿈자리가 사나운 것보다도

---

9) 낙지 : 세상에 태어난

H가 조소하는 듯이 빙그레하며 웃고 섰는 것이었다.

"……그러나 암만 생각하여도 희한한 것은 처음부터 눈을 감고 누웠었는데 어찌하여 그 '손'의 주인이 여성이었다고 생각되는지, 자기가 생각하여도 알 수가 없어……. "

이야기를 마친 후 나는 말할 수 없는 심화가 공연히 가슴에 치미는 것 같아서 올라올 제 앉았던 강물가로 뛰어 내려가서 세수를 하였다.

3

남포에 도착하였을 때는 벌써 오후 두 시가 훨씬 넘었었다. 출입하였던 Y는 방금 들어와서 옷을 벗어 던지고 A와 마주 앉아서 지금 심방(尋訪)[10]하고 온 사람의 이야기를 하고 있다가, 우리들을 보고 놀란 듯이 뛰어나와 맞아들였다. 우리를 맞은 Y는 웬 셈인지 좌불안석(坐不安席)의 태도였다.

"P는 잘 있나 ? 금명간 올라가려고 하였지. 평양에서 전화를 하였다면 내가 평양으로 나갈걸. 곤할 테지 ? 점심은 ? "

순서 없는 질문을 대답할 새도 없이 연발하였다. 나는 간단간단히 응대하고 졸립다고 드러누웠다.

Y는 무슨 다른 생각을 하면서도 좌중의 흥을 돋우려고 애를 쓰는 듯이 이 사람 저 사람 쳐다보며 입을 쫑끗쫑끗 하다가 나를 건너다보며,

"……웬 셈이야 ? 당대의 원기는 다 어디 갔나 ? ……그 표단(瓢簞)[11]은? 하하하. "

"글쎄……그것도 인제 좀 염증이 나서……. "

나도 시든 웃음을 띠며,

"여기까지 가지고 오긴 왔지 ! "

---

10) 심방 : 방문하여 찾아옴.
11) 표단 : 표주박.

하고 누운 채 벗어 놓은 외투를 잡아당기어 찻간에서 먹다 남은 위스키 병을 주머니 속에서 꺼내어 내미니까 일동은 하하하 웃으면서 잠자코 누워 있는 나를 내려다본다.

"그러나 그것 큰일났군. 제행무상(諸行無常)을 감(感)하였나……. 무표단이면 무인생이라던 것은 취소인가. "

Y는 다소 과장한 듯이 흘흘 느끼며 웃었다.

"그런데 표단이란 무엇이야 ? "

영문을 모르는 A는 Y에게 묻고 나에게로 고개를 돌렸다.

"홍홍홍, 한마디로 쉽게 설명하면 위선 X군 자신인 동시에 X군의 인생관을 심벌한 X군의 술병이랄까. "

"응 ? X군의 인생관……인 동시에 X씨 자신의……무엇이야 ? 어디 나 같은 놈은 알아들을 수가 있나 ? "

하며 A는 손을 꼽다가 웃고 말았다.

"아니랍니다. 내가 일전에 서울서 어떤 상점에 갔던 길에 표단 모양으로 만든 유리 정종병이 마음에 들기에 사 가지고 왔더니 여럿이 놀린답니다. "

나도 이같이 설명을 하고 웃어 버렸다.

"그러나 이 술을 선생한테나 갖다 주고 강연이나 들을까 ? "

H는 병을 들어서 레테르에 씌어진 글자를 들여다보면 웃었다.

"남포에도 표단이 있는 게로군……. "

H도 웃었다.

"응 ! 그러나 병 유리가 좀 흐려……닦은 유리(스리가라쓰－모래로 간 것)랄까. "

일동은 와하하하며 웃었다. 나는 눈을 감고 드러누워서 이야기를 듣다가 잠이 올 것 같지 않아 다시 일어나 앉으며,

"A씨도 표단당(黨)에 한몫은 가겠지요. "

하고 위스키 병을 들어서 한 잔 따라 권하고 나도 반배를 받았다.

"그래 여기 표단은 어때 ? "

하며 H는 나를 쳐다보는 모양이었으나 나는 술을 마시느라고 못 보았다.

"……별로 표단을 달고 다니지는 않지만 삼 원 오십 전에 삼층집을 지은 대건축가인데……."

"삼 원 오십 전에? 하하하, 미친 사람인 게로군?"

H가 웃었다.

"글쎄 미쳤다면 미쳤을까……그러나 인생의 최고 행복을 독점하였다고 나는 생각해……."

Y는 천연덕스럽게 대답하였다.

Y와 H가 이야기하는 동안에 나는 A와 잡지계에 관한 이삼 문답을 하다가 자기들 이야기를 들으라고 H가 부르는 바람에 나도 말참례를 하였다.

"술 이야기는 아니나 삼 원 오십 전에 삼층집을 지은 대철인이 있단 말이야……."

Y는 다시 설명을 하고 어느 틈에 빈 병이 된 것을 보고,

"술이 없군. 위스키를 사올까."

하더니 하인을 불러 명하였다.

"옳은 말이야. 철학자가 땅두더지로 환장을 하였거나 위인이 하늘에서 떨어졌거나 삼 원 아니라 단 삼 전으로 삼십 층을 지었거나 누가 아나……표단 이상의 철학서는 적어도 내 눈에는 보이지를 않으니까……."

나는 냉소를 하면서 또다시 A에게로 향하였다.

"그러나 군은 무슨 까닭에 술을 먹는가?"

"논리는 없지. 다만 취하려고."

"그러게 말이야……군은 아무것에도 붙을 수 없었다. 아무것에도 만족할 수가 없었다. 결국 알코올 이외에 아무것도 없었다. 비통하고 비참은 하나 그중에서 위안을 얻기에 먹는 게 아닌가. 그러나 결코 행복은 아니다. 그는 고사하고 알코올의 힘을 빌지 않아도 알코올 이상의 효과가……다만 위안뿐 아니라 행복을 얻을 만한 것이 있다 하면 군은 무엇을 취할 터이냐는 말이야. 하하하……."

"알코올 이상의 효과 ? ……광증(狂症)이냐 ? 신념이냐 ? ……이 두 가지 밖에 없을 것이오. ……그러나 오관(五官)이 명확한 이상에, 피로, 권태, 실망 ……이외에 아무것도 없는 이상……그것도 광인으로 일생을 마친 숙명이 있다면 하는 수 없겠지만－할 수 없지 않은가. "

주기가 돌수록 나는 더욱더 흥분이 되어 부지불식간에[12] 한마디 한마디씩 힘을 들여 명확한 악센트를 붙여서 말을 맺고,

"하여간 위선 먹고 봅시다. A공자……. "

하며 잔을 A에게 전하였다.

"그러나 A군, 톨스토이이즘에다가 윌슨이즘을 가미한 선생의 설교를 들을 제 나는 부럽던걸. "

술에 약한 Y는 벌써 빨개진 얼굴을 A에게 향하고 동의를 구하였다.

"오늘은 좀 신기가 불편한데……연일 강연에 목이 쉬어서 이야기를 못하겠달 제는 사람이 기가 막혀서……하하하. "

A는 Y와 삼층집에 갔을 때의 일을 꺼내었다.

"듣지 않아도 세계 평화론이나 인류애쯤 떠드는 게로군. "

하며 나는 윗목으로 나가 드러누웠다.

아랫목에서는 Y를 중심으로 하고 삼층집 주인의 이야기가 어느 때까지 끝이 아니 났다. 가다가다, 와아 하고 터져 나오는 웃음소리에 나는 소르르 오는 잠이 깨고 깨고 하다가 종내 잠을 잃어서 나도 귀를 기울이게 되었다. Y가 두 발을 쳐들고 엉덩이로 이리저리 맴을 돌면서 삼층집 주인이 자기 집에 문은 없어도 출입이 자유 자재라고 자랑하던 흉내를 내는 것을 보고 여럿이 웃는 통에 나도 눈을 떠보고 일어났다.

약간 취기가 오른 나는 찬바람도 쐬고 싶고 또 어차피 오늘밤은 평양에 나가서 묵을 작정인 고로 정거장 가는 길에 삼층집 아래를 가고 싶은 생각이 나서,

"우리 구경 가볼까 ? "

---

12) 부지불식간에 : 생각지도 알지도 못한 사이에

하고 Y에게 물었다.

"글쎄 좀 늦지 않았을까 ? "

하며 Y는 시계를 꺼내 보더니,

"아직 다섯 시가 못 되었군……그러나 강연은 못할걸 ! 보시다시피 역사(役事)를 벌여 놓고 매일 강연에 목이 쉬어서……. "

하며 흉내를 내고 또 웃었다.

네 청년은 두어 시간 동안의 홍소훤담(哄笑喧談)[13]에 다소 피로를 느낀 듯이 모두 잠자코 석양판에 갑자기 번잡하여 오는 큰길로 느럭느럭 걸어 나왔다.

4

황해에 잠긴 석양은 백운을 뚫고 흘러 멀리 바라보이는 저편 이층집 지붕에 은빛으로 반짝거리었다.

Y의 집에서 나온 우리 일행은 축동 거리를 일 정(町)쯤 북으로 가다가 십자로에서 동으로 꼽쳐 새 거리로 들어섰다. 왕래가 좀 조용하게 되었다. 나는 Y의 말이 과연 사실인가, 실없는 풍자나 조롱을 잘하는 Y의 말이라 혹은 나에게 대한 일종의 우의를 품은 농담이 아닌가 하는 제 버릇의 신경과민적 해석을 하며 따라오다가,

"선생은 원래 무엇을 하던 사람인구 ? "

하며 Y에게 물었다.

"별로 자세히는 모르지만……보통 학교 훈도라든가 ! ……A군도 아마 배웠다지 ? "

"응 ! ……일본말도 제법 하는데……. 이전에는 그래도 미남자였었는데. 하하하……. "

---

13) 홍소훤담 : 여럿이 떠들썩하게 웃고 떠듦.

A의 말끝에 Y도 웃으며,

"미남자이었든 추남자이었든 하여간 금년 봄에 한 서너 달 감옥에 들어갔다가 나온 뒤에 이상하여졌다는데……자세한 이유는 몰라……."

"처자는 있나?"

"예, 계집은 친정에 가서 있다고도 하고 놀아났다기도 하나 그 역시 자세한 것은 몰라요."

라고 A가 대답을 하였다.

"Y군, 그 계집이 어느 놈의 유혹으로 팔리어서 돌아다니다가 그 유곽에 굴러 들어와 있다면 어떨까?"

나는 잠자코 있다가 말을 걸었다.

"흥……그리고 매일 찾아와서 미친 체를 부리면……."

Y는 대꾸를 하였다.

새 거리를 빠져 황엽이 되어 가는 잡초에 싸인 벌판 중턱에 나와서 남북으로 통한 길을 북으로 꼽드려 유정을 바라볼 때는 십여 간통이나 떨어져 보이는 유곽 이층에서는 벌써 전등 불빛이 반짝거리며 흘러 나왔다.

"응! 저기 보이는군……."

A가 마주 보이는 나직한 산록에 외따로 우뚝 선 참외 원두막 같은 것을 가리켜 주는 대로 희끄무레한 것이 그 위에서 움질움질하는 것을 바라보며 우리는 발길을 재촉하였다.

십여 보쯤 가다가 나는,

"이것이 유곽이야?"

하며 좌편을 가리켰다. 방금 전기가 들어온 헌등(軒燈)이 일자로 총총 들어박힌 사이로 목욕탕에서 돌아오는 얼굴만 하얀 괴물들이 화장품을 담은 대야를 들고 쓸쓸한 골짜기를 이리저리 돌아다니는 것이 부화하다 함보다 도리어 처량히 보였다.

"선생이 여기 덕도 꽤 보지……강연 한 번에 술 한 병씩 주는 곳은 그래도 여기밖에 없어……."

A는 웃으면서 설명하였다.

삼층집 꼭대기에 퍼더버리고[14] 앉아서 희미한 햇발이 점점 멀어가는 산등성이를 얼없이 바라보고 있던 주인은 우리들이 우중우중 올라오는 것을 힐끔 돌아보더니 별안간에 돌아앉아서 무엇인지 똑딱똑딱 두드리고 있다. 우리는 싸리로 드문드문 얽어맨 울타리 앞에서 들어갈 곳을 찾느라고 이리저리 주저하다가 그대로 넘어서서 성큼성큼 들어갔다.

앞서 들어간 A는 주인이 돌아앉은 삼층 위에다 손을 걸어잡고 들여다보며,

"선생님 ! 또 왔습니다. "

라고 인사를 하였다.

"선생님 ! 안녕하십니까. "

A는 소리를 내어 웃으며 재우쳐[15] 인사를 하였다. 그러나 그는 여전히 농장 문짝에 못을 박고 있었다. A와 Y는 동시에 H와 나를 돌아보고 눈짓을 하며 소리없이 웃었다.

"……신기가 그저 불편하신가요 ? ……오늘은 꼭 강연을 들으러 왔는데요. "

이번에는 Y가 수작을 건넸다. 그제야 그는 깜짝 놀란 듯이 먼지가 뿌옇게 앉은 더벅머리를 획 돌이키며,

"예 ? 왔소 ? "

간단히 대답을 하고 여전히 돌아앉아서 장도리를 들었다. 세 사람은 일시에 깔깔 웃었다. 그러나 귀밑부터 귀얄[16] 같은 수염이 까맣게 덮인 주먹만한 하얀 상을 힐끗 볼 제 나는 앗! 하며 깜짝 놀랐다. 감전된 것같이 가슴이 선뜩하며 심한 전율이 전신을 압도하였다. 그리고 그 다음 순간에는 다소 안심된 가슴에 이상한 의혹과 맹렬한 호기심이 일시에 물밀듯 하였다. 중학교 실험실의 박물 선생이 따라온 줄로만 안 것이었다. 그러나 아무 이유 없이 무의식하게 경건한 혹은 숭엄한 느낌이 머리 뒤를 떼미는 것 같아서 나는 무심중간에 모자를 벗고 인사를 하였다. 여러 사람들이 홍홍하며 웃는 것을 볼 때

---

14) 퍼더버리고 : 팔다리를 아무렇게나 뻗고 편히 앉아 버리고.
15) 재우쳐 : 빨리 하여 몰아쳐.
16) 귀얄 : 풀칠이나 옻칠하는 기구.

나는 미안하기도 하고, 무슨 큰 불경한 일이나 하는 것 같아서 도리어 괘씸한 듯이도 보이고 혹은 이 사람이 심사가 나서 곧 뛰어 내려와 폭행이나 하지 않을까 하는 염려도 생겼다.

"선생님！ 정말 신기가 불편하신 모양이외다그려！"

A는 갑갑증이 나서 또 말을 붙였다.

"서울서 일부러 손님이 오셨는데 강연을 하시구려. 하……."

때 묻은 옷가지며 빨래 보퉁이 같은 것이 꾸역꾸역 나오는 것을 꾹꾹 눌러 데밀면서 고친 문짝을 열었다 닫았다 하며 앉았던 주인은 서울 손님이란 말에 귀가 뜨였는지 우리를 향하여 돌아앉으며 입을 벌렸다.

"예……감기도 좀 들었소이다."

하고 영채 없는 뿌연 눈으로 나를 유심히 똑바로 내려다보다가,

"……보시듯이 이렇게 역사를 벌여 놓고……."

한 번 방을 휘익 둘러다본 후 또다시 나에게로 시선을 주며,

"요사이 같아서는 눈코 뜰 새도 없쇠다……더군다나 연일 강연에 목이 꽉 쇠서……."

말을 맺고 H를 돌아다보았다.

그러나 별로 목이 쉰 것 같지는 않았다. Y가 H와 나를 소개하니까,

"예……그러신가요？서울서 멀리 오셨소이다그래."

반가운 듯이,

"나는 남포 사는 김창억이외다."

하며 인사하는 그의 얼굴에는 약간 미소까지 나타났다.

"예……나는 ×××올시다."

나는 정중히 답례를 하였다. H도 인사를 마쳤다.

"선생님！그 용하시외다그래……이름도 아니 잊으시고……하하하……."

H가 놀렸다. 창억은 거기에는 대꾸도 아니하고 나를 향하여,

"좀 올라오시소그래. 아직 역사가 끝이 안 나서 응접실도 없쇠다마는……."

하며 올라오라고 재삼 권하다가,

"게다가 차차 스토브도 들여놓고 손님이 오시면 좀 들어앉아서 술잔이나 나누도록 하여야 하겠지마는……. "

어긋 매인 선반 같은 소위 이층간을 가리키며 천연덕스럽게 인사치레를 하였다.

세 사람은 깔깔 소리를 내어 웃었다. 그러나 자기의 말에 조금도 부자연한 과장이 없다고 생각한 그는 웃는 것이 도리어 이상하다는 듯이 힘없는 시선으로 물끄러미 웃는 사람을 내려다보다가 '힝' 하고 코웃음을 치고 외면을 하였다. 나는 이 사람이 미쳤다고 하여야 좋을지 모든 것을 대오(大悟)[17]하고 모든 곳에서 해탈한 대철인(大哲人)이라고 하여야 좋을지 몰랐다.

"너무 황송하여 올라가진 못하겠습니다마는 어떻게 강연이나 좀 하시구려." 하며 이번에는 H가 놀렸다.

"글쎄, 모처럼 오셨는데 술다 한 잔 없어서 미안하외다. "

그는 딴전을 부렸다. 처음 만나는 사람을 보고 술 이야기만 꺼내는 것이 이상하였다.

"여기 온 손님들은 모두 하나님 아들이기 때문에 술은 아니 먹는답니다. "

늘 웃으며 대화를 듣고 섰던 Y가 입을 열었다.

"예 ? 형공(兄公)도 예수 믿습니까 ? "

그는 놀란 듯이 나를 마주 건너다보다가 히히히 웃으며,

"예수꾼도 무식한 놈만 모였나 봅디다. ……예수꾼들 기도할 때에 하나님 아버지시여 ! 나의 죄를 구하소서 '아맹'……하지 않소 ? ……그러나 '아맹'이란 무엇이오. 맹자 같은 만고의 웅변가더러 '벙어리'라고 아맹(啞孟)이라 하니 그런 무식한 말이 아 어디 있단 말이오 ? 나를……나의 죄를 사하여 달라고 할 지경이면 아면(我免)이라고 해야 옳지 않습니까. "

강연의 서론을 꺼낸 그가 득의 만면하여 히히 웃는데 따라서 둘러섰던 사람들도 웃었다. 그러나 나는 그가 비상한 공상가라는 것을 직각한 외에 웃는지 어쩐지 알 수가 없었다. 여럿이 따라서 웃는 것을 보고 더욱 신이 나서 강

17) 대오 : 모든 것을 이해함.

연을 계속하였다.

"그러나 하나님은 참 지공무사(至公無私)[18]하시외다. 나를……이 삼층집을 단 서른닷 냥으로 꼭 한 달 열사흘 만에 짓게 하신 것이외다……하나님의 은택이외다. 서양놈들이 아무리 문명을 했느니 기계가 발달되었느니 하지만 그래 단 서른닷 냥에 삼층집을 지은 놈이 어디 있습니까……날마다 하나님이 와 보시고 칭찬을 하십니다."

"칭찬을 하시니까 지공무사한 것 같지요."

H가 한마디 새치기를 하였다.

"천만에, 이것이 모두 하나님 분부가 있어서 된 것이외다……인제는 불의 심판이 끝나고 세계가 일대 가정을 이룰 시기가 되었으니 동서 친목회를 조직하라고 하신 고로, 위선 이 사무소를 짓고 내가 회장이 되었으나 각국의 분쟁을 순찰할 감독관이 없어서 큰일이 났소다."

일동은 와 웃었다.

"여기 X군이 어떨까요?"

Y는 나의 어깨를 탁 치며 얼른 추천을 하였다.

"글쎄, 해주신다면 고맙지만……."

세 사람은,

"야……동서 친목회 감독 각하!"

하며 한층 더 소리를 높여 웃었다.

아닌게아니라 첨하에 주레주레 매달은 멍석 조각이며 밀감 조각들 사이에 '동서 친목회 본부'라고 굵직하게 쓰고 그 옆에 '회장 김창억'이라고 쓴 궐련 상자 껍질 같은 마분지 조각이 모로 매달려 있다. 나는 모자를 벗어 들은 채 양수거지[19]를 하고 서서 그 마분지를 쳐다보던 눈을 돌이켜서 동서 친목회 회장에게로 향하여,

"회의 취지는 무엇인가요?"

---

18) 지공무사 : 지극히 공평하고 사사로움이 없음.
19) 양수거지 : 두 손을 마주 잡고 서 있음.

라고 물었다.

"아까 말씀한 것같이 성경에 가르치신 바 불의 심판이 끝나지 않았습니까. 구주 대전의 그 참혹한 포연 탄우가 즉 불의 심판이외다그래. 그러나 이번 전쟁이 왜 일어났나요……이 세상은 물질 만능, 금전 만능의 시대라 인의예지(仁義禮智)도 없고, 오륜(五倫)도 없고, 애(愛)도 없는 것은 이 물질 때문에 사람의 마음이 욕에 더럽혀진 까닭이 아닙니까……부자, 형제가 서로 반목 질시하고 부부가 불화하며 이웃과 이웃이, 한 마을과 마을이……그리하여 한 나라와 나라가 서로 다투는 것은 결국 물욕에 사람의 마음이 가리웠기 때문이 아니오니까. 그리하여 약육 강식의 대원칙에 따라 세계 만국이 간과(干戈)로써 서로 대하게 된 것이 즉 구주 대전이외다그래. 그러나 인제는 불의 심판도 다아 끝났다, 동서가 친목할 시대가 돌아왔다고 하신 하나님의 말씀대로 나는 신종합니다. 그러기 때문에 하나님 계시대로 세계 각국으로 돌아다니며 경찰을 하여야 하겠쇠다……나도 여기에는 오래 아니 있겠쇠다……좀더 연구하여 가지고……영미법덕(英·美·法·德)으로 돌아다니며 천하 명승도 구경하고 설교도 해야 하겠쇠다."

말을 맺고 그는 꿇어앉아서 선반 위를 부스럭부스럭하더니 먹다가 꺼둔 궐련 토막을 찾아내서 물고 도로 앉는다.

"선생님 그러면 금강산에는 언제 들어가실 텐가요?"

A가 놀렸다.

"한번 다아 돌아다닌 후에 들어가야지."

"그러면 나는 어떻게 합니까. 그때까지 어떻게 기다릴 수가 있습니까."

"응……."

그는 눈을 뚱그렇게 뜨고 A를 바라보았다.

"아, 선생님 망령이 나셨나 보구먼……. 금강산에 들어가시면 군수나 하나 시켜 주신다더니……."

일동은 박장대소[20]를 하였다.

---

20) 박장대소 : 손뼉을 치며 크게 웃음.

"응! 가기 전에 시켜 주지!"

그의 하는 말에는 조금도 농담이 없었다. 유창하게 연설 구조로 열변을 토할 때는 의심할 여지없는 어떠한 신념을 가진 것같이 보였다.

"그러나 금강산에 옥좌(玉座)는 벌써 되었나요?"

Y는 웃으며 물었다.

"예, 이 집이 낙성되던 날 벌써 꾸며 놓았답니다."

하고 여러 사람의 웃음이 끝나기를 기다려서,

"성(姓) 중에 김씨가 제일 좋은 성이외다. 옥은 곤강(崑崗)에서 나지만도 금은 여수(麗水)에서 나지 않습니까. 그러기 때문에 하나님께서 말씀이, 너는 김가니 산고 수려한 금강산에 들어가서 옥좌에 올라앉아 세계의 평화를 누리게 하라고 하십디다……."

하고 잠자코 가만히 섰는 나의 동정을 얻으려는 듯이 미소를 띠고 바라본다.

"대단히 좋소이다……그러나 이 삼층집은 무슨 생각으로 지셨나요?"

나는 이같이 물었다.

"연전 여름 방학에 서울에 올라가서 중등학교에 일어 강습을 하러 다닐 때에 서양 사람의 집을 보니까 위생에도 좋고 사람 사는 것 같기에 우리 조선 사람도 팔자 좋게 못 사는 법이 어디 있겠소? 기왕이면 삼층쯤 높직이 지어 볼까 해서……우리가 그놈들만 못할 것이 무엇이오. 나도 교회에 좀 다녀 보았지만 그놈들처럼 무식하고 아첨 좋아하는 놈은 없습디다……헷, 그중에서도 목산지 하는 것들 한창때에 대원군이나 뫼신 듯이 서양놈들이 입다 남은 양복 조각들을 떨쳐 입고 그 더러운 놈들 밑에서 굽실굽실하며 돌아다니는 것을 보면 이 주먹으로 대구리를……."

하며 새까만 거칫한 주먹을 쳐들었다. 그때의 그의 눈에는 이상한 광채가 돌고 얼굴은 경련적으로 부르르 떨리면서 뒤틀리었다. 나는 무심히 쳐다보다가 깜짝 놀랐다.

"그러나 날은 점점 추워 오고……어떻게 하실 작정인가요?"

나는 화제를 이같이 돌렸다.

"춥긴요, 하나님 품속은 사시 봄이야요……그러나 예다가 스토브를 놓지요." 하고 이층을 가리켰다.

"그래 스토브는 어디 주문하셨소 ? "

누구인지 곁에서 말참견을 하였다.

"주문은 무슨 주문……. "

대단히 불쾌한 듯이 한마디 하고,

"스토브는 서양놈들만 만들 줄 알고 나는 못 만든답디까……그놈들이 하루에 하는 일이면 나는 한 반나절이면 만들 수 있소이다. 이 집이 며칠이나 걸린 줄 아슈? ……단 한 달하고 열사흘 ! 서양놈들은 십삼이란 수가 흉하답디다마는 나는 양옥을 지으면서도 꼭 한 달 열사흘에 지었다오. "

"동으로 가래도 서로만 갔으면 고만 아니오. "

H가 말대꾸를 하였다.

"글쎄 말이요. 세상놈들이야말로 동으로 가라면 서로만 달아나는 빙퉁그러진[21] 놈뿐이외다……조선이 있고 조선글이 있어도 한문이나 서양놈들의 혀 꼬부라진 말을 해야 사람의 구실을 하는 쌍놈의 세상이 아닙니까. "

한마디 한마디씩 나의 동의를 얻으려는 것처럼 나를 똑바로 내려다보며 잠깐씩 말을 멈추다가 나중에는 열중한 변사처럼 쉴 새 없이 퍼붓는다.

"네, 그렇지 않습니까. 네……그것도 바로 읽을 줄이나 알았으면 좋겠지만 ……가량 천지현황(天地玄黃) 하면 '하늘 천' 이렇게 읽으니, 일대(一大)라 써 놓고 왜 '하늘 대' 하지 않습니까. 창공은 우주간에 유일 최대하기 때문에 창힐 이 같은 위인이 일대(一大)라고 쓴 것이 아니외니까. 또 '흙 야' 할 것을 '따 지' 하는 것도 안 된 것이외다. 따란 무엇이외니까 ? 흙이 아니오 ? 그러기에 흙 토 변에 언재호야(焉哉乎也)라는 천자문의 왼쪽 자인 입겻얏자[22]를 쓴 것이외다그려. 다시 말하면 따는 흙이요, 또 우주간에 최말위(最末位)에 처한 고로 흙톳자에 천자문의 최말자 되는 입겻얏자를 쓴 것이외다. "

---

21) 빙퉁그러진 : 하는 짓이 꼭 삐뚜로만 나가는

22) 입겻얏자 : 한문 중에서 토씨 야(也) 자를 말함.

우리들은 신기히 듣고 섰다가,

"그러면 쇠금자는 어떻게 되었길래 김가를 하나님께서 그처럼 사랑하시나요 ? "

하고 Y가 물었다.

"옳은 말씀이외다. 네……참 잘 물으셨소이다……. "

깜빡했다면 잊었을 것을 일깨워 주어서 고맙고도 반갑다는 듯이 득의 만면하여 그 일사 천리의 구변으로 강연을 계속한다.

"사람 인(人) 안에 구슬 옥(玉)을 하지 않았소. 하므로 쇠 금(金)이 아니라 사람구슬 금……이렇게 읽어야 할 것이외다. "

일동은 킥킥킥 웃었다.

"아니외다. 웃을 것이 아니외다. ……사람 구실을 하려면 성현의 가르치신 것같이 첫째에 인(仁)하여야 하지 않쇠니까. 하므로 '사람 인' 하는 것이외다 그려. 그 다음에는 구슬이 두 개가 있어야 사람이지 두 다리를 이렇게 (人一 손가락으로 쓰는 흉내를 내이며) 벌리고 선 사이에 딱 있어야 할 것이 없으면 도저히 사람값에 가지 못할 것이외다. 고자는 그것이 없어도 사람이라 하실지 모르나 그러기에 사람 구실을 못하지 않습니까. 히히히……그는 하여간 그 두 개가 즉 사람을 사람 값에 가게 하는 보배가 아닙니까. 그런 고로 보배에 제일 가는 '구슬 옥'에 한 점을 더 박은 게 아니외니까……. "

한마디마다 허리가 부러지게 웃던 A는,

"그래서 금강산에 옥좌를 만들었습니다그려……하하하. "

하며 또 웃었다.

"그러면 여인네는 김가가 없구먼요 ? "

이번에는 H가 놀렸다. 그는 무엇을 생각하는 것처럼 눈만 멀뚱멀뚱하며 앉았다가 별안간에,

"옳지 ! 옳지 ! 그래서 내 댁내[宅內]는 안(安)가로군……응 ! 히히히, 여편네가 관(冠)을 썼어……여인네가 관을 썼어……히히 히히히. "

잠꼬대하는 사람처럼 이 사람 저 사람 쳐다보며 고개를 끄덕거리고 나서는

히히히 웃기를 두세 번이나 뇌었다.

"참 아씨는 어디 가셨나요 ? "

나는 '내 댁내가 안가라고' 하는 그의 말에 문득 그의 처자의 소식을 물어 보려는 호기심이 나서 이같이 물었다.

"예 ? 못 보셨소 ?……여보, 여보, 영희 어머니 ! 영희 어머니 ! ……. "

몸을 꼬고 엎드려서 아래를 내려다보며 부르다가,

"또 나갔나 ! "

혼잣말처럼 하며 바로 앉더니,

"아마 저기 갔나 보외다. "

하고 유곽을 가리켰다.

"또 난봉이 난 게로군……하하하, 큰일났소이다. 비끄러매 두지 않으면……."

A가 말을 가로채서 놀렸다.

"히히히, 저기가 본대 제 집이라오. "

"저긴 유곽이 아니오 ? "

H도 웃으며 물었다.

"여인네가 관을 썼으니까……하하하. "

이번에는 Y가 입을 열었다.

그는 무슨 생각이 났던지 고개를 비스듬히 숙이고 앉았다가,

"예, 그 안에 있어요……그 안에. 오 년이나 나하고 사는 동안에도 역시 그 안에 있었어요. 히 히히 히히히. "

'……그 안에 ……그 안에 !'

나는 아까 그의 처가 도주를 하였다는 소문도 있다고 하던 A의 말을 생각하며 속으로 뇌어 보았다.

"좀 불러오시구려. "

"인제 밤에 와요. 잘 때에……. "

"그거 옳은 말이외다……잘 때밖에 쓸데없지요. 하하하. "

H가 농담을 붙이는 것을 나는 미안히 생각하였다.

"히히히. 그러나 너무 뜨거워서 죽을 지경이랍디다……어제는 문지기에게 죽도록 단련을 받고 울며 왔기에 불을 피우고 침대에서 재워 보냈습니다……히히히."

무슨 환상을 쫓듯이 먼 산을 바라보며 누런 이를 내놓고 히히히 웃는 그의 얼굴은 원숭이같이 비열하게 보였다.

산등에서 점점 멀어가던 햇발은 부지중 소리없이 날아가고 유곽 이층에 마주 보이는 전등 불빛만 따뜻하게 비치었다.

홍소, 훤담, 조롱 속에서 급격히 피로를 느낀 그는 어슬어슬하여 오는 으슥한 산 밑을 헤매는 쌀쌀한 가을 저녁 바람과 음산하고 적막한 암흑이 검은 이빨을 악물고 휙휙 한숨을 쉬며 덤벼들어 물고 흔드는 삼층 위에 썩은 밤송이 같은 뿌연 머리를 움켜쥐고 곁에 누가 있는 것도 잊은 듯이 기둥에 기대어 앉았다.

"인젠 가볼까."
하는 소리가 누구의 입에선지 힘없이 나왔다.

동서 친목회 회장……세계 평화론자……기이한 운명의 순난자(殉難者)……몽현의 세계에서 상상과 환영의 감주에 취한 성신의 총아……오욕 육구(五慾六垢), 칠난 팔고(七難八苦)에서 해탈하고 부세(浮世)의 제연(諸緣)을 저버린 불타의 성도와 조소에 더러운 입술로 우리는 작별의 인사를 바꾸고 울타리 밖으로 나왔다.

울타리 밑까지 나왔던 나는 다시 돌쳐서서 그에게로 향하였다. 이층에서 뛰어 내려오는 그와 마주칠 때 그는 내 손에 위스키 병이 있는 것을 보고 히히 웃었다. 나는 Y의 집에서 남겨 가지고 나온 술병을 그의 손에 쥐어 준 후 빨간 능금 두 개를 포켓에서 꺼내 주었다.

"이것 참 미안하외다."

그는 만족한 듯이 웃으며 받아서 이층 벽에 기대어 가로 세운 병풍 곁에 늘어놓고 따라 나와 인사를 하였다.

가련한 동무를 이별하고 나온 나는 무겁고 울적한 기분에 잠기어서 입을

다물고 구두코를 내려다보며 무심히 걸었다. 역시 잠자코 앞서가던 Y는 잠깐 멈칫하고 돌아다보며,

"X군! 어때?"

"글쎄……."

"……그러나 모자를 벗어 들고 공손히 강연을 듣고 섰는 군의 모양은 지금 생각을 해도 요절을 하겠어……하하하."

"흐흥……."

나는 힘없이 웃었다.

저녁 가을 바람은 산들산들 목에 닿는 칼라 속을 핥고 달아났다. 일행이 삼거리에 와서 A와 헤어질 때는 이삼 간 떨어진 사람의 얼굴이 얼쑹얼쑹 보였다.

시시각각으로 솔솔 내려앉는 땅거미에 싸인 황야에, 유곽에서 가늘고 길게 흘러 나오는 사미센[三味線]소리, 탁하고 넓게 퍼지는 장구소리는 혹은 급하게 혹은 느리게 퍼지어서 정거장으로 걸음을 재촉하는 우리의 발뒤꿈치를 어느 때까지 쫓아왔다.

컴컴하고 쓸쓸한 북망 밑 찬바람에 불리우며 사지를 오그리고 드러누운 삼층집 주인공은 저 장구소리를 천당의 왈츠로 듣는지, 지옥의 아비규환(阿鼻叫喚)으로 깨닫는지 나는 정거장 문에 들어설 때까지 흘금흘금 돌아다보아야 오직 유곡(幽谷)의 요화 같은 유곽의 전등불이 암흑 가운데 반짝거릴 뿐이었다.

5

평양행 열차에 오를 때에는 일단 헤어졌던 A도 다시 일행과 합동되었다.

커다란 트렁크를 무거운 듯이 두 손으로 떠받쳐서 선반에 얹고 나서 목이 막힐 듯한 한숨을 휘이 쉬며 앉는 A를 Y는 웃으며 건너다보고,

"인젠 영원인가?"

"응!……영원히. 하하하."

A는 간단히 말을 끊고 호젓해 하는 듯한 미소를 띠었다.

"그러나 평양이 세계의 끝일지도 모르지……핫하하."

"하하하."

A도 숙였던 고개를 쳐들며 힘없이 웃었다.

"왜 어디 가시나요?"

A와 마주 앉은 나는 물었다.

"글쎄요, 남으로 향할지 북으로 달릴지 모르겠소이다."

A는 말을 맺고 머리를 창에 기대며 눈을 감았다.

"……A군은 오늘 부친께 선언을 하고 영원히 나섰다는 게라오."

Y가 설명을 하였다.

"하하하, 그것 부럽소이다그려……영원히 나섰다는……그것이 부럽소이다."

나는 이같이 한마디 하고 A를 쳐다보았다. 고개를 들고 눈을 뜬 A는 바로 앉으며 빙긋 웃을 뿐이었다.

우리는 엽서를 꺼내 들고 서울에다가 편지를 썼다.

나는 P에게 대하여 이렇게 썼다.

'무엇이라고 썼으면 지금 나의 이 심정을 가장 천명히 형에게 전할 수 있을까! 큰 경이가 있은 뒤에는 큰 공포와 큰 침통과 큰 애수가 있다 할 지경이면 지금 나의 조자(調子)를 잃은 심장의 간헐적 고동은 반드시 그것이 아니면 아닐 것이오. ……인생의 진실된 일면을 추켜들고 거침없이 육박하여 올 때 전령을 에워싸는 것은 경악의 전율이요, 그리고 한없는 고민이요, 샘솟는 연민의 눈물이요, 가슴이 저린 애수요……그 다음에 남는 것은 미치게 기쁜 통쾌요……삼 원 오십 전으로 삼층집을 짓고 유유자적하는 실신자를 — 아니오, 아니오, 자유민을 이 눈앞에 놓고 볼 제 나는 놀라지 않을 수가 없었소. 현대의 모든 병적 다크사이드를 기름 가마에 몰아 놓고 전축(煎縮)하여 최후에 가마 밑에 졸아붙은 오뇌의 환약이 바지직바지직 타는 것 같기도 하고 우리의 욕구를 홀로 구현한 승리자 같기도 하여 보입디다……나는 암만 하여도 남의 일같이 생각할 수 없습디다.

나는 엽서 한 장에다가 깨알같이 써서 Y에게 보라고 주고, 다른 엽서 한 장에 다시 계속하였다.

'P군! 지금 아무리 자세히 쓴다 하기로 충분한 설명은 못하겠기로 후일에 맡기지마는 그러나 이것만은 추측하여 주시오. ……지금 나는 얼마나 소리없는 눈물을 정거한 화차의 연통같이 가다가다 뛰노는 심장 밑으로 흘리며 앉았는가를……지금 나는 울고 있소. 심장을 압축할 만한 엄숙하고 경건한 사실에 하도 놀라고 슬퍼서……지금 나는 울고 있소. 모든 세포세포가 환희와 오뇌 사이에서 뛰놀다가 기절할 만큼 기뻐서……. '

## 6

북극의 철인, 남포의 광인 김창억은 아직 남포 해안에 증기선의 검은 구름이 보이지 않던 삼십여 년 전에 당시 굴지하는 객주 김건화의 집 안방에서 고고의 첫소리를 울리었다. 그의 부친은 소시부터 몸에 녹이 슨 주색 잡기를 숨이 넘어갈 때까지 놓지를 못한 서도(西道)에 소문난 외도객. 남편보다 네 살이나 위인 모친은 그가 십사 세 되던 해에 죽은 누이와 단 남매를 생산한 후에는 남에게 말 못할 수심과 지병으로 일생을 마친 박복한 여성이었다. 이러한 속에서 자라난 그는 잔열포류(孱劣蒲柳)의 약질일망정 칠팔 세부터 신동이라 들으리만큼 영리하였다. 영업과 화류 이외에는 가정이라는 것을 모르는 그의 부친도 의외에 자식이 총명한 것은 기뻐할 줄 알았었다.

더구나 자기의 무식함을 한탄하니만큼 자식의 교육은 투전장 다음쯤으로 생각하였다. 그 덕에 창억이도 남만큼 한학을 마친 후 십육 세 되던 해에 경성에 올라가서 한성 고등 사범학교에 입학하게 되었다.

그러나 삼년급 되던 해 봄에 부친이 장중풍(腸中風)으로 졸사[23]하기 때문

23) 졸사 : 갑자기 죽음. 졸지에 죽음.

에 유학을 단념하고 내려오지 않으면 아니 되었다. 그때 백부의 손으로 재산 정리를 하고 보니까 남은 것이라고는 몇 두락의 전답하고 들어 있는 집 한 채뿐이었다. 유산이 있어도 선고의 유업을 계속할 수 없는 창억은 연래의 지병으로 나날이 수척하여 가는 모친과 일 년 열두 달 말 한마디 건네 보지 않는 가속(家屬)을 데리고 절망에 싸여 쓸쓸한 큰집 속에 들엎드렸을 수밖에 없었다. 그러나 모친도 그 해 겨울을 넘기지 못하였다. 전 생명의 중심으로 믿고 살아가려던 모친을 잃은 그에게는 아직 어린 생각에도 자살 이외에는 아무 희망도 없었다.

백부의 지휘대로 집을 팔고 줄여 간 뒤로는 조석 이외에 자기 아내와 대면도 하지 않고 종일 서재에 들엎드렸었다. 조석 상식에 어린 부부가 대성 통곡을 하는 것은 차마 눈으로 볼 수 없었으나, 그 설움은 각각 의미가 달랐다. 그것이 창억으로 하여금 더욱 불쾌하고 애통하게 하였다……이 세상에는 자기와 같은 설움을 가지고 울어 줄 사람은 없구나! 이런 생각이 날 때마다 오 년 전에 십오 세를 일기로 하고 간 누이 생각이 새삼스럽게 간절한 동시에 자기 처가 상식마다 따라 우는 것이 미워서 혼자 지내겠다고까지 한 일이 있다……독서와 애곡……이것이 삼 년 전의 그의 한결 같은 일과이었다.

그러나 부친의 삼년상을 마치던 해에 소학교가 비로소 설시(設始)되어 유지자의 강청으로 교편을 들게 된 뒤로부터는 다소 위안도 얻고 기력도 회복되었으며 가속에 대한 정의도 좀 나아졌다. 그러나 동시에 주연(酒煙)[24]의 맛을 알기 시작하였다. 처음에는 의사의 주의로 반주를 얼굴을 찌푸려 가며 먹던 사람이 점점 양이 늘어갈 뿐 아니라, 학교 동료와 추축[25]이 잦아갈수록 자기 부친의 청년 시대를 생각하게 되었다. 그러나 그의 처는 내심으로 도리어 환영하였다.

그 이듬해에 식구가 하나 더 는 뒤부터는 가정다운 기분도 들게 되었다……이와 같이 하여 책과 눈물이 인제는 책과 술잔으로 변하였다. 그 동시에 그의

24) 주연 : 술 · 담배
25) 추축 : 벗 사이에 사귀어 지냄.

책상 위에는 신구약전서 대신에 동경 어떠한 대학의 정경과 강의록이 놓이게 되었다.

그러나 기이한 운명은 창억의 일신을 용서치는 않았다. 처참한 검은 그림자는 어느 때까지 쫓아다니며 약한 그에게 휴식을 주지 않았다.

자기가 가르치던 이년생이 졸업하려던 해에 그의 아내는 겨우 젖 떨어질 만하게 된 것을 두고 시부모의 뒤를 따라갔다. 부모를 잃었을 때 같지는 않았으나 자신 신세에 대한 비탄은 일층 더하였다. 어미 없는 계집자식을 끼고 어쩔 줄 몰라 방황하였다. 친척들은 재취를 얻어 맡기려고 무수히 권하였으나 종내 듣지 않았다. 오직 술과 방랑만이 자기의 생명이라고 생각한 그는 마침내 서재에서 뛰어나왔다……학교의 졸업식을 마친 후 그는 표연히 유랑의 몸이 되었다. 그러나 멀리는 못 갔다. 반년쯤 되어 훌쩍 돌아와서 못 알아볼 만큼 초췌한 몸을 역시 서재에 던졌다.

그리하여 수삭쯤 지나 건강이 다시 회복된 후 권하는 대로 다시 가정을 이루었다. 이번에는 나이도 자기보다 어리거니와 금실도 좋았다.

그러나 애처의 강렬한 사랑은 힘에 겨워서 충분한 만족을 줄 수가 없었다. 혈색 좋은 큼직하고 둥근 상에서 디굴디굴 구는 쌍꺼풀 눈썹 밑의 안광은 곱고 귀여우면서도 부시기도 하며 밉기도 하며 무서워서 바로 볼 수가 없었다…… 그는 될 수 있는 대로 피하였다.

이같은 중에 재미있는 유쾌한 오륙 년간은 무사히 지냈다. 소학교는 제십 회 창립기념식을 거행하고 그는 십 년 근속 축하를 받게 되었다.

그러나 운명은 역시 그의 호운(好運)을 시기하였다. 내월이면 명예로운 축하를 받게 되는 이때에 그는 불의의 사건으로 철창에 매달리어 신음치 않으면 아니 되게 되었다……앞서거니 뒤서거니 하며 그의 일생을 통하여 노려보며 앉았는 비운은 그가 사 개월 만에 무죄 방면되어 사파[26]에 발을 들여놓을 때까지 하품을 하며 기다리고 있었다.

사 개월간의 옥중 생활은 잔약한 그의 신경을 바늘 끝같이 예민하게 하였

---

26) 사파 : 사바세계. 속세.

다. 그는 파리하고 하얗게 센 얼굴을 들고 감옥 지붕의 이슬이 아직 녹지 않은 새벽 아침에 옥문을 나섰다. 차입하던 집으로 찾아오리라고 생각하였던 자기 처는 그림자도 보이지 안고 육십이 가까운 백부만 왔다.

출옥하기 일 삭 전까지는 일이 있어도 하루가 멀다고 매일 면회하러 오던 아내가 근 일 개월 동안이나 발을 끊은 고로 의심이 없지 않았으나 가끔 백부가 올 때마다 영희가 앓아서 몸을 빼쳐나지 못한다기로 염려와 의혹 속에서도 다소 안심하고 있었다. 그러나 출옥하던 전날 면회하러 오던 인편에 갑갑증이 나서 내일은 꼭 맞으러 와 달라고 한 것이라서 뜻밖에 보이지 않는 고로 의심이 날 뿐 아니라 거의 낙심이 되었다. 백부에게 물어 볼까 하다가 이것이 자기의 신경과민이 아닌가 하는 생각도 나서 갑갑한 마음을 참고 집으로 발길을 재촉하였다. 도중에서 일부러 길을 돌아 백부의 집으로 가자는 데에도 의심이 나지 않는 것은 아니나 잠자코 따라갔다.

대문에 발을 들여놓자,

"아, 아버지 ! "

하며 영희가 앞선 백부와 바꾸어 뛰어나오는 것을 보고 깜짝 놀랐다.

"너 탈이 났다더니 언제 일어났니 ? "

영희의 어깨에 손을 걸며 눈이 휘둥그래서 숨찬 듯이 물었다.

"예 ? 누가 탈은, 무슨 탈이 났댔나요 ? "

하고 영희는 멈칫하며 둘러보았다.

"어머니는 ? "

그는 자기가 추측하며 무서워하던 사실이 점점 명백하여 오는 것을 깨달으며 소리를 낮춰서 물었다.

"어머니 어디 갔어……. "

그에게 대한 이 한마디가 억만 진리보다 더 명백하였다. 그 동시에 자기의 귀가 의심쩍었다.

온 식구가 다 뛰어나오며 웃음 속에서 맞으나 그는 얼빠진 사람처럼 인사

도 변변히 하지 못하고 맥없이 얼굴이 새파래서 뜰 한가운데에 섰다가,

"인제 가보지요. ……영희야!"

하며 그대로 뛰쳐나오려 했다.

뜰 아래에 여기저기 섰던 사람들은 그가 얼빠진 사람처럼 뚱그런 눈만 무섭게 뜨고 이 사람 저 사람을 쳐다보며 주저주저하는 것을 보고 아무도 입을 벌리지 못하고 피차에 물끄러미 눈치만 보다가,

"아, 아침이나 먹고……천천히……."

백모가 끌어당기듯이 만류하였다.

"아니오. 왜 영희 어미는……어디 갔나요?"

그는 입이 뻣뻣하여 말을 어우를 수 없는 것처럼 떠듬떠듬 겨우 입을 열었다.

"으응……일전에 평양에……어쨌든 올라오려무나."

평양이라는 것은 처가를 말하는 것이다. 그러나 백모가 말을 더듬는 것이 위선 이상히 보였다. 더구나 '어쨌든'이란 말은 웬 소리인가. 평시 같으면 귓가로 들을 말도 일일이 유심히 들리었다.

"흐흥……평양! 흐흥……평양!"

실성한 사람처럼 흐흥흐흥 코웃음을 치며 평양을 뇌고 섰는 그의 눈앞에는 금년 정초에 평양 정거장 문 밖 우체통 뒤에서 누구하고인지 수군거리다가 홱 돌쳐서 캄캄한 밤길에 사라져 버리던 양복쟁이의 뒷모양이 환영같이 떠올랐다. 그는 차차 눈이 캄캄하여 오고 귀가 멀어갔다. ……절망의 깊은 연못은 점점 깊고 가깝게 패여 들어갔다.

그는 빈 집에라도 가서 형편도 보고 혼자 조용히 드러누워서 정신을 가다듬을까 하였으나 현기가 나서 금시로 졸도할 듯하여 권하는 대로 올라가서 안방으로 들어가 픽 쓰러졌다.

피로, 앙분, 분노, 낙심, 비탄, 미가지(未可知)의 운명에 대한 공포, 불안……인간의 고통이란 고통은 노도와 같이 일시에 치밀어 와서 껍질만 남은 그를 삶아 죽이려는 듯이 덤벼들었다. 옴폭 패인 눈을 감고 벽을 향하여 드러누운

그의 조막만한 얼굴은 납으로 만든 '데스 마스크'와 같았다. 죽은 듯이 숨소리도 들리지 않으나 격렬한 심장의 동기와, 가다가다 부르르 떠는 근육의 마비는 위에 덮어 준 주의 위로도 분명히 보였다.

한 시간쯤 되어 깨었다. 잔 듯 만 듯한 불쾌한 기분으로 일어나 밥상을 받았다. 무엇이 입에 들어가는지 정신을 차릴 수가 없었다. 그 속에 들어앉았을 때에는 나가면 이것도 먹어 보리라 저것도 하여 보리라고 벼르고 별렀으나 이렇게 되고 보니까 차라리 삼사 년 후에 나오는 것이 좋았겠다고 생각하였다.

밥술을 뜨자마자 그는 허둥지둥 뛰어나왔다.

"아바지 ! "

하며 쫓아 나오는 영희를 험상스러운 눈으로 노려보며 들어가라고 턱짓을 하고 나섰다. 머리를 비슷이 숙이고 동구까지 기어 나오다가 돌아설 때 백부의 손에 매달려 나오는 딸을 힐끗 보고 별안간 눈물이 앞을 가리어 낳은 어미 없이 길러낸 딸자식이 불쌍히 생각되어 금시로 돌아가서 손을 잡고 오고 싶은 생각이 불쑥 나는 것을 억제하고 "야아 야아" 하며 부르는 백부의 소리도 못 들은 체하고 앞서서 나왔다.

……범죄자의 누명을 쓰고 처자까지 잃은 이내 신세일망정 십여 년이나 정을 들이고 살던 사 개월 전의 내 집조차 나를 배반하고 고리에 쇠를 비스듬히 차고 있는 것을 볼 때 그는 그대로 매달려서 울고 싶었다.

백부는 숨이 찬 듯이 씨근씨근하며 쫓아와서,

"열쇠가 예 있다. "

하며 자기 손으로 열고 들어갔으나 그는 어느 때까지 우두커니 섰었다.

일 개월 이상이나 손이 가지 않은 마당은 이삿짐을 나른 뒤 모양으로 새끼 부스러기, 종잇조각들이 즐비한 사이에 초하의 잡초가 수채 앞이며 담 밑에 푸릇푸릇하였다. 그의 백부도 역시 그럴 줄이야 몰랐다는 듯이 깜짝 놀라며 한 번 휙 돌아보고 나서 신을 신은 채 툇마루에 올라섰다. 먼지가 뽀얗게 앉은 퇴 위에는 고양이 발자국이 여기저기 산국화 송이같이 박혀 있다. 뒤로 쫓아 들어온 그는 뜰 한가운데에 서서 덧문을 첩첩이 닫은 대청을 멀거니 바라보고 섰다가 자기 서재로 쓰던 아랫방으로 들어가서 먼지 앉은 요 위에 엎드러지듯이 벌떡 드러누웠다.

"큰할아버지……여기……농이 ! "

안방으로 들어온 영희는 깜짝 놀라며 큰 소리를 쳤다.

"옛 ? "

하며 어름어름하던 백부는 서창 덧문을 열어젖히고 안방을 자세히 살펴보더니 농장이 없어진 것을 보고 혀를 두세 번 차고 나서,

"망할 년의 새끼……어느 틈에 집어 갔노……. "

하며 밖으로 나왔다.

아닌게아니라 창억이가 첫 장가들 때 서울서 사다가 십칠팔 년 동안이나 놓아두었던 화류 농장 두 짝이 없어졌다.

백부가 간 뒤에 일꾼 아이와 계집애년이 와서 대강대강 소제를 한 후 저녁밥은 먹기 싫다는 것을 건네 왔다. 그 이튿날도 꼼짝 아니 하고 들어앉았었다.

백부의 주선으로 소년 과부로 오십이나 넘은 고모가 안방을 점령하기까지 오륙일 동안은 한 발짝도 방문 밖에 나오지 않았다. 백부가 보제를 복용하라고 돈푼 든 약첩을 지어다가 조석으로 달여다 놓아도 끝끝내 손도 대지 않았다. 하루 이삼 차씩 백부가 동정을 살피러 와서 유리 구멍으로 들여다보면 앉았다가도 별안간 돌아누워서 자는 체도 하고, 우릿간에 든 곰 모양으로 빈 방안을 빙빙 돌아다니다가 누가 들여다보는 기척만 있으면 책상을 향하여 앉기도 하였다. 아침에 세수할 때와 간혹 변소 출입 이외에는 더운 줄도 모르는지 창문을 꼭꼭 닫고 큰기침 소리 한 번 없이 들어 앉았었다. 그가 속에서 무엇을 하고 있는가는 아무도 몰랐다. 사실 그는 아무것도 하는 것이 없었다. 가다가다 몇 해 동안이나 손도 대어 보지 않던 성경책을 꺼내 놓고 들여다보기도 하였으나 결코 한 페이지를 계속하여 보는 법이 없었다.

이러한 모양으로 일 삭쯤 지내더니 매일 아침에 한 번씩 세수하러 나오던 것도 폐하고 방으로 갖다 주는 조석만 먹으면 자는지 깨어서 누웠는지 하여간 목침을 들어 드러눕기로만 위주하였다. 백부는 병세가 더 위중하여 그렇다고

약을 먹이지 못하여 달래도 보고 꾸짖어도 보았으나 약은 기어코 입에 대지 않았다. 그러나 노인은 하루 삼사 차씩은 권하지 않고 와서 방문도 열어 보고 위무하듯이 말도 붙여 보나 벙어리처럼 가만히 돌아앉았다가 어서 가 달라고 걸인이나 쫓아내듯이 언제든지 창문을 후닥닥 닫았다.

하루는 전과 같이 저녁때쯤 되어 가만가만 들어와서 유리 구멍으로 들여다 보려니까 방 한가운데에 눈을 감고 드러누웠다가 무엇에 놀란 듯이 깎아 세운 기둥처럼 눈을 부릅뜨고 벌떡 일어나더니 창에다 대고,

"이놈의 새끼 ! 내 댁내를 차 가고 인제는 나까지 죽이러 왔니 ? "

두 주먹을 불끈 쥐고 소리를 버럭 질렀으나 감히 창문을 열지 못하고 얼어붙은 장승같이 섰다.

백부는 기가 막혀서 미닫이를 열며, "이거 와 이러니. " 하고 소리를 질렀다.

문만 열면 곧 때려죽이겠다는 듯이 딱 버티고 섰던 사람이 금시로 껄껄 웃으며,

"나는……누구라고 ! 삼촌 올라오시소그래. "

하고, 이번에는 안방에다 대고,

"여보, 영희 오마니 ! 삼촌이 왔는데 술 좀 받아 오시소그래. "

하고 나서 경련적으로 켕기어 네 귀가 나는 입을 벌리고 히히히 웃었다.

그의 백부는 한참 쳐다보다가,

"야……어서 자거라. 잠이 아직 깨이지 못한 게로구나……술은 이따 먹지, 어서어서. "

"그런데, 여보소 삼촌 ! 영희 오마니는 지금 어데 갔소 ? 술 받으러 ? 히히……아하, 어젯밤에도 왔어 ! 그 사진을 살라 달라고……그……어디 있던가 ? "

하며 고개를 쳐들고 방 안을 휙 둘러보다가 무슨 생각이 났던지 별안간에 책상 앞으로 가서 꿇어앉으며 무엇인지 부리나케 찾는다. 노인은 뒷모양을 한참 들여다보다가 방문을 굳게 닫고 안방으로 들어갔다. 그 뒤에 방에서는 히히 웃는 소리가 흘러 나왔다. 그의 손에는 두 조각이 난 사진이 있었다.

그 이튿날 아침에 그는 무슨 생각이 났던지 어느 틈에 방을 뛰어 나와서 부엌을 들여다보고 요사이는 왜 세숫물도 아니 주느냐고 볼멘 소리를 하며 대야를 내밀고 물을 청하였다. 밥솥에 불을 때고 앉았던 고모가 깜짝 놀라 돌아다보니까 근 반년이나 면도를 아니한 수염에는 먼지가 뿌옇게 앉았고 솟은 듯한 붉은 눈매에는 이상한 영채가 돌면서도 무시무시하게 보였다. 고모는 무서운 증이 나서 아니 나오는 웃음을 띠고 달래듯이 온유한 목소리로,

"예예. 잘못하였쇠다. 처음 시집살이라 거행이 늦었쇠다. 히히히……."

웃으며 물을 퍼주었다.

아침 상을 차려다 디밀며 차차 좋아지는 듯한 신기를 위로삼아 무엇이든지 먹고 싶은 것이 있으면 말하라고 하니까,

"영희 오마니나 뭐든지 해주시소."

하며 의논할 것이 있으니 들어오라고 간청을 하였다. 고모는 주저주저하다가 오늘은 맑은 정신이 난 듯하여 안심하고 방을 치워 줄 겸 걸레를 집어 들고 들어갔다.

책상 위와 방구석을 엎드려서 훔치며,

"무슨 의논이야 ?"

하며 말을 꺼냈다.

"……어젯밤에 영희 오마니가 왔더랬는데, 오늘 낮에는 아주 짐을 지워 가지고 오겠다고……."

"무어 ? 지금은 어드메 있기에 ?"

고모는 역시 제정신이 아니 들어서 저러나 보다 하면서도 한편으로는 의아하여 눈이 휘둥그레지며 걸레 잡은 손을 멈추고 고개를 들었다.

"……지금 ? 히히히, 연옥(煉獄)에서 매일 단련을 받는데 도망하여 올 터이니 전죄를 용서하고 집에 두어 달라고 합디다."

단테의 〈신곡〉에서 본 것이 생각나서 연옥이란 말을 썼으나 고모는 물론 무슨 소리인지 몰랐다. 다만 옥이라는 말에 대개 지옥이라는 말인 줄 짐작하고 하도 어이가 없어서,

"냉면이나 한 그릇 받아다 주지……."
하고 나오다가 아침에 세수하던 것을 생각하고 혼자 빙긋 웃었다.

날이 더워 갈수록 그의 병세는 나날이 더하여 갔다. 팔월 중순이 지나 심한 더위가 다 가고 뜰에 심은 백일홍이 누릇누릇하여 감에 따라 그에게는 없던 증이 또 생겼다. 축대 밑에 나오려던 풀이 폭열에 못 이기어서 비틀어져 버리던 육칠월 삼복에는 겨우 동창으로 바람을 들이면서 불같이 끓는 방 속에 문을 봉하고 있던 사람이 무슨 생각이 났던지 매일 아침만 먹으면 의관도 아니 하고[27] 뛰어나가기를 시작하였다. 무슨 짓을 하며 어디로 돌아다니는지 아무도 몰랐다. 대개는 어슬어슬하여 돌아오거나 혹은 자정이 넘어서 돌아올 때도 있었다.

그러나 별로 곤한 빛도 없었다. 안방에서 혹 변소에 가는 길에 들여다보면 그믐달 빛이 건넌방 지붕 끝에서 꼬리를 감추려 할 때에도 빈방 속에 생불처럼 가만히 앉았었다.

너무 심하여서 삼촌이 며칠을 두고 찾으러 다녀 보아도 종적을 알 수가 없었다. 집에서 나갈 때에 누가 뒤를 밟으려고 쫓아 나가는 기색만 있어도 도로 들어와서 어떻게 하여서든지 틈을 타서 몰래 빠져 달아나갔다. 그러나 그는 별로 다른 데를 다니는 것은 아니었다. 다만 자기 집에서 동북으로 향하여 일 마장쯤 떨어져 있는 유곽 뒤에 둘러싸인 조그마한 뫼 위에 종일 드러누워 있을 뿐이었다. 무슨 까닭에 그곳이 좋은지는 자기도 몰랐다. 하여간 수풀 위에서 디굴디굴 구는 것이 자기 방 속보다 상쾌하다고 생각하였다. 아침에 햇발이 두텁지 않은 동안에 잠깐 드러누웠다가 오정 전후의 폭양에는 해안가로 방황한 후 다시 돌아와서 석양판에 가만히 누웠는 것이 얼마나 재미스러웠는지 몰랐다. 그것도 처음에는 동리 아이들이 덤벼들어서 괴로워 못 견디었으나, 일 주, 이 주 지나갈수록 자기의 신경을 침략하는 자도 점점 없어졌다. 그러나 김모가 미쳤다는 소문은 전시에 모르는 사람이 없게 되었다. 그가 매일 어디 가 있다는 것은 삼촌의 귀에 제일 먼저 들어왔다.

---

27) 의관도 아니 하고 : 옷도 챙겨입지 않고.

그 후부터는 매일 감시를 엄중하게 하여 나가지를 못하게 하였다. 그는 하는 수 없이 이삼 일 동안을 근신한 태도로 칩복[28]지 않을 수 없었다. 그러나 사오 일 동안 신용을 보여서 감시가 좀 누그러져 가는 기미를 채인 그는 또다시 방문 밖으로 나섰다. 이번에는 땅으로 꺼져 들어간 듯이 감쪽같이 종적을 감추었다.

7

반달 동안을 두고 찾다 못하여 경찰서에 수색원을 제출한 지 사흘 되던 날 밤중에 연통 속으로 기어나온 것처럼 대가리부터 발끝까지 새까만 탈을 하고 홀쩍 돌아와서 불문곡직(不問曲直)[29]하고 자기 방으로 들어가 코를 골며 잤다. 이튿날 아침에는 조반을 걸신들린 사람처럼 그릇마다 핥듯이 하여 다 먹고 삼촌이 건너오기 전에 또 뛰어나갔다.

삼사 시간 뒤에 쫓아간 그의 백부는 유정 유곽 산 뒤에서 용히 그를 발견하였다.

그가 처음 감시의 비상선을 끊고 나올 때는 맑은 정신이 들어서 그리하였는지, 하여간 자기의 고향을 영원히 이별할 작정으로 나섰었다. 위선 시가를 떠나 촌리로 나와서 별장 이전의 상지(祥地)를 복(卜)하려고 이산 저산으로 헤매었다. 가가호호로 돌아다니며 연명을 하여 가며 오륙일 만에 평양 부근까지 갔었다. 그러나 평양이 가까워 오는 데에 정신이 난 그는 무슨 생각이 났던지 뒤도 돌아보지 않고 남포로 향하였다. 그중에 다소 마음에 드는 곳이 없지는 않았으나 무엇보다도 불만족한 것은 바다가 보이지 않는 것이었다. 그는 하는 수 없이 자기 서재로 자기를 위하여 영원히 안도하라고 하느님이 택정하신 바 유정 뒷산 밑으로 기어든 것이었다.

---

28) 칩복 : 자기 처소에 들어가 가만히 엎드려 있음.
29) 불문곡직 : 옳고 그른 것을 묻지 않음.

인간에게 허락된 이외의 감각을 하나 더 가지고 인간의 침입을 허락지 않는 유수미려한 신비의 세계에 들어갈 초대장을 가진 하느님의 총아[30] 김창억은 침식 이외에는 인간계와 모든 연락을 끊고 매일 같은 꿈을 반복하며 대지 위에 자유롭게 드러누워서 무애무변한 창공을 쳐다보며 대자연의 거룩함과 하느님의 은총 많음을 홀로 찬양하고 있었다.

이러한 상태가 달포나 되어 시월 하순이 가까워 초상(初霜)[31]이 누른 풀잎 끝에 엷게 맺을 때가 되었다.

하루는 어두워서야 들어오리라고 생각한 그가 의외에 점심때도 채 아니 되어서 꼭 닫은 중문을 소리없이 열고 자취를 감추며 들어와서 자기 방으로 들어갔다. 안방에서 일을 하고 있던 고모는 도둑이 아닌가 하며 두근거리는 가슴을 억제하고 문틈으로 지키고 앉았으려니까 한식경이나 무엇인지 부스럭부스럭하더니 금침인 듯한 보따리를 들고 나온다. 가슴이 덜렁하던 고모는 문을 박차며 내다보고, "그건 어디로 가져가니 ? " 소리를 버럭 질렀다.

도망꾼처럼 한숨에 뛰어나려던 그는 보따리를 진 채 어색한 듯이 히히히 웃으면서,

"새집 들레…… 히히히, 영희 어머니를 데려오려고 저기 한 채 지었어……."

또 히히히 웃고 획 돌아서 나갔다. 고모는 삼촌집에 곧 기별을 할래도 마침 아이가 없어서 걱정만 하고 앉았었다.

조금 있다가 또 발소리가 살금살금 난다. 이번에도 안방으로 향하여 어정어정 들어오더니 부엌 안으로 들어가서 시렁 위에 얹어 놓은 병풍을 끌어 내려다가 아랫방 앞에 놓고 퇴로 올라서서,

"아지먼네, 그 농 좀 갖다 놓게 좀 주시소고래. "

하고 성큼 뛰어 들어와서 윗간에 놓았던 붉은 농짝을 번쩍 들고 나갔다. 다행히 영희의 계모가 갈 때에 그의 의복이며 빨래들을 모아서 농장 속에 넣어두었기 때문에 고모는 걱정을 하면서도 안심하였다. 낙지(落地) 이래로 이때껏

---

30) 총아 : 특별한 총애를 받는 사람.
31) 초상 : 첫서리.

비 한 번 들어 보지 못하던 그가 그 무거운 농짝에다가 병풍을 껴서 새끼로 비끄러매어 가지고 나가는 것을 방문에 기대어 보고 섰던 고모는 입을 딱 벌리고 놀랐다.

기지 이전에 실패한 그는 유정에 돌아와서 일이 주간이나 언덕에 드러누워 여러 가지로 생각하였다. 답답한 방을 면하려면 위선 여기다가 집을 한 채 지어야 하는데 단층으로는 좁기도 하거니와 제일 바다가 보이지 않을 것이다.

"……그러면 이층 ? 삼층 ? 삼층만 하면 예서도 보이겠지 ? "

하고 일어나서 발돋움을 하고 남쪽을 바라보았다. 그러나 인가에 가리워서 사오정이나 상거(相距)가 있는 해면이 보일 까닭이 없다.

"삼층이면 그래도 내 키의 삼사 배나 될 터이니까……되겠지. "

하며 곁에 떨어진 나뭇가지를 들고 차차 햇발이 멀어가는 산비탈에 앉아서 건축의 설계도를 그리기 시작하였다. 누렇게 된 잔디 위에 정처없이 이리저리 줄을 쓱쓱 그면서 가다가다 혼자 고개를 끄떡끄떡하며 해가 저물어 가는 것도 모르고 앉았었다.

그날 밤에 돌아와서는 책궤 속에서 학생 시대에 쓰던 때 묻은 양척(洋尺)과 사기가 묻어난 삼각 정규를 꺼내 가지고 동이 트도록 책상머리에 앉았었다.

도안을 얻은 그는 동이 트기도 전에 산으로 달아났다. 위선 기지의 검분(檢分)을 마친 후 그는 그 길로 돌을 주워 들이기 시작하였다. 반나절쯤 걸리어서 두세 삼태기나 모아 놓은 후, 허기진 줄도 모르고 제일 가까운 유곽 속으로 헤매이며 새끼 오라기, 멍석 조각이며 장작개비, 비루 궤짝, 깨진 사기 그릇 나부랭이……손에 걸리는 대로 모아 들이기 시작하였다. 돌아다니는 동안에 유곽 속에서 먹다 남은 청요리 부스러기를 좀 얻어먹었으나 해질 무렵쯤 되어서는 맥이 풀려서 하는 수 없이 엉기어 들어와 저녁을 먹고 곧 자빠졌다.

그 이튿날은 건축장에 나가는 길에 헛간에 들어가서 괭이를 몰래 집어 숨겨 가지고 도망하여 나왔다. 오전에 위선 한 간통쯤 터를 닦아서 다져 놓고 산을 내려와 물을 얻어다가 흙을 이겨 놓고 오후부터는 담을 쌓기 시작하였다. 그러나 한 모퉁이에서부터 쌓아 나와 기역자로 곱뜨릴 때에 비로소 기둥이 없는 데에 생각이 나서 일을 중지하고 산등에 올라앉아서 이 궁리 저 궁리 하여 보았다……자기 집에는 물론 없지마는 삼촌 집에 가면 서까래 같은 것이라도 서너 개 있을 터이나 꺼낼 계책이 없었다. 지금의 그로서 무엇보다도 제일 기외(忌畏)하는 것은 자기의 계획이 완성되기 전에 가족의 눈에 띄거나 탄로되는 것인 동시에 이것을 계획하는 것, 더욱이 이 계획을 절대 비밀리에 완성하는 것이 유일의 재미요 자랑거리이며 또한 생명이었다. 만일 이때에 누가 와서 '너의 계획은 이러저러하고 너의 포부는 약차약차히 고대하나 가엾은 일이지만 그것은 한 꿈에 불과하다'고 설파하는 사람이 있다 하면 그는 경악 실망한 나머지 자살을 하거나 살인을 하였을지도 모를 것이다. '……어떻게 하였으면 아무도 모르게, 아무도 모르는 동안에 하루바삐 이 신식 삼층 양옥을 지어서 세상 사람들을 놀래 보일까 !' 침식을 잊고 주소(晝宵)로[32] 노심초사하는 것이 오직 이것이었다. 그는 삼촌 집의 재목을 가져올 궁리를 하였다. '밤에나 새벽에 가서 집어 와 ? ……그것도 아니 될 것이다. ……그러면 어느 재목상에나 가서 ? ……응응 옳지 옳지 !' 하며 그는 흙 묻은 손을 비벼 털며 뛰어 내려와서 정거장으로 향하여 달아나왔다. 그는 '재목상에나 !'라는 생각이 날 제 십여 년 전에 자기가 가르치던 A라는 청년이 재목상을 경영하고 있는 것을 생각하고 뛰어 나온 것이었다. 삼거리로 갈리는 데 와서 잠깐 멈칫하다가 서로 곱뜨려서 또다시 뛰었다. 'K재목 상회'라는 기다란 간판이 달린 목책으로 돌라막은 문전에 다다라 우뚝 서며 안을 들여다보고 멈칫 주저주저거리다가 문 안으로 썩 들어섰다. 그는 무엇이나 도둑질하러 온 사람처럼 황황히 사방을 돌아보다가 사무실에서 누가 내다보는 것을 눈치 채고 곧 그리로 향하였다.

"재목 있소 ? "

발을 들여놓으며 한마디 부르짖었다.

"그런데 이게 웬일이오 ?……재목이야 있지요. 하하하……. "

---

32) 주소로 : 밤낮으로.

테이블 앞에 앉아서 사무원들과 잡담을 하고 있던 주인은 바로 앉아서 그를 마주 쳐다보며 웃었다.

그는 얼이 빠진 사람처럼 이 사람 저 사람 사무원들을 차례차례로 쳐다보다가 마치 취한 이나 광인이 스스러운[33] 사람과 대할 때에 특별한 주의와 긴장을 가지는 거와 같이 뿌연 눈을 똑바로 뜨고 서서 한마디 한마디씩 애를 써 분명한 어조로,

"아니 좀 자질구레한 기둥 있거든 몇 개 주시소고래, 지금 집을 짓다가……. "

"그건 해 무엇하시랴오 ? 그러나 돈을 가져오셔야지요 ? ……하하하. "

사소한 대금을 관계하는 것은 아니나 그가 광증이 있다는 소문을 들은 주인은 그대로 내주는 것이 어떨까 하여 물어 보았다.

"응응 ! 옳지 ! 돈이 있어야지. 응응 ! 돈이 있어야지……. "

돈이란 말에 비로소 깨달은 듯이 연해 고개를 끄덕이며 멀거니 섰다가 아무 말도 없이 도로 뛰어나갔다. 처음부터 서로 눈짓을 하며 빙긋빙긋 웃고 앉았던 사무원들은 참았던 웃음을 왓하하 하며 웃었다. 그는 눈을 부릅뜨고 유리창을 흘겨다보며 급히 달아나왔다.

그 길로 자기 집으로 뛰어갔다. 방에 쑥 들어서면서 흙이 말라서 뒤발[34]을 한손으로 책상 위에 놓인 물건을 뒤적거리며 한참 찾더니 돈지갑을 들고서 선 채 열어 보았다. 속에는 일 원짜리 지폐가 석 장하고 은전 백동전 합하여 구십여 전쯤 들어 있었다. ……옥중에서 차입하여 쓰고 남은 것이었다……그는 혼자 히히 웃으며 지갑을 단단히 닫아서 바지춤에다 넣고 다시 뜰로 내려섰다. 대문을 막 나서렬 때 삼촌과 마주쳤다. 그는 마치 못된 장난을 하다가 어른에게 들킨 어린아이처럼 깜짝 놀라며 꽁무니를 슬슬 빼며 급히 방으로 뛰어들어가서 자는 체하고 드러누워 버렸다. ……그날 밤에는 종내 나가지 못하게 되었다.

이튿날 아침에는 위선 재목상을 찾아갔다.

---

33) 스스러운 : 정분이 두텁지 못해 조심스럽다.
34) 뒤발 : 온몸에 뒤집어써서 바름.

마침 나와 앉았던 주인은 아무 말없이 들어와서 훔척훔척하다가 삼 원 오십 전을 꺼내 놓고 "얼마든지 좀 주시고래" 하고 벙벙히 섰는 그의 태도를 한참 쳐다보다가,

"얼마나 드리리까 ? "
하며 웃었다.

"기둥 여섯하고……. "

"기둥 여섯만 하여도 본전도 안 됩니다. "

주인은 하하 웃으며 그의 말을 자르고 사무원을 돌아다보고 무엇이라고 하였다. 그는 사무원을 따라 나가서 서까래만한 기둥 여섯 개와 널빤지 두 개를 얻어서 짊어지고 나섰다. 재목을 얻은 그는 생기가 더 나서 위선 네 귀에 기둥을 세우고 두 편만은 중간에다 마주 대하여 두 개를 세운 뒤에 삼등분하여 새끼로 두 층을 돌려 매어 놓고 담을 쌓기 시작하였다. 담쌓기는 쉬우나 돌멩이 모아들이기에 날짜가 많이 걸렸다. 약 삼 주간이나 되어 동편으로 드나들 구멍을 터놓고는 사방으로 삼사 척의 벽을 쌓았다. 위선 하층은 되었는 고로 널빤지를 절반하여 한편에 기대어서 걸쳐 놓고 나머지 길이를 이등분하여 어긋 매어서 삼층을 꾸렸다. 그 다음에는 이층만 사면에 멍석 조각을 둘러막고 삼층은 그대로 두었다. 이것도 물론 그의 설계에 한 조목 든 것이었다. 그의 이상으로 말하면 지붕까지라도 없어야 할 것이지만 우로를 피하기 위하여 부득이 역시 멍석을 이어서 덮었다.

이같이 하여 이렁저렁 일 개월 이상이나 걸린 역사는 대강대강 끝이 나서 위선 손을 떼던 날 석양에, 그는 삼층 위에 올라 앉아서 저물어 가는 산 경치를 내다보고 혼자 기꺼움을 이기지 못하였다. 인생의 모든 행복이 일시에 모여든 것 같았다. 금시에라도 이사를 하려다가 집에 들어가면 또 잡히어서 나오지 못할 것을 생각하고 어둡기까지 그대로 드러누웠었다. 드러누워서도 여러 가지 생각이 많았다. 위선 세계 평화 유지 사업으로 회를 하나 조직하여야 할 터인데…….

"회명은 무어라고 할까 ? 국제 연맹이란 것은 있으니까 국제 평화 협회 ?

세계평화회 ? 그것도 아니 되었어. 동서양이 제일에 친목하여야 할 것인즉 '동서 친목회'라 하지 ! 옳지 ! 동서 친목회……되었어. "

그 다음에 그는 삼층 양옥을 어떻게 하면 거처에 편리하게 방세를 정할까 생각하였다. 위선 급한 것은 응접실이다. 그 다음에는 사무실, 침실, 식당, 서재……차례차례로 서양 사람 집 본새를 생각하여 가며 속을 정하여 놓고 어슬어슬한 때에 뛰어 내려왔다. 일단 집으로 향하였다가 무슨 생각이 났는지 다시 돌쳐서서 유곽으로 들어갔다. 헌등 아래로 슬금슬금 기어가듯 하며 이집 저집 기웃기웃하다가 어떤 상점 앞에 와서 서더니 저고리 고름 끝에 매인 매듭을 힘을 들여서 풀고 섰다. 한 사람 두 사람 모여드는 것도 모르는 것같이 시치미를 떼고 풀더니 은전 네 닢을 꺼내서 던지고 일본주 이홉 병을 받았다. ……낙성연을 베풀려는 작정이었다.

공복에 들어간 두 홉 술의 힘은 강렬하였다. 유정의 사람 자취가 그칠 때까지 이집 저집 돌아다니며 동서 친목회 회장이 너희들을 감독하려고 내일이면 또 나오신다고 도지개를 틀며 앉았는 여회원들을 웃기며 비틀거리고 돌아다닌 것도 그날 밤이었다.

## 8

세간을 나르느라고 중문 대문을 훨씬 열어젖혀 놓은 것을 지치려고 뒤를 쫓아 나간 고모는 이맛살을 찌푸리고 그의 가는 방향을 한참 건너다보다가 긴 한숨을 쉬고 들어와서 큰집에 간 영희만 기다리고 앉았으려니까 십오 분쯤 되어 삐이꺽하는 소리가 나더니 또 들어와서 이번에는 부엌으로 들어가서 한참 동안 훔척훔척하다가 석유통으로 만든 화덕 위의 냄비를 들고 나왔다. 그 속에는 사기 그릇이며 수저 나부랭이를 손에 잡히는 대로 듬뿍 넣었다. 그는 안에서 무엇이라고 소리나 칠까 보아서 연상 힐끗힐끗 돌아다보며 빵소니를 쳐서 나왔다. ……십수 년 동안 기거하던 자기 집을 영원히 이별하였다.

그날 석양에 고모는 영희를 데리고 동리 사람이 가르쳐 주는 대로 그의 신 가정을 찾아갔다. 고모에게 대하여는 가장 불행하고 비통한 집알이[35]었다. 엿과 성냥 대신에 저녁밥을 싸 가지고 갔었다. 물론 가자고 하여야 다시 집에 돌아올 그가 아니었다. 영희가 울면서 가자고 하니까 그는 무슨 정신이 났던지 측은하여 하는 듯한 슬픈 안색으로 목소리를 떨며,

"어서 가거라. 어서 가거라. ……아아 춥겠다. 눈이 저렇게 왔는데 어서 가거라."

혼잣말처럼 꼭 한마디 하고 아랫간에 늘어놓은 부엌 세간을 정돈하며 있었다.

고모는 하는 수 없이 돌아와서 남았던 시량(柴糧)[36]과 찬을 그에게로 보내 주고 나서 어둑어둑할 때 문을 잠그고 영희와 같이 큰집으로 건너갔다. 근 보름이나 앓아 누운 그의 백부는 눈물을 흘리며 깊은 한숨만 쉬고 아무 말도 없었다.

……소년 과부로 오십이 넘은 그의 고모는 건넌방에 영희를 끼고 누워서 밤이 이슥하도록 훌쩍거렸다. 영희의 흘흘 느끼는 소리도 간간이 안방에까지 들렸다.

아랫목에 누웠던 영감이,

"여보 마누라, 좀 가보시구려."

하는 소리에 잠이 들려던 노마님이 건너갔다. 조금 있다가 이 마누라까지 훌쩍훌쩍하며 안방으로 건너왔다. 미선[37]을 가슴에 대고 반듯이 드러누운 노인의 눈에도 눈물이 글썽글썽하였다.

십칠야의 교교한[38] 가을 달빛은 앞창 유리 구멍으로 소리없이 고요히 흘러 들어와서 할머니의 가슴에 안기어 누운 영희의 젖은 베개 밑을 들여다보고 있었다.

---

35) 집알이 : 남이 이사했을 때에 집구경 겸 인사로 찾아오는 일.
36) 시량 : 땔나무와 먹을 양식.
37) 미선 : 둥근 부채의 일종.
38) 교교한 : 희고 깨끗한. (매우 맑고 밝은 달빛)

9

평양으로 나온 우리 일행은 그 이튿날 아침에 뿔뿔이 헤어졌다. 그 후 이 개월쯤 되어 나는 백설이 애애한 북국 어떠한 한 촌 진흙방 속에서 이러한 Y의 편지를 받았다.

'형식에 빠진 모든 것은 우리에게 있어 아무 의미도 없는 것이 아니오 ? 어느 때든지 자기의 생활에 새로운 그림자 — 그것은 보다 더 선한 것이거나 혹은 보다 더 악한 것이거나 하여간 — 가 비쳐 올 때나 혹은 잠든 나의 영이 뛰놀 만한 무슨 위대한 힘이 강렬히 자극하여 오거나 그렇지 않으면 군에게 무엇이든지 기별하고 싶은 사건이 있기 전에는 같은 공기 속에서 같은 타임 속에서 동면 상태로 겨우 서식하는 지금의 나로는 절(絶)하고 대적으로 누구에게든지 또는 무엇에든지 붓을 들지 않으려고 결심하였소. 자기의 침체한 처분, 꿈꾸는 감정을 아무리 과장한들 그것이 결국 무엇이오…….

그러나 지금 펜을 들어 이 페이퍼를 더럽히는 것이 현재의 내가 무슨 새로운 의의를 발견하고 혹은 새로운 공기를 호흡하게 된 까닭은 아니오. 다만 내가 오래간만에 집을 방문하였다는 것과 그 외에 군이 어떠한 호기심을 가지고 심방하였던 삼 원 오십 전에 삼층 양옥을 건축한 철인의 철저한 예술적 또한 신비적 최후를 군에게 알리려는 까닭이오.'

여기까지 읽은 나는 깜짝 놀랐다. 손에 들었던 편지를 책상 위에 놓고 바로 앉아서 한자 한자 세듯이 하여 가며 계속하여 보았다.

'……사실은 지극히 간단하나, 이 소식은 군에게 비상한 만족을 줄 줄로 믿소. 하느님이 천사를 보내시어 꾸며 놓으신 옥좌에 올라앉아서 자기의 이상을 실현치 않으면 아니 될 시기라고 생각한 그는 신의로써 만든 삼 원 오십 전짜리 궁전을 이 오탁에 싸인 속계에 두고 가기 어려웠을 것이오. 신의 물은 신에게 돌리리라. 처치하기 어려운 삼층집을 맡길 곳이 신 이외에 없었을 것도 괴이치 않은 것이겠소. 유곽 뒤에 지어 놓았던 원두막 한 채가 간밤 바람에 실화하여 먼지가 되어 날아간 뒤에 집주인은 종적을 감추었다……라고 하면 사실은 지극히 간단할 것이오. 그러나 불은 왜 놓았나?'

나는 이하를 더 읽을 기운이 없다는 것같이 가만히 지면을 내려다보고 앉았었다. 의외의 사실에 대한 큰 경이도 아니려니와 예측한 사실이 실현됨에 대한 만족의 정도 아닌 일종의 형용할 수 없는 감정이 다대한 호기심과 기대에 긴장하였던 마음을 일시에 느즈러지게 한 상태였다……나는 또다시 읽기 시작하였다.

'추위에 못 견디어서……라고 세상 사람들은 웃고 말 것이오. 그리고 군더러 말하라면 예의 현실 폭로라는 넉자로 설명할 것이오. 그러나 그가 삼층집에서 내려와 자기 집 서재로 들어가기 전에는 불을 놓았다고도 못할 것이오. 또 현실 폭로의 비애를 감하여 그리하였다 하면 방화까지 할 필요는 없었을 것이오. 신의에 따라서만 살 수 있다는 신념을 확집한 그는 인제는 금강산으로 들어갈 때가 되었다고 삼층 위에서 뛰어 내려온 것이오. 그리고 그 건축물은 신에게 돌린 것이오…….

아아, 그 위대한 건물이 홍염의 광란 속에서 구름 탄 선인같이 찬란히 떠오를 제 그의 환희는 어떠하였을까. 그의 입에서는 반드시 할렐루야가 연발되었을 것이오. 그리고 일 편의 시가 흘러 나왔을 것이오. —마치 네로가 홍염 가운데의 로마 대도를 바라보며 하프에 맞춰서 시를 읊듯이. 아아, 그는 얼마나 위대한 철인이며 얼마나 행복스러운가. ……반열 반온의 자기를 돌아볼 제 진심으로 자기 자신을 매도치 않을 수 없소…….'

## 10

기뻐하리라고 한 Y의 편지는 오직 잿빛의 납덩어리를 내 가슴에 던져 주었을 따름이었다. 나는 여기저기 골라 가며 또 한 번 읽은 뒤에 편지장을 책상 위에 펼쳐 놓은 채 드러누웠었다. 음산한 방 속은 무겁고 울적한 나의 가슴을 더욱더 질식케 하는 것 같았다. 까닭없이 울고 싶은 증이 나서 가만히 누웠을 수가 없었다. 나는 뛰어 일어나서 방 밖으로 나섰다.

아침부터 햇발을 조금도 보이지 않던 하늘에는 뽀얀 구름이 건너다보이는 앞산 위까지 쳐져서 방금 눈이 퍼불 것 같았다. 나는 얼어붙은 눈 위를 짚신 발로 바삭바삭 소리를 내며 R동 고개를 나서서 항상 소요하던 절벽 위로 향하였다.

사람 하나 간신히 통행할 만한 길 오른편 언덕에 거무스름하게 썩어서 문정문정하는 짚으로 에워싼 한 칸 집이 있고 그 아래에는 비스듬하게 짓다가 둔 헛간 같은 것이 있다. 나는 늘 보았건만 그것의 본체가 무엇인지 아직껏 물어도 보지 않았다. 그러나 삼층 양옥의 실화 사건의 통지를 받고는 새삼스럽게 눈여겨보였다. 나는 두세 걸음 지나가다가 다시 돌쳐서서 언덕으로 내려와서 사면 팔방을 멍석으로 꼭 틀어박은 괴물 앞에 섰다.

나는 무슨 무거운 물건이나 만지듯이 입구에 드리운 멍석 조각을 가만히 쳐들고 컴컴한 속을 들여다보았다. 광선 한 줄기 들어오지 않는 속에서는 쌀쌀한 바람이 휙 끼칠 뿐이요, 아무것도 보이지 않았다. 공연히 마음이 선뜩하여 손에 쥐었던 거적문을 놓으려다가 다시 자세히 검사를 하여 보았다. 그러나 무엇인지는 알 수가 없었다. ……기둥 두 개를 나란히 늘어놓은 위에 나무관 같은 것을 놓고 그 위에는 언젠지 대동강변에서 본 봉황선 대가리 같은 단청한 목판짝이 얹혀 있었다. 나는 보지 못할 것을 본 것같이 꺼림하여 마른침을 탁 뱉고 돌아서 동둑 위로 올라왔다. 나는 눈에 묻힌 절벽 위에 와서 고총(古塚) 앞에 놓인 석대에 걸터앉으려다가 곁에 새로 붉은 흙을 수북이 모아 논 것을 보고 외면하며 일어나왔다. 이것은 일전에 절골에선가 귀신이 씌어서 죽었다는 무녀가 온 식전 굿을 하던 때도 안 입힌 새 무덤이다……저녁 밥상을 받고 앉아서 주인더러 등 너머의 일간 두옥은 무엇이냐고 물으니까,

"그것이 이 촌에서 천당에 올라가는 정거장이라우."

하고 웃으며 동리에서 조직한 상계의 소유라고 설명하였다. 이 촌에서 난 사람은 누구나 조만간 그곳을 거쳐야만 한다는 묵계가 있다는 그의 말에는 무슨

엄숙한 의미가 있는 것같이 들리었다. 나는 밥을 씹으며 저를 손에 든 채로 그 내력을 설명하는 젊은 주인의 생기 있는 얼굴을 물끄러미 쳐다보고 앉았었다. 그 순간에 나는 인생의 전 국면을 평면적으로 부감한 것 같은 생각이 머리에 떠오르는 동시에 무거운 공포가 머리를 누르는 것 같았다.

그날 밤에 나는 아무것도 할 용기가 없어서 몇몇 청년이 몰려와서 떠드는 속에 가만히 드러누웠었다. 어쩐지 공연히 울고 싶었다. 별로 김창억을 측은히 생각하여 그의 운명을 추측하여 보거나 삼층집 소화한 후의 행동을 알려는 호기심은 없었으나 지금쯤은 어디로 돌아다니나 하는 생각이 나는 동시에 작년 가을에 대동강가에서 잠깐 본 장발객의 하얀 신경질적 얼굴이 머리에 떠올랐다.

과연 그가 그 후에 어디로 간 것은 아무도 몰랐다. 더구나 뱀보다도 더 두려워하고 꺼리는 평양에 나와 있으리라고는 아무도 몽상 외였다. 그러나 그는 결국 평양에 왔다. ……평양은 그의 후취의 본가가 있는 곳이다.

……일 년 열두 달 열어 보는 일이 없이 꼭 닫은 보통 문 밖에 보금자리 같은 짚더미 속에서 우물우물하기도 하고 혹은 그 앞 보통 강가로 돌아다니는 걸인은 오직 대동강가의 장발객과 형제거나 다만 걸인으로 알 뿐이요 동리에서도 누구인지는 아무도 몰랐다.

**작가소개** 염상섭 (1897~1963)

서울에서 출생했다. 1920년 김억, 민태원, 오상순 등과 함께 동인지 『폐허』를 창간하는 데 참여했으며, 1921년 「표본실의 청개구리」를 발표하면서 문단에 등단했다. 주요 작품으로 「암야」「제야」「윤전기」『삼대』『만세전』 등이 있다. 그는 일제하의 젊은 지성인들이 겪는 내면적 갈등을 어두운 분위기로 그려내는 데 주력했다.

**작품해설**

1921년 『개벽』에 연재된 「표본실의 청개구리」는 현실과 인생의 단면을 냉철한 관찰자의 시선으로 그려내 한국 최초의 자연주의 소설로 일컬어지는 작품이다. 이 작품의 서두를 이루고 있는 개구리의 해부 장면 — '가혹히 나의 신경을 엄습하여 오는 것은 해부된 개구리가 사지에 핀을 박고 칠성판 위에 자빠진 현상'이라는 대목은, 좌절과 갈등 속에 있는 지식인의 형상과 잘 대비되고 있다.

**읽고 나서**

(1) 사지에 핀을 박고 칠성판 위에 자빠진 <표본실의 청개구리>가 상징하는 바는 무엇인가?

— 일제 강점기의 현실에서 의식체계를 세우지 못하고 방황하는 지식인

(2) 자연주의 문학은 과학적 실험정신이 밑바탕이 된다. 이 소설에서 틀린 과학지식을 드러냈다 해서 논란이 되기도 한 부분을 찾고 그 이유를 생각해 보자.

— 개구리를 해부해서 꺼낸 오장에 '더운 김이 모락모락' 났다는 것은 잘못된 말이다. 개구리는 변온 동물이라 더운 김이 나오지 않는다.

# 날개

이 상

'박제(剝製)[1]가 되어 버린 천재'를 아시오 ? 나는 유쾌하오. 이런 때 연애까지가 유쾌하오.

육신이 흐느적흐느적하도록 피로했을 때만 정신이 은화처럼 맑소. 니코틴이 내 횟배 앓는 뱃속으로 스미면 머릿속에 으레 백지가 준비되는 법이오. 그 위에다 나는 위트와 패러독스[2]를 바둑 포석처럼 늘어놓소. 가증할 상식의 병이오.

나는 또 여인과 생활을 설계하오. 연애 기법에마저 서먹서먹해진 지성의 극치를 흘깃 좀 들여다본 일이 있는, 말하자면 일종의 정신분일자(精神奔逸者)[3] 말이오. 이런 여인의 반 — 그것은 온갖 것의 반이오 — 만을 영수하는 생활을 설계한다는 말이오. 그런 생활 속에 한 발만 들여놓고 흡사 두 개의 태양처럼 마주 쳐다보면서 낄낄거리는 것이오. 나는 아마 어지간히 인생의 제행(諸行)이 싱거워서 견딜 수가 없게끔 되고 그만둔 모양이오. 굿바이.

굿바이, 그대는 이따금 그대가 제일 싫어하는 음식을 탐식하는 마닐로니를

---

1) 박제 : 동물의 내장을 발라내고 방부 · 방충처리하여 살아있을 때 같은 모양으로 만듦.
2) 패러독스 : 모순의 논(論). 자가당착.
3) 정신분일자 : 정신분열증 환자.

실천해 보는 것도 좋을 것 같소. 위트와 패러독스와…….

그대 자신을 위조하는 것도 할 만한 일이오. 그대의 작품은 한 번도 본 일이 없는 기성품에 의하여 차라리 경편(輕便)[4]하고 고매(高邁)하리라.

19세기는 될 수 있거든 봉쇄하여 버리오. 도스토예프스키 정신이란 자칫하면 낭비인 것 같소. 위고를 불란서의 빵 한 조각이라고는 누가 그랬는지 지언(至言)인 듯싶소. 그러나 인생 혹은 그 모형에 있어서 디테일 때문에 속는다거나 해서야 되겠소? 화를 보지 마오. 부디 그대께 고하는 것이니…….

(테이프가 끊어지면 피가 나오. 상(傷)채기도 머지 않아 완치될 줄 믿소. 굿바이.)

감정은 어떤 포즈(그 포즈의 원소만을 지적하는 것이 아닌지 나도 모르겠소). 그 포즈가 부동 자세에까지 고도화할 때 감정은 딱 공급을 정지합네다.

나는 내 비범한 발육을 회고하여 세상을 보는 안목을 규정하였소.

여왕봉과 미망인 — 세상의 하고많은 여인이 본질적으로 이미 미망인이 아닌 이가 있으리까? 아니! 여인의 전부가 그 일상에 있어서 개개 '미망인'이라는 내 윤리가 뜻밖에도 여성에 대한 모독이 되오? 굿바이.

그 33번지라는 것이 구조가 흡사 유곽이라는 느낌이 없지 않다.

한 번지에 18가구가 죽 — 어깨를 맞대고 늘어서서 창호가 똑같고 아궁이 모양이 똑같다. 게다가 각 가구에 사는 사람들이 송이송이 꽃과 같이 젊다.

해가 들지 않는다. 해가 드는 것을 그들이 모른 체하는 까닭이다. 턱살 밑에다 철줄을 매고 얼룩진 이부자리를 널어 말린다는 핑계로 미닫이에 해가 드는 것을 막아 버린다. 침침한 방 안에서 낮잠들을 잔다. 그들은 밤에는 잠을 자지 않나? 알 수 없다. 나는 밤이나 낮이나 잠만 자느라고 그런 것은 알

---

4) 경편 : 가볍고 간단해서 사용하기에 편리한.

길이 없다. 33번지 18가구의 낮은 참 조용하다.

조용한 것은 낮뿐이다. 어둑어둑하면 그들은 이부자리를 걷어들인다. 전등불이 켜진 뒤의 18가구는 낮보다 훨씬 화려하다. 저무도록 미닫이 여닫는 소리가 잦다. 바빠진다. 여러 가지 내음새가 나기 시작한다. 비웃[5] 굽는 내, 탕고도란내, 뜨물내, 비눗내…….

그러나 이런 것들보다도 그들의 문패가 제일로 고개를 끄덕이게 하는 것이다. 이 18가구를 대표하는 대문이라는 것이 일각이 져서 외따로 떨어지기는 했으나 있다. 그러나 그것은 한 번도 닫힌 일이 없는 한길이나 마찬가지 대문인 것이다. 온갖 장사아치들은 하루 가운데 어느 시간에라도 이 대문을 통하여 드나들 수 있는 것이다. 이네들은 문간에서 두부를 사는 것이 아니라 미닫이만 열고 방에서 두부를 사는 것이다. 이렇게 생긴 33번지 대문에 그들 18가구의 문패를 몰아다 붙이는 것은 의미가 없다. 그들은 어느 사이엔가 각 미닫이 위 백인당(百忍堂)이니 길상당(吉祥堂)이니 써 붙인 한 곁에다 문패를 붙이는 풍속을 가져 버렸다.

내 방 미닫이 위 한 곁에다 칼표딱지를 넷에다 낸 것만한 내 — 아니! 내 아내의 명함이 붙어 있는 것도 이 풍속을 좇은 것이 아닐 수 없다.

나는 그러나 그들의 아무와도 놀지 않는다. 놀지 않을 뿐만 아니라 인사도 않는다. 나는 내 아내와 인사하는 외에 누구와도 인사하고 싶지 않았다.

내 아내 외의 다른 사람과 인사를 하거나 놀거나 하는 것은 내 아내 낯을 보아 좋지 않은 일인 것만 같이 생각이 들었기 때문이다. 나는 이만큼까지 내 아내를 소중히 생각한 것이다.

내가 이렇게까지 내 아내를 소중히 생각한 까닭은 이 33번지 18가구 가운데서 내 아내가 내 아내의 명함처럼 제일 작고 제일 아름다운 것을 안 까닭이다. 18가구에 각기 별러들은 송이송이 꽃들 가운데서도 내 아내가 특히 아름다운 한 떨기의 꽃으로 이 함석 지붕 밑 볕 안 드는 지역에서 어디까지든지

---

5) 비웃 : 청어를 식료품으로 이르는 말.

찬란하였다. 따라서 그런 한 떨기 꽃을 지키고 — 아니 그 꽃에 매어달려 사는 나라는 존재가 도무지 형언할 수 없는 거북살스러운 존재가 아닐 수 없었던 것은 물론이다.

나는 어디까지든지 내 방이 — 집이 아니다. 집은 없다 — 마음에 들었다. 방 안의 기온은 내 체온을 위하여 쾌적하였고, 방 안의 침침한 정도가 또한 내 안력(眼力)을 위하여 쾌적하였다. 나는 내 방 이상의 서늘한 방도 또 따뜻한 방도 희망하지 않았다. 이 이상으로 밝거나 이 이상으로 아늑한 방을 원하지 않았다. 내 방은 나 하나를 위하여 요만한 정도를 꾸준히 지키는 것 같아 늘 내 방에 감사하였고 나는 또 이런 방을 위하여 이 세상에 태어난 것만 같아서 즐거웠다.

그러나 이것은 행복이라든가 불행이라든가 하는 것을 계산하는 것은 아니었다. 말하자면 나는 내가 행복되다고도 생각할 필요가 없었고, 그렇다고 불행하다고도 생각할 필요가 없었다. 그냥 그날그날을 그저 까닭 없이 편둥편둥 게으르고만 있으면 만사는 그만이었던 것이다.

내 몸과 마음에 옷처럼 잘 맞는 방 속에서 뒹굴면서, 축 처져 있는 것은 행복이니 불행이니 하는 그런 세속적인 계산을 떠난, 가장 편리하고 안일한, 말하자면 절대적인 상태인 것이다. 나는 이런 상태가 좋았다.

이 절대적인 내 방은 대문간에서 세어서 똑 - 일곱째 칸이었다. 럭키 세븐의 뜻이 없지 않다. 나는 이 일곱이라는 숫자를 훈장처럼 사랑하였다. 이런 이 방이 가운데 장지로 말미암아 두 칸으로 나뉘어 있었다는 그것이 내 운명의 상징이었던 것을 누가 알랴 ?

아랫방은 그래도 해가 든다. 아침결에 책보만한 해가 들었다가 오후에 손수건만해지면서 나가 버린다. 해가 영영 들지 않는 윗방이 즉 내 방인 것은 말할 것도 없다. 이렇게 볕 드는 방이 아내 방이요, 볕 안 드는 방이 내 방이오 하고 아내와 나 둘 중에 누가 정했는지 나는 기억하지 못한다. 그러나 나에게는 불평이 없다.

아내가 외출만 하면 나는 얼른 아랫방으로 와서 그 동쪽으로 난 들창을 열어 놓고, 열어 놓으면 들이비치는 볕살이 아내의 화장대를 비쳐 가지각색 병들이 아롱이지면서 찬란하게 빛나고 이렇게 빛나는 것을 보는 것은 다시없는 내 오락이다. 나는 조끄만 '돋보기'를 꺼내 가지고 아내만이 사용하는 지리가미를 끄실려 가면서 불장난을 하고 논다. 평행 광선을 굴절시켜서 한 초점에 모아 가지고 그 초첨이 따끈따끈해지다가, 마지막에는 종이를 끄실리기 시작하고 가느다란 연기를 내이면서 드디어 구녕을 뚫어 놓는 데까지에 이르는 고 얼마 안 되는 동안의 초조한 맛이 죽고 싶을 만치 내게는 재미있었다.

이 장난이 싫증이 나면 나는 또 아내의 손잡이 거울을 가지고 여러 가지로 논다. 거울이란 제 얼굴을 비출 때만 실용품이다. 그 외의 경우에는 도무지 장난감인 것이다.

이 장난도 곧 싫증이 난다. 나의 유희심은 육체적인 데서 정신적인 데로 비약한다. 나는 거울을 내던지고 아내의 화장대 앞으로 가까이 가서 나란히 늘어놓고 고 가지각색의 화장품 병들을 들여다본다. 고것들은 세상의 무엇보다도 매력적이다. 나는 그중의 하나만을 골라서 가만히 마개를 빼고 병구녕을 내 코에 가져다 대이고 숨 죽이듯이 가벼운 호흡을 하여 본다. 이국적인 센슈얼한 향기가 폐로 스며들면 나는 저절로 스르르 감기는 내 눈을 느낀다. 확실히 아내의 체취의 파편이다. 나는 도로 병마개를 막고 생각해 본다. 아내의 어느 부분에서 요 내음새가 났던가를……. 그러나 그것은 분명치 않다. 왜 ? 아내의 체취는 여기 늘어섰는 가지각색 향기의 합계일 것이니까.

아내의 방은 늘 화려하였다. 내 방이 벽에 못 한 개 꽂히지 않은 소박한 것인 반대로 아내 방에는 천장 밑으로 쫙 돌려 못이 박히고 못마다 화려한 아내의 치마와 저고리가 걸렸다. 여러 가지 무늬가 보기 좋다. 나는 그 여러 조각의 치마에서 늘 아내의 동(胴)체와 그 동체가 될 수 있는 여러 가지 포즈를 연상하고 연상하면서 내 마음은 늘 점잖지 못한다.

그렇건만 나에게는 옷이 없었다. 아내는 내게 옷을 주지 않았다. 입고 있는 코르덴 양복 한 벌이 내 자리옷이었고 통상복과 나들이옷을 겸한 것이었다. 그리고 하이넥의 스웨터가 한 조각 사철을 통한 내 내의다. 그것들은 하나같이 다 빛이 검다. 그것은 내 짐작 같아서는 즉 빨래를 될 수 있는 데까지 하지 않아도 보기 싫지 않도록 하기 위한 것이 아닌가 한다. 나는 허리와 두 가랑이 세 군데다 — 고무밴드가 끼여 있는 부드러운 사루마타를 입고 그리고 아무 소리없이 잘 놀았다.

어느덧 손수건만해졌던 볕이 나갔는데 아내는 외출에서 돌아오지 않는다. 나는 요만 일에도 좀 피곤하였고 또 아내가 돌아오기 전에 내 방으로 가 있어야 될 것을 생각하고 그만 내 방으로 건너간다. 내 방은 침침하다. 나는 이불을 뒤집어쓰고 낮잠을 잔다. 한 번도 걷은 일이 없는 내 이부자리는 내 몸뚱이의 일부분처럼 내게는 참 반갑다. 잠은 잘 오는 적도 있다. 그러나 전신이 까칫까칫하면서 영 잠이 오지 않는 적도 있다. 그런 때는 아무 제목으로나 제목을 하나 골라서 연구하였다. 나는 내 좀 축축한 이불 속에서 참 여러 가지 발명도 하였고 논문도 많이 썼다. 시도 많이 지었다. 그러나 그것들은 내가 잠이 드는 것과 동시에 내 방에 담겨서 철철 넘치는 그 흐늑흐늑한 공기에 다 — 비누처럼 풀어져서 온데간데가 없고 한참 자고 깨인 나는 속이 무명 헝겊이나 메밀 껍질로 띵띵 찬 한 덩어리 베개와도 같은 한 벌 신경이었을 뿐이고 뿐이고 하였다.

그러기에 나는 빈대가 무엇보다도 싫었다. 그러나 내 방에서는 겨울에도 몇 마리씩의 빈대가 끊이지 않고 나왔다. 내게 근심이 있었다면 오직 이 빈대를 미워하는 근심일 것이다. 나는 빈대에게 물려서 가려운 자리를 피가 나도록 긁었다. 쓰라리다. 그것은 그윽한 쾌감에 틀림없었다. 나는 혼곤히 잠이 든다.

나는 그러나 그런 이불 속의 사색 생활에서도 적극적인 것을 궁리하는 법이 없다. 내게는 그럴 필요가 대체 없었다. 만일 내가 그런 좀 적극적인 것을 궁리해 내었을 경우에 나는 반드시 내 아내와 의논하여야 할 것이고 그러면 반드시 나는 아내에게 꾸지람을 들을 것이고 — 나는 꾸지람이 무서웠다느니 보다도 성가셨다. 내가 제법 한 사람의 사회인의 자격으로 일을 해보는 것도 아내에게 사설 듣는 것도 나는 가장 게으른 동물처럼 게으른 것이 좋았다. 될 수만 있으면 이 무의미한 인간의 탈을 벗어 버리고도 싶었다.

나에게는 인간 사회가 스스러웠다. 생활이 스스러웠다. 모두가 서먹서먹할 뿐이었다.

아내는 하루에 두 번 세수를 한다.

나는 하루 한 번도 세수를 하지 않는다.

나는 밤중 세 시나 네 시 해서 변소에 갔다. 달이 밝은 밤에는 한참씩 마당에 우두커니 섰다가 들어오곤 한다. 그러니까 나는 이 18가구의 아무와도 얼굴이 마주치이는 일이 거의 없다. 그러면서도 나는 이 18가구의 젊은 여인네 얼굴들을 거반 다 기억하고 있었다. 그들은 하나같이 내 아내만 못하였다.

열한 시쯤 해서 하는 아내의 첫번 세수는 좀 간단하다. 그러나 저녁 일곱 시쯤 해서 하는 두 번째 세수는 손이 많이 간다. 아내는 낮에보다도 밤에 더 좋고 깨끗한 옷을 입는다. 그리고 낮에도 외출하고 밤에도 외출하였다.

아내에게 직업이 있었던가? 나는 아내의 직업이 무엇인지 알 수 없다. 만일 아내에게 직업이 없었다면, 같이 직업이 없는 나처럼 외출할 필요가 생기지 않을 것인데 — 아내는 외출한다. 외출할 뿐만 아니라 내객[6]이 많다. 아내에게 내객이 많다. 아내에게 내객이 많은 날은 나는 온종일 내 방에서 이불을 쓰고 누워 있어야만 된다.

불장난도 못한다. 화장품 내음새도 못 맡는다. 그런 날은 나는 의식적으로 우울해 하였다. 그러면 아내는 나에게 돈을 준다. 오십 전짜리 은화다. 나는 그것이 좋았다. 그러나 그것을 무엇에 써야 옳을지 몰라서 늘 머리맡에 던져 두고 두고 한 것이 어느결에 모여서 꽤 많아졌다. 어느 날 이것을 본 아

---

6) 내객 : 찾아온 손님.

내는 금고처럼 생긴 벙어리[7]를 사다 준다. 나는 한푼씩 한푼씩 고 속에 넣고 열쇠는 아내가 가져갔다. 그 후에도 나는 더러 은화를 그 벙어리에 넣은 것을 기억한다. 그리고 나는 게을렀다. 얼마 후 아내의 머리쪽에 보지 못하던 누깔잠이 하나 여드름처럼 돋았던 것은 바로 그 금고형 벙어리의 무게가 가벼워졌다는 증거일까. 그러나 나는 드디어 머리맡에 놓았던 그 벙어리에 손을 대이지 않고 말았다. 내 게으름은 그런 것에 내 주의를 환기시키기도 싫었다.

아내에게 내객이 있는 날은 이불 속으로 암만 깊이 들어가도 비 오는 날만큼 잠이 잘 오지 않았다. 나는 그런 때 아내에게는 왜 늘 돈이 있나 왜 돈이 많은가를 연구했다.

내객들은 장지 저쪽에 내가 있는 것을 모르나 보다. 내 아내와 나도 좀 하기 어려운 농을 아주 서슴지 않고 쉽게 해 내던지는 것이다. 그러나 아내의 내객 가운데 서너 사람의 내객들은 늘 비교적 점잖았다고 볼 수 있는 것이 자정이 좀 지나면 으레 돌아들 갔다. 그들 가운데는 퍽 교양이 옅은 자도 있는 듯싶었는데 그런 자는 보통 음식을 사다 먹고 논다. 그래서 보충을 하고 대체로 무사하였다.

나는 우선 내 아내의 직업이 무엇인가를 연구하기에 착수하였으나 좁은 시야와 부족한 지식으로는 이것을 알아내이기 힘이 든다. 나는 끝끝내 내 아내의 직업이 무엇인가를 모르고 말려나 보다.

아내는 늘 진솔 버선만 신었다. 아내는 밥도 지었다. 아내가 밥짓는 것을 나는 한 번도 구경한 일은 없으나 언제든지 끼니때면 내 방으로 내 조석밥을 날라다 주는 것이다. 우리 집에는 나와 내 아내 외의 다른 사람은 아무도 없다. 이 밥은 분명히 아내가 손수 지었음에 틀림없다.

그러나 아내는 한 번도 나를 자기 방으로 부른 일이 없다.

나는 늘 윗방에서 나 혼자서 밥을 먹고 잠을 잤다. 밥은 너무 맛이 없었다. 반찬이 너무 엉성하였다. 나는 닭이나 강아지처럼 말없이 주는 모이를 넙죽

---

7) 벙어리 : 푼돈을 넣어 모으는 질그릇 저금통.

넙죽 받아 먹기는 했으나 내심 야속하게 생각한 적도 더러 없지 않다. 나는 안색이 여지없이 창백해 가면서 말라 들어갔다. 나날이 눈에 보이듯이 기운이 줄어 들어갔다. 영양 부족으로 하여 몸뚱이 곳곳이 뼈가 불쑥불쑥 내밀었다. 하룻밤 사이에도 수십 차를 돌쳐 눕지 않고는 여기저기가 배겨서 나는 배겨낼 수가 없었다.

그렇기 때문에 나는 내 이불 속에서 아내가 늘 흔히 쓸 수 있는 저 돈의 출처를 탐색해 보는 일변 장지 틈으로 새어 나오는 아랫방의 음식은 무엇일까를 간단히 연구하였다. 나는 잠이 잘 안 왔다.

깨달았다. 아내가 쓰는 돈은 그, 내게는 다만 실없는 사람들로밖에 보이지 않는 까닭 모를 내객들이 놓고 가는 것에 틀림없으리라는 것을 나는 깨달았다. 그러나 왜 그들 내객은 돈을 놓고 가나 왜 내 아내는 그 돈을 받아야 되나 하는 예의 관념이 내게는 도무지 알 수 없는 것이었다.

그것은 그저 예의에 지나지 않는 것일까 ? 그렇지 않으면 혹 무슨 대가일까 보수일까. 내 아내가 그들의 눈에는 동정을 받아야만 할 가엾은 인물로 보였던가.

이런 것들을 생각하노라면 으레 내 머리는 그냥 혼란하여 버리곤 하였다. 잠들기 전에 획득했다는 결론이 오직 불쾌하다는 것뿐이었으면서도 나는 그런 것을 아내에게 물어 보거나 한 일이 참 한 번도 없다. 그것은 대체 귀찮기도 하려니와 한잠 자고 일어나는 나는 사뭇 딴사람처럼 이것도 저것도 다 깨끗이 잊어버리고 그만두는 까닭이다.

내객들이 돌아가고, 혹 밤외출에서 돌아오고 하면 아내는 경편한 것으로 옷을 바꾸어 입고 내 방으로 나를 찾아온다. 그리고 이불을 들치고 내 귀에는 영 생동생동한 몇 마디 말로 나를 위로하려 든다. 나는 조소도 고소도 홍소도 아닌 웃음을 얼굴에 띠고 아내의 아름다운 얼굴을 쳐다본다. 아내는 방그레 웃는다. 그러나 그 얼굴에 떠도는 일말의 애수를 나는 놓치지 않는다.

아내는 능히 내가 배고파하는 것을 눈치 챌 것이다. 그러나 아랫방에서 먹고 남은 음식을 나에게 주려 들지는 않는다. 그것은 어디까지든지 나를 존경하는 마음일 것임에 틀림없다. 나는 배가 고프면서도 적이 마음이 든든한 것을 좋아했다. 아내가 무엇이라고 지껄이고 갔는지 귀에 남아 있을 리가 없다. 다만 내 머리맡에 아내가 놓고 간 은화가 전등불에 흐릿하게 빛나고 있을 뿐이다.

고 금고형 벙어리 속에 고 은화가 얼마큼이나 모였을까. 나는 그러나 그것을 쳐들어 보지 않았다. 그저 아무런 의욕도 기원도 없이 그 단추구녕처럼 생긴 틈사구니로 은화를 떨어뜨려 둘 뿐이었다.

왜 아내의 내객들이 아내에게 돈을 놓고 가나 하는 것이 풀 수 없는 의문인 것같이 왜 아내는 나에게 돈을 놓고 가나 하는 것도 역시 나에게는 똑같이 풀 수 없는 의문이었다. 내 비록 아내가 내게 돈을 놓고 가는 것이 싫지 않았다 하더라도 그것은 다만 고것이 내 손가락에 닿는 순간에서부터 고 벙어리 주둥이에서 자취를 감추기까지의 하잘것없는 짧은 촉각이 좋았달 뿐이지 그 이상 아무 기쁨도 없다.

어느 날 나는 고 벙어리를 변소에 갖다 넣어 버렸다. 그때 벙어리 속에는 몇 푼이나 되는지는 모르겠으나 고 은화들이 꽤 들어 있었다.

나는 내가 지구 위에 살며 내가 이렇게 살고 있는 지구가 질풍 신뢰의 속력으로 광대 무변의 공간을 달리고 있다는 것을 생각했을 때 참 허망하였다. 나는 이렇게 부지런한 지구 위에서는 현기증도 날 것 같고 해서 한시바삐 내려 버리고 싶었다.

이불 속에서 이런 생각을 하고 난 뒤에는 나는 고 은화를 고 벙어리에 넣고 넣고 하는 것조차도 귀찮아졌다. 나는 아내가 손수 벙어리를 사용하였으면 하고 희망하였다. 벙어리도 돈도 사실에는 아내에게만 필요한 것이지 내게는 애초부터 의미가 전연 없는 것이었으니까 될 수만 있으면 그 벙어리를 아내는 아내 방으로 가져갔으면 하고 기다렸다. 그러나 아내는 가져가지 않는다. 나는 내가 아내 방으로 가져다 둘까 하고 생각하여 보았으나 그 즈음에는 아내의 내객이 원체 많아서 내가 아내 방에 가볼 기회가 도무지 없었다. 그래서 나는 하는 수 없이 변소에 갖다 집어넣어 버리고 만 것이다.

나는 서글픈 마음으로 아내의 꾸지람을 기다렸다. 그러나 아내는 끝내 아무 말도 나에게 묻지도 하지도 않았다. 않았을 뿐 아니라 여전히 돈은 돈대로 내 머리맡에 놓고 가지 않나? 내 머리맡에는 어느덧 은화가 꽤 많이 모였다.

내객이 아내에게 돈을 놓고 가는 것이나 아내가 내게 돈을 놓고 가는 것이나 일종의 쾌감 — 그 외의 다른 아무런 이유도 없는 것이 아닐까 하는 것을 나는 또 이불 속에서 연구하기 시작하였다. 쾌감이라면 어떤 종류의 쾌감일까를 계속하여 연구하였다. 그러나 그것은 이불 속의 연구로는 알 길이 없었다. 쾌감 쾌감, 하고 나는 뜻밖에도 이 문제에 대해서만 흥미를 느꼈다.

아내는 물론 나를 늘 감금하여 두다시피 하여 왔다. 내게 불평이 있을 리 없다. 그런 중에도 나는 그 쾌감이라는 것의 유무를 체험하고 싶었다.

나는 아내의 밤 외출 틈을 타서 밖으로 나왔다. 나는 거리에서 잊어버리지 않고 가지고 나온 은화를 지폐로 바꾼다. 오 원이나 된다. 그것을 주머니에 넣고 나는 목적을 잃어버리기 위하여 얼마든지 거리를 쏘다녔다. 오래간만에 보는 거리는 거의 경이에 가까울 만치 내 신경을 흥분시키지 않고는 마지 않았다. 나는 금시에 피곤하여 버렸다. 그러나 나는 참았다. 그리고 밤이 이슥하도록 까닭을 잊어버린 채 이 거리 저 거리로 지향 없이 헤매었다. 돈은 물론 한푼도 쓰지 않았다. 돈을 쓸 아무 엄두도 나서지 않았다. 나는 벌써 돈을 쓰는 기능을 완전히 상실한 것 같았다.

나는 과연 피로를 이 이상 견디기가 어려웠다. 나는 가까스로 내 집을 찾았다. 나는 내 방으로 가려면 아내 방을 통과하지 아니하면 안 될 것을 알고 아내에게 내객이 있나 없나를 걱정하면서 미닫이 앞에서 좀 거북살스럽게 기침을 한 번 했더니 이것은 참 또 너무 암상스럽게 미닫이가 열리면서 아내의 얼굴과 그 등뒤에 낯설은 남자의 얼굴이 이쪽을 내다보는 것이다. 나는 별안간 내어 쏟아지는 불빛에 눈이 부셔서 좀 머뭇머뭇했다.

나는 아내의 눈초리를 못 본 것은 아니다. 그러나 나는 모른 체하는 수밖에 없었다. 왜 ? 나는 어쨌든 아내의 방을 통과하지 않으면 안 되니까…….

나는 이불을 뒤집어썼다. 무엇보다도 다리가 아파서 견딜 수가 없었다. 이불 속에서는 가슴이 울렁거리면서 암만해도 까무러칠 것만 같았다. 걸을 때는 몰랐더니 숨이 차다. 등에 식은땀이 쭉 내배인다. 나는 외출한 것을 후회하였다. 이런 피로를 잊고 어서 잠이 들었으면 좋겠다. 한참 잘 — 자고 싶었다.

얼마 동안이나 비스듬히 엎드려 있었더니 차츰차츰 뚝딱거리는 가슴 동기가 가라앉는다. 그만해도 우선 살 것 같았다. 나는 몸을 돌려 반듯이 천장을 향하여 눕고 쭉 — 다리를 뻗었다.

그러나 나는 또다시 가슴의 동기를 피할 수 없게 되었다. 아랫방에서 아내과 그 남자의 내 귀에도 들리지 않을 만치 옅은 목소리로 소곤거리는 기척이 장지 틈으로 전하여 왔던 것이다. 청각을 더 예민하게 하기 위하여 나는 눈을 떴다. 그리고 숨을 죽였다. 그러나 그때는 벌써 아내와 남자는 앉았던 자리를 툭툭 털며 일어섰고 일어서면서 옷과 모자 쓰는 기척이 나는 듯하더니 이어 미닫이가 열리고 구두 뒤축 소리가 나고 그리고 뜰에 내려서는 소리가 쿵 하고 나면서 뒤를 따르는 아내의 고무신소리가 두어 발자국 찍찍 나고 사뿐사뿐 나나_하는 사이에 두 사람의 발소리가 대문간 쪽으로 사라졌다.

나는 아내의 이런 태도를 본 일이 없다. 아내는 어떤 사람과도 결코 소곤거리는 법이 없다. 나는 윗방에서 이불을 쓰고 누웠는 동안에도 혹 술이 취해서 혀가 잘 돌아가지 않는 내객들의 담화는 더러 놓치는 수가 있어도 아내의 높지도 얕지도 않은 말소리를 일찍이 한마디도 놓쳐 본 일이 없다. 더러 내 귀에 거슬리는 소리가 있어도 그것이 태연한 목소리로 내 귀에 들렸다는 이유로 충분히 안심이 되었다.

그렇던 아내의 이런 태도는 필시 그 속에 여간하지 않은 사정이 있는 듯싶은 생각이 되고 내 마음은 좀 서운했으나 그러나 그보다도 나는 좀 너무 피곤해서 오늘만은 이불 속에서 아무것도 연구치 않기로 굳게 결심하고 잠을 기다렸다. 잠은 좀처럼 오지 않았다. 대문간에 나간 아내도 좀처럼 들어오지 않았다. 그러는 동안에 흐지부지 나는 잠이 들어 버렸다. 꿈이 얼쑹덜쑹 종을 잡을 수 없는 거리의 풍경을 여전히 헤맸다.

나는 몹시 흔들렸다. 내객을 보내고 들어온 아내가 잠든 나를 잡아 흔드는 것이다. 나는 눈을 번쩍 뜨고 아내의 얼굴을 쳐다보았다. 아내의 얼굴에는 웃음이 없다. 나는 좀 눈을 비비고 아내의 얼굴을 자세히 보았다. 노기가 눈초리에 떠서 얇은 입술이 바르르 떨린다. 좀처럼 이 노기가 풀리기는 어려울 것 같았다. 나는 그대로 눈을 감아 버렸다. 벼락이 내리기를 기다린 것이다. 그러나 쌔근하는 숨소리가 나면서 푸스스 아내의 치맛자락 소리가 나고 장지가 여닫히며 아내는 아내 방으로 돌아갔다. 나는 다시 몸을 돌쳐 이불을 뒤집어쓰고는 개구리처럼 엎드려서 배가 고픈 가운데서도 오늘 밤의 외출을 또 한번 후회하였다.

나는 이불 속에서 아내에게 사죄하였다. 그것은 네 오해라고…….

나는 사실 밤이 퍽이나 이슥한 줄만 알았던 것이다. 그것이 네 말마따나 자정 전인 줄은 나는 정말이지 꿈에도 몰랐다. 나는 너무 피곤하였었다. 오래간만에 나는 너무 많이 걸은 것이 잘못이다. 내 잘못이라면 잘못은 그것밖에 없다. 외출은 왜 하였느냐고 ?

나는 그 머리맡에 저절로 모인 오 원 돈을 아무에게라도 좋으니 주어 보고 싶었던 것이다. 그뿐이다. 그러나 그것도 내 잘못이라면 나는 그렇게 알겠다. 나는 후회하고 있지 않나 ?

내가 그 오 원 돈을 써버릴 수가 있었던들 나는 자정 안에 집에 돌아올 수 없었을 것이다. 그러나 거리는 너무 복잡하였고 사람은 너무도 들끓었다. 나는 어느 사람을 붙들고 그 오 원 돈을 내주어야 할지 갈피를 잡을 수가 없었다. 그러는 동안에 나는 여지없이 피곤해 버리고 말았던 것이다.

나는 무엇보다도 좀 쉬고 싶었다. 눕고 싶었다. 그래서 나는 하는 수 없이 집으로 돌아온 것이다. 내 짐작 같아서는 밤이 어지간히 늦은 줄만 알았는데 그것은 불행히도 자정 전이었다는 것은 참 안 된 일이다. 미안한 일이다. 나는 얼마든지 사죄하여도 좋다. 그러나 종시 아내의 오해를 풀지 못하였다 하면 내가 이렇게까지 사죄하는 보람은 그럼 어디 있나 ? 한심하였다.

한 시간 동안을 나는 이렇게 초조하게 굴지 않으면 안 되었다. 나는 이불을 홱 젖혀 버리고 일어나서 장지를 열고 아내 방으로 비칠비칠 달려갔던 것이다. 내게는 거의 의식이라는 것이 없었다. 나는 아내 이불 위에 엎드러지면서 바지 포켓 속에서 그 돈 오 원을 꺼내 아내 손에 쥐어 준 것을 간신히 기억할 뿐이다.

이튿날 잠이 깨었을 때 나는 내 아내 방 아내 이불 속에 있었다. 이것이 이 33번지에서 살기 시작한 이래 내가 아내 방에서 잔 맨 처음이었다.

해가 들창에 훨씬 높았는데 아내는 이미 외출하고 벌써 내 곁에 있지는 않다. 아니 ! 아내는 엊저녁 내가 의식을 잃은 동안에 외출한 것인지도 모른다. 그러나 나는 그런 것을 조사하고 싶지 않았다. 다만 전신이 찌뿌드드한 것이 손가락 하나 꼼짝할 힘조차 없었다. 책보보다 좀 작은 면적의 볕이 눈이 부시다. 그 속에서 수없는 먼지가 흡사 미생물처럼 난무한다. 코가 칵 막히는 것 같다. 나는 다시 눈을 감고 이불을 푹 뒤집어쓰고 낮잠을 자기에 착수하였다. 그러나 코를 스치는 아내의 체취는 꽤 도발적이었다. 나는 몸을 여러 번 여러 번 비비 꼬면서 아내의 화장대에 늘어선 고 가지각색 화장품 병들과 고 병들의 마개를 뽑았을 때 풍기던 내음새를 더듬느라고 좀처럼 잠은 들지 않는 것을 나는 어찌하는 수도 없었다.

견디다 못하여 나는 그만 이불을 걷어차고 벌떡 일어나서 내 방으로 갔다. 내 방에는 다 식어빠진 내 끼니가 가지런히 놓여 있는 것이다. 아내는 내 모이를 여기다 주고 나간 것이다. 나는 우선 배가 고팠다. 한 숟갈을 입에 떠 넣었을 때 그 촉감은 참 너무도 냉회와 같이 써늘하였다. 나는 숟갈을 놓고 내 이불 속으로 들어갔다. 하룻밤을 비어때린 내 이부자리는 여전히 반갑게 나를 맞아 준다. 나는 내 이불을 뒤집어쓰고 이번에는 참 늘어지게 한잠 잤다. 잘 ㅡ.

내가 잠을 깬 것은 전등이 켜진 뒤다. 그러나 아내는 아직 돌아오지 않았나 보다. 아니 ! 들어왔다 또 나갔는지도 알 수 없다. 그러나 그런 것을 상고하여 무엇 하나 ?

정신이 한결 난다. 나는 지난밤 일을 생각해 보았다. 그 돈 오 원을 아내 손에 쥐어 주고 넘어졌을 때에 느낄 수 있었던 쾌감을 나는 무엇이라고 설명할 수가 없었다. 그러니 내객들이 내 아내에게 돈 놓고 가는 심리며 내 아내가 내게 돈 놓고 가는 심리의 비밀을 나는 알아낸 것 같아서 여간 즐거운 것이 아니다. 나는 속으로 빙그레 웃어 보았다. 이런 것을 모르고 오늘까지 지내 온 나 자신이 어떻게 우스꽝스러워 보이는지 몰랐다. 나는 어깨춤이 났다.

따라서 나는 또 오늘밤에도 외출하고 싶었다. 그러나 돈이 없다. 나는 엊저녁에 그 돈 오 원을 한꺼번에 아내에게 주어 버린 것을 후회하였다. 또 고 벙어리를 변소에 갖다 처넣어 버린 것도 후회하였다. 나는 실없이 실망하면서 습관처럼 그 돈이 들어 있던 내 바지 포켓에 손을 넣어 한 번 휘둘러 보았다. 뜻밖에도 내 손에 쥐어지는 것이 있었다. 이 원밖에 없다. 그러나 많아야 맛은 아니다. 얼마간이고 있으면 된다. 나는 그만한 것이 여간 고마운 것이 아니었다. 나는 기운을 얻었다. 나는 그 단벌 다 떨어진 코르텐 양복을 걸치고 배고픈 것도 주제 사나운 것도 다 잊어버리고 활갯짓을 하면서 또 거리로 나섰다. 나서면서 나는 제발 시간이 화살 닫듯 해서 자정이 어서 홱 지나 버렸으면 하고 조바심을 태웠다. 아내에게 돈을 주고 아내 방에서 자보는 것은 어디까지든지 좋았지만 만일 잘못해서 자정 전에 집에 들어갔다가 아내의 눈총을 맞는 것은 그것은 여간 무서운 일이 아니었다. 나는 저물도록 길가 시계를 들여다보고 들여다보고 하면서 또 지향 없이 거리를 방황하였다. 그러나 이날은 좀처럼 피곤하지는 않았다. 다만 시간이 좀 너무 더디게 가는 것만 같아서 안타까웠다.

경성역 시계가 확실히 자정을 지난 것을 본 뒤에 나는 집을 향하였다. 그날은 그 일각 대문에서 아내와 아내의 남자가 이야기하고 섰는 것을 만났다. 나는 모른 체하고 두 사람 곁을 지나서 내 방으로 들어갔다. 뒤이어 아내도 들어왔다. 와서는 이 밤중에 평생 안 하던 쓰레질[8]을 하는 것이다. 조금 있다가 아내가 눕는 기척을 엿듣자마자 나는 또 장지를 열고 아내 방으로 가서 돈 이 원을 아내 손에 덥석 쥐어 주고 그리고 — 하여간 그 이 원을 오늘 밤에도 쓰지 않고 도로 가져온 것이 참 이상하다는 듯이 아내는 내 얼굴을 몇 번이고 엿보고 — 아내는 도리어 아무 말도 없이 나를 자기 방에 재워 주었다. 나는 이 기쁨을 세상의 무엇과도 바꾸고 싶지는 않았다. 나는 편히 잘 잤다.

이튿날도 내가 잠이 깨었을 때는 아내는 보이지 않았다. 나는 또 내 방으로 가서 피곤한 몸이 낮잠을 잤다.

내가 아내에게 흔들려 깨었을 때는 역시 불이 들어온 뒤였다. 아내는 자기 방으로 나를 오라는 것이다. 이런 일은 또 처음이다. 아내는 끊임없이 얼굴에 미소를 띠고 내 팔을 이끄는 것이다. 나는 이런 아내의 태도 이면에 엔간치 않은 음모가 숨어 있지나 않은가 하고 적이 불안을 느끼지 않을 수 없었다.

나는 아내의 하자는 대로 아내 방으로 끌려갔다. 아내 방에는 저녁 밥상이 조촐하게 차려져 있는 것이다. 생각하여 보면 나는 이틀을 굶었다. 나는 지금 배고픈 것까지도 긴가민가 잊어버리고 어름어름하던 차다.

나는 생각하였다. 이 최후의 만찬을 먹고 나자마자 벼락이 내려도 나는 차라리 후회하지 않을 것을. 사실 나는 인간 세상이 너무나 심심해서 못 견디겠던 차다. 모든 일이 성가시고 귀찮았으나 그러나 불의의 재난이라는 것은 즐거웁다. 나는 마음을 턱 놓고 조용히 아내와 마주 이 해괴한 저녁밥을 먹었다. 우리 부부는 이야기하는 법이 없었다. 밥을 먹은 뒤에도 나는 말이 없이 그냥 부스스 일어나서 내 방으로 건너가 버렸다. 아내는 나를 붙잡지 않았다. 나는 벽에 기대어 앉아서 담배를 한 대 피워 물고 그리고 벼락이 떨어질 테거

8) 쓰레질 : 비로 쓸어 집안을 청소하는 일.

든 어서 떨어져라 하고 기다렸다.

오 분 ! 십 분 !

그러나 벼락은 내리지 않았다. 긴장이 차츰 늘어지기 시작한다. 나는 어느덧 오늘밤에도 외출할 것을 생각하고 돈이 있었으면 하고 생각하고 있었다.

그러나 돈은 확실히 없다. 오늘은 외출하여도 나중에 올 무슨 기쁨이 있나. 나는 앞이 그냥 아뜩하였다. 나는 화가 나서 이불을 뒤집어쓰고 이리 뒹굴 저리 뒹굴 굴렀다. 금시 먹은 밥이 목으로 자꾸 치밀어 올라온다. 메스꺼웠다.

하늘에서 얼마라도 좋으니 왜 지폐가 소낙비처럼 퍼붓지 않나, 그것이 그저 한없이 야속하고 슬펐다. 나는 이렇게밖에 돈을 구하는 아무런 방법도 알지는 못했다. 나는 이불 속에서 좀 울었나 보다. 돈이 왜 없느냐면서…….

그랬더니 아내가 또 내 방에를 왔다. 나는 깜짝 놀라 아마 인제서야 벼락이 내리려다 보다 하고 숨을 죽이고 두꺼비 모양으로 엎디어 있었다. 그러나 떨어진 입을 새어 나오는 아내의 말소리는 참 부드러웠다. 정다웠다. 아내는 내가 왜 우는지를 안다는 것이다. 돈이 없어서 그러는 게 아니냔다. 나는 실없이 깜짝 놀랐다. 어떻게 저렇게 사람의 속을 환—하게 들여다보는구 해서 나는 한편으로 슬그머니 겁도 안 나는 것은 아니었으나 저렇게 말하는 것을 보면 아마 내게 돈을 줄 생각이 있나 보다, 만일 그렇다면 오죽이나 좋은 일일까. 나는 이불 속에 뚤뚤 말린 채 고개도 들지 않고 아내의 다음 거동을 기다리고 있으니까, 옜소 하고 내 머리맡에 내려뜨리는 것은 그 가뿐한 음향으로 보아 지폐에 틀림없었다. 그리고 내 귀에다 대고, 오늘일랑 어제보다도 좀더 늦게 들어와도 좋다고 속삭이는 것이다. 그것은 어렵지 않다. 우선 그 돈이 무엇보다도 고맙고 반가웠다.

어쨌든 나섰다. 나는 좀 야맹증이다. 그래서 될 수 있는 대로 밝은 거리를 골라서 돌아다니기로 했다. 그리고는 경성역 일이등 대합실 한곁 티룸[9]에를 들렀다. 그것은 내게는 큰 발견이었다.

---

9) 티룸 : 다방. 찻집.

거기는 우선 아무도 아는 사람이 안 온다. 설사 왔다가도 곧 가니까 좋다. 나는 날마다 여기 와서 시간을 보내리라 속으로 생각하여 두었다.

제일 여기 시계가 어느 시계보다도 정확하리라는 것이 좋았다. 섣불리 서투른 시계를 보고 그것을 믿고 시간 전에 집에 돌아갔다가 큰코를 다쳐서는 안 된다.

나는 한 부스에 아무것도 없는 것과 마주 앉아서 잘 끓은 커피를 마셨다. 총총한 가운데 여객들은 그래도 한 잔 커피가 즐거운가 보다. 얼른얼른 마시고 무얼 좀 생각하는 것같이 담벼락도 좀 쳐다보고 하다가 곧 나가 버린다. 서글프다. 그러나 내게는 이 서글픈 분위기가 거리의 티룸들의 그 거추장스러운 분위기보다는 절실하고 마음에 들었다. 이따금 들리는 날카로운 혹은 우렁찬 기적소리가 모차르트보다도 더 가깝다. 나는 메뉴에 적힌 몇 가지 안 되는 음식 이름을 치읽고 내리읽고 여러 번 읽었다. 그것들은 아물아물한 것이 어딘가 내 어렸을 때 동무들 이름과 비슷한 데가 있었다.

거기서 얼마나 내가 오래 앉았는지 정신이 오락가락하는 중에, 객이 슬며시 뜸해지면서 이 구석 저 구석 걷어치우기 시작하는 것을 보면 아마 닫을 시간이 된 모양이다. 열한 시가 좀 지났구나, 여기도 결코 내 안주의 곳은 아니구나, 어디 가서 자정을 넘길까 두루 걱정을 하면서 나는 밖으로 나섰다. 비가 온다. 빗발이 제법 굵은 것이 우비도 우산도 없는 나를 고생을 시킬 작정이다. 그렇다고 이런 괴이한 풍모를 차리고 이 홀에서 어물어물하는 수는 없고, 예이 비를 맞으면 맞았지 하고 나는 그냥 나서 버렸다.

대단히 선선해서 견딜 수가 없다. 코르덴 옷이 젖기 시작하더니 나중에는 속속들이 스며들면서 처근거린다. 비를 맞아 가면서라도 견딜 수 있는 데까지 거리를 돌아다녀서 시간을 보내려 하였으나 인제는 선선해서 이 이상 더 견딜 수가 없다. 오한이 자꾸 일어나면서 이가 딱딱 맞부딪는다.

나는 걸음을 재우치면서 생각하였다. 오늘 같은 궂은 날도 아내에게 내객이 있을라고. 없겠지, 하는 생각이 드는 것이다. 집으로 가야겠다. 아내에게 불행히 내객이 있거든 내 사정을 하리라. 사정을 하면 이렇게 비가 오는 것을 눈으로 보고 알아 주겠지.

부리나케 와보니까 그러나 아내에게는 내객이 있었다. 나는 너무 춥고 척척해서 얼떨 김에 노크하는 것을 잊었다. 그래서 나는 보면 아내가 좀 덜 좋아할 것을 그만 보았다. 나는 감발자국 같은 발자국을 내이면서 덤벙덤벙 아내 방을 디디고 그리고 내 방으로 가서 쭉 빠진 옷을 활활 벗어 버리고 이불을 뒤썼다. 덜덜덜덜 떨린다. 오한이 점점 더 심해 들어온다. 여전 땅이 꺼져 들어가는 것만 같았다. 나는 그만 의식을 잃어버리고 말았다.

이튿날 내가 눈을 떴을 때 아내는 내 머리맡에 앉아서 제법 근심스러운 얼굴이다. 나는 감기가 들었다. 여전히 으스스 춥고 또 골치가 아프고 입에 군침이 도는 것이 씁쓸하면서 다리 팔이 척 늘어져서 노곤하다.

아내는 내 머리를 쓱 짚어 보더니 약을 먹어야지 한다. 아내 손이 이마에 선뜩한 것을 보면 신열이 어지간한 모양인데, 약을 먹는다면 해열제를 먹어야지 하고 속생각을 하자니까 아내는 따뜻한 물에 하얀 정제약 네 개를 준다. 이것을 먹고 한잠 푹 자고 나면 괜찮다는 것이다. 나는 널름 받아 먹었다. 쌉싸름한 것이 짐작 같아서는 아마 아스피린인가 싶다. 나는 다시 이불을 쓰고 단번에 그냥 죽은 것처럼 잠이 들어 버렸다.

나는 콧물을 훌쩍훌쩍하면서 여러 날을 앓았다. 앓는 동안에 끊이지 않고 그 정제약을 먹었다. 그러는 동안에 감기도 나았다. 그러나 입맛은 여전히 소태처럼 썼다.

나는 차츰 또 외출하고 싶은 생각이 났다. 그러나 아내는 나더러 외출하지 말라고 이르는 것이다. 이 약을 날마다 먹고 그리고 가만히 누워 있으라는 것이다. 공연히 외출을 하다가 이렇게 감기가 들어서 저를 고생을 시키는 게 아니냔다. 그도 그렇다. 그럼 외출을 하지 않겠다고 맹세하고 그 약을 연복하여 몸을 좀 보해 보리라고 나는 생각하였다.

나는 날마다 이불을 뒤집어쓰고 밤이나 낮이나 잤다. 유난스럽게 밤이나 낮이나 졸려서 견딜 수가 없는 것이다. 나는 이렇게 잠이 자꾸만 오는 것은 내가 훨씬 몸이 튼튼해진 증거라고 굳게 믿었다.

나는 아마 한 달이나 이렇게 지냈나 보다. 내 머리와 수염이 좀 너무 자라서 후틋해서 견딜 수가 없어서 내 거울을 좀 보리라고 아내가 외출한 틈을 타서 나는 아내 방으로 가서 아내의 화장대 앞에 앉아 보았다. 상당하다. 수염과 머리가 참 산란하였다. 오늘은 좀 이발을 하리라고 생각하고 겸사겸사 고 화장품 병들 마개를 뽑고 이것저것 맡아 보았다. 한동안 잊어버렸던 향기 가운데서는 몸이 배배 꼬일 것 같은 체취가 전해 나왔다. 나는 아내의 이름을 속으로만 불러 보았다. "연심(蓮心)이 —— " 하고…….

오래간만에 돋보기 장난도 하였다. 거울 장난도 하였다. 창에 든 볕이 여간 따뜻한 것이 아니었다. 생각하면 오월이 아니냐.

나는 커다랗게 기지개를 한 번 켜보고 아내 베개를 내려 베고 벌떡 자빠져서는 이렇게도 편안하고도 즐거운 세월을 하느님께 흠씬 자랑하여 주고 싶었다. 나는 참 세상의 아무것과도 교섭을 가지지 않는다. 하느님도 아마 나를 칭찬할 수도 처벌할 수도 없는 것 같다.

그러나 다음 순간, 실로 세상에도 이상스러운 것이 눈에 띄었다. 그것은 최면약 아달린 갑이었다. 나는 그것을 아내의 화장대 밑에서 발견하고 그것이 흡사 아스피린처럼 생겼다고 느꼈다. 나는 그것을 열어 보았다. 똑 네 개가 비었다.

나는 오늘 아침에 네 개의 아스피린을 먹은 것을 기억하고 있었다. 나는 잤다. 어제도 그제도 그끄제도 — 나는 졸려서 견딜 수가 없었다. 나는 감기가 다 나았는데도 아내는 내게 아스피린을 주었다. 내가 잠이 든 동안에 이웃에 불이 난 일이 있다. 그때에도 나는 자느라고 몰랐다. 이렇게 나는 잤다. 나는 아스피린으로 알고 그럼 한 달 동안을 두고 아달린을 먹어 온 것이다. 이것은 좀 너무 심하다.

별안간 아뜩하더니 하마터라면 나는 까무러칠 뻔하였다. 나는 그 아달린을 주머니에 넣고 집을 나섰다. 그리고 산을 찾아 올라갔다. 인간세상에 아무것도 보기가 싫었던 것이다. 걸으면서 나는 아무쪼록 아내에게 관계되는 일은 생각하지 않도록 노력하였다. 길에서 까무러치기 쉬우니까다. 나는 어디라도 양지가 바른 자리를 하나 골라 자리를 잡아 가지고 서서히 아내에 관하여 연구할 작정이었다. 나는 길가에 돌창 핀, 구경도 못한 진개나리꽃, 종달새, 돌멩이도 새끼를 까는 이야기, 이런 것만 생각하였다. 다행히 길가에서 나는 졸도하지 않았다.

거기는 벤치가 있었다. 나는 거기 정좌하고 그리고 그 아스피린과 아달린에 관하여 연구하였다. 그러나 머리가 도무지 혼란하여 생각이 체계를 이루지 않는다. 단 오 분이 못 가서 나는 그만 귀찮은 생각이 번쩍 들면서 심술이 났다. 나는 주머니에서 가지고 온 아달린을 꺼내 남은 여섯 개를 한꺼번에 질겅질겅 씹어 먹어 버렸다. 맛이 익살맞다. 그리고 나서 나는 그 벤치 위에 가로 기다랗게 누웠다. 무슨 생각으로 내가 그따위 짓을 했나 ? 알 수가 없다. 그저 그러고 싶었다. 나는 게서 그냥 깊이 잠이 들었다. 잠결에도 바위 틈을 흐르는 물소리가 졸졸하고 귀에 언제까지나 어렴풋이 들려 왔다.

내가 잠을 깨었을 때는 날이 환히 밝은 뒤다. 나는 거기서 일주야를 잔 것이다. 풍경이 그냥 노오랗게 보인다. 그 속에서도 나는 번개처럼 아스피린과 아달린이 생각났다.

아스피린, 아달린, 아스피린, 아달린, 마르크스, 말사스, 마도로스, 아스피린, 아달린.

아내는 한 달 동안 아달린을 아스피린이라고 속이고 내게 먹였다. 그것은 아내 방에서 아달린 갑이 발견된 것으로 미루어 증거가 너무나 확실하다.

무슨 목적으로 아내는 나를 밤이나 낮이나 재웠어야 됐나 ?

나를 밤이나 낮이나 재워 놓고 그리고 아내는 내가 자는 동안에 무슨 짓을 했나 ?

나를 조금씩 조금씩 죽이려던 것일까 ?

그러나 또 생각하여 보면, 내가 한 달을 두고 먹어 온 것은 아스피린이었는지도 모른다. 아내는 무슨 근심되는 일이 있어서 밤이면 잠이 잘 오지 않아서 정작 아내가 아달린을 사용한 것이나 아닌지, 그렇다면 나는 참 미안하다. 나는 아내에게 이렇게 큰 의혹을 가졌다는 것이 참 안됐다.

나는 그래서 부리나케 거기서 내려왔다. 아랫도리가 홰홰 내어저이면서 어찔어찔한 것을 나는 겨우 집을 향하여 걸었다. 여덟 시가 가까이였다.

나는 내 잘못된 생각을 죄다 일러바치고 아내에게 사죄하려는 것이다. 나는 너무 급해서 그만 또 말을 잊어버렸다.

그랬더니 이건 참 너무 큰일났다. 나는 내 눈으로는 절대로 보아서 안 될 것을 그만 딱 보아 버리고 만 것이다. 나는 얼떨결에 그만 냉큼 미닫이를 닫고 그리고 현기증이 나는 것을 진정시키느라고 잠깐 고개를 숙이고 눈을 감고 기둥을 짚고 섰자니까 일 초 여유도 없이 홱 미닫이가 다시 열리더니 매무새를 풀어헤친 아내가 불쑥 내밀면서 내 멱살을 잡는 것이다. 나는 그만 어지러워서 게서 그냥 나동그라졌다. 그랬더니 아내는 넘어진 내 위에 덮치면서 내 살을 함부로 물어뜯는 것이다. 아파 죽겠다. 나는 사실 반항할 의사도 힘도 없어서 그냥 넙죽 엎디어 있으면서 어떻게 되나 보고 있자니까 뒤이어 남자가 나오는 것 같더니 아내를 한 아름에 덥석 안아 가지고 방으로 들어가는 것이다. 아내는 아무 말없이 다소곳이 그렇게 안겨 들어가는 것이 내 눈에 여간 미운 것이 아니다. 밉다.

아내는 너 밤새워 가면서 도둑질하러 다니느냐, 계집질하러 다니느냐고 발악이다. 이것은 참 너무 억울하다. 나는 어안이벙벙하여 도무지 입이 벌어지지를 않았다.

너는 그야말로 나를 살해하려는 것이 아니냐고 소리를 한번 꽥 질러 보고도 싶었으나 그런 긴가민가한 소리를 섣불리 입 밖에 내었다가는 무슨 화를 볼는지 알 수 있나. 차라리 억울하지만 잠자코 있는 것이 우선 상책인 듯싶이 생각이 들길래 나는 이것은 또 무슨 생각으로 그랬는지 모르지만 툭툭 털고 일어나서 내 바지 포켓 속에 남은 돈 몇 원 몇십 전을 가만히 꺼내서는 몰래 미닫이를 열고 살며시 문지방 밑에다 놓고 나서는 그냥 줄달음박질을 쳐서 나와 버렸다.

여러 번 자동차에 치일 뻔하면서 나는 그대로 경성역을 찾아갔다. 빈 자리와 마주 앉아서 이 쓰디쓴 입맛을 거두기 위하여 무엇으로나 입가심을 하고 싶었다.

커피—. 좋다. 그러나 경성역 홀에 한 걸음을 들여놓았을 때 나는 내 주머니에는 돈이 한푼도 없는 것을 그것을 깜빡 잊었던 것을 깨달았다. 또 아뜩하였다. 나는 어디선가 그저 맥없이 머뭇머뭇하면서 어쩔 줄을 모를 뿐이었다. 얼빠진 사람처럼 그저 이리 갔다 저리 갔다 하면서…….

나는 어디로 어디로 들입다 쏘다녔는지 하나도 모른다. 다만 몇 시간 후에 내가 미쓰코시 옥상에 있는 것을 깨달았을 때는 거의 대낮이었다.

나는 거기서 아무 데나 주저앉아서 내 자라 온 스물여섯 해를 회고하여 보았다. 몽롱한 기억 속에서는 이렇다는 아무 제목도 불그러져 나오지 않았다.

나는 또 나 자신에게 물어 보았다. 너는 인생에 무슨 욕심이 있느냐고. 그러나 있다고도 없다고도, 그런 대답은 하기가 싫었다. 나는 거의 나 자신의 존재를 인식하기조차도 어려웠다.

허리를 굽혀서 나는 그저 금붕어나 들여다보고 있었다. 금붕어는 참 잘들도 생겼다. 작은 놈은 작은 놈대로 큰 놈은 큰 놈대로 다 — 싱싱하니 보기 좋았다. 내리비치는 오월 햇살에 금붕어들은 그릇 바탕에 그림자를 내려뜨렸다. 지느러미는 하늘하늘 손수건을 흔드는 흉내를 낸다. 나는 이 지느러미 수효를 헤어 보기도 하면서 굽힌 허리를 좀처럼 펴지 않았다. 등허리가 따뜻하다.

나는 또 회탁의 거리를 내려다보았다. 거기서는 피곤한 생활이 똑 금붕어 지느러미처럼 흐늑흐늑 허비적거렸다. 눈에 보이지 않는 끈적끈적한 줄에 엉켜서 헤어나지들을 못한다. 나는 피로와 공복 때문에 무너져 들어가는 몸뚱이를 끌고 그 회탁의 거리 속으로 섞여 들어가지 않는 수도 없다 생각하였다.

나서서 나는 또 문득 생각하여 보았다. 이 발길이 지금 어디로 향하여 가는 것인가를…….

그때 내 눈앞에는 아내의 모가지가 벼락처럼 내려 떨어졌다. 아스피린과 아달린.

우리들은 서로 오해하고 있느니라. 설마 아내가 아스피린 대신에 아달린

정량을 나에게 먹여 왔을까 ? 나는 그것을 믿을 수가 없다. 아내가 대체 그럴 까닭이 없을 것이니 그러면 나는 날밤을 새면서 도적질을 계집질을 하였나 ? 정말이지 아니다.

우리 부부는 숙명적으로 발이 맞지 않는 절름발이인 것이다. 내가 아내나 제 거동에 로직[10]을 붙일 필요는 없다. 변해할 필요도 없다. 사실은 사실대로 오해는 오해대로 그저 끝없이 발을 절뚝거리면서 세상을 걸어가면 되는 것이다. 그렇지 않을까 ?

그러나 나는 이 발길이 아내에게로 돌아가야 옳은가 이것만은 분간하기가 좀 어려웠다. 가야 하나 ? 그럼 어디로 가나 ?

이때 뚜우하고 정오 사이렌이 울렸다. 사람들은 모두 네 활개를 펴고 닭처럼 푸드덕거리는 것 같고 온갖 유리와 강철과 대리석과 지폐와 잉크가 부글부글 끓고 수선을 떨고 하는 것 같은 찰나, 그야말로 현란을 극한 정오다.

나는 불현듯이 겨드랑이가 가렵다. 아하, 그것은 내 인공의 날개가 돋았던 자국이다. 오늘은 없는 이 날개, 머릿속에서는 희망과 야심의 말소된 페이지가 딕셔너리 넘어가듯 번뜩였다.

나는 걷던 걸음을 멈추고 그리고 어디 한번 이렇게 외쳐 보고 싶었다.

날개야 다시 돋아라.

날자. 날자. 날자. 다시 한 번만 더 날자꾸나.

한 번만 더 날아 보자꾸나.

---

10) 로직(logic) : 논리.

**작가소개** 이 상 (1910~1937)

서울에서 출생. 경성고등공업학교 건축과를 졸업했다. 본명은 김해경. 『조선과 건축』이라는 잡지에 시를 발표하면서 작품활동을 시작했다.
이상은 일제 강점기하에서 좌절된 지식인의 모습을 주로 초현실주의적 기법으로 표현한 작가이다. 그러나 그의 문학은 풍성한 언어를 통해 보다 창조적인 시적 자아를 형성해 나가지 못했다는 지적을 받는다. 시적 형태가 문학의 내면적 질서만을 지나치게 강조하는 한, 거기에는 보다 넓은 사회, 보다 넓은 인간의 삶 혹은 자연과의 만남을 통한 자기 갱신이 불가능해지기 때문이다.

**작품해설**

작중의 화자인 '나'는 도시의 병리를 대표하는 매춘부인 아내와 기형적인 삶을 살아가는 지식인이다. 그는 외적 현실과 정상적인 관계를 맺지 못하고 아내에게 기생하여 살아간다. 아내의 어떠한 행동에도 노하는 일 없이 그는 잘 단련된 동물처럼 아무런 희망도 비판적 지각도 없는 무기력한 생을 영위한다. 이 소설이 이상의 기존 작품과 다른 특징은 무의미한 삶과 자의식의 세계로부터 탈출하려는 강렬한 의지를 표출해 내고 있는 점이다. 〈날개〉 는 자의식 세계에 대한 뛰어난 묘사로 한국 소설사에서 심리주의 소설을 대표하는 작품으로 손꼽힌다. 발표 당시에는 '리얼리즘의 심화'라는 평가를 얻기도 했다.

**읽고 나서**

(1) 이 작품의 주인공은 현실과 정상적으로 관계를 맺지 못하고 무자각의 상태로 살아간다. 초기 주인공의 무기력한 삶과 그에 대비해 탈출에의 의지는 각각 무엇으로 상징되고 있는가 ?

— 무기력한 삶 : 박제
  탈출에의 의지 : 날개

(2) '날개야 다시 돋아라. 날자. 날자. 날자. 다시 한 번만 더 날자꾸나.' 라는 절규가 의미하는 것은 ?

— 자의식 속에서만 메아리치는 간절한 내적 원망

# 오월의 훈풍(薰風)

박 태 원

1

토요일 오후 ──

멋없도록이나 맑게 갠 날이다.

누구나 그대로 집안에 붙박여 있지 못할 날이다.

볼일도 없건만 공연스레 거리를 휘돌아다니고 싶은 날이다.

철수는 양말을 두 켤레 사서 그것을 아무렇게나 양복 주머니에 처넣고 화신상회를 나왔다. 그러나 그곳을 나와서 집으로밖에는 어데라 갈 곳을 가지지 못한 철수였다.

양말을 살 것이 오늘의 사무였었고, 그 사무는 이미 끝났다.

그는 백화점 앞에가 서서, 물끄러미 종로 네거리를 오고가는 사람들을 바라보고 있었다.

그러자 뜻하지 않고 그의 머리에 〈기순〉이 생각이 떠올랐다.

우리는 곧잘 뜻하지 않은 때에 뜻하지 않은 사람을 생각하는 일이 있었다. 지금 기순이 생각을 한 철수의 경우가 바로 그러하다.

2

십오년 전의 오월 ─

서울 수전동 골목 안에 모여 노는 아이들 틈에서 열세 살 먹은 은식이는 가장 자랑스러웠다.

철없는 부러움을 가지고 대하는 아이들에게 향하여, 자기가 입은 이백일흔 댓 냥짜리 양복을 한껏 뽐낼 수 있었던 은식이였던 까닭이다.

더욱이 우미관에서 보고 온 〈명금〉놀이를 흉내내어 놀 때에 은식이는 언제든 〈후레데리꾸 백작〉이 될 수 있었다.

까닭에, 그가 골목 안에서 첫손 꼽아 어여쁜 계집아이 순남이가 분장한 〈기지꾸레〉와, 손을 맞잡고, 〈싸치오 백작〉의 무리를 피하여 옆골목으로 몸을 숨길 때, 〈로로〉의 소임을 맡은 만돌이는 입술 위에까지 흘러내린 시퍼런 코를 훌쩍 들이마실 것도 잊고, 그 어린 양복쟁이의 멋진 뒷모양을 한참이나 멀거니 바라보기조차 하였다……

그날은, 그러나 공교롭게 순남이가 어머니를 따라 외갓집으로 나들이를 가고 없었다.

순남이가 없더라도 명금놀이는 하여야만 하였다.

누구를 순남이 대신에 기지꾸레를 삼을까 — 하는 것이 잠깐 동안 문제였었다.

복순이 ?

옥희 ?

갓난이 ?

……

여주인공 선거는 쉽사리 결정을 보지 못하였다.

그러자 그때, 옆에서 동정만 살피고 있던 기순이가, 피선거권도 가지지 못한 어여쁘지 못한 그 계집애가, 망설거리며 망설거리며 자청을 하였다.

제가 기지꾸레가 되면 어떻겠냐고…….

그러나 그 신청은 그 즉시 각하[1]되었다.

〈소년 배우〉들의 — 그중에서 특히 은식이의 의견에 의하면 기지꾸레의 소임은 무엇보다도 첫째 얼굴이 어여뻐야만 맡을 수 있었다.

---

1) 각하 : 받아들여지지 않음.

기순이 같은 아이가 그 소임을 자원한다는 것은, 이를테면 〈기지꾸레〉의 모독이었고 아울러 〈미〉의 모독이었다.

그래 은식이는 말하였다.

"넙죽이가, 씰룩이가, 되지두 못하게 기지꾸레가 돼볼려구. 얘애, 아서라 넙죽이, 씰룩이."

넙죽이란 것은 기순이 얼굴이 둥글넓적해서 이르는 말이고, 씰룩이라는 것은 걸핏하면 씰룩씰룩 울기를 잘하는 까닭에 하는 말이다.

다른 때 같으면 그렇게까지는 짓궂지 않은 은식이었으나, 그 전날 그가 순남이와 단둘이 우미관 앞 왜떡 가게에서 모찌를 한 개씩 사먹었을 때, 기순이가 "사내 처— ㅇ 기집애 처— ㅇ." 하고 놀렸던 것을, 순간에 은식이는 기억에서 찾아내었던 까닭이다.

기순이는 얼굴 전체를 씰룩거렸다.

모욕당한 여성의 분노가 역시 그의 두 눈에 있었다.

성난 얼굴이란 누구에게 있어서든 좀더 보기 싫은 것임에 틀림없었다.

그래 은식이는 또 놀렸다.

"넙죽이, 씰룩이. 씰룩씰룩 울어라."

그러나 기순이는 채 울지 않았다.

한없는 굴욕 앞에 울음을 억제하려는 무던한 노력이 가만히 경련하는 그의 입술에 보였다.

"돈 한푼 줄게 울어라. 씰룩이, 넙죽이."

그러자 기순이는 별안간 소리쳤다.

"양복쟁이, 피— 아이노꾸[2], 아이노꾸."

보통학교도 다니지 않는 기순이가, 대체 〈아이노꾸〉라는 말은 어데서 배웠는지 알 길 없지만 양복을 입었을 따름으로 아이노꾸 소리를 들은 은식이는 왈칵 치밀어오르는 격렬한 감정을 억제하지 못하였다.

"무어, 어찌구 어째?"

---

2) 아이노꾸 : '혼혈아'를 놀리는 말.

은식이는 기순이를 떠다밀었다.

그러나 기순이는 그 통에 비슬비슬 뒤로 물러났을 뿐이요, 넘어지지도 울지도 않았다.

"아이노꾸, 아이노꾸."

그리고 기순이는 갑자기 울가망[3]이 되어 몸을 돌쳐 달음질쳤다.

용서하지 않고 은식이가 뒤를 쫓았다.

후레데리꾸 백작은 특히 걸음이 빨랐다.

〈안수문장〉 집 앞에 우물이 하나 있었다.

그 앞에 이르러, 등을 떠다밀려 은식이가 팔을 내민 것과, 기순이가 앞으로 폭 고꾸라진 것과, 같은 순간의 일이었다.

은식이는 이름 모를 공포 속에서 잠깐 그곳에가 망연히 서 있었다.

기순이는 기가 나서 울었다.

은식이는 달아날까 — 하고 생각하였다.

누가 어른이라도 본다면, 물론 시비는 가리지도 않고, 은식이를 나무랄 게다.

그러나 이 경우에 달아나는 것은 비겁한 행동인 듯싶었다.

그래 은식이는 좀더 그곳에 버티고 섰었다. 그러자 기순이가 우물가에서 몸을 일으켰다.

그순간, 은식이의 온몸에 소름이 쪽! 끼쳤다.

아마 넘어질 때 우물 전의 모진 돌에다 부딪혔던 게지……. 기순이의 이마가 세로 한일자로 째어지고 피가 자꾸 솟아 흘렀다.

은식이는 겁 집어먹은 눈을 하여가지고, 잠깐 동안 그대로 그렇게 서 있었다.

그러다가 다음 순간, 은식이는 얼굴이 새파랗게 질려가지고 집으로 달음질쳤다.

문을 박차고 들어가, 허둥지둥 대문에 빗장을 지르고, 이리저리 숨을 곳을 찾다가 그는 드디어 뒷간 속으로 들어갔다.

몸이 쉴 사이 없이 떨리고 위아랫니가 자꾸 마주쳤다.

---

3) 울가망 : 마음이 편하지 않음.

장난을 하다가 잘못하여 병 하나를 깨뜨려도 무서운 매를 맞지 않으면 안 되었던 은식이라, 남의 집 아이 이마를 깨뜨려 놓은 이번 일의 결과는 빠안한 듯싶었다.

얼마나한 혹독한 형벌이 이제 그에게 내릴 것이랴……?

그것을 생각하니 저도 모를 사이에 눈물조차 두 줄 그의 뺨 위를 흘러내린다…….

## 3

그러나 뜻밖에 은식이는 아무런 형벌도 받지 않았다.

한마디의 꾸지람조차 집안에는 없었다.

은식이의 〈범행〉이 뜻밖에 컸었던 까닭인 듯싶었다.

은식이는 다른 때나 마찬가지로 골목 안에서 아이들패의 대장 노릇을 하였다.

그러나 물론 〈명금〉놀이는 다시 두번 안 하였다.

기순이 이마에 완연하게 남아 있는 생채기 흔적을 보았을 때, 은식이에게는 그러할 용기가 없었던 것이다.

뿐만 아니라 그 뒤에 외삼촌 아주머니가,

"기순이가 이제 저 상채기 자국 때문에 좋은 데로는 시집을 못 갈 게다." 하고 말하였을 때, 은식이는 풀이 죽지 않을 수 없었다.

"정말 그럴까요?"

"그럼, 계집애는 얼굴이 질인데 더구나 이마 한복판에가 그렇게 큰 상채기가 났으니 어떡하니."

은식이는 만약 정말 그렇게 된다면 그것은 전혀 나의 책임이 아닌가? 하고 그런 것을 생각하지 않을 수 없었다.

그리고 때때로,

"정말 그렇다면 내가 기순이에게로 장가를 들지 않으면 안 되지 않을까 ? 그 밖에 다른 도리는 없지 않은가 ? "

하고 비장한 생각조차 은식이는 하였다.

## 4

얼마 안 있다 기순이네집은 새문 밖으로 떠나 버렸다.

여름에 악박골 물이나 먹으러 가기 외에는 별로 새문턱을 넘을 기회가 은식이에게는 없었다.

또 설혹 새문밖을 자주 드나든다 하더라고, 이제는 낫살찬 처녀라 응당 집안에 들어앉았을 기순이와 길에서라도 만날 길은 전연 없었을 게다.

그러나 그렇다고 해서 기순이 생각이 은식이의 머리에서 사라지란 법은 없었다.

이마에다 만들어 준 생채기에 대한 책임감 말고도, 은식이는 기순이에게 장가를 들까? 하는 생각을 가끔 하여 보는 것이다.

결코 어여쁘지 못한 기순이의 둥글넓적한 얼굴이, 일종 형언할 수 없는 매력을 가지고 그의 마음을 끌었다.

그러나 물론 그것들은 아무런 행동으로도 나타나지 않았다.

그러는 동안에 은식이는 철수라고 개명을 하고, 중학을 마친 다음에 동경으로 건너갔다.

그리고 그가 예과를 마치고서 대학 영문학부에 학적을 두던 바로 그 봄에 기순이는 시집을 가고 말았다.

여름에 철수가 집으로 돌아왔을 때, 어머니가 무슨 이야기 끝에 그에게 말하였다.

"참, 기순이가 시집을 갔지."

"기순이가 ? 어디루요 ?"

철수는 일종 애틋한 감정을 맛보지 않을 수 없었다.

"한 동리에 사는 사람이라드라. 연초공장에 다닌다지, 아마……."

"나이는 몇 살이게요 ?"

"서른아홉이라든가, 갓 마흔이라든가 ?"

"갓 마흔요? 기순이는 올에 스물밖에 안 되지 않었세요 ?"

"얘길 들으면 후취(後娶)[4]라드라……."

---

4) 후취 : 두번째로 장가감. 또, 그 아내.

철수는 문득 기순이의 이마에 죽을 때까지 남아 있을 생채기 자국을 생각하고, 어째 마음이 선득하였다.

혹은 그 까닭에 남의 후취로밖에는 다른 좋은 혼처가 없었던 것인지도 모를 일이다.

"그래 먹을 것은 넉넉한가요 ? "

"넉넉할 거야 무에 있겠니 ? 연초회사 다니는 사람이……. "

"직공인가요 ? "

"아아니, 직공은 아니라드라, 저……. "

"그럼, 감독인가요 ? "

"감독두 아니야. 저어 거시키……. 오오, 뚜 — 하는 사람이라드라. "

"뚜 — 하는 사람이오? 뚜 — 하는 사람이라니요 ? "

"왜, 연초회사에서 뚜 — 뚜 하지 않니 ? 그 뚜 — 하는 사람이라드라. "

그러나 남자가 뚜 — 하는 사람이든 직공 감독이든 그런 것은 아무렇든 좋았다.

갓 스물짜리 처녀가 마흔이나 된 사나이의 후취로 들어갔다는 것이 그의 마음을 적지 않이 불쾌하게 만들어 주었다.

만약 그곳으로 시집을 갈 수밖에 없었던 것이 전혀 이마의 생채기 까닭이라면, 그리고 그의 결혼 생활이 불행하다면, 여자는 응당 체경(體鏡)[5]을 대할 때마다 자기를 원망할 게다.

그것을 생각하면 철수는 은근히 마음이 아프기조차 하였다.

그리고 그러할 때마다 그는, 사실은 기순이가 비록 넉넉지 못한 살림살이 속에서도, 자기네들의 행복을 발견하고 있는 것이기를 굳이 믿으려 들었다.

그러나 그 생각은 언제든 실감을 상반하지 않아, 철수의 마음을 불안하게 하여 주었다.

## 5

그 기순이 생각을 철수는 바로 지금 종로 네거리에서 한 것이다.

---

5) 체경 : 온몸이 비치는 큰 거울.

그 뒤로 기순이 소식을 듣지 못하기 이미 사 년이다.

기순이는 지금 어쩌고 있을까 ?

남편은 그저 연초공장에서 '뚜 —' 하고 있을까?

그들은 행복할까 ?

이러한 생각을 잠깐 하다가, 철수는 언제까지든 그곳에가 그렇게 서서 그따위 생각만을 하고 있을 수 없는 것을 깨닫고, 날씨가 하도 좋으니 한강으로라도 나갈까? — 하고 마침 온 전차를 탔다.

그러나 그것은 의주통을 돌아 경성역으로 가는 전차였다.

철수는 만원에 가까운 전차 안에서 손잡이에 손을 걸치고, 혼자 싱거운 웃음을 웃었다.

그러자 전차가 의주통에가 닿았을 때, 철수는 사람들 틈에 끼어 전차에 오르는 한 여인을 보고 그리로 고개를 돌렸다.

그 아낙네는 세 살이나 그 밖에 더 안 된 사내아이를 안고 있었다.

철수는 그가 바로 요전 순간까지 자기가 생각하고 있던 기순인 것을 알고 희한하게 놀랐다.

그러나 그렇다고 선선히 알은 체를 할 사이는 물론 아니었다.

흘낏 보았으니 물론 장담은 할 수 없는 노릇이나, 하얗게 바른 분 덕에 이마의 생채기를 쉽사리 알아낼 수 없었다.

철수는 약간 안도에 가까운 감정을 맛보며, 그대로 그곳에가 서 있었다.

아무도 그들 모자를 위하여 자리를 내어 주는 사람이 없었다.

젊은 아낙네는 아이를 안은 채 사람들에게 밀려 철수의 옆에까지 왔다.

그러자 전차 창 밖에 돌연 벽돌집이 나타났다.

철수는 그것을 보자 저도 모르게 흘낏 옆에 선 어렸을 때의 동무를 돌아보았다.

이제는 한 아이의 어머니인 옛날의 기순이는 자기 곁에 철수가 있는 것도 모르고 한 손에 치켜안은 어린 아들에게 창 밖 전매국 공장을 손가락질하였다.

"저게 어디지 ? 우리 귀남이는 알지 ? "

그러나 귀남이는 눈을 동그랗게 뜬 채 쉽사리 알아내지를 못하였다.

"엄마가 아르켜 줄까 ? "

"……."

"아빠 계신 데. 뚜 - 하시는 데. "

그제야 귀남이는 갑자기 깨달은 듯이 두 손을 좋아라고 내흔들며 소리쳤다.

"아빠, 뚜 - . 아빠, 뚜 - "

철수는 그 소리를 듣자 저도 모르게 사람들을 헤치고 차장대로 나와 달려가는 전차에서 뛰어내렸다.

그리고 그가 아무렇게나 되는 대로 거리를 걸어갔을 때, 그의 가슴속에 기쁨이 치밀어올랐다.

"그는 행복이다. 그는 지금 행복이다. "

철수는 큰길을 피하여 골목을 찾아들었다.

"그는 행복이다. 아들 낳고, 딸 낳고 — 까지는 알 수 없어도, 이제 분명히 어머니의 기쁨이 그에게 있을 게다."

이런 생각을 하며 그가 그 골목을 왼손편으로 꺾으려 할 때,

"뚜 - "

하고 연초회사의 〈석점 뛰-〉가 불었다.

철수는 저도 모르게 걸음을 멈추고 몸을 돌이키어 지붕 너머로 연초 회사 굴뚝을 치어다보았다.

이윽히 그곳에 서 있다가 철수는 어느 틈엔가 입가에 떠오른 빙그레 웃음 그대로 띄운 채, 다시 골목을 걸어 나갔다.

오월의 향기로운 바람은 그 골목 안에도 가득하다.

그가 그렇게 걷고 있을 때, 저도 모르게 가만한 음향이 그의 입술 사이를 새어 나왔다.

뚜 —

뚜 —

뚜, 뚜 —

**작가소개** 박태원 (1909~1986)

서울에서 출생했다. 1926년 『조선문단』에 시 「누님」이 당선 되었으며 1930년 단편 「수염」을 발표하면서 문단에 정식 등단하였다. 이태준, 정지용, 이효석, 김기림 등과 더불어 〈구인회〉 를 결성, 예술파적 소설을 지향하기도 했다. 주요 작품으로 「옆집 색시」 「피로」 「누이」 「소설가 구보씨의 1일」 「천변풍경」 『애경』 『갑오농민전쟁』 등이 있다. 그는 사회주의 계열의 문학운동에 참여하면서도 예술지향적인 소설의 경향을 보여주었으며, 도시적 삶에 바탕을 둔 훈훈한 인정과 따뜻한 애정을 주로 그렸다.

**작품해설**

비교적 길이가 짧은 단편인 「5월의 훈풍」은 어린 시절 장난으로 이마에 흉터가 생긴 기순이에 대한 가책과 그녀의 행복을 빌어주는 내용으로서 삶에 대한 작가의 따뜻한 시선이 느껴지는 작품이다.

**읽고 나서**

(1) 주인공이 기순이의 삶을 '행복'이라고 말하는 것은 무엇 때문인지 간단히 말해 보자.
— 전차 안에서 아이를 업고 있는 기순이의 생활인으로서의 자상한 모습을 보았기 때문이다.
(2) 이 작품이 독자에게 감동을 주는 것은 작가의 어떠한 태도 때문인가 ?
— 삶에 대한 낙관과 긍정

# 백치(白痴) 아다다

계 용 묵

질그릇이 땅에 부딪치는 소리가 났다고 들렸는데 마당에는 아무도 없다.

부엌에 쥐가 들었나 ? 샛문을 열어 보려니까,

"아 아 아이 아아 아야……"

하는 소리가 뒤란[1] 켠으로 들려온다. 샛문을 열려던 박씨는 뒷문을 밀었다.

장독대 밑 비스듬한 견 아래 아다다가 입을 해 벌리고 납작하니 엎더져 두 다리만을 힘없이 버지럭거리고 있다. 그리고 머리 편으로 한 발쯤 나가선 깨어진 동이 조각이 질서 없이 너저분하게 된장 속에 묻혀 있다.

"아이구테나 ! 무슨 소린가 했더니 ! 이년이 동애를 또 잡았구나 ! 이년아 너더러 된장 푸래든 ! 푸래 ? "

어머니는 딸이 어딘가 다쳤는지 일어나지도 못하고 아파하는 데 가는 동정심보다 깨어진 동이만이 아깝게 눈에 보였던 것이다.

"어 어마 ! 아다아다 아다 아다 ……"

모닥불을 뒤집어쓰는 듯한 끔찍한 어머니의 음성을 또다시 듣게 되는 아다다는 겁에 질려 얼굴에 시퍼런 물이 들며 넘어진 연유를 말하여 용서를 빌려는 기색이나, 말이 되지를 않아 안타까워한다.

아다다는 벙어리였던 것이다. 말을 하렬 때는 한다는 것이 아다다 소리만이 연거푸 나왔다. 어찌어찌 가다가 말이 한마디씩 제법 되어 나오는 적도 있

---

1) 뒤란 : 집 뒤의 울타리 안.

었으나, 그것은 쉬운 말에 그치고 만다.

그래서, 이것을 조롱 삼아 확실이라는 뚜렷한 이름이 있음에도 불구하고 누구나 그를 부르는 이름은 아다다였다. 그리하여 이것이 자연히 이름으로 굳어져 그 부모네까지도 그렇게 부르게 되었거니와, 그 자신조차도 '아다다 !' 하고 부르면 마땅히 들을 이름인 듯이 대답을 했다.

"이년까타나 끌이 세누나 ! 시켠엘 못 가갔으문 오늘은 어드메든디 나가서 뒈디고 말아라, 이년아 ! 이년아 ! 이년아 ! "

어머니는 눈알을 가로 세워 날카롭게도 흰자위만으로 흘기며 성큼 문턱을 넘어선다.

아다다는 어머니의 손길이 또 자기의 끌채[2]를 감아 쥘 것을 연상하고 몸을 겨우 뒤재비꼬아 일어서서 절룩절룩 굴뚝 모퉁이로 피해 가며 어쩔 줄을 모르고 일변 고개를 좌우로 돌려 살피며 아연하게도,

"아다 어 어마 ! 아다 어마 ! 아다다다다다 ! "

하고 부르짖는다. 다시는 일을 아니 저지르겠다는 듯이, 그리고 한 번만 용서를 하여 달라는 듯싶게.

그러나, 사정 모르는 체 기어코 쫓아간 어머니는,

"이년 ! 어서 뒈데라. 뒈디기 싫건 시집으로 당장 가가라. 못 가간 ? "

그리고 주먹을 귀 뒤에 넌지시 얼메고 마주 선다.

순간, 주먹이 떨어지면? 하는 두려운 생각에 오싹하고 끼치는 소름이 튀해 논 닭같이 전신에 돋아나는 두드러기를 느끼는 찰나, '턱' 하고 마침내 떨어지는 주먹은 어느새 끌채를 감아쥐고 갈짓자로 흔들어댄다.

"아다 어어 어마 ! 아 아고 어 어마 ! "

아다다는 떨며 빌며 손을 몬다.

그러나 소용이 없다. 한 번 손을 댄 어머니는 그저 죽어 싸다는 듯이 자꾸만 흔들어댄다. 하니, 그렇지 않아도 가꾸지 못한 텁수룩한 머리는 물결처럼 흔들리며 구름같이 피어나선 얼크러진다.

---

2) 끌채 : 멍에목에 가로 대도록 만든 긴 채.

그래도, 아다다는 그저 빌 뿐이요, 조금도 반항하려고는 않는다. 이런 일은 거의 날마다 지내 보는 것이기 때문에 한 대야 그것은 도리어 매까지 사는 것이 됨을 아는 것이다. 집의 일이 아무리 꼬여 돌아가더라도 나 모르는 체 손 싸매고 들어앉았으면 오히려 이런 봉변을 아니 당할 것이, 가만히 앉았지는 못했다.

선천적으로 타고난 천치에 가까운 그의 성격은 무엇엔지 힘에 부치는 노력이 있어야 만족을 얻는 듯했다. 시키건, 안 시키건, 헐하나 힘차나 가리는 법이 없이 하여야 될 일로 눈에 띄기만 하면 몸을 아끼는 일이 없이 하는 것이 그였다. 그래서 집 안의 모든 고된 일을 실로 아다다가 혼자서 치워 놓게 된다.

그러나 어머니는 그것이 반갑지 않았다. 둔한 지혜로 차비(差備)[3]없이 뼈가 부러지도록 몸을 돌보지 않고, 일종 모험에 가까운 짓을 하게 되므로 그 반면에 따르는 실수가 되려 일을 저질러 놓게 되어 그릇 같은 것을 깨쳐먹는 일은 거의 날마다 있다 하여도 옳을 정도로 있었다.

그래도 아다다의 힘을 빌지 않고는 집 안 일을 못 치겠다면 모르지만 그는 참예를 하지 않아도 행랑에서 차근차근히 다 해줄 일을 쓸데없이 가로맡아선 일을 저질러 놓고 마는 데 그 어머니는 속이 상했다.

본시 시집을 보내기 전에도 그 버릇은 지금이나 다름이 없이, 벙어리인 데다 행동까지 그러하였으므로 내용 아는 인근에서는 그를 얻어가려는 사람이 없었다. 그리하여 열 아홉 고개를 넘기도록 처묻어 두고, 속을 태우다 못해 깃으로 논 한 섬지기를 처넣어 똥 치듯 치워 버렸던 것이 그만 오 년이 멀다 다시 쫓겨와 시집에는 아예 갈 생각도 아니하고 하루 같은 심화를 올렸다. 그래서 어머니는 역겨운 마음에 아다다가 실수를 할 때마다 주릿대[4]를 내리고 참예를 말라건만 그는 참는다는 것이 그 당시뿐이요, 남이 일을 하는 것을 보면 속이 쏘는 듯이 슬그머니 나와서 곁을 슬슬 돌다가는 손을 대고 만다.

바로 사흘 전엔가도 무명님을 할 때 활짝 달은 솥뚜껑을 차비 없이 맨손으

---

3) 차비 : 채비. 갖추어 차림. 또는 그 일.
4) 주릿대 : 모진 벌.

로 열다가 뜨거움을 참지 못해 되는 대로 집어 얹는 바람에 자배기[5]를 하나 깨쳐서 욕과 매를 한 모태 겪고 났지만 어젯저녁 행랑 색시더러 오늘은 묵은 된장을 옮겨 담아야 되겠다고 이르는 말을 어느 겨를에 들었든지 아다다는 아침밥이 끝나자 어느새 나가서 혼자 된장을 퍼 나르다가 그만 또 실수를 한 것이었다.

"못 가간? 시집이! 못 가간? 이년! 못 가갔음 죽어라 ! "

붙잡았던 머리를 힘차게 휘두르며 밀치는 바람에 손에 감겼던 머리카락이 끊어지는지 빠지는지 무뚝 묻어나며 아다다는 비칠비칠 서너 걸음 물러난다.

순간, 어찔해진 아다다는 넘어지지 않으려고 애써 버지럭거리며 삐치는 다리에 겨우 진정을 얻어 세우자,

"아다 어마 ! 아다 ! 어마 아다 ! 아다 ! "

하고, 다시 달려들 듯이 눈을 흘기고 섰는 어머니를 향하여 눈물 글썽한 눈을 끔벅 한 번 감아 보이고, 그리고 북쪽을 손가락질하여 어머니의 말대로 시집으로 가든지 그렇지 않으면 죽어라도 버리겠다는 뜻으로 고개를 주억이며 겁에 질려 어쩔 줄을 모르고 허청허청 대문 밖으로 몸을 이끌어냈다.

나오기는 나왔으나, 갈 곳이 없는 아다다는 마당귀를 돌아서선 발길을 더 내놓지 못하고 우뚝 섰다.

시집으로 간다고는 하였으나, 아무리 생각해도 남편의 매는 어머니의 그것보다 무섭다. 그러면 다시 집으로 돌아가나 ? 이번에는 외상 없는 매가 떨어질 것 같다. 어디로 가야 하나 ? 갈 곳 없는 갈 곳을 짜보니 눈물이 주는 위로밖에 쓸데없는 오 년 전 그 시집이 참을 수 없이 그립다.

— 추울세라, 더울세라, 힘이 들까, 고단할까, 알뜰살뜰히 어루만져 주던 시부모, 밤이면 품속에 꼭 껴안아 피로를 풀어 주던 남편. 아 ! 얼마나 시집에서는 자기를 위하여 정성을 다하던 것인고. —

참으로 아다다가 처음 시집을 가서의 오 년 동안은 온 집안의 사랑을 한 몸에 받아 왔던 것이 사실이다.

---

5) 자배기 : 둥글넓적하고 아가리가 쩍 벌어진 질그릇.

벙어리라는 조건이 귀에 들어맞는 것은 아니었으나, 돈으로 아내를 사지 아니하고는 얻어 볼 수 없는 처지에서 스물 여덟 살에 아직 장가를 못 들고 있는 신세로 목구멍조차 치기 어려운 형세이었으므로 아내를 얻게 되기의 여유를 기다리기까지에는 너무도 막연한 앞날이었다. 벙어리이나 일생을 먹여 줄 것까지 가지고 온다는 데 귀가 번쩍 띄어 그 자리를 앗기울까[6] 두렵게 혼사를 지었던 것이니, 그로 의해서 먹고 살게 되는 시집에서는 아다다를 아니 위할 수가 없었던 것이다. 그러한 가운데 또한 아다다는 못하는 일이 없이 일 잘하고, 고분고분 말 잘 듣고, 조금도 말썽을 부리는 일이 없었다. 그래서 생활고가 주는 역겨움이 쓸데없이 서로 눈독을 짓게 하여 불쾌한 말만으로 큰소리가 끊일 새 없이 오고 가던 가족은 일시에 봄비를 맞은 동산같이 화락의 웃음에 꽃이 피었다.

원래, 바른 사람이 못 되는 아다다에게는 실수가 없는 것이 아니었으나, 그로 의해서 밥을 먹게 된 시집에서는 조금도 역겹게 안 여겼고, 되려 위로를 하고 허물을 감추기에 서로 힘을 썼다.

여기에 아다다가 비로소 인생의 행복을 느끼며, 시집 가기 전 지난 날 어머니 아버지가 쓸데없는 자식이라는 구실 밑에, 아니, 되려 가문을 더럽히는 악화자식이라고 사람으로서의 푼수에도 넣어 주지 않고 박대하던 일을 생각하여 어머니 아버지를 원망하는 나머지 명절 목이나 제향 때이면 시집에서는 그렇게도 가보라는 친정이었건만 이를 악물고 가지 않고 행복 속에 묻혀 살던, 지나간 그날이 아니 그리울 수가 없을 게다.

그러나 그 날은 안타깝게도 다시 못 올 영원한 꿈속에 흘러가고 말았다.

해를 거듭하며 생활의 밑바닥에 깔아 놓았던 한 섬지기라는 거금이 차츰 그들을 여유한 생활로 이끌어, 몇백 원 돈이 눈앞에 굴게 되니, 까닭 없이 남편 되는 사람은 벙어리로서의 아내가 미워졌다.

조그만 실수가 있어도 눈을 흘겼다. 그리고 매를 내렸다. 이 사실을 아는 아버지는 그것은 들어오는 복을 차버리는 짓이라고 타이르나 듣지 않았다. 그

6) 앗기울까 : 빼앗길까.

리하여 부자간에 충돌이 때로는 일어났다. 이럴 때마다 아버지에게 감히 하고 싶은 행동을 못하는 아들은 그 분을 아내에게로 돌려 풀기가 일쑤였다.

"이년 보기 싫다! 네 집으로 가거라."

그리고 다음에 따르는 것은 매였다. 그러나 아다다는 참아가며 아내로서의, 그리고 며느리로서, 임무를 다했다.

이것이 시부모로 하여금 더욱 아다다를 귀엽게 만드는 것이어서 아버지에게서는 움직일 수 없는 며느리인 것을 깨닫게 된 아들은 가정적으로 불만을 느끼어 한해의 농사를 지은 추수를 온통 팔아가지고 집을 떠나 마음의 위안을 찾아 주색에 돈을 다 탕진하고 물거품같이 밀려 돌다가 동무들과 짝지어 안동현으로 건너갔다.

그리하여 이 투기적 도시에 물젖어 노동의 힘으로 본전을 얻어선 '양화'와 '은떼루'에 투기하여 황금을 꿈꾸어 오던 것이 기적적으로 맞아나기 시작하여 이태만에는 이만 원에 가까운 돈을 손에 쥐고 완전한 아내로서의 알뜰한 사랑에 주렸던 그는 돈에 따르는 무수한 여자 가운데서 마음대로 흡족히 골라 가지고 집으로 돌아왔다.

그리고는 새로운 살림을 꿈꾸는 일변 새로이 가옥을 건축함과 동시에 아다다를 학대함이 전에 비할 정도가 아니었다. 이에는 그 아버지도 명민하고 인자한 남부끄럽지 않은 새 며느리에게 마음이 쏠리는 나머지, 이미 생활은 걱정이 없이 되었으니, 아다다의 것으로서가 아니라도 유족(裕足)[7]할 앞날의 생활을 내다볼 때 아들로서의 아다다에게 대하는 태도는 소모도 마음에 걸리는 것이 없었다. 그리하여, 시부모의 눈에서까지 벗어나게 된 아다다는 호소할 곳조차 없는 사정에 눈감은 남편의 매를 견디다 못해 집으로 쫓겨오게 되었던 것이니, 생각만 하여도 옛 맷자리가 아픈 그 시집은 죽으면 죽었지 다시는 찾아갈 생각이 없었던 것이다.

그래서 집에 있게 되니 그것보다는 좀 헐할망정 어머니의 매도 결코 견디기에 족한 것이 아니다. 그리고 그것은 날마다 더 심해만 왔다. 오늘도 조그

---

7) 유족 : 여유 있게 풍족함.

만 반항이 있었던들, 어김없이 매는 떨어지고 말았을 것이다.

그러나 어디로 가나? 아무리 생각을 해보아야 그저 이 세상에서는 수롱이네 집밖에 또 찾아갈 곳은 없었다.

수롱은 부모 동생조차 없는 삼십이 넘은 총각으로 누구보다도 자기를 사랑하여 준다고 믿는 단 한 사람이었다. 그리하여 쫓기어 날 때마다 그를 찾아가선 마음의 위안을 얻어 오던 것이다.

아다다는 문득 발걸음을 떼어 아지랑이 얼른거리는 마을 끝 산턱 아래 떨어져 박힌 한 채의 오막살이를 향하여 마당 어귀를 꺾어 돌았다.

수롱은 벌써 일 년 전부터 아다다를 꾀어 왔다. 시집에서까지 쫓겨난 벙어리였으나, 김 초시의 딸이라, 스스로도 낮추어 보여지는 자신으로서는 거연히[8] 염을 내지 못하고 뜻있는 마음을 속으로 꾸며 가며 눈치를 보아 오던 것이, 눈치에서보다는 베풀어진 동정이 마침내 아다다의 마음을 사게 된 것이었다.

아이들은 아다다를 보기만 하면 따라다니며 놀렸다. 아니, 어른들까지라도 '아다다, 아다다' 하고 골을 올려서, 분하나 말을 못하고 이상한 시늉을 하며 투덜거리는 것을 봄으로 행복을 느끼는 듯이 손뼉을 치며 웃었다.

그래서 아다다는 사람을 싫어하였다. 집에 있으면 어머니의 욕과 매, 밖에 나오면 뭇 사람들의 놀림, 그러나 수롱이만은 자기를 사랑하는 것이었다. 아이들이 따라다닐 때에도 남 아니 말려 주는 것을 그는 말려 주고, 그리고 매에 터질 듯한 심정을 풀어 주는 것이었다.

그리하여 아다다는 마음이 불편할 때마다 수롱을 생각해 오던 것이 얼마 전부터는 찾아다니게까지 되어 동네의 눈치에도 어느덧 오른 지 오랬다.

그러나 아다다의 집에서도 그 아버지만이 지체를 가지기 위하여 깔맵게 아다다의 행동을 경계하는 듯하고 그 어머니는 도리어 수롱이와 배가 맞아서 자기의 눈앞에 보이지 아니하고 어디로든지 달아났으면 하는 눈치를 알게 된 수롱이는 지금에 와서는 어느 정도까지 내어놓다시피 그를 사귀어 온다.

아다다는 제 집이나처럼 서슴지도 않고 달리어 오자마자 수롱이네 집문을

---

8) 거연히 : 모르는 사이에 슬그머니.

벌컥 열었다.

"아, 아다다 ! "

수롱은 의외에 벌떡 일어섰다.

"너 또 울었구나. "

울었다는 것이 창피하긴 하였으나, 숨길 차비가 아니다. 호소할 길 없는 가슴속에 꽉 찬 설움은 수롱이의 따뜻한 위무가 어떻게도 그리웠는지 모른다.

방 안으로 들어서기가 바쁘게 쫓기어 난 이유를 언제나 같이 낱낱이 고했다.

"그러기 이젠 아야 다시는 집으로 가지 말구 나하구 둘이서 살아, 응 ? "

그리고 수롱은 의미 있는 웃음을 벙긋벙긋 웃으며, 아다다의 등을 척척 두르려 달랬다. 오늘은 어떻게 해서든지 자기의 것을 영원히 만들어 보고 싶은 생각에 불탔던 것이다.

그러나 아다다는,

"아다 무 무서 ! 아바 무 무서 ! 아다 아다다다 ! "

하고, 그렇게 한다면 큰일난다는 듯이 눈을 둥그렇게 뜬다. 집에서 학대를 받고 있느니보다는 수롱의 사랑 밑에서 살았으면 오죽이나 행복되냐 ! 다시 집으로는 아니 들어가리라는 생각이 없었던 바도 아니었으나 정작 이런 말을 듣고 보니, 무엇엔지 차마 허하지 못할 것이 있는 것 같고, 그렇지 않은지라, 눈을 부릅뜨고 수롱이한테 다니지 말라는 아버지의 말이 연상될 때 어떻게도 그 말은 엄한 것이었다.

"우리 둘이 달아났음 그만이지 무섭긴 뭐이 무서워……. "

아다다는 대답이 없다.

딴은 그렇기도 한 것이다. 당장 쫓기어 난 몸이 갈 곳이 어딘고 ? 다시 생각을 더듬어 볼 때 어머니의 매는 아버지의 그 눈총보다도 몇 배나 더한 두려움으로 견딜 수 없이 아픈 것이다. 먼저 한 말이 금시 후회스러웠다.

"안 그래 ? 무서울 게 뭐야. 이젠 아예 가지 말구 나하구 있어, 응 ? "

"응, 아다 이 있어, 아다 아다. "

하고, 아다다는 다시 있자는 말이 나오기나 기다렸던 듯이, 그리고 살 길을 찾았다는 듯이 한숨과 같이 빙긋 웃으며 있겠다는 뜻을 명백히 보이기 위하여 고개를 주억이며 삿바닥을 손으로 툭툭 두드려 보인다.

"그렇지 그래, 정 있어야 돼, 응 ? "

"응, 이서 이서 아다 아다……"

"정말이야 ? "

"으, 응 저 정 아다 아다……"

단단히 강문을 받고 난 수롱이는 은근히 솟아나는 미소를 금할 길이 없었다.

벙어리인 아다다가 흡족할 이치는 없었지만 돈으로 사지 아니하고는 아내라는 것을 얻어 볼 수 없는 처지였다. 그저 생기는 아내는 벙어리였어도 족했다. 그저 일이나 도와 주고, 아들 딸이나 낳아 주었으면 자기는 게서 더 바랄 것이 없었다. 아내를 얻으려고 십여 년 동안을 불피풍우(不避風雨)[9] 품을 팔아 궤 속에 꽁꽁 묶어 둔 일백오십 원이란 돈이 지금에 와서는 아내 하나를 얻기에 그리 부족할 것은 아니나, 장가를 들지 아니하고 아다다를 꾀어 온 이유도 아다다를 꾀이므로 돈을 남겨서 그 돈으로 가정의 마루를 얹자는 데서였던 것이다. 이제 계획이 은근히 성공에 가까워옴에 자기도 남과 같이 가정을 이루어 보누나 하니 바라지 못하였던 인생의 행복이 자기에게도 찾아오는 것 같았다.

"우리 아다다. "

수롱이는 아다다의 등에 손을 얹으며 빙그레 웃었다.

"아다 다다. "

아다다도 만족한 듯이 히쭉 입이 벌어졌다.

그날 밤은 수롱의 품안에서 자고 난 아다다는 이미 수롱의 아내 되기에 수줍음조차 잊었다. 아니, 집에서 자기를 받들어 들인다 하더라도 수롱을 떨어져서는 살 수 없으리만큼 마음은 굳어졌다. 수롱이가 주는 사랑은 이 세상에서는 더 찾을 수 없는 행복이리라 느끼었던 것이다.

그러나 영원한 행복을 위하여 이 자리에 그대로 박여서는 누릴 수 없을 것

---

9) 불피풍우 : 바람과 비를 무릅쓰고 일을 함.

이 다음에 남은 근심이었다. 수롱이와 같이 삶에는 첫째 아버지가 허하지 않을 것이요, 동네 사람도 부끄럽지 않은 노릇이 아니다. 이것은 수롱이도 짐짓 근심이었다. 밤이 깊도록 의논을 하여 보았으나 동네를 피하여 낯모르는 곳으로 감쪽같이 달아나는 수밖에는 다른 묘책이 없었다.

예식 없는 가약을 그들은 서로 맹세하고 그날 새벽으로 그 마을을 떠나 신미도라는 섬으로 흘러가서 그곳에 안주를 정하였다. 그러나 생소한 곳이므로 직업을 찾을 길이 없었다. 고기를 잡아먹고 사는 섬이라 뱃노름을 하는 것이 제길이었으나, 이것은 아다다가 한사코 말렸다. 몇 해 전에 자기 동네에서도 농토를 잃은 몇몇 사람이 이 섬으로 들어와 첫배를 타다가 그만 풍랑에 몰살을 당하고 만 일이 있던 것을 잊지 못하는 때문이었다.

그렇지 않은지라, 수롱이조차도 배에는 마음이 없었다. 섬으로 왔다고는 하지만 땅을 파서 먹는 것이 조마구[10] 빨 때부터 길러온 습관이요, 손 익은 일이기 때문에 그저 그 노릇만이 그리웠다.

그리하여 있는 돈으로 어떻게 밭날갈이나 사서 조 같은 것이나 심어가지고 겨울의 불목이와 양식을 대게 하고 짬짬이 조개나, 굴, 낙지, 이런 것들을 캐어서 그날 그날을 살아갔으면 그것이 더할 수 없는 행복일 것만 같았다.

그러지 않아도 삼십 반생에 자기 소유라고는 손바닥만한 것조차 없어, 어떻게도 몽매에 그리던 땅이었는지 모른다. 완전한 아내를 사지 아니하고 아다다를 꾀어 온 것도, 이 소유욕에서였다. 아내가 얻어진 이제, 비록 많지는 않은 땅이나마 가져보고 싶은 마음도 간절하였거니와 또는 그만한 소유를 가지는 것이 자기에게 향한 아다다의 마음을 더욱 굳게 하는 데도 보다 더한 수단일 것 같았기 때문이다.

그런데다, 본시 뱃노름판인 섬인데, 작년에 놀구지가 잘되었다 하여 금년에 와서 더욱 시세를 잃은 땅은 비록 때가 기경시라 하더라도 용이히[11] 살 수까지 있는 형편이었으므로, 그렇게 하리라 일단 마음을 정하니 자기도 땅을 마

10) 조마구 : 갓난아기의 작은 주먹.
11) 용이히 : 쉽게.

침내 가져 보누나 하는 생각에 더할 수 없는 행복을 느끼며 아다다에게도 이 계획을 말하였다.

"우리 밭을 한 뙈기 사자, 그래두, 농사허야 사람 사는 것 같다. 내가 던답을 살라구 묶어 둔 돈이 있거던!"

하고 수롱이는 봐라는 듯이 시렁[12] 위에 얹힌 석유통 궤 속에서 지전 뭉치를 뒤져내더니 손끝에다 침을 발라가며 펄딱펄딱 뒤져 보인다. 그러나 그 돈을 본 아다다는 어쩐지 갑자기 화기가 줄어든다.

수롱이는 이상했다. 기꺼워할 줄 알았던 아다다가 도리어 화기를 잃은 것이다. 돈이 있다니 많은 줄 알았다가 기대에 틀림으로서인가?

"이거 봐, 그래봬두 일천오백 냥이야. 지금 시세에 이천 평은 한참 살다가 두 떡 먹두룩 산 건데!"

그래도 아다다는 아무 대답이 없다. 무엇 때문엔지 수심의 빛까지 역연히 얼굴에 떠오른다.

"아니 밭이 이천 평이문 조를 심는다 하구 잘만 가꿔 봐! 조가 열 섬에 조짚이 백여 목 날 터이야. 그래, 이걸 개지구 겨울 한동안이야 못 살아? 그렇거구 둘이 맞붙어 몇 해만 벌어 봐. 그적엔 논이 또 나오는 거야. 이건 괜히 생……"

아다다는 말없이 머리를 흔든다.

"아니, 내레 이게, 거즈뿌레기야? 아 열 섬이 못 나!"

아다다는 그래도 머리를 흔든다.

"아니, 그롬 밭은 싫단 말인가?"

비로소 아다다는 그렇다는 듯이 머리를 주억거린다.

아다다는 돈이 있다 해도 실로 그렇게 많은 줄은 몰랐다. 그래서 그 많은 돈을 밭을 산다는 소리에 지금까지 꿈꾸어 오던 모든 행복이 여지없이도 일시에 깨어지는 것만 같았던 것이다. 돈으로 의해서 그렇게 행복일 수 있던 자기의 신세는 남편(전남편)의 마음을 약하게 만들므로, 그리고 시부모의 눈까지

12) 시렁 : 물건을 올려놓기 위해 가로로 지른 두 개의 장나무.

가리는 것이 되어, 필야엔 쫓겨나지 아니치 못하게 되던 일을 생각하면 돈 소리만 들어도 마음은 좋지 않던 것인데, 이제 한푼 없는 알몸인 줄 알았던 수롱이에게도 그렇게 많은 돈이 있어, 그것으로 밭을 산다고 기꺼워하는 것을 볼 때, 그 돈의 밑천은 장래 자기에게 행복을 가져다 주리람 보다는 몽둥이를 버리는 데 지나지 못하는 것 같았고, 밭에다 조를 심는다는 것은 불행의 씨를 심는다는 것만 같았기 때문이다.

아다다는 그저 섬으로 왔거니 조개나 굴 같은 것을 캐어서 그날 그날을 살아가야 할 것만이 수롱의 사랑을 받는 데 더할 수 없는 살림인 줄만 안다. 그래서 이러한 살림이 얼마나 즐거우랴! 혼자 속으로 축복을 하며 수롱을 위하여 일층 벌기에 힘을 써야 할 것을 생각해 오던 것이다.

"그름 논을 사재나? 밭이 싫으문."

수롱은 아다다의 의견이 알고 싶어 이렇게 또 물었다.

그러나 아다다는 그냥 고개를 주억여 버린다. 논을 산대도 그것은 똑같은 불행을 사는 데 있을 것이다. 돈이 있는 이상 어느 것이든지 사기는 반드시 사고야 말 남편의 심사이었음에 머리를 흔들어댔자 소용이 없을 것이었다. 그리하여 그 근본 불행인 돈을 어찌할 수 없는 이상엔 잠시라도 남편의 마음을 거스름으로 불쾌하게 할 필요는 없다고는 아는 때문이었다.

"훙! 논이 도흔 줄은 너두 아누나! 그러나 어려운 놈겐 밭이 논보다 나앗디 나아……."

하고, 수롱이는 기어이 밭을 사기로 그달음에 거간을 내세웠다.

그날 밤.

아다다는 자리에 누웠으나 잠이 오지 않았다.

남편은 아무런 근심도 없는 듯이 세상 모르고 씩씩 아침부터 자내건만 아다다는 그저 돈 생각을 하며 장차 닥쳐올 불길한 예감에 잠을 이룰 수가 없었다. 이불을 붙안고 밤새도록 쥐어틀며 아무리 생각해야 그 돈을 그대로 두고는 수롱의 사랑 밑에서 영원한 행복을 누릴 수 있으리라고는 믿어지지 않았다.

짧은 봄 밤은 어느덧 새어 새벽을 알리는 닭의 울음소리가 사방에서 처량히 들려 온다.

밤이 벌써 새누나 하니 아다다의 마음은 더욱 조급하게 탔다. 이 밤으로 그 돈에 대한 처리를 하지 못하는 한 내일은 기어이 거간이 흥정을 하여가지고 올 것이다. 그러면 그 밭에서 나는 곡식은 해마다 돈을 불려 줄 것이다. 그때면 남편은 늘어가는 돈에 따라 차차 눈이 어둡게 되어 점점 정은 멀어만 가게 될 것이다. 그 다음에는 ? 더 생각하기조차 무서웠다.

닭의 울음소리에 따라 날은 자꾸만 밝아온다. 바라보니 어느덧 창은 희끄스럼하게 비친다. 아다다는 더 누워 있을 수가 없었다. 옆에 누운 남편을 지그시 팔로 밀어 보았다. 그러나 움찍하지도 않는다. 그래도 못 믿어지는 무엇이 있는 듯이 남편의 코에다 가까이 귀를 가져다 대고 숨소리를 엿들었다. 씨근씨근 아직도 잠은 분명히 깨지 않고 있다. 아다다는 슬그머니 이불 속을 새어 나왔다. 그리고, 시렁 위에 석유통을 휩쓸어 그 속에다 손을 넣었다. 그리하여 마침내 지전 뭉치를 더듬어서 손에 쥐고는 조심조심 발소리를 죽여 가며 살그머니 문을 열고 부엌으로 내려갔다.

그리고는 일찍이 아침을 지어 먹고 나무새기를 뽑으러 간다고 바구니를 끼고 바닷가로 나섰다. 아무도 보지 못하게 깊은 물 속에다 그 돈을 던져 버리자는 것이다.

솟아오르는 아침 햇살을 받아 붉게 물들며 잔뜩 밀린 조수는 거품을 부걱부걱 토하며 바람결 좇아 철썩철썩 해안을 부딪친다.

아다다는 바구니를 내려놓고 허리춤 속에서 지전 뭉치를 쥐어 들었다. 그리고는 몇 겹이나 쌌는지 알 수 없는 헝겊조각을 둘둘 풀었다. 헤집으니 일 원짜리, 오 원짜리, 십 원짜리, 무수한 관 쓴 영감들이 나를 박대해서는 아니 된다는 듯이 모두들 마주 바라본다. 그러나 아다다는 너 같은 것을 버리는 데는 아무런 미련도 없다는 듯이 넘노는 물결 위에다 휙 내어 뿌렸다. 세찬 바닷바람에 채인 지전은 바람결 좇아 공중으로 올라가 팔랑팔랑 허공에서 재주를 넘어가며 산산히 헤어져 멀리 그리고 가깝게 하나씩 하나씩 물 위에 떨어져서는 넘노는 물결 좇아 잠겼다 떴다 숨박꼭질을 한다.

어서 물 속으로 가라앉든지 그렇지 않으면 흘러내려가든지 했으면 하고 아다다는 멀거니 서서 기다리나, 너저분하게 물 위를 덮은 지전 조각들은 차마 주인의 품을 떠나기가 싫은 듯이 잠겨 버렸는가 하면 다시 기울거리며 솟아올라서는 물 위를 빙글빙글 돈다.

하더니, 썰물이 잡히자부터야 할 수 없는 듯이 슬슬슬슬 밑이 떨어져 흐르기 시작한다.

아다다는 상쾌하기 그지없었다. 밀려 내려가는 무수한 그 지전 조각은 자기의 온갖 불행을 모두 거두어 가지고 다시 돌아올 길이 끝없는 한 바다로 내려갈 것을 생각할 때 아다다는 춤이라도 출 듯이 기꺼웠다.

그러나 그 돈이 완전히 눈앞에 보이지 않게 흘러 내려가기까지에는 아직도 몇 분 동안을 요하여야 할 것인데, 뒤에서 허덕거리는 발소리가 들리기에 돌아다보니 뜻밖에도 수롱이가 헐떡이며 달려오는 것이 아닌가.

"야! 야! 아다다야! 너, 돈 돈 안 건새핸? 돈, 돈 말이야, 돈!"

청천의 벽력 같은 소리였다.

아다다는 어쩔 줄을 모르고 남편이 이까지 이르기 전에 어서어서 물결은 휩쓸려 돈을 모두 거둬 가지고 흘러 가버렸으면 하나 물결은 안타깝게도 그닐그닐 한가히 돈을 이끌고 흐를 뿐, 아다다는 그 돈이 어서 자기의 눈앞에서 자취를 감추어 버리는 것을 보기 위하여 그닐거리고 있는 돈 위에 쏘아 박은 눈을 떼지 못하고 쩔쩔매는 사이, 마침내 달려오게 된 수롱의 눈에도 필경 그 돈은 띄고야 말았다.

뜻밖에도 바다 가운데 무수하게 지전 조각이 널려서 앞서거니 뒤서거니 둥둥 떠내려가는 것을 본 수롱이는 아다다에게 그 연유를 물을 겨를도 없이 미친 듯이 옷을 훨훨 벗고 첨버덩 물 속으로 뛰어들었다.

그러나 헤엄을 칠 줄 모르는 수롱이는 돈이 엉키어 도는 한복판으로 들어갈 수가 없었다. 겨우 가슴패기까지 잠기는 깊이에서 더 들어가지 못하고 흘러 내려가는 돈더미를 안타깝게도 바라보며 허우적 달려갔다. 차츰 물결은 휩쓸려 떠내려가는 속력이 빨라진다. 돈들은 수롱이더러 어서 달려와 보라는 듯이 휙휙 숨바꼭질을 하며 흐른다. 그러나 물결이 세어질수록 더욱 걸음발은 자유로 놀릴 수가 없게 된다. 더펙더펙 물과 싸움이나 하듯 엎어졌다가는 일어서고 일어섰다가는 다시 엎어지며 달려가나 따를 길이 없다. 그대로 덤비다가는 몸조차 물속으로 휩쓸려 들어갈 것 같아, 멀거니 서서 바라보니 벌써 조각들은 가물가물하고 물거품인지도 분간할 수 없으리만큼 먼거리에서 흐르고 있다. 그러나 그것도 한 순간이었다. 눈앞에는 아무것도 보여지는 것이 없다. 휙휙하고 밀려 내려가는 거품진 물결뿐이다.

수롱이는 마지막으로 돈을 잃고 말았다고 아는 정도의 물결 위에 쏘아진 눈을 돌릴 길이 없이 정신 빠진 사람처럼 그냥그냥 바라보고 섰더니, 쏜살같이 언덕켠으로 달려오자 아무런 말도 없이 벌벌 떨고 섰는 아다다의 중동[13]을 사정없이 발길로 제겼다.[14]

"홍앗 ! "

소리가 났다고 아는 순간, 철썩 하고 감탕이 사방으로 튀자 보니 벌써 아다다는 해안의 감탕판[15]에 등을 지고 쓰러져 있다.

"이 ! 이 ! 이 ! "

수롱이는 무슨 일인지를 하려고는 하나, 너무도 기에 차서 말이 되지를 않는 듯 입만 너불거리다가 아다다가 움찍하는 것을 보더니, 아직도 살았느냐는 듯이 번개같이 좇아 내려가 다시 한번 발길로 제겼다.

"푹 ! "

하는 소리와 함께 아다다는 가꿉선 언덕을 떨어져 덜덜덜 굴러서 물 속에 잠긴다.

한참 만에 보니 아다다는 복판도 한복판으로 밀려가서 솟구어 오르며 두 팔을 물 밖으로 허위적거린다. 그러나 그 깊은 파도 속을 어떻게 헤어나랴 ! 아다다는 그저 물 위를 둘레둘레 굴며 요동을 칠 뿐, 그러나 그것도 한 순간이

---

13) 중동 : 몸의 중간 부분.

14) 제겼다 : 팔꿈치나 발꿈치로 질렀다.

15) 감탕판 : 아주 곤죽같이 된 진흙.

었다. 어느덧 그 자체는 물 속에 사라지고 만다.

주먹을 부르쥔 채 우상같이 서서 굽실거리는 물결만 그저 뚫어져라 쏘아보고 섰는 수롱이는 그 물 속에 영원히 잠들려는 아다다를 못 잊어함인가? 그렇지 않으면 흘러 버린 그 돈이 차마 아까워서인가?

짝을 찾아 도는 갈매기 떼들은 눈물겨운 처참한 인생 비극이 여기에 일어난 줄도 모르고 '끼약 끼약' 하며 홍겨운 춤에 훨훨 날아다니는 깃(羽)치는 소리와 같이 해안의 풍경만 돕고 있다.

**작가소개** 계용묵 (1904~1961)

평북 선천에서 출생했다. 1924년 『조선문단』에 시 「봄이 왔네」와 단편 「상환」을 발표하면서 문단에 나왔다. 주요 작품으로 「백치 아다다」 「병풍에 그린 닭이」 「연애 삽화」 「제비를 그리는 마음」 등이 있다. 초기에는 경향파적인 작품을 다수 발표했으나 후기로 가면서 인생파적이면서 예술 지향적인 시각에서 서민들의 애환을 그린 작품을 썼다. '인생파'란, 인간의 생명의 본질에 깊이 천착하면서 인간의 삶을 에워싼 본능적인 세계를 다루는 작품 경향을 말한다.

**작품해설**

1935년 『조선문단』에 발표된 「백치 아다다」는 그의 대표작으로 가난한 시골의 삶을 배경으로 인간의 원초적인 욕구를 초월한 사랑을 그리고 있는 단편이다. 작가는 부지런하고 순종하는 착한 성격의 소유자인 백치 아다다의 행동을 통해 휴머니즘의 실현이라는 질문을 독자들에게 던지고 있다.

**읽고 나서**

(1) 이 작품에서 아다다는 왜 수롱의 지전 뭉치를 바다에 흩뿌리게 되는가?
— 옛 남편과 부모에게 학대받고 쫓겨난 것이 다름아닌 돈 때문이었던 것을 떠올리고, 다시 돈이 수롱과 꿈꾸었던 행복을 무너뜨릴 것이라는 생각 때문이다.

(2) 이 작품의 공간적 배경은 어떤 곳인가?
— 물질과 돈이 인간을 지배하는 황폐한 공간

# 남 매

김 남 천

쨍쨍 언 작은 고무신이 페달을 디디려고 애쓸 때에 궁둥이는 가죽안장에서 미끄러져 떨어질 듯이 자전거의 한편에 매어 달린다. 왼쪽으로 바른쪽으로, 구멍난 꺼먼 교복의 궁둥이가 움직이는 대로 낡은 자전거는 언 땅 위를 골목 어귀로 기어 나간다. 못 쓰게 된 뼈만 남은 앙상한 경종(警鍾)은 바퀴가 언 땅에 부딪칠 때마다 저 혼자 지렁지렁 울고, 핸들을 쥔 푸르덩덩한 터진 손은 매 눈깔보다도 긴장해진다. 기름 마른 자전거는 이때에 이른 봄날 돌틈을 기어가는 율모기같이 느리다. 그러나 길이 좀 언덕진 곳은 미처 발디디개를 짚을 겨를도 없이 팽팽하게 바람 넣은 바퀴가 자갯돌과 구멍진 곳을 분간할 나위 없이 지쳐 내려가기도 한다. 심장은 뛰고 가슴은 울렁거린다. 이때에,

"남의 쟁골 또 타네 ? "

하는 고함이 등뒤에서 나면 왈칵 가슴은 물러앉고 정신은 앞뒤를 분간할 겨를조차 없다. 앞바퀴를 돌각담에 박으면서 거의 엎드러지듯이 후덕떡 뛰어내려 돌아다보고 자전거의 주인인 면서기 대신에 계향(桂香)이를 발견하면, 두근거리는 가슴은 좀 가라앉으며 무엇보다 먼점 안심하는 빛이 그의 표정을 스쳐간다. 뛰어내릴 때 부딪힌 사타구니가 갑자기 쓰려 오고, 그의 두 눈이 녹초가 져서 뎅그렁하니 넘어져 있는 자전거를 보았을 때, 사슬은 끊어져서 흙받이 옆에 붙어 있고, 고무 페달만 싱겁게 핑핑 돌다가 멎는다. 녹슬어서 도금이 군데군데 벗겨진 핸들은 홱 비틀어져 있다. 고물상 먼지 구덩이에 박혀 있는

항용[1] 보는 엿장수의 매상품이다. 봉근이는 화가 벌컥 치밀었다. 무엇을 짓부수고 싶은 마음이 가슴속에 꿈틀거리지만 그대로,

"왜 이래 남 쟁고 배우는데."

하고 저만큼 대문 앞에 서 있는 누이의 얼굴을 노려보면서 울 듯이 눈살을 찌푸리고 말았다.

"너 누구 쟁곤데 물어나 보구 타네?"

봉근이는 아무 대답도 안 하고 사타구니의 아픈 곳을 부비며 너부러진 자전거를 세웠다. 돌담에 비스듬히 세우고 끊어진 사슬을 집어 차대에 얹고 다시 바퀴를 다리 틈에 끼운 뒤에 핸들을 바로잡았다.

"이전 경쳤다. 그게 누구 쟁곤데 닐르는 말은 안 듣구 만날 쟁고만 타더니."

"차서방네 집에 온 멘서기핸데 차서방보구 허가 맡었다 뭘. 누는 괜히 민하게 굴어서 사슬 끊어딘 건 난 몰라, 씽."

자전거를 끌고 기운이 빠져서 어슬렁어슬렁 계향이 앞으로 올라간다.

"이 새끼 차서방한테 허가 맡어서? 차서방은 아바지하구 강에 나갔는데."

주먹을 쥐고 머리를 치려는 바람에 봉근이는 자전거를 계향이에게로 탁 밀어 버리고 저만큼 물러 뛴다.

"아이구 애, 이 새끼."

겨우 넘어지려는 자전거를 붙들고 남치맛자락으로 입을 가리운다.

"새끼두 망하겐 군다."

계향이는 눈으로 봉근이를 노려보면서 어이가 없어서 웃어 버린다. 그리고는 목을 돌려 차서방네 집을 향하여,

"김서기 쟁고 건사하우. 결딴났수다."

하고 고함을 질렀다.

봉근이는 바자 틈에 돌아서서 손으로 언 가시나무 가지를 뜯다가 누이의 김서기 부르는 소리에 속이 또다시 활랑거려 힐끗 누이의 얼굴을 쳐다본 채 그대로 꽁무니를 뺄까 한다.

---

1) 항용 : 희귀할 것 없이 흔하게.

"얘, 봉근아 ? "

하고 즐겨서 자전거는 탔으나 뒷감당을 맡아서 치를 담력은 없는, 자기의 동생을 부드럽게 부르면서 계향이는 약간 쓸쓸함을 느끼었다.

"얘 봉근아, 쟁곤 내 말해 줄게 집에 들어가서 다랭이 가지구 아바지한테 쫓아가라. 꿍맹이 사냥 갔는데 앞강이 사람 탈 만하다더라. 오늘은 아마 큰 고기 잡는대. 주어 넙구 빨리. 어서 뛔가 봐. 또 멘서기 나오기 전에. "

계향이의 낮은 목소리가 끝나기 전에 봉근이는 고슴도치 모양으로 대문 안을 향하여 굴러 들어가 버렸는데 이윽고 차서방네 집에서 코르덴 당꼬바지를 입고 기성복 외투를 걸친 김서기하고 차서방의 딸 옥섬이가 행길로 나온다.

"남의 하쿠라이(외제)쟁골 가지구 왜들 새박드리 야단이야 응. "

하면서 김서기는 물고 나오던 마코 꽁초를 불 붙은 채로 길가에 던진다. 그리고 사슬 끊어진 자전거를 바라보고는 침을 한번 쪽 내어뱉고,

"허허 오늘 큰코 다쳤다. 별수 있나, 계향이 하룻밤 화대는 마루키(丸木) 쟁고빵으로 털으야 됐디 ! "

"그거 이전 엿장세한테 팔든가 페양 갖다 박물관에 보관하디. 멘장 나으리 타시는 구루마 하구는 너무 초라해. "

하고 옥섬이가 깔깔 웃으며 분 떨어진 핏기 없는 얼굴로 계향을 바라본다.

자전거를 받아서 사슬을 빼 짐틀에 놓더니 김서기는 장갑 낀 손으로 안장을 툭툭 털며,

"이놈이 이래뵈두 내 당나귀다. 말 갈 데 소 갈 데 없이 참 이놈 타구 세금두 많이 받았구 뽕나무 심으라구 야단두 엔간하게 쳤다. "

"그리구 또 개새끼두 수없이 짖겠구. "

"하하, 아닌게아니라. "

하고 김서기는 계향이의 말을 다시 받으면서,

"이 종이 아직 시퍼렇게 젊었을 때 촌동리 어구를 접어들면서 한번 째르릉하구 울리기만 하문 개새끼는 짖구 닭의 새낀 풍기구 고양이 새낀 달아나구 아새낀 모여들구 촌체니는 바자 틈에서 침을 생켰는데, 이놈이 이전 다 늙어

서 이거 이놈 소리두 안 나네. ”

양쪽 쇠가 떨어져 없어져서 종은 손으로 누르면 찌륵찌륵 하기만 한다.

“오늘은 또 벨이 끊어졌으니 돈냥 탁실히 잡어먹게 됐군. 그저 이 동네 오문 이랬거나 저랬거나 말썽이야. ”

“이왕이면 팔아서 소주나 사게, 날두 산산한데 한잔 먹구 니불 쓰구 낮잠이나 잠세. ”

제법 사내투로 반말로 받는 바람에 김서기는 입이 써서 멍하고 섰는 것을 계향이는 다시 한번,

“여보시게, 서기네 조카. ”

하고 간드러지게 웃었다.

“허 참, 아침 흐더분히 잘 먹구 간다. ”

자전거를 끌고 골목을 나가려 할 때 계향이는 웃으면서,

“사랑하는 애인 만낼라문 쟁고 사슬 열 개 끊어두 아깝지 않네. ”

하고 그대로 웃으면서 옥섬이를 바라보았다.

“왜 이건 또 재수가 안 와서 걱정인가 ? ”

서너 발자국 가다 김서기는 목을 돌리고 지껄이는데, 옥섬이는 코만 한 번 찡긋 하고,

“어떤 사람은 월급봉투도 터는데. ”

하였다.

“아이구 아서, 새벽부터 오늘 재수없다. ”

“재수가 왜 없어. 오늘 공일이니 집에 있을걸. ”

셋은 배를 추며 웃고 제가끔 갈라졌다.

“엣취 !”

“아이 차겁다 !”

긴 남치맛자락이 첫추위 바람에 팔락거리며 노랑저고리의 자주고름이 종종걸음을 치는 대로 대문 안으로 사라져 없어진다.

어제까지 푸른 강물이 찬바람에 하물하물 떨고 있더니, 오늘 아침 추위에 조양천은 백양가도서부터 천주봉 밑 저쪽가지 유리창 같은 매얼음이 짝 건너 붙었다. 이번 겨울 들어 첫추위라 매운 바람이 등골로 숨어드는 것이 유달리 차갑다. 얼음이 약할 듯싶어 아직 강을 타는 사람은 하나도 없었고, 졸망구니 아이들이 새벽에 가상으로 돌아다니며 아물아물 얼음 진 품을 발로 디뎌 보더니 지금은 그림자조차 간 데 없다.

계향이와 봉근이의 의붓아비 땜장이 학섭이는, 강가에 셋방을 얻어 살면서 매년같이 매얼음 진 첫날을 놓치지 않고 꿍맹이와 작살로 고기를 낚는 데 재미를 붙였다. 이즈음 날씨가 겨울로 접어들자 며칠을 두고 소주도 덜 마시며 강변에만 정신이 팔려 있더니, 간밤에 분 바람이 잠자리에 맵게 숨어드는 품이 미상불 강을 붙였으리라 짐작되매, 오늘은 이른 새벽 머리를 털며 자리를 나오자 눈을 부비면서 강가로 뛰쳐나갔다. 알린알린 기름칠한 거울같이 건너붙은 것을 보고 강 한중복판을 발로 쿵쿵 디뎌 보면서 언 품을 시험해 보더니, 아침밥도 이럭저럭 쏜살로 작살과 꿍맹이를 준비해 가지고 차서방과 함께 조양천 윗목으로 올라갔다.

한짝 고름이 떨어진 색 낡은 검은 두루마기를 노끈을 이어 칭칭 둘러 감고, 귀에다는 양의 털로 만든 귀걸이를 끼우고서, 빈 다랭이를 든 채 강가로 줄다음질쳐 내려온 봉근이는 강 위를 휙— 한번 두루 살폈다. 학섭이와 차서방의 그림자를 강 위에서 찾아보는 것이다. 그러나 두서너 개 소나무 충충 박힌 외에는 바위와 잎 떨어진 가당나무뿐인 가난한 풍경 — 산 밑의 강은 은이불을 깔아 놓은 듯이 아침 햇발에 빛나는데 눈에 보이는 것은 끝없이 줄기 뻗은 얼른거리는 비단필, 개새끼 한 마리 찾아볼 수가 없다. 통쾌하게 건너붙은 강을 보고 흥분하였던 것도 삽시간 은근히 의심이 복받친다.

응당히 아버지와 차서방은 내 눈에 보이는 이 앞 강에서 허리를 꾸부러트리고 꿍맹꿍맹 얼음 위를 달리며 고기를 몰고 있을 터인데 사람도 간 데 없고 하늘을 울릴 꿍맹이 소리도 들리지 않는다.

누이가 또 세무서 인[尹]상하고 놀려고 날 속였나. 사실 오늘이 공일이므로 계향이하고 정분난 세무서 윤재수가 대낮에 집에 올 것은 정한 이치다. 무슨 일이 있는지 이즈음은 만나면 잘 웃지도 않고 눈만 멀거니 마주보며 한숨들만 쉬었다. 자세한 곡절은 모른다 쳐도 금년 열한 살밖에 안 먹은 봉근이의 상식으론 그들이 돈 때문에 그러는 것이라는 단정을 내릴 수는 있다. 월급도 몇 푼 못 받는 인상과 좋아 지내는 것을 아버지와 어머니가 싫어하여 가끔 누이와의 새에 충돌이 있는 것을 보아 온 터이다. 오늘쯤 나까지 강으로 내보내고 무엇을 의논하든가 그렇지 않다 해도 대낮에 문 걸고 히히거리고 놀기라도 하려고 일부러 꾸민 수단일 것 같기도 하다. 싸릿개비로 튼 고기 비늘 붙은 초라한 종다랭이—이것을 뎅그렁하니 쥐고 섰는 자기가 싱겁기 한량없어,

"제—미 나까타나 볼당 못 볼라구……. "

하고 어른 같은 입버릇을 하며 침을 뱉었다. 그리고 홱 발굽을 돌리려고 하는데 그는 그때에 똑똑히 들었다 ! 얼음장을 울리고 천주봉을 무너뜨릴 듯한 꿍맹이소리가 기관총의 소리같이 연거푸 공중에 진동하지 않는가 !

"오 ! 차서방의 꿍맹이 !"

그는 생선 잉어같이 펄깍 기운을 떨쳐 강 가상으로 달음박질쳤다. 꿍맹이는 어디냐 ? 작살 든 아버지는 어디 있나 ? 목을 뽑고 굽어보니 과연 있다, 있다. 강이 휘돌아 굽어진 곳에 낡은 순사 외투를 입은 차서방이 꿍맹이를 울리며 화살같이 달아 나가더니 한번 유달리 높게 꿍맹이소리가 나고 잠시 소리가 멎는 때에, 뒤쫓아오던 학섭이가 바른손을 번쩍 들었다가 긴 작살을 얼음 구멍으로 던진다. 이윽고 작살이 얼음에서 다시 나올 때에, 봉근이의 두 눈은 꺼먼 작살 끝이 팔뚝같이 번뜩 어리는 생선을 물고 있는 것을 보았다.

"어—이 !"

천주봉이 봉근이의 고함소리를 받아서,

"어—이 !"

대답한다. 봉근이는 아버지가 목을 돌리고 자기를 먼발로 바라볼 때에 다시 한번,

"어—이 !"

소리를 치고 다랭이를 번쩍 들어 보인 뒤에 강을 따라 위로 위로 뛰어갔다.

얼어붙은 자갈과 모래를 밟으며 쏜살로 달려가서 천주봉 앞까지 이르도록 차서방과 아버지는 한 번도 이쪽을 바라보지 않고 냄새 맡는 거먹곰같이 얼음장을 굽어 살피며 고기를 찾기에만 바빴다. 그러므로 목구멍에서 쇳내가 나는 것을 참아 가며,

"아바지, 이재 잡은 거 머야 ? "

하고 헐레벌떡거릴 때 겨우 아버지는 목만을 이편으로 돌린 채 마치 봉근이가 떠드는 바람에 모여들던 늦치떼가 도망을 친다는 듯이 말 대신에 험상궂은 상통을 지어 보였다.

봉근이는 핀잔을 맞고 나서 숨만 쓸데없이 씨근거리며 그래도 먼발로 본 팔뚝같이 번뜩이던 고기가 늦친가 어핸가 붕언가 알고 싶어 어정어정 강 가운데로 걸어 들어갔다. 얼음은 몰아치는 찬바람에 표면이 굳어져서 언 고무신을 댈 때마다 물기 하나 돌지 않고 매츠럽기만 하다.

거울 같은 매얼음 속으로 모가 죽은 자갈과 물이끼와 모래알이 손에 잡힐 듯이 가깝게 보이고, 깊은 곳으로 갈수록 물은 파란 기운을 더할 뿐 지척지간과 같이 들여다보였다. 아버지들 있는 쪽으로 갈수록 이따금 얼음 위에는 꿍맹이를 올린 자리와 먼 곳까지 태맞은 자리가 잦아지고 꿍맹이의 자국이 서너 개 함께 엉킨 가운데에 뚱그렇게 구멍이 뚫렸는데 속에서는 물이 하물하물 올라 솟았다. 아까 잡아 놓은 늦치는 바로 그 옆에 눈을 뜬 채로 등허리에 작살 자국과 붉은 피를 묻힌 채 아직 꼬리를 파르르 떨면서 가로누워 있었다. 봉근이는 만족한 듯이 한참 동안이나 그것을 내려다보다가 침을 꿀꺽 삼키고 들었던 다랭이에 손가락으로 입을 꿰어 옮겨 넣었다.

둘러멜 만한 것도 못 되는 것을 억지로 무거운 것이나 지니는 듯이 다랭이를 어깨에 걸치고 나서 그는 약간 앞산을 바라보았다. 가당나무숲 속에서 금방 산비둘기 한 마리가 푸드득 날더니 뒤이어 차서방의 꿍맹이소리가 다시 자지러지게 울려 온다. 산비둘기는 산을 넘어 서쪽을 향하여 하늘을 휘어돌아 없어진다.

깍지통같이 주워 입은 차서방이 신이 나서 꽝맹이를 울리며,

"예 간다 ! "

"예 간다 ! "

소리를 지르고 얼음 위를 암탉 풍기듯이 뛰어 돈다. 그 뒤론 무릎까지밖에 안 오는 달구지꾼의 더럽힌 회색 두루마기를 입은 키가 늘씬한 학섭이가, 키가 넘는 작살을 얼음 속 생선 대가리에 겨눈 채 꽝맹이를 따라 이리 뛰고 저리 뛰고 헤번덕거린다. 봉근이의 가슴은 갑자기 두방망이질을 하듯이 뛰었다. 그리고 무슨 큰 내기나 할 때같이 가슴이 죄어드는 것 같았다. 그래서 정신을 잃고 차서방과 학섭이가 콩알 튀듯이 뛰어 도는 것을 바라보다가 알지 못하는 새에 자기도 그쪽으로 달려갔다.

한 길이나 될까말까 한 맑은 물 속에는 어쩔 줄을 모르는 잉어 한 마리가 가끔 흰 배래기를 번득이며 숨을 곳을 못 찾아 어름거리고 있다. 그러나 잉어는 머리 위에서 연거푸 울리는 꽝맹이소리에 어리둥절하여 마름 포기를 의지한 채 우뚝 서버리고 만다.

"꽝. "

하고 얼음을 뚫은 꽝맹이가 슬쩍 빗서기가 무섭게,

"휙. "

소리를 내며 작살이 물 속을 가르고, 그 다음 순간 잉어는 흰 배래기를 하늘로 곧춘 채 마름 포기에 박히고 만다. 쇠로 벼른 작살 끝이 잉어 대가리를 끌고 얼음 구멍으로 다시 나올 때 봉근이는 기쁨에 입이 터져서 자기 아버지의 얼굴을 우러러본다. 함석을 가위로 오려서는 납으로 붙여서 물통을 붙여 가며 김치쪽이나 부친 두부를 손가락으로 집어넣고는 사이다 병에서 소주를 따라 마시는 느림뱅이의 땜장이 학섭이가 이렇게 재빠르게 날뛰는 적을 봉근이는 본 적이 없었다. 두 팔로 작살을 들고 꽝맹이소리에 맞추어 고기를 찌르던 그 긴장한 재주, 그러나 기쁨을 참을 수 없어 봉근이가 발을 동동 구르며 손뼉을 칠 때 학섭이는 다시 가랫잎을 깨문 듯한 험상궂은 얼굴로 봉근이를 쳐다보았다.

"촐랑거리다 물에 빠질라. "

그러고는 또 아무 말도 안 하고 얼음장 속을 들여다보았다.

"한 놈은 어데루 갔을까 ? "

차서방은 꿍맹이를 집고 봉근이가 생선을 집어 건사하는 것을 보다가 콧물을 찡-풀었다.

"일본집에 가문 오십 전은 주겠군. "

이렇게 혼잣말로 중얼거리더니 학섭이와 함께 도망간 고기를 찾으려 다시 허리를 구부렸다.

동지 가까운 겨울해는 짧았다. 그러나 해가 모우봉 위에서 남실거릴 때 학섭이네 일행은 다랭이에 차고도 한 꿰챙이가 될 만큼 많은 고기를 잡았다. 해질 무렵이 되매 강 위엔 엄청나게 큰 산 그림자가 덮이어 등골론 산산한 바람이 숨어들었으나 한 짐 잔뜩 지고 팔이 굽도록 무겁게 든 봉근이는 손끝밖에는 시리지 않았다. 몸에서는 더운 김이 훈훈히 나고 잔등과 겨드랑 밑에는 땀이 찐득하게 흘렀다.

그는 앞서서 언덕을 올라오다가 골목을 휘돌아 자기 집과 차서방집을 발견하곤 기쁨을 참지 못하여 소리를 지르며 달음박질을 쳤다.

"고기 한 다랭이두 더 잡았다. 어-이 !"

"옥섬아, 게향(계향)아-"

이렇게 소리소리 지르며 자기 집 대문 안으로 뛰어들어갔다.

봉근이가 고기 다랭이를 토방 위에 놓고 세수 소랭이에는 꿰챙이에 꿰었던 것을 옮겨 놓았을 때 계향이는 세 살 난 관수 동생을 안고 윗방에서 나왔고, 어머니는 부엌에서 손에 물을 묻힌 채 뛰어나왔다.

"아이구 이게 웬 고기라니 수탠 잡었다. "

"그러게 내가 나가 보라구 안 하던. "

어머니와 계향이는 입이 벌어져서 고기를 내려다본 채 한참 동안이나 움직일 줄을 모른다.

"더 잡을 겐데 꿍맹이 소리 듣고 남덜두 나와서 고만 조꼼 잡았다. "

봉근이는 제가 잡기나 한 듯이 뽐을 내는 것을 계향이는 웃으면서,

"욕심두, 그럼 남두 잡아야지 너 혼자만 먹간 ? "
하였다.

"테—테 차서방이랑 아바지두 우정 남몰래 잡을라구 웃꼭대기에서부텀 잡아 내려오댔는데 모우봉 밑에 오네껜 모두 쓸어 나오는데 그래두 우리가 델수태 잡아서. "

이러고들 있을 때에 뒤쫓아 차서방과 학섭이가 팔짱을 끼고 들어온다.

"왜 이건 보구들만 있니, 정 험한 건 물에 좀 씻구, 작은 건 추려서 한 오십전 어치씩 께라. 저녁끼때 넘기 전에 어서 팔으야 돈냥이나 산다. "

학섭이는 작살을 두루마기 섶으로 닦으면서 투덜거리며 서둘러대는데 차서방은 꿍맹이를 기둥 옆에 세우고 또 한번 코를 찡—풀었다.

"큰 거나 팔구 작은 건 옥섬이네하구 논아서 찔게나 하디 머 걸 다—팔겠소. "

봉근이는 어이가 없어서 옆에 멍하니 서 있는데 계향이는 아이를 안은 채 아버지를 핀잔 주듯 하였다.

"얘가 정신이 나갔구나. 이좀 벌이 없는데 이게 벌이다. 팔아서 쌀을 사든지 술을 사든지 하디 우리가 이런 생선을 먹으면 밸이 꼴려서 죽는다. "

차서방도 팔자는 주장이었다.

어머니는 아무 말도 안 하고 서서 이 사람 저 사람의 얼굴들만 쳐다보더니, 그대로 부엌으로 들어가서 바가지에 물을 떠가지고 나온다.

"인내우다 내 할게. 어서 불이나 때우. "

학섭이는 손을 걷고 고기를 골라서 대강대강 씻기 시작한다.

"좀 냄겼다 한잔하야디. "

둘이는 쭈그리고 앉아서 중얼거린다.

"여부 있소. 팔다 남은 거 가지구두 술 한 된 치우겠는데. "

"아니 아마 이좀 이게 귀한 물건이 돼서 다 팔리리다. 미리 좀 내노야디."

"허리 끊어진 놈두 댓마리 되니 그걸 지지구두 너끈히 술 되는 없애겠는데 어서 다— 께서 팝세다. 한 오 원 벌문 메칠 두구 맷손에 시장치나 않게 안

디내리. ”

봉근이는 아무 말도 안 하고 고무신을 마루 밑에 벗고 방 안으로 들어갔다. 뒤따라서 계향이도 들어온다. 계향이는 아이를 아랫방에 놓고 혼자서 샛문을 열고 자기 방으로 올라가 버렸다. 관수가 달랑달랑 걸어와서 아랫목에 서서 멀거니 농짝을 바라보고 있는 봉근이의 다리를 붙든다.

“형이 고기 먹어 ? 고기 먹어 ? ”

이렇게 관수는 봉근이를 쳐다보며 잘 돌아가지 않는 혀로 말을 건넨다.

봉근이는 관수의 말도 들리지 않는 것 같다. 아니 지금도 문 밖에서 중얼거리고 있는 아버지와 차서방의 말도 들리는 것 같지 않다. 갑자기 사지가 노곤하여지며 귀와 발가락이 근질근질하고 머리가 휭하다.

지금까지 어깨에 메었던 것 그리고 팔이 휘도록 들었던 것 — 느물느물한 피 뚝뚝 흐르는 생선들. 그 많은 잉어와 늣치 그리고 어해와 붕어.

밖에서는 언 땅에 물 쏟는 소리가 나더니,

“그럼 차서방은 아랫동네루 가우. 내 요릿집하구 려관으루 가볼게. 그리구 파는 대로 두붓집으루 오우다. ”

하면서 대문 밖으로 나가는 기척이 들린다. 아마 고기를 다 꿰고 씻어 가지고 팔러 나가는 모양이다.

이윽고 웃방에서 계향이가 담배를 붙여 물고 연기를 푸— 내뿜으며 봉근이 옆으로 내려왔다.

“에나 이거 가지구 호떡이나 사머. ”

봉근이는 계향이가 쥐어 주는 십 전짜리를 보고 비로소 정신이 펄각 드는 것 같았다. 그는 설움과 분함이 금시에 북받치는 듯이 몸이 일시에 북— 떨리었다.

십 전짜리 백통전을 잠시 물끄러미 들여다보다가,

“이까짓 돈. ”

하고 방바닥이 뚫어져라고 메어던진다. 그리고는 터져 올라오는 눈물을, 막을 길이 없는 듯이 펄삭 주저앉으며 엉엉 울기 시작한다. 백통전은 방바닥 위에 손톱자리만한 자국을 그리고 그대로 떼그르르 굴러서 방걸레 옆에 가 멎는다. 관수가 돈을 따라 그쪽으로 걸어가다가 봉근이의 울음소리에 놀라 이쪽을 쳐다본다.

"이 새끼 무슨 버릇이야."

계향이는 낯이 해쓱해지도록 가슴이 뭉클하였다. 그래서 담배를 내던지고 달려가서 돈을 집어 다시 봉근이의 손에 쥐어 주었다. 그러나 봉근이는 누이의 얼굴을 쳐다보지도 않고 돈을 동댕이쳐 내던지며 다리까지 버둥거린다.

"그까짓 돈 없이두."

울음에 섞여서 중얼거리다가 말끝을 덜컥 목구멍으로 삼켜 버린다.

"머이 어드래 ?"

계향이는 말끝을 쫓아가며 따지려 든다.

"호떡 안 먹어두 산다."

봉근이의 말이 채 떨어지기 전에 무섭게 쳐다보던 계향이의 바른손은 봉근이의 눈물에 젖은 왼볼을 후려갈겼다.

"이 자식 죽어 버려라."

계향이는 땅바닥에 넘어졌다가 다시 일어나 앉아서,

"왜 때려."

"왜 때려."

하며 대드는 봉근이를 남겨두고 자기 방으로 조급하게 올라왔다. 그리고 이부자리 갠 데다 푹 얼굴을 묻고는 소리 안 나게 흑흑 느껴 울었다.

부엌에서 밥을 짓던 어머니는 방 안에서 남매끼리 다투는 소리를 송두리째 들을 수는 없었으나 계향이가 봉근이를 두들기는 원인이 어디 있는지를 알고 있는 만큼, 계향이의 주먹이 봉근이를 후려치는 소리는 자기의 가슴을 쑤시는 거나 같이 아프고 뒤이어 엉이엉이 우는 봉근이의 울음소리에 피는 끓는 솥처럼 설레었다.

아침부터 종일 두고 하는 소리와 짓이 자기에 대한 공치사와 지청구[2]뿐이

---

2) 지청구 : 까닭없이 남을 탓하고 원망하는 것.

었다. 그래도 아무 말 않고 내버려두었더니 에미 볼을 후려갈기지는 못해 강바람에 빨갛게 핏빛이 운 봉근이의 뺨따귀에 분풀이를 하고야 마는구나. 계향이와 봉근이의 아버지 김일구가 죽은 뒤에 얼마나 자기는 살아가려고 애를 태웠던고. 그때 자기는 겨우 스물여섯 살, 계향이는 아홉 살이고 봉근이는 세 살이 났었다. 아이 둘을 옆에 하나씩 끼고 홀몸이 된 자기는 할 수 있는 일이면 뭐든지 하려고 하였다. 광산에 가서 굴 속에 가서 혹은 기계간에 가서 장정과 같이 뼈가 가루 되도록 일할 생각도 먹었다. 그래서 죽는 한이 있어도 계향이가 가는 보통학교 이학년은 계속해 다니게 하려고 하였다. 그러나 일자리를 안 준 건 광산회산가 세상인가 몰라도 자기는 며칠 안 되어 세상 여편네가 먹는 결심이란 만일 굳건한 용단력이 있다면 죽음밖에 다할 길이 없다는 걸 알게 되었을 뿐 계향이—그때는 봉희라 불렀건만—그의 공부도 가갸거겨에서 끊어지고 쌀밥이 조밥 되고 밥이 다시 죽이 되는 한 해 동안 해보고 난 것 부대껴 보고 생각한 끝이 재가(再嫁)였다. 그때 김학섭이는 말뎅이 금광이 한참 경기가 좋을 때라 하루에 손에 집는 게 돈이었다. 매일같이 생기는 함석지붕 물수채, 학섭이는 하루 해 있을 때까지만 어물거리면 돈 이 원은 헐하게 잡았다. 지금 계향이가 자기를 나무라는 것이 재가한 데 있다면 대체 그때의 자기로서 이 길 아닌 어떠한 방향이 남아 있었단 말이냐. 그때 김학섭이는 게으름뱅이도 아니었고 술은 안 하는 축은 아니었으나 가끔 먹으면 걸걸하게 웃고 애들과 놀다간 씩씩 자버리곤 했다. 한푼 생기면 쌀보다 소주를 찾게 되고 술 한잔 마시면 한 되 사오라고 집안 사람과 지트럭거리고 낯도 안 닦고 검버섯이 돋은 채로 쭈그리고 공술잔을 거두러 다니게 된 것은 말뎅이 광산이 폐광이 된 뒤 평양을 거쳐 삼 년 전 이곳에 온 뒤부터다. 그래도 자기는 기생으로 넣기를 얼마나 반대했을까. 그때 앞집 차서방 딸 옥섬이의 새옷이 부러웠는지, 찾아다니며 노는 젊은 녀석들과 시시덕거리는 것이 부러웠는지는 모르나, 기생 권번에 들어간다고 서두른 것은 애비도 애비려니와 기실은 봉희 자신이 아니었던가. 기생 허가가 나와서 버젓하게 요릿집에 불리게 되는 동안 일 년 하고도 반 년이나 일 원 오십 전씩 월사금을 물고 소리선생이 왔다고는 삼 원, 검무선생이 왔다고는 오 원씩—그것을 마련하느라고 쓰인 앤들 어찌 애비에게 없었다 할까. 지금 돈푼이나 들여다 쌀되나 사는 날이 며칠이나 되었길래 벌써부터 서방에다 제 좋구 나쁜 것을 가리려 들고 얼핏하면 에미 노릇한 게 뭐냐구 지청구가 일쑤란 말이냐.

어머니는 손끝에 물이 젖은 채 샛문을 열어 젖히었다.

"이 애가 누구한테 할 분풀일 못해서 아일 때리구 야단이가. 그래 네 에밀 못 잡아먹어 아침부터 독이 올라서 법석이냐."

어머니가 성이 나서 덜렁거리는 바람에 땅바닥에서 돈을 만지작거리던 관수가 자겁에 놀라 샛문으로 달려가서 어머니에게 매어달리며 집었던 돈을 내어 준다. 어머니는 관수를 부둥켜안고 올라와 나지도 않는 젖을 옷섶을 비집고 물려 주었다. 안팎을 융으로 만든 때 묻은 저고리 속으로 맥없이 늘어진 젖통을 쥐고 힘들여 빠는 소리가 쫄쫄거리며 들린다. 와락 한마디 화를 쏟으면 좀 속이 풀릴까 했더니 어머니의 속은 가라앉지 않고 오히려 하고 싶은 말이 더 목구멍을 치받치었다. 그는 목소리를 억지로 낮추어 차근차근 이르는 말같이 하려고 애쓰면서,

"인젠 네 나이두 셀 쇠면 열아홉이야. 그만했으면 세상 물게두 알구 집안 살림살이두 채잡아 할 나인데 부모가 이르는 말이라믄 역정이 나서 한사하구 말대답이디. 애비가 한마디 하믄 열이 올라서 사흘 나흘 집안 사람을 못살게 굴구."

이렇게 중얼거리면서 그는 우깐 딸의 기색을 살피느라고 말을 멈추었다.

계향이는 울기를 멈추고 이불에서 얼굴을 들고 멍하니 어머니의 말을 귓등으로 듣는 것 같았다. 그래서 어머니는 다시 일층 목소리를 낮추어서 타이르듯이 이야기를 꺼내려고,

"오늘 일만 해두 아침에 내가 한 말이……."

까지 하였는데 뜻밖에 계향이의 목소리는,

"듣기 싫여! 한 말 또 하구 한 말 또 하구."

하고 말문이 막히도록 쏘아 버린다. 어머니는 말을 뚝 끊었으나 오히려 냉정

하게 가라앉았다. 오냐 그것이 딸이 에미에게 대하는 태도라면 에미도 또한 이 이상 더 붙잡지 않으리라 — 그의 해쓱해지는 낯빛은 이렇게 말하는 듯이 잠깐 묵묵히 앉았다가 갑자기 관수가 물고 있는 젖꼭지를 쭉 빼고 벌떡 일어섰다. 관수가 놀라 불띠가 튄 듯이 소리를 지르며 울기 시작한다. 어머니의 정신은 그러나 관수의 울음으로 헝클어지지 않고 일어서는 대로 와락 샛문을 잡아 젖히고 윗방으로 올라간다.

"이년 !"

이렇게 한번 소리 지르기가 무섭게 어머니의 손은 계향이의 머리카락을 덥석 쥐었다.

"두말 말구 네 맘에 드는 서방 데리구 맘대루 치탁거리면서 살어라 !"

그러나 눈시울이 약간 부어 오른 계향이도 비록 머리칼을 잡히기는 하였으나 매서운 눈초리로 어머니의 얼굴을 낯짝이 뚫어지라고 바라보는 품이 예상보다 녹록할 것 같지 않았다. 아랫방에서 관수와 봉근이가 달려와서 엉이엉이 울며 두 사람을 하나씩 부여안고 그새에 끼어선다.

"너는 그래 서방 몰르구 이태 살어왔니. "

한참 바라보던 계향이의 빨갛게 핏빛이 운 입에서 이 말이 튀어나오자 어머니는 정신이 아찔해지는 것 같았다. 연하여 계향이의 독살 오른 목소리가 어머니의 찌그러진 표정을 향하여 조약돌을 던지듯이 튀어나온다.

"애비라구 가갸짤 변변히 가르켜 줬단 말인가. 밥을 알뜰히 멕여서 남처럼 호사를 시켰단 말이냐. 기생질해서 양식 대구 몸 팔아서 술멕인 게 이붓자식 된 큰 죄가 돼서 술독에 넣어 치닥거릴 못 시켜 죽일 년이란 말이냐. 할 거 다하구 틈틈이 내 좋은 서방하구 즐기는 게 원수가 돼서 술 먹었노라구 아우성이요 술 안 먹은 건 정신이 말짱하다구 에미 애비 된 자세루 사람을 졸라대니 나가라믄 나가지 엄매 그늘 밑에서 흔하게 잡은 물고기 한 마리 먹어 본걸."

홱 뿌리치는 바람에 어머니는 멍하니 잡고 섰던 머리카락을 놓치고 좀 앞으로 비틀거렸다. 계향이는 치맛자락을 쥐고 섰는 봉근이를 물리치는 대로 방문을 열고 밖으로 나갔다. 저녁 산산한 바람이 열오른 얼굴을 차갑게 스치고 간다. 귀가 씽— 하고 다시 열리면서 방 안에서 아이들 우는 소리가 유난히 요란스럽다. 그는 한참 동안 정신을 잃고 선 채로 앞산을 바라보았다.

곤하게 들었던 잠이 대문에서 두런거리는 말소리로 깨어 보니 창문이 훤하게 밝았다. 봉근이는 한번 잠이 들면 부둥켜 일으키기 전에는 누가 뭐라고 떠들어도 깨지 못하는 성미였는데 대문 어귀에서 웅얼거리는 술취한 아버지의 말소리에, 기겁을 하여 소스라쳐 깨어난 것은 이상스런 일이었다. 전에는 제 옆에서 술을 먹으며 노래를 부르고 별짓을 다 해도 잠을 깨어 본 일이 없는데 집이 바뀌어 잠자리가 달라지고 아버지가 주정을 하러 올 것을 미리부터 근심하면서 자던 때문인가? 어쨌든 그의 신경이 그만큼 아버지의 목소리에 예민해져 있던 것만은 사실이었다.

그것도 그럴 것이 — 어제 저녁 물고기 사건으로 어머니와 누이의 싸움이 마루턱에까지 벌어진 채 누이는 생각을 돌리지 않고 그날 밤으로 대강한 것을 꾸려 가지고 봉근이와 함께 이 집 —이 고을 본 바닥 기생 명월네 거리채 두 방을 빌려 가지고 이사해 버렸다. 방에다 불을 넣고 나서 계향이누이는 위선 아랫방에 돗자리를 깔고 이러저러한 방치장만 해놓고는 돈 변통을 나가는지 그 발로 어디엔가 돌아다니다가 요릿집으로 불려간 모양인데 봉근이는 혼자서 윗간 아랫목에 이불을 펴고 엎드려서 학교서 배운 것을 두어 장 복습하는 척하다가 누이는 오지 않고 이사한 것을 모르고 있던 학섭이 아버지가 달려와서 집을 부수고 지랄을 치지나 않을까 근심하며 잠이 들었던 것이다. 꿈에도 여러 번 주독에 코가 빨개진 검버섯이 돋은 학섭이의 얼굴을 보며 자던 터이라, 그리 높지 않은 말소리에 이같이 눈이 뜨인 모양이다.

밖에서 들린 목소리가 무슨 말인지는 몰라도 그것이 아버지의 것임에 틀림없다는 것을 알았을 때엔 그는 약간 몸서리가 쳐지고 가슴이 두근거리었다.

누이—누이는 아랫방에 들어와서 자고 있는가. 만일 누이가 없다면 이 봉변을 혼자서 겪지나 않을까 하는 생각과, 누이가 없으면 욕이나 몇 마디 하고 가버릴 것이니 오히려 누이가 간밤에 집에 오지 않고 좋아하는 '인상'하고 어디서 밤을 샜으면은, 하는 두 가지 생각이 서로 엉클리어서 머릿속에 뒤끓는다.

뒤쫓아 아버지가 대문 어귀를 돌아 뜰 안에 들어서는 발자국소리가 난다.

"이 고약한 년 같으니. 배은망덕하는 년 같으니. "

이렇게 혀꼬부라진 소리로 중얼거리더니 족제비 잡으려고 파놓은 구멍에 다리가 빠졌는지 쿵 하고 넘어지는 소리와 "에익." 하며 다시 일어나는 기척이 들린다.

마루에 올라서는 쿵 하는 소리를 들을 때엔 봉근이는 그대로 있을 수가 없어서 이불을 푹 뒤집어썼다. 안으로 건 문을 달강거리며 열라고 야단을 친다. 아랫방에서 낑— 하고 잠이 깨는 기척이 들린다. 계향이는 낑— 하는데 입을 쩔갑쩔갑 씹는 자가 또 하나 있는 것을 보면 아랫방에서 자는 것은 계향이누이뿐이 아닌 모양이니 만일 '인상'과 같이 품고 누웠다면 아버지와의 이 봉변을 어찌 감당할 것이냐. 항상 미워하고 말끝마다 욕 잘하던 '인상'이 계향이와 품고 누웠는 것을 다른 날도 아닌 오늘 이때에 본다면은 검버섯이 돋은 학섭이의 얼굴은 호랑이같이 무서워질 것이요, 그의 두 손은 독수리가 병아리를 채듯 이 두 사람을 덥석 쥐고 갈래갈래 찢어 버리고 말 것이다. 봉근이는 머리 위에서 폭탄이 터지는 것을 기다리는 마음이었다.

이윽고 안에서 문 여는 소리가 나고 문이 삐익 소리를 내며 열리더니 웬일일까 그 뒤에 올 화약 터지는 소리가 들리지 않는다. 한참 문이 열린 채로 있더니 뜻밖에 학섭이는 서투른 말씨로,

"도—모 시쓰레이(실례했습니다). 하하, 오소레오이데스(송구스럽습니다)." 하고 굽실거리는 품이었다. 그리고는 문을 가만히 닫고 달음박질이나 치듯이 뜰을 건너 종종걸음으로 대문을 나가 버린다.

"하하하, 약코상 후루에데 이야가라(녀석, 벌벌 떠는 꼴이란)!"

아랫방에서 사나이의 목소리가 탁하게 들려 온다.

봉근이는 처음에는 자기의 귀를 의심하였다. 그러나 이불 밖에 얼굴을 내놓고 아무리 전후를 생각하여도 그것은 틀림없는 사실이었다.

'인상'하고 품고 있다가 학섭이한테 찢겨 죽는 한이 있다 쳐도 봉근이는 아

랫방에서 계향이가 몸을 맡기고 있는 사나이가 '인상'이기를 얼마나 원하였을까. 그러나 그는 그 때문에 여태껏 아버지 어머니와 충돌하였고 또 이사까지 하게 된 학섭이가 매일같이 같이 자라고 원하던 식료품가게의 젊은 주인이었다.

물론 계향이가 몸을 맡긴 사나이는 봉근이가 아는 것만 해도 반타는 넉넉하다. 그러나 돈 없고 구차한 세무서 '인상' 윤재수하고 좋아 지내게 된 다음부터는 결코 다른 사나이와 잠자리를 같이하지 않았다. 아버지 어머니가 큰 돈이 떨어진다고 아무리 졸라도 들으려고 하지 않았고 구박이 심하면 심할수록 그는 더욱더욱 완강하게 그들과 싸웠다.

봉근이는 아버지한테 맞고 어머니한테 갉히우면서도 구차한 윤재수와 좋아하며 종시 다른 남자에게 몸을 허하지 않는 계향이를 볼 때에, 무슨 숭고하고 신성한 것을 발견하는 것같이 누이가 우러러뵈었다. 평양 가서 여학교에 다니다가 방학 때마다 돌아오는 누구누구의 평판 높은 처녀들도 이렇게 신성하고 마음이 깨끗할 것 같지 않았다. 그는 학교 동무들이,

"깅호-꽁(김봉근) 매부 한 다스 ? 두 다스 ? "

할 때에도 천연히 속으론 '네 누이들보다 깨끗하다'고 생각하면서 그는 부끄러움을 느끼지 않았다. 이 세상에 사랑도 쥐뿔도 없으면서 돈 때문에 명예 때문에 얼마나 많은 처녀들이 나이 많고 개기름 흐르는 사나이의 첩으로 시집을 가는지를 봉근이는 잘 알고 있었기 때문이다.

그렇던 계향이가 이것이 웬일일까 ? 물론 집을 뛰쳐나왔으나 간조(봉급) 찾을 날은 멀었고 돈 한푼 없이 살림을 해갈 채비가 막연해서 홧김에 먹어 놓은 술기운에 이 일을 저질러 놓은 것을 봉근이도 상상할 수 있다. 그러나 그러한 속에서 여태껏 부모와 주위와 싸워 왔길래 누이는 훌륭하였거늘 결국 돈 때문에 몸을 단 한 번이나마 맡기고 말았다면 어느 모를 취할 길이 있을 터이냐. 어머니와 다투고 집을 뛰쳐 나오는데 봉근이가 좇아나온 것도 그것을 믿고 따랐던 때문이 아니었던가 !

봉근이는 모든 것이 더러워 보였다. 아버지, 어머니, 누이-모두가 더럽고 구려 보였다. 세상에는 숭고하고 신성한 것은 도무지 찾을 수 없는 것 같았다.

벌써 해가 치밀어 앞으로 한 시간이면 학교가 시작될 것이다. 봉근이는 무거운 머리를 들고 맥없이 자리에서 일어났다. 아랫방에선 다시 잠이 들었는지 조용하다. 봉근이는 낯도 씻지 않고 아침도 찾아 먹을 생각 없이 책보를 들고 방을 나섰다.

"얘 조반 안 먹구 발세 학교 가니 ? "

대문을 나서려고 할 제 이러한 누이의 소리가 들렸으나 그는 들은 척도 안 하였고 또 듣는 것까지도 더러운 것 같았다.

골목을 돌아서서 발샛길을 걸으며 봉근이는 더러운 하수구 속에서 비어져 나온 것같이 마음이 깨끗하고 일신이 가벼웠다.

아랫동리에서 오는 길과 합하는 곳에서 오학년 선생의 아들을 만났다. 그는 봉근이보다 한 학년 위인데 몸은 그와 비등하다.

코 흘린 자국이 발갛게 난 얼굴을 싱글싱글하며 서너 발자국 앞으로 뛰어가면서 홀쩍 얼굴을 돌리더니,

"깅호－꽁(김봉근) 매부 몇이든지 ? 한 다스 ? 두 다스 ? "
하곤 닁금닁금 뛰어간다. 봉근이는 항상 듣는 이 말이 지금같이 모욕적으로 자기를 충격한 것을 경험한 적이 없었다. 어저께로부터 오늘 아침까지 보아 오고 겪어 온, 아니 나서 이만큼 자라기까지 경험한 가지가지의 더럽고 추한 것들이 함께 뭉쳐서 덩지가 되어 그의 얼굴 위에 떨어지는 것 같았다.

"깅호－꽁(김봉근) 매부 한 다스 ? 두 다스 ? "

다시 이렇게 곡조를 붙여서 외면서 선생의 아들은 저만큼 뛰어가고 있다. 봉근이는 더 참을 수가 없었다. 와락 두 주먹을 쥐고 모자도 책보도 길 위에 집어던지고 뒤를 쫓아갔다. 선생의 아들은 여느 때와는 다른 봉근이를 보고 겁이 나서 달음박질을 치는데 봉근이는 길이고 밭이고 얼음이고 분간 없이 지금 따르고 있는 것이 누구인지도 잊어버리고 두 주먹을 쥔 채 죽기를 한하고 자꾸만 쫓아간다.

**작가소개** 김남천 (1911~ ? )

평남 성천에서 출생했다. 1929년 임화, 이북만, 안확 등과 함께 카프 계열의 동인지 『무산자』를 간행하기도 했으며, 1931년 조선일보에 「공장 신문」을 발표하면서 문단에 나왔다. 주요 작품으로 「남매」「소년행」「문예구락부」「누나의 사건」「미담」『사랑의 수족관』『대하』 등이 있다. 그는 일제강점기하에서 자신의 삶과 문학을 일치시키려는 실천적 노력을 보여준 작가 중의 하나로서 현실의 객관적 인식을 바탕으로 한 리얼리즘적 작품 세계를 보여주었다. 1948년에 월북한 작가다.

**작품해설**

「남매」는 일제강점기하에서 포악한 억압에 의해 희생당한 희생자에 대한 동정심과 애정, 그리고 억압의 실체에 대한 분노가 함축된 작품이다. 이것은 작가가 삶의 진정성을 향한 작가정신을 끈질기게 갖고 있었기 때문에 가능한 것이었다.

**읽고 나서**

(1) 이 작품에서 봉근은 평소에 자신의 누이에 대한 동무들의 놀림에 무관심하고 오히려 자랑스럽게 여겼다. 그러나 마지막 장면에서 동무의 놀림에 '죽기를 한하고' 뛰어간다. 까닭은 무엇인가 ?

— 봉근의 순수함을 지켜나가게 만드는 누이가 식료품 가게 주인과 잠자리를 같이 한 것은 순수성이 현실 앞에서 무릎 꿇는 것을 뜻한다. 오직 하나였던 희망이 무너졌기 때문에 '죽기를 한하고' 뛰어간 것이다.

(2) 이 작품의 중심적 갈등은 누구와 누구의 갈등인가 ?

— 봉근, 기생 계향, 돈을 위해 딸을 희생시키는 학섭, 돈으로 성욕을 채우는 식료품 가게 주인

# 고향 없는 사람들

박 화 성

여보소 이 사람 어디를 가나
산 높고 물 깊어 길 험하다네
강서가 예서도 일천오백 리
나는 새라도 사흘 간다네
에라 둥둥 내 사랑이야
너를 놓고는 내 못 살리라

아니 가고 어이를 하리
정들인 고향이 날 몰아내데
땅 좋고 물 좋아 살기 좋대도
내 고향 안 잊혀 어이를 가리
에라 둥둥 내 사랑이야
너를 놓고는 내 못 살리라

오삼룡이네 외에도 아홉 집 가족이 평안남도 강서(江西) 농장으로 살러 가게 됐다는 말이 돌면서부터 누구의 입에서인지 이런 노래가 흘러나와서 설움에 흐느끼고 있는 불암리(佛岩里) 이 작은 동리에 안개 퍼지듯이 쫙 퍼졌다.
작년 홍수 때문에 농사라고는 쌀알 몇 입밖에 건져 보지 못한 각 면 각 동리 일백 호의 가족이 독차(전용기차)를 타고 일제히 강서로 떠난다는 3월 22일이 가깝게 닥쳐올수록 이 노래는 동네 사람들의 입에서 더 자주, 그리고 더 익숙하게 불려졌다.

이들 열 집의 호주들은 몇 번이나 면사무소에 불려가고 면사무소에서도 거의 그 수효만큼이나 자주 조사를 나왔다.

3월 스무날 저녁에는 오삼룡이와 제일 친한 강판옥이네 집에서 떠나는 열 친구를 위한 이 동네의 전별 잔치가 있었다. 보내는 사람들의 각 집에서는 쌀이 적어서 떡은 못하나마 다만 몇 줌씩이라도 모조리 걷어서 밥을 짓기로 하고 쌀은 일제히 형편에 따라 부담한 후에 각각 간장, 기름, 나무, 김치, 나물(채소), 이런 것들을 분담해서 저녁밥을 준비하고 주머니들을 다 털어 막걸리 몇 되를 받아 왔다.

동네에서는 제일 크다는 강판옥의 집 방문을 활짝 열어 놓고 방과 마루에 사람들이 콩나물 서듯 들어앉았건만 자리가 좁아서 뜰 아래까지 멍석을 펴고 앉게 하였다. 그리고 아직은 겨울 날씨라 하여 마당에다는 불을 피워서 더운 김이 나도록 하였다.

서로 권하느니 사양하느니 하는 와글와글 끓는 소리가 방에서 마루로, 마루에서 마당으로 또 마당에서 방으로 마루로 정답게 오고 가고 김이 서리는 부엌 속에서 심부름을 하는 부인들의 오손도손하는 얘기소리들이 계속되는 동안 그들의 위장은 웬만큼 부요하여졌다.

벼를 베어 낸 논바닥처럼 허하고 쓸쓸하기 짝없는 이들의 뱃속에 텁텁한 막걸리 사발씩이나 들어가 놓으니 그들의 어둡던 가슴은 화촉의 신방같이 훈훈하고 밝아 오는 게 봄날의 햇볕처럼 제법 따끈해졌다.

삼룡이 곁에 바싹 다가앉았던 판옥이가 벌떡 일어나서 다들 자기를 주목하라는 듯이 기침을 연방 크게 하였다. 과연 사람들은 판옥의 기침 군호[1]에 고개들을 방으로 돌리고 쳐다보았다.

"허, 오늘이 대체 무슨 날인지 마당에다가는 불을 피우고 일 년 열두 달 다

1) 군호 : 서로 말짓이나 눈짓 등으로 가만히 연락하는 일.

가도록 못 먹어 보는 쌀밥을 먹어 보고 막걸리로 반주를 하고 온갖 성찬으로 안주를 하고 떠들썩하게 웃고 지껄이니 남 보기에는 무슨 즐거운 경사나 있는 것같이 보이겠소마는 사실인즉 우리 평생에는 처음 당해 보는 슬프고 슬픈 불길한 날이오."

"암 그렇다마다."

여러 사람은 기도소리 뒤에 부르는 '아멘'소리같이 일제히 말을 받았다.

"모레가 되면 우리 동리에서는 열 집 가족 사십 명이 산 채로 죽어서 나가는 날이오. 허, 죽는 것이나 뭐이 다르오? 허……."

판옥이의 목소리는 터지려는 울음 속에 잠겨 버렸다. 귀 밝고 눈 여린 아낙네들의 훌쩍이는 소리가 부엌에서 새어 나왔다.

방안에서, 마루에서, 마당에서, 코를 불고 입을 불며 울음을 삼키는 대장부들의 억센 숨소리가 들렸다.

"우리 동리에서 무슨 어려운 일이 있든지 항상 대표로만 나가는 삼룡이, 어질고 착한 중권이, 재담 잘하는 옥곤이, 동네 편쌈은 도맡아 놓고 대장 노릇하는 우리 관운장 상걸이."

판옥의 이 말에 부엌 속에서는 가냘픈 웃음소리(그러나 눈물과 섞인)가 들려왔다.

"공자님같이 유식하고 덕이 많은 윤홍이, 장비같이 시원시원하고 힘 잘 쓰는 영대, 남의 일 잘 봐주는 태술이, 구변 좋은 창곤이, 그리고 나이 어려도 다 천연하고 똑똑한 인수, 종선이, 이렇게 열 사람이 쑥 빠져서 나가 버리니 자네들 가버린 담에 우리 일은 다 누가 맡아서 해주고 누가 알아서 처단해 주고 누구하고 의논해서 해가란 말인가?"

워낙 입담이 좋은 판옥에게 술이란 흥분제가 들어가고 정다운 동무들과 이별한다는 비분 강개한 마음이 들어가 놓으니 조리 있게 나오는 말이 흐르는 물같이 술술 흘러 나왔다.

"자네들은 살길 찾아서 간다고 가버리니 우리같이 이렇게 서운할라던가? 자네들이 없어지면 우리 동네는 눈을 잃고 귀를 잃고 입을 잃고 힘을 잃고 덕을 잃고 온갖 것을 다 잃어버린 산송장이 돼 버릴 테니 자네들을 보내고 우리는 어떻게 살아가란 말인가 ? 너무도 야속하고 너무도 모지네그려. ”

판옥의 나중 말은 애원의 하소연이 되어 떠나려는 열 사람의 가슴을 긁어냈다.

“자네들이 다 멀쩡하게 살아 있을 때도 우리 동네는 압제를 받고, 욕을 당하고, 힘을 못 쓰고, 억울하고 원통하게만 살아왔거든, 자네들이 가버리고 나면 뼈 부러진 팔다리로 우리는 어떻게 살아가란 말인가, 허……. 어떻게 버티고……. ”

말끝을 흐리더니 판옥이는 우후하는 울음소리를 내며 방바닥에 펄썩 주저앉았다. 떠나는 열 사람도, 보내는 사람들도 다 소리를 삼키며 울었다.

“삼룡아 ! 읍에나 면에나 주재소에나 지주댁에나 너하고 나하고 대표로 댕기더니마는 너는 가고 나는 혼자 어쩌란 말이냐 ? 아이고, 기막혀라. 우리 동네는 어째서 너희를 몰아내야만 한단 말이냐 ? 너희가 가면 우리 입에 그래 쌀밥이 들어갈 것이란 말이냐 ? 아니 가진 못한단 말이냐 ? 허 원통하다, 원통해 ! ”

판옥이는 방바닥을 주먹으로 탕탕 치며 울음 섞인 넋두리를 하였다. 자리는 온통 울음판이 되었다.

구름이 쓱 지나가면서 둥글고 밝은 보름달을 이들에게 선사하였다. 달빛에 마당이 훤해지자 마당의 울음소리는 더 커졌다.

“고향의 달도 마지막이다 ! ”

젊은 인수의 입에서 히스테릭한 비명에 가까운 부르짖음이 나왔다. 무심한 달은 떡아기의 방싯거리는 웃음과 같이 잡티 없는 웃음을 가득히 싣고 감나무 가지를 타고 넘었다.

삼룡이는 주먹으로 눈물을 씻고 일어난다. 훤칠한 이마에 큰 키였다.

“허 그만들 울으십시다. 우리가 천리 타향에 간다 할지라도 마음만큼은 고향에 주고 가오. 마음만 서로 통하면 우리가 여기 없어도 우리들 있을 때같이 매사를 해 가실 것이라고 생각하오. 여러분은 우리 없는 동안 고향을 잘 지키시고 고향을 잘 키워 가시오. 멀지 않아서 우리는 다시 우리의 고향을 찾아올 것이오. ”

“암! 오다마다, 안 와서 쓸 것이라고 ? ”
하는 소리가 여기저기서 튀어나왔다.

그들은 모두 일어났다. 누가 부르는지 모르게 그들의 요즘의 유행 노래(이 동네에만 유행하는)를 부르기 시작하였다.

여보소 이 사람 어디를 가나
산 높고 물 깊어 길 험하다네
강서가 예서도 일천오백 리
나는 새라도 사흘 간다네
에라 둥둥 내 사랑이야
너를 놓고는 내 못 살리라

“다음 것은 자네들만 하소 ”
하고 판옥이가 노래 틈에 말을 끼웠다.

아니 가고 어이를 하리
정들인 고향이 날 몰아내데
땅 좋고 물 좋아 살기 좋대도
내 고향 안 잊혀 어이를 가리
에라 둥둥 내 사랑이야
너를 놓고는 내 못 살리라

구름은 다시 달을 가린다. 이들의 울음 섞인 노래를 알아나 들은 듯이…….

3월22일 오전 열 시 ! 학다리 정거장은 일백 호의 가족 사백 명의 이민과 그들을 전송하는 이백오륙십 명의(정거장 생긴 이후 처음 되는) 굉장하게 많은 손님들을 가져 보았다.

그들을 위하여 임시로 마련한 독차가 연기를 뿜고 돌아다니며 먼길 떠날 준비를 하다가 어서들 올라오란 듯이 꼬리를 공손하게 대령하고 서 있건만 독차를 타고 갈 손님들의 행장들이란 지저분하고도 허름하였다.

작고 퇴색한 검은 보에다가 터지도록 싸 놓은 침구의 양귀퉁이가 삐죽하게 나와서 남루한 몰골을 보이고 있고 참기름이나 피마자 기름병인 듯한 맥주병이 가뜩이나 작은 보자기에 염치없이 끼워 있었다. 물에 담갔다가 정하게 씻었으련만 그 보람도 없이 시꺼멓게 그을린 대석작 — 아마 그 속에는 사발, 접시, 이런 것들이 들어 있겠지 — 위에와 옆에는 크고 작은 바가지를 엎어서 새끼로 동였고 거의 다 떨어진 부담 상자와 농짝들도 각각 수하물 행세를 하느라고 면 이름과 성명을 적은 꼬리표를 달고 있었다.

이러한 짐짝들이 짐찻간으로 실리고 실리는 동안 군중들의 떠드는 말소리들은 울음판으로 변하였다.

찻속에 가면서 먹을 밥 보퉁인 듯한 꾸러미들을 들고 아기들을 업고 서 있는 부인네들의 앞뒤에는 전송 나온 부인들이 한두 사람씩 붙어 있고 남자들은 좀 큰 아이들을 안고 또 무엇인가를 들고 차례차례 인사를 하며 돌아다녔다.

외할머니인 듯한 노인이 딸이 업고 있는 외손자에게 눈깔사탕의 봉지를 쥐어 주며 소리를 내어 울고 남편의 친구인 듯한 사람들은 떠나는 어린애들에게 엿과 마메콩(땅콩)을 사서 들려 주었다.

한편에서는 빚쟁이들이 떠나는 사람들의 행구를 붙잡아 놓고, 주고 가라는 최후의 호령들을 하였다. 그러나 떠나는 사람들의 일행이 각각 빚쟁이들을 둘러싸고 마구 욕설을 퍼부으며 역성을 하였다.

"허, 그군 참 더럽다. 이 짐짝이 그렇게 욕심이 나거든 가지고 우리 대신 강서까지 가게, 누가 말리는가 ? "
하는 말씀은 온순한 편이지만,

"죽으러 가는 놈의 관 벗기는 놈은 저승에 가서 사자 노릇도 못 해먹느니라. "

하는 욕설은 좀 과격한 편이었다.

그러나 빚쟁이 역시 지려고는 하지 않았다. 역성꾼들을 떠밀며,

"이놈들이 왜 이 모양이어 ? 밝은 세상 아래 뉘 돈을 먹고 달아나겠다고 응 ! 어림없제, 안 돼, 안 돼, 이것은 두고 가야 한다."

하고 눈을 부라리며 짐짝을 끌어당긴다.

"요놈이 마지막으로 우리 손때 맛을 보고 싶은 것이로구나. 전에는 우리가 느그 앞에서 목을 바치고 살었지마는 지금쯤 당해서는 죽으러 가는 놈에게 염치가 있을 리 없다. 남의 것 잘라 먹는 도둑놈들은 배가 항아리만하게 더 잘 살더라, 이놈 안 놔 ? 에라 이놈 !"

하고 그들은 주먹으로 빚쟁이의 등을 갈겼다.

각 면에서 나온 면장들과 주재소 순사부장들은 이날에 한해서만 떠드는 사람들에게 최후 발악을 허락해 준 듯 좋은 말로,

"자아들 어서들 차례차례 타시오."

하고 차에 오르기를 재촉하였다.

사람들이 차에 오르기 시작하자 울음소리가 여기저기서 그악스럽게 크게 났다. 그중에서 가장 용기 있는 패들은 칠팔 세 되는 남녀 어린이들이었다. 그들은 우르르 뛰어 들어가서 호기심이 가득한 눈으로 찻간을 둘러보았다.

"꼭 방 속 같다, 응 ? 선반도 있어야 !"

하고 속삭이기까지 하면서…….

삼룡이와 판옥이는 술집에서 나왔다.

"너하고 나하고 술잔을 바꾸기도 오늘이 마지막이다. 죽지 않으면 다시 만날 테니 몸이나 잘 돌보아."

판옥이는 삼룡의 손목을 잡더니 소매를 잡아당겨 으슥한 데로 끌고 가서

"이것은 우리 집 딸 몫으로 있는 흰 돼지를 판 것인데, 돈이야 얼마 될라는 가마는 생사의 정에서 주고받는 표적으로 받아 주게."

하고 지전 한 장을 쥐어 줬다.

"허, 이거 무슨 짓인가 ? 오 원 ? 오 원이라니, 오 원을 가지구 자네네 일

년 거름값을 하지 않겠는가? 나야 이왕 가는 놈인데 돈이 당할 소린가? 자, 어서 넣어 두게. 내가 되려 자네 딸 혼인에 저고리 한 감도 못 떠주게 됐는데 시집 갈 밑천인 돼지를 뭣하러 팔었는가? 자, 어서 넣어 두게, 그런 망령난 소리 하지 말고……. "

삼룡이는 굳세게 거절하였다.

"아니 왜 이러기냐? 내가 아무리 사람값에는 못 가는 버러지같이 된 인생이다마는 사내 자식이 그래 친구를 영 이별하는 자리에서…… 허 안 될 말이어. 허, 그 사람 참! 자 어서들 오라고 면장이 손짓하네, 얼른 받어. "

판옥이는 삼룡의 조끼 틈에 오 원 지폐를 넣었다.

남자들은 대개 송정리 정거장을 지나면서부터 마음을 가라앉히고 동무들끼리 애기를 하였으나 아낙네들은 원망스러운 듯이 창 밖을 내다보며 대전역에 닿을 때까지 눈물을 걷지 않았다.

독차로 가는 길인지라 정거장마다 정거할 필요가 없으며 기차는 쉬지 않고 줄곧 달리기만 하였다. 기차를 평생에 처음 타 보는 부인들은 차멀미를 하여서 자리에 꽉 엎드려 가지고 일어나지도 못하였다. 황홀한 전등불이 찬란한 빛을 내고 있는 경성 시가를 바라보며 그들은 경성을 지나서 다시 북으로 가는 것이었다.

"참 서울이란 넓고도 좋은 데로구나. 우리 생전에 서울 구경도 못 할 줄 알았더니 서울을 지나서 가는 데가 어디메냐? "
하는 삼룡이의 큰 소리가 애조[2]를 띠고 나오자 여러 사람의 가슴은 납덩이를 삼킨 듯이 뭉클하고 답답해졌다.

타향의 밤과 밤이 적막하게 이어져 있는 그 차고 쓸쓸한 어둠을 뚫고 이민을 실은 기차는 북으로 북으로 달려가건만 그들의 가엾은 꿈은 남으로 남으로 뒷걸음을 쳤다. 아기들을 재우느라고 남녀가 번갈아서 눈을 좀 붙이노라면 귓가에서는 부모 친척과 동향 친지들의 통곡하는 소리가 그들의 흔들리는 꿈

2) 애조 : 애절한 가락.

을 깨우고 말았다.

창 밖에서는 어두움과 추움이 수레를 습격하고 한숨과 탄식의 소리가 가득한 찻간에서는 고향에 두고 온 환상들이 이들의 고달픈 머리를 뒤흔들었다.

한창 매운 바람이 귀를 갈기는 새벽 두 시에 이들은 말로만 들어 보던 평양 정거장에 내려서 또 다른 기차를 바꿔 타고 정작 강서를 향하여 떠났다.

그 이튿날 첫새벽에 기양(岐陽) 정거장에 내리니 짐자동차와 또 그렇게 짐자동차같이 커다랗게 생긴 자동차가 그들을 기다리고 있었다.

몇 대가 되는지도 알 수 없으리만큼 수많은 자동차이건만 자동차마다에 사람이 첩놓이다시피 빽빽하게 들어앉아서 또 얼마를 산길로 달려갔다.

"아이고 인제는 우리를 갖다가 산 채로 산 속에다 묻어 버릴란갑다. 인제 정말 우리는 죽고야 마는구나."

하는 여인들의 두려움에 떠는 소리는 남자들의 마음까지도 움직여 놓았다.

"옛날에 귀양살이도 못 보내는 놈은 몰아다가 때려죽인다더니 인제 우리를 잡아다가 죽일라는가 보다. 아이고 우리는 무슨 죄로 고향에서도 못 죽고 천리타관 이름도 모르는 산 속에 와서 죽는단 말이냐!"

어떤 부인은 이런 넋두리를 하며 울었다.

"요망스럽게 울기는 왜 울어."

삼룡이는 자기 아내를 꾸짖었으나 앞뒤 자동차에서 들려 오는 여인들의 느껴 우는 울음소리에는 자기의 철석 같은 간장도 끊어지는 듯하여 그는 입을 다물고 한숨만 푹푹 내쉬었다.

얼마쯤 가노라니 이번에는 바다가 멀리 바라다보인다. 자동차가 달릴수록 바다는 가깝게 닥쳐왔다.

"인제는 우리를 몰아다가 바닷속에다가 처넣어 죽일랴나 보다."

하는 말소리가 튀어나오자,

"정말로 인제 우리는 바닷귀신이 되어 놓았네."

하고 남자들도 청승맞은 한탄을 하면서 눈물을 흘렸다.

"죽을 때 죽더래도 미리 겁부터 내지 말고 맘들을 단단히 먹으시오."

삼룡이가 기운차게 외치는 소리에 사람들은 울음을 뚝 그쳤다.

삼룡이네 일행이 떠난 지도 한 달이 지났다. 그들이 떠난 후에는 불암동에서 한때 유행하던 이민 노래 — 그들은 이민 노래라 하였다 — 가 차차로 없어져 버렸다.

판옥이는 삼룡이네 살던 집을 지나다닐 때마다 삼룡이를 생각하고 한숨을 쉬었다. 삼룡이네가 데리고 있던 개를 판옥이가 맡아서 기르고 있는데 판옥이가 속상하다고 머리도 돌려 보지 않고 그냥 지나다니는 옛주인집을 검둥이는 지나다닐 때마다 들어가 보고 나왔다.

지금 새로 들어 있는 집주인의 말을 들으면 검둥이는 마당으로 쪼르르 들어와서 먼저 부엌문에서 기웃거려 보고 다음 툇마루 밑에 서서 방안을 들여다본 후 대추나무 밑을 한 바퀴 돌아서 나가는 것이라 하였다.

"미물의 짐생인 너도 옛주인을 못 잊어 그러하거든 삼룡이야 얼마나 고향 생각을 간절히 하고 있겠느냐 ? "

판옥이는 앞산을 바라보며 눈물을 머금었다.

"강남 갔던 제비도 옛집 찾아 돌아오고 앞산에는 진달래가 만발했건만, 삼룡이네 대추나무에도 새싹이 파릇파릇 봄바람에 나부끼고 삼룡이네 배추밭에는 배추꽃이 피었건만 삼룡이는 어디 가 이런 줄을 모르는가 ? "

판옥이는 노래 부르듯이 이런 말을 중얼거리며 갈아 놓은 검은 논을 멀거니 내려다보았다.

"금년에는 저 논에서 몇 말이나 얻어먹어 보게 될라는가 ? "

그는 다시 눈을 들어 흰구름이 유유하게 밀려가는 북쪽 하늘을 바라보았다.

"강판옥이 편지 받소. "

논둑길을 걸어오는 우편 배달부가 판옥이를 부르며 편지 한 장을 전했다. 판옥이는 발신인의 이름을 보면서 달리다시피 집으로 뛰어갔다.

"어디서 왔소 ? 아마 덕근 아배한테서 왔는감만, 저리도 좋아하게. "

마누라가 방에서 고개를 내밀었다.

"덕근 어매도 잘 있고 덕근이 남매도 잘 있다고 했소 ? "

그 역시 판옥이만큼 바쁜 모양이었다.

"허, 그 여편네 무척 급했네. 읽어 봐야 알지 안 읽어 보고도 아는 재주가 있는가 ? "

판옥이는 빙긋이 웃으며 떠듬떠듬 편지를 내려 읽어갔다. 한참만에야

"그러면 그렇지, 우리같이 없는 놈이 어디 가면 별 수 있을라고. "

하고 판옥이가 편지를 접으면서 혼잣말을 하였다.

"아이고 갑갑하구먼. 원 얘기나 좀 시원스럽게 해주시오그려. "

마누라는 마루로 나와서 쪼그리고 앉으며 남편의 입을 쳐다보았다.

"당초에 모든 형편이 말 아니라네. "

"어째서 그럴까 ? 지어 논 집에 논 스무 마지기씩 주고 소 한마리씩 주고 왼통 농사 기계 다 주고 그런다는디. "

"그 집이라는 것, 말이 아니래어. 방 한 칸, 정제(부엌) 한 칸에다가 양철쬐기만 얹어서 집이라고 만들어 놓고 흉악한 초석자리 한 닢에 오십 전씩 깎드라고 안 하는가 ? "

"저런 ! "

"그리고 장난감같이 생긴 삽 하나, 소시랑 하나, 괭이 하나, 호미 하나씩 주고 농장에서 본값보다도 비싸게 깎아 버리드라네그랴. "

"아갸…… ? "

"그것도 그렇고 왼갖 것을 다 그렇게 비싸게 감하는디 요새 안즉 땅이 덜 풀려서 일을 못하니께 농장에서 주는 돈 십 원으로 한 달을 살아갈랴니께 죽겄다고 덕근 어무니는 날마당 울고 있다고 안 하는가 ? "

"저를 어짜까 ? 망할 놈의 곳도 있다. 여기는 봄도 한창인디 안즉 땅이 안 풀리다니. 아니 한 사람 앞에 일백 얼마씩 기부했다더니만 왜 그럴깨라우 ? "

"홍, 당구(堂狗) 삼 년에 음풍월이라더니 작년내— 하도 이민 이민하고 기부 기부하는 덕에 우리 마누라까지 썩 유식해졌네. "

판옥이는 쓰디쓰게 웃었다.

"덕근 어매가 불쌍해. 어째 울지 않겠소? 날마다 고향 생각 나서 못 견딜 것인디. 그나저나 정부에서 보내는 것인께 아무 염려 없이 잘살 것인디 물건값은 왜 그리 비싼고?"

"물건값이 비싼가 어디? 농장에서 되거리로 그렇게 비싸게 받아먹지."

"좀도둑이라더니, 그 불쌍한 속에서 뭣을 남겨 먹을라고 그런 짓을 할까?"

"자네 같으면 다 성인 되게? 잔소리 그만하고 어서 저녁밥이나 하소."

판옥이는 편지를 들고 밖으로 나갔다.

"허 무슨 날이 이렇게 비만 와쌓는고 몰라. 고향에는 비가 안 와서 모를 못내고 기우제를 지내고 물쌈이 나고 인심이 뒤집혀져서 야단이라는데 여기는 쓰는 데 없이 비만 오거든."

"글쎄 말이오, 이 비를 그리로 좇아 보낼 재주는 없을까? 비가 잘 오고 농사를 잘 지어야 하루바삐 우리도 고향으로 가버릴 텐디……. 아니 오늘 불암서 무슨 소식이 왔소?"

삼룡이 처가 감자를 깎으며 방으로 들어오는 남편을 쳐다보며 물었다.

"응, 오늘 판옥이한테서 편지가 왔어. 그나저나 그렇게 가물어서 큰일났네. 작년에는 홍수로 못 먹었으니 금년에나 농사들을 잘 지어야 할 것인디……."

삼룡이는 이맛살을 찌푸리며 담배 한 대를 담았다.

"아이고 갑갑해라, 이놈의 곳은 어쩐 일로 마루를 못 맨든고 몰라. 마루를 놓다가 제 할미가 거꾸러졌는가, 집집마다 다 봐야 좋다는 집에도 마루가 없으니 참 흉한 놈의 곳이란게. 이 방구석에서 여름은 또 어떻게 날 것인고?"

마누라는 방문을 탁 열어젖히고 중얼거렸다.

"어서 여름 전에 고향에 가 버려야지. 아이고, 지긋지긋한 이놈의 땅!"

"지금은 여름이 아니고 봄인가? 그만저만 욕도 하소. 우리가 없어서 여기까지 굴러왔지 땅이 무슨 죈가!"

"원 아무리 없어서 굴러왔더래도 사람이 살 만한 데라야지, 여기서는 못 살아. 그릇이라고 모두 기와 그릇밖에 없고, 나무 한 단에 삼십 전을 주고 사도 밥 한 끼밖에 못 하니. 장이라고 시오 리나 이십오 리씩 걸어가서 살라고 보면 모두 여편네들 장이라 무슨 말을 하는지 말소리도 못 알아듣겄고 비싸기는 똥싸게 비싸고 간장 된장이 어찌 맛이 없는지 원 음식을 해놓으면 무슨 맛이 있는가 ? ”

“잘 나온다, 또 ? ”

삼룡이는 마누라의 말 중간을 타고 들었다.

“이것 되지 못한 해변이라도 밭뙈기도 못 벌어먹으니깨 왼갖 푸성가리까지 다 사 먹게 되니 어디 살겠소 ? 고향에서는 호박이니 풋고추니, 솔파, 마늘 그저 김칫거리, 상추, 쑥갓 왼 동네 다 먹고도 남더니마는 여기서는 그런 것을 꼴 볼 수가 있는가 ? ”

“고향에 암만 들어쌨으면 뭘 해 ? 다 그림의 떡이지, 고향이 좋으면 떠나왔을라던가 ? ”

삼룡이는 가만한 한숨을 내쉬었다.

“여기 오면 참 잘살게 된다길래 왔지, 이럴 줄 알았으면 오막살이남둥 뭔 지랄한다고 내어 버리고 이리 굴러올까 ? 죽어도 고향에서 죽을 것인디 공연히 당신이 못 와서 발광을 하더니만……. ”

“또 내 탓 나온다. 허구많은 날 내 탓도 너무 하니까 듣기도 인제 싫증나네. ”

“들어도 싸지 뭐. 사내가 잘났으면 처자를 데리고 이런 흉악한 데로 굴러왔을까 ? 그렇게 진정서를 총독부에 보내라고 해도 남 다 보내는 진정서를 왜 안 보내고 그래 ? 그저 내가 여기서 고꾸라지는 것을 봐야……. ”
하고 악을 바락 쓰는 바람에 낮잠 자던 덕근이 남매가 부스스 일어났다.

“미친 여편네 또 미친증 나오는가 부다. ”

“왜 내가 미쳐 ? 세상에 물만 조금 좋아도 참고 살아갈 테여. 물이 그냥 소금맛이니 어찌 살어. 밥을 하면 쌀에가 간이 피어서 밥이 넘지를 못하고 그냥 지글지글 지져 내 버린깨는 이것은 밥도 죽도 아니고 익은 밥도 선밥도 아니제 ? 빨래를 해서 널어 놔도 그냥 간이 피어서 이틀씩 말려도 축축하게 그대로 있으니 이런 흉악한 데서 어찌 살아가는가 말이오, 응? 고향에를 못 가게 된다면 나는 차라리 죽어 버리지 여기서는 안 살라우."

마누라는 독이 나서 얼굴이 새파래졌다.

"뒤어질라거든 뒤어져 버리려문."

삼룡이는 밖으로 뛰어나왔다. 홍분한 판이니 공자님이란 별명을 듣는 윤홍이나 찾아가서 속 풀릴 얘기나 들어 볼까 하고 삼룡이는 윤홍이가 살고 있는 농장 회사 뒤편으로 나지막하게 모여 있는 새 동리를 바라보았다.

그러나 그 동리까지 가자면 흙탕이 찰떡처럼 짓이겨 있는 논두길을 걸어야 하고, 차진 흙이 고무신 운두를 넘어들 것을 생각하여서 그만두기로 하였다.

"가만, 윤홍이만 만날 수 있어야지. 윤홍이 마누라 그 사팔뜨기 발악하는 꼴을 또 어떻게 보라고? 이 집에 가나 저 집에 가나 여편네들 못살겠다고 들이대는 통에 그만 숨도 제법 크게 못 쉬겠으니……."

가는비가 머리털 위에 방울방울 맺혀졌다가 그의 얼굴로 줄줄 흘러내리건만 삼룡이는 비를 닦을 생각도 집에 들어갈 생각도 하지 않고 그 비를 다 맞으며 집 앞 언덕에 서 있었다.

"귀한 비니 맞어나 두자. 여기는 흔한 비지만 내 고향에는 오죽이나 귀한 빗방울이냐? 아직도 이종[3]을 못하고 있다니."

삼룡이는 고향에서 제일 큰 들인 학다리 들판을 생각해 보았다.

"금년이나 농사를 잘 지어야 우리 동무들이 살아갈 텐데……. 하기야 잘 지으면 뭘 하냐? 잘 지으나 못 지으나 평생에 쌀밥 못 얻어 보기는 매일반이지……. 고향! 고향! 정 뗀 고향을 생각하면 뭣 해?"

그는 머리를 흔들면서 고향을 잊으려고 눈을 감았다. 그러나 감았다 뜨는 눈앞에 보이는 것은 역시 가물가물하는 빗발 속에 후줄근하게 젖었다가 물이 흥건하게 괴어 있는 학다리 벌의 논이었다.

아니, 지금 삼룡의 눈앞에 열려 있는 강서 농장의 박답[4]이 고향의 옥토처

---

3) 이종 : 모종을 옮겨 심음.
4) 박답 : 기름지지 못하고 메마른 논.

럼 그렇게 보이는 것이었다. 바다를 막고 원을 쳐서 논을 이룬 이 농장은 볼품이야 학다리 벌만큼 넓고 크지마는 해기(海氣) 나고 간수가 피어서 파종을 두 번이나 했건만 반의 반도 못 건졌고 이종도 몇 번씩 했건만 뿌리째 간물에 녹아져 버렸다.

"말이야 좋지, 논 스무 마지기씩 ? 흥, 이 따위 논이야 스무 섬지기면 뭣 해? 우리 여편네 지랄하는 것도 저만 나무랄 수 없어. 말이야 다 옳은 말이지, 하나나 그른 말이야 있나 ? 집집마다 여편네들이 못살겠다고 발광치는 것도 당연하지, 당연해. "

삼룡이가 농장을 바라보며 이런 생각을 하고 섰을 때 그 마누라가 부엌문에서 내다보며 소리쳤다.

"덕근 아버지 ! "

삼룡이는 못 들은 체하고 그대로 서 있었다.

"덕근 아버지 ! 손님 오셨소. "

"뭐, 손님 ? 누구 왔는가 ? "

삼룡이는 그제야 고개를 돌려보며 마주 소리쳤다.

"어서 와보시오그려. 봐야 알지 않소 ? "

마누라의 머리는 벌써 부엌문께서 사라졌다.

"손님이 어디 있어 ? "

방안에 들어온 삼룡이는 눈을 굴리며 손님을 찾았다.

"아니 여보, 글쎄 빨래해서 말리기가 얼마나 어려운 줄 알고 일부러 비를 맞고 그러고 서 있소 ? 옷 먼저 벗으시오. "

"빗물인깨 이대로 말리면 얼른 마르지 않겄는가 ? 간수도 안 필 테고……."

"헤헤 참 대체 그렇겄소. "

마누라는 비로소 웃어 보였다.

"그래서 손님 왔다고 거짓말했는가 ? "

"옛소. 감자나 자셔 보시오. "

마누라는 김이 무럭무럭 나는 감자 그릇을 방안에 들여놨다.

"흐흥, 이놈들은 벌써 한 개씩 차지했구먼. 자네도 들어와 먹소."

조금 전에 씩둑깍둑 말다툼했던 그들은 감자 그릇 앞에서 썩 의좋게 도란거렸다.

강서 농장으로 옮겨 온 이민들은 전부 고향에 돌아가게 해 달라는 진정서를 총독부에 보내고 날마다 회사에 가서 속히 가게 해 달라고 졸라댔다.

"금년은 첫해니까 이렇지마는 내년은 논 벌기가 훨씬 나아갈 테니까 그대로 견뎌 가며 살아 보라."

고 회사측에서는 달래 보았으나 그들이 필사적으로 덤비는 것에는 어쩔 수도 없을 뿐 아니라 사실 농작물이 없는 터이라 그 많은 식구를 겨울 동안 먹여 살릴 일이 딱한 듯싶어서 이민들의 귀향을 주선하여 주었다.

이리하여 8월 중순에 그들은 꿈에까지 잊지 못하고 그리워하던 그의 고향에 다시 돌아가게 되었다.

불암리에서 온 열 집 가족도 물론 귀향하기로 작정하고 부인들은 모여만 앉으면 고향의 얘기로 꽃을 피우고 기뻐하였으나 삼룡이는,

"흥, 자네가 가면 고향이라고 누가 자네를 그리 반갑게 맞아 줄 줄 아는가?"

하고 빈정거렸다.

"아이고 참, 아모리 고향이 나쁘다 해도 여기보다는 낫지라우. 겨울에 여기서 살다가 죽느니보다는 진작 고향에라도 가서 붙어 살어 보다가 굶어 죽든지 말든지……."

다른 부인들은 신이 나서 삼룡의 말대답을 하였다.

귀향한다는 새로운 희망에서 그들은 고생을 낙으로 삼고 밤과 낮을 맞고 보내며 어서 그날이 닥쳐 오기만 손꼽아 기다렸다.

그러나 떠나기로 작정한 사흘 전날 오삼룡이는 강판옥에게서 이러한 긴 편지를 받았다.

자네들 간 후로는 날마다 자네들 생각하기에 못 살아갈 것 같더니 그

래도 자네들 대신으로 자네들 열 사람의 행세를 할 군들이 생겨서 우리는 재미있게 합심해서 잘 살아왔네. 그러나 진짜 배곯는 고생이야 누가 대신해 줄 사람이 있던가 ? 만일 금년에 농사만 잘 지었더라면 우리는 세상 없어도 자네들을 도로 불러오려고 했더니, 그랬더니 하늘이 무심하여 작년에는 홍수로 자네들을 몰아내고 금년에는 개벽[5] 이래로 두 번도 없는 큰 가뭄이 우리들을 마저 죽여 고향에서 쫓아내네그려. 저번 편지에도 여기 소식을 말했거니와 그 후로 오늘까지 비 한 번 아니 와서 모판은 말러지고 겨우 이종했던 나락들도 다 죽고 말았다네. 우리 고향의 보배인 학다리 그 큰 들은 이종도 못 해보고 벌건 채로 그대로 자빠져 있네.

이러니 흙에다가만 목을 매고 살아가는 우리는 어떻게 되겠는가 ? 작년 홍수 때보다도 몇 백 곱이나 인심이 흉흉하고 온갖 병이 다 돌아다니네. 그래서 고향을 내버리고 타관으로 떠나가려는 사람들이 날마다 늘어간다네.

삼룡이, 오늘도 우리 앞동네 정골에서 이십 호 일백세 사람이 함경북도 고무산(古茂山)에 있는 시멘트 공장으로 떠나가는데 정말 눈에서 피가 떨어지데. 삼룡이, 나는, 이 강판옥이는 9월 초순에 함경북도 나진이라는 땅으로 노동자 노릇을 하러 가게 됐네. 우리 동네서는 옥곤이네 큰형네하고 태술이네 삼촌 영전이네, 형돌이네, 그리고 강판옥이 합해서 다섯 집 스물 여섯 사람이 죽어 나가기로 했네. 인제는 우리 동네에 옛날 사람은 다 없어지고 다른 동네서 살러 온 사람밖에 없겠네그려.

삼룡이, 고향이 대체 무슨 쓸데있는 것인가 ? 자네들 보내고 나서 뚝 끊어졌던 노래가 요새는 다시 살아나서 야단이네. 정답던 고향이건만 묵은 채로 자빠져 있는 논을 보면 인제는 그만 정이 뚝 떨어지고 어서 하루바삐 타관으로 가서 고향의 참혹한 꼴을 안 보고 싶네. 말을 들으니 자네들도 다시 고향에 오려고 생각한다네마는, 자네들이 왔자 누가 하나 반갑게 자네들을 맞아 줄 사람이 없겠네.

---

5) 개벽 : 천지가 처음으로 생김.

삼룡이, 인제 우리는 정말 죽어서 저승에 가서나 만나 보겠네. 자네나 내나 더욱 좋은 일만 하세. 좋은 일을 하면 극락에 간다고 않는가? 둘이 다 극락에를 못 가겠거든 차라리 똑같이 지옥에나 가세. 고향에서 쫓겨나는 우리 같은 놈들에게 남는 것이 악뿐일 텐데 어찌 좋은 일을 해 보겠다는가? 자네나 내나 몸만 성하면 혹시 어느 하늘 밑에서 또 모이게 될지 누가 알 것인가?

할말은 태산같이 쌔고[6] 쌨네마는 가슴이 답답하여 더 못 쓰겠네. 떠나기 전에 자네 답장이나 받아 보도록 편지나 한 장 해주게.

편지를 읽은 삼룡의 입이 씰룩씰룩 일그러지고 손이 벌벌 떨리더니만 굵은 눈물 방울이 눈에서 뚝뚝 떨어져 내렸다.

그는 편지를 다 읽고 나서 잠깐 앉아 있다가 벌떡 일어나서 회사로 쫓아갔다. 그날 밤에 삼룡이는 판옥에게 이런 답장을 보냈다.

자네의 만지장서[7]를 받고 나는 그냥 회사로 쫓아가서 모레 떠나기로 한 귀향 사건을 중지하고 말았네. 내가 가지 않기로 하니 동무들도 다 아니 가기로 했네.

자네는 고향을 떠나는 사람을 보고 죽어 나가는 사람들이라고 하지마는 우리는 죽어서 나오는 사람들이 아니라 차고 무정한 고향을 박차 버리고 나오는 영웅이라고 생각하네. 우리는 고향이 없는 사람들이네. 고향이 없는 사람들에게 무슨 고향을 못 잊어하는 설움이 있겠는가? 어디든지 우리가 발을 딛고 살아가는 곳을 우리의 고향으로 만드세.

너무 비감[8]하여 말게. 맘을 든든히 먹고 두 팔을 단단히 갈아서 우리의 살아나갈 길을 뚫어 보세.

우리는 고향이 없는 사람들이니 고향을 떠날 때 뒤도 돌아보지 마세.

---

6) 쌔고 : 많고
7) 만지장서 : 사연을 많이 적은 편지.
8) 비감 : 슬픈 감회. 슬프게 느낌.

앞만 바라보고 호랑이같이 사납게 나가 보세. 알아듣겠는가 ? 동무들에게 이 뜻을 말해 주소. 다음 또 쓰기로 하고 이만 줄이네.

편지를 다 쓰고 난 삼룡의 손끝은 새로운 기운에 부르르 떨었다.

**작가소개** 박화성 (1904~1988)

전남 목포에서 출생했다. 1925년『조선문단』에 단편「추석 전야」를 발표하면서 문단에 등단하였다. 주요 작품으로「하수도 공사」「홍수 전야」「고향 없는 사람들」『하늘이 보이는 풍경』『내일의 태양』『거리에는 바람이』등이 있다. 그의 작품은 주로 일제의 억압과 착취에 시달리는 노동자와 농민의 비참한 삶을 사실적으로 그려내고 있으며 사실주의적 묘사와 함께 현실에 대한 진지한 비판정신이 돋보인다.

**작품해설**

1936년『신동아』에 발표된「고향 없는 사람들」은 1930년대 우리나라 농촌의 궁핍함을 묘사한 대표적인 작품이다. 가뭄 때문에 농사를 더 이상 짓지 못하고 일제의 강요에 따라 고향을 등질 수밖에 없는 사람들의 참담한 생활상이 식민지 현실에 적극적으로 대응하려는 작가정신과 결합되어 사실적으로 표현되고 있다.

**읽고 나서**

(1) 이 작품은 작가의 초기 대표작이다. 이 작가의 초기에 나타난 작가적 경향에 대해서 알아보자.
— 프로레탈리아 혁명이론을 지지하면서도 그 행동에는 적극 가담하지 않고 동조적 입장을 보이는 동반자 문학 경향을 보임
(2) 오삼룡의 성격에 대해서 생각해보자.
— 오삼룡은 새로운 삶을 찾아 강서 농장으로 이주했으나 고향의 궁핍한 현실을 담은 사연을 받고 정신적 고향까지 잃어버린다. 그러나 그는 어디든지 발을 딛고 사는 곳을 고향으로 만들어야 한다는 주체적인 행동의지를 가진 인물이다.

# 화수분

전 영 택

1

첫 겨울 추운 밤은 고요히 깊어 간다. 뒷들창 바깥에 지나가는 사람소리도 끊어지고 이따금 찬바람 부는 소리가 "휙－ 우수수" 하고 바깥의 춥고 쓸쓸한 것을 알리면서 사람을 위협하는 듯하다.

"만주노 호야 호오야. "

길게 그리고도 힘없이 외치는 소리가 보지 않아도 추워서 수그리고 웅크리고 가는 듯한 사람이 몹시 처량하고 가엾어 보인다. 어린애들은 모두 잠들고 학교 다니는 아이들은 눈에 졸음이 잔뜩 몰려서 입으로만 소리를 내어 글을 읽는다. 나는 누워서 손만 내놓아 신문을 들고 소설을 보고, 아내는 이불을 들쓰고 어린애 저고리를 짓고 있다.

"누가 우나 ? "

일하던 아내가 말하였다.

"아니야요. 그 절름발이가 지나가며 무슨 소리를 지껄이면서 그러나 보아요."

공부하던 애가 말한다. 우리들은 잠시 그 소리를 들으려고 귀를 귀울였으나 다시 각각 그 하던 일을 계속하여 다시 주의도 하지 아니하였다. 그러다가 우리는 모두 잠이 들어 버렸다.

나는 자다가 꿈결같이 으으으으으으, 하는 소리를 들었다. 잠깐 잠이 반쯤 깨었으나 다시 잠들었다. 잠이 들려고 하다가 또 깜짝 놀라서 깨었다. 그리고 아내에게 물었다.

"저게 누가 울지 않소 ? "

"아범이구려. "

나는 벌떡 일어나서 귀를 기울였다. 과연 아범의 우는 소리다. 행랑에 있는 아범의 우는 소리다.

'어찌하여 우는가. 사나이가 어찌하여 우는가. 자기 시골서 무슨 슬픈 상사(喪事)[1]의 기별을 받았나 ? 무슨 원통한 일을 당하였나 ?'

나는 생각하였다. '어이 어이' 느껴 우는 소리를 들으면서 아내에게 물었다.

"아범이 왜 울까 ? "

"글쎄요, 왜 울까요 ? "

2

아범은 금년 구월에 그 아내와 어린 계집애 둘을 데리고 우리 집 행랑방에 들었다. 나이는 한 서른 살쯤 먹어 보이고, 머리에 상투가 그냥 달라붙어 있고, 키가 늘씬하고 얼굴은 기름하고 누르퉁퉁하고, 눈은 좀 큰데 사람이 퍽 순하고 착해 보였다. 주인을 보면 어느 때든지 그 방에서 고달픈 몸으로 밥을 먹다가도 얼른 일어나서 허리를 굽혀 절한다. 나는 그것이 너무 미안해서 그러지 말라고 이르려고 하면서 늘 그냥 지내었다. 그 아내는 키가 자그마하고 몸이 똥똥하고 이마가 좁고 항상 입을 다물고 아무 말이 없다. 적은 돈은 회계할 줄을 알아도 '원'이나 '백냥' 넘는 돈은 회계할 줄을 모른다.

그리고 어멈은 날짜 회계할 줄을 모른다. 그러기에 저 낳은 아이들의 생일을 아범이 그 전날 내일이 생일이라고 일러주지 않으면 모른다고 한다. 그러나 결코 속일 줄은 모르고, 무슨 일이든지 하라는 대로 하기는 하나 얼른 대답을

---

1) 상사 : 초상난 일.

시원히 하지 않고 꼬물꼬물 오래 하는 것이 흠이다. 그래도 아침에는 일찍이 일어나서 기름을 발라 머리를 곱게 빗고 빨간 댕기를 들여 쪽을 찌고 나온다.

그들에게는 지금 입고 있는 단벌 홑옷과 조그만 냄비 하나밖에 아무것도 없다. 세간도 없고 물론 입을 옷도 없고 덮을 이부자리도 없고, 밥 담아 먹을 그릇도 없고, 밥먹을 숟가락 한 개가 없다. 있는 것이라고는 보기 싫게 생긴 딸 둘과 작은애를 업는 홑누더기와 띠, 아범이 벌이하는 지게가 하나 — 이것뿐이다. 밥은 우선 주인집에서 내어간 사발과 숟가락으로 먹고, 물은 역시 주인집 어린애가 먹고 비운 '가루 우유통'을 갖다가 떠 먹는다.

아홉 살 먹은 큰계집애는 몸이 좀 뚱뚱하고 얼굴은 컴컴한데 이마는 어미 닮아서 좁고 볼은 아비 닮아서 축 늘어졌다. 그리고 이르는 말은 하나도 듣는 법이 없다. 그 어미가 아무리 욕하고 때리고 하여도 볼만 부어서 까딱없다. 도리어 어미를 욕한다. 꼭 서서 어미보고 눈을 부르대고,

"조 깍쟁이가 왜 야단이야."

하고 욕을 한다. 먹을 것이 생기면 자식 먹이고 남편 대접하고, 자기는 늘 굶는 어미가 헛입 노릇이라도 하는 것을 보게 되면,

"저 망할 계집년이 무얼 혼자만 처먹어 ?"

하고 욕을 한다. 다만 자기 어미나 아비의 말을 아니 들을 뿐 아니라 '주인마누라'나 '주인 나리'가 무슨 말을 일러도 아니 듣는다. 먼 데 있는 것을 가까이 오게 하려면 손수 붙들어 와야 하고, 가까이 있는 것을 비키게 하려면 들어다 치워야 한다.

다음에 작은계집애는 돌을 지나 세 살 먹은 것인데, 눈이 커다랗고 입술이 삐죽 나오고, 걸음은 겨우 빼뚤빼뚤 걷는다. 그러나 여태 말도 도무지 못하고 새벽부터 하루 종일 붙들어 매어 끌려가는 돼지소리 같은 크고 흉한 소리를 내며 울어서 해를 보낸다.

울지 않는 때라고는 먹는 때와 자는 때뿐이다. 그러나 먹기는 썩 잘 먹는다. 먹을 것이라고 눈앞에 보이기만 하면 죄다 빼앗아다가 두 다리 사이에 넣고 다리와 팔로 웅크리고 '웅웅' 소리를 내면서 혼자서 먹는다. 그렇게 심술

사나운 큰 계집애도 다 빼앗기고 졸연해서[2] 얻어 먹지 못한다. 이렇기 때문에 작은 것은 늘 어미 뒷등에 업혀 있다. 만일 내려놓아 버려두면 그냥 땅바닥을 벗은 몸으로 두 다리를 턱 내뻗치고, 묶여가는 돼지소리로 동리가 요란하도록 냅다 지른다.

그래서 어멈은 밤낮 작은것을 업고 큰것과 싸움을 하면서 얻어 먹지도 못하고, 물 긷고 걸레질 치고 빨래하고 서서 돌아간다. 작은것에게는 젖을 먹이고, 큰것의 욕을 먹고 성화 받고, 사나이에게 '웅얼웅얼' 하는 잔말을 듣는다. 밥 지을 쌀도 없는데, 밥 안 짓는다고 욕을 한다. 그리고 아범은 밝기도 전에 지게를 지고 나갔다가 밤이 어두워서 들어오지만 하루에 두 끼를 못 끓여 먹고, 대개는 벌이가 없어서 새벽에 나갔다가도 오정 때나 되면 일찍 들어온다. 들어와서는 흔히 잔다. 이런 때는 온종일 그 이튿날 아침까지 굶는다. 그때마다 말없던 어멈이 옹알옹알 바가지 긁는 소리가 들린다. 어멈이 그 애들 때문에 그렇게 애쓰고, 그들의 살림이 그렇게 어려운 것을 보고 나는 이따끔 이렇게 생각하였다.

아내에게 말도 한다.

"저 애들을 누구를 주기나 하지. "

위에서 말한 것은 아범과 그 식구의 대강한 정형이다. 그러나 밤중에 그렇게 섧게 운 까닭은 무엇인가 ?

## 3

그 이튿날 아침이다. 마침 일요일이기 때문에 내게는 한가한 틈이 있어서 어멈에게서 그 내용을 들을 기회가 있었다.

"지난밤에 아범이 왜 그렇게 울었나 ? "

하는 아내의 말에 어멈의 대답은 대강 이러하였다.

---

2) 졸연해서 : 갑작스러워서.

"어멈이 늘 쌀을 팔러 댕겨서 저 뒤의 쌀가게 마누라를 알지요. 그 마누라가 퍽 고맙게 굴어서 이따금 앉아서 이야기도 했어요. 때때로 '그 애들을 데리고 어떻게 지내나.' 하고 물어요. 그럴 적마다 '죽지 못해 삽지요.' 하고 아무 말도 아니했어요. 그런데 한 번은 가니까 큰애를 누구를 주면 어떠냐고 그래요. 그래서 '제가 데리고 있다가 먹이면 먹이고 죽이면 죽이고 하지, 제 새끼를 어떻게 남을 줍니까? 그리고 워낙 못생기고 아무 철이 없어서 에미 애비나 기르다가 죽이더래도 남은 못 주어요. 남이 가져갈 게 못 됩니다. 그것을 데려가시는 댁에서는 길러 무엇합니까. 도야지면 잡아나 먹지요.' 하고 저는 줄 생각도 아니했어요. 그래도 그 마누라는 '어린것이 다 그렇지 어떤가. 어서 좋은 댁에서 달라니 보내게. 잘 길러 시집보내 주신다네. 그리고 여태 젊은이들이 벌어 먹고 살아야지. 애들을 다 데리고 있다가 인제 차차 날도 추워 오는데 모두 한꺼번에 굶어 죽지 말고…….' 하시면서 여러 말로 대구 권하셔요.

말을 들으니까 그랬으면 좋을 듯도 하기에 '그럼 저의 아범보고 말을 해보지요.' 했지요. 그랬더니 그 마누라가 부쩍 달라붙어서 '내일 그댁 마누라가 우리 집으로 오실 터이니 그 애를 데리고 오게.' 하셔요. 해서 저는 '글쎄요.' 하고 돌아왔지요. 돌아와서 그 날 밤에, 그제 밤이올시다. 그제 밤 아니라 어제 아침이올씨다. 요새 저는 정신이 하나 없어요. 그래 밤에는 들어와서 반찬 없다고 밥도 안 먹고 곤해서 쓸러져 자길래 그런 말을 못하고 어제 아침에야 그 이야기를 했지요. 그랬더니 '내가 아나, 임자 마음대로 하게그려.' 그러고 일어서 지게를 지고 나가 버리겠지요. 그러고는 저 혼자 온종일 이리저리 생각을 해보았지요. 아무러나 제 자식을 남을 주고 싶지는 않지만 어떻게 합니까. 아씨 아시듯이 이제 새끼 또 하나 생깁니다그려. 지금도 어려운데 둘씩 셋씩 기릅니까. 그래서 차마 발길이 안 나가는 것을 오정때나 되어서 데리고 갔지요. 짐승 같은 계집애는 아무런 것도 모르고 따라나서요. 앞서 가는 것을 뒤로 보면서 생각을 하니까 어째 마음이 안되었어요."
하면서 어멈은 울먹울먹한다. 눈물이 핑 돈다.

"그런 것을 데리고 갔더니 참말 웬 알지 못하는 마누라님이 앉아 계셔요. 그 마누라가 이걸 호떡이라 군밤이라 감이라 먹을 것을 사다 주면서, '나하고 우리 집에 가 살자. 예쁜 옷도 해주고 맛난 밥도 먹고 좋지, 나하고 가자, 가자' 하시니까 이것은 먹기에 미쳐서 대답도 아니하고 앉았어요."

이 말을 들을 때에 나는 그 계집애가 우리 마루 끝에 서서 우리 집 어린애가 감 먹는 것을 바라보다가 내버린 감꼭지를 쳐다보면서 집어 가지고 나가던 것이 생각났다.

어멈은 다시 이야기를 이어,

"그래 제가 어쩌나 볼려고, '그럼 너 저 마님 따라가 살련? 나는 집에 갈 터이니.' 했더니 저는 본체만체하고 머리를 끄덕끄덕해요. 그래도 미심해서 '정말 갈 테야. 가서 울지 않을 테야?' 하니까, 저를 한 번 힐끗 노려보더니 '그래. 걱정 말고 가요.' 하겠지요. 하도 어이가 없어서 내버리고 집으로 돌아왔지요. 그러고 돌아와서 저 혼자 가만히 생각하니까, 아범이 또 무어라고 할는지 몰라 어째 안 되었어요. 그래, 바삐 아범이 일하러 댕기는 데를 찾았지요. 한 번 보기나 하랄려고, 염천교 다리로 남대문 통으로 아무리 찾아야 있어야지요. 몇 시간을 애써 찾아댕기다가 할 수 없이 그 댁으로 도루 갔지요. 갔더니 계집애도 그 마누라도 벌써 떠나가 버렸겠지요. 그 댁 마님 말씀이 저녁 여섯 시 차에 광핸지 광한지로 떠났다고 하셔요. 가시면서 보고 싶으면 설 때에나 와 보고 와 살려면 농사짓고 살라고 하셨대요. 그래 하는 수가 있습니까. 그냥 돌아왔지요. 와서 아무 생각이 없어서 아범 저녁 지어 줄 생각도 아니하고 공연히 밖에 나가서 왔다갔다 돌아댕기다가 들어왔지요. 저는 눈물도 안 나요. 그러다가 밤에 아범이 들어왔기에 그 말을 했더니, 아무 말도 아니하고 그렇게 통곡을 했답니다. 여북하면[3] 제 자식을 꿈에도 보두 못하던 사람에게 주겠어요. 할 수가 없어서 그렇지요. 집에 두고 굶기는 것보다 날까 해서 그랬지요. 아범이 본래는 저렇게는 못살지는 않았답니다. 저희 아버지 살았을 때는 벼 백 석이나 하고 삼형제가 양평 시골서 남부럽지 않게

---

3) 여북하면 : '오죽, 응당, 얼마나'의 뜻으로 언짢은 경우에 쓰는 말.

살았답니다. 이름들도 모두 좋지요. 맏형은 '장자'요, 둘째는 '거부'요, 아범이 셋짼데 '화수분'이랍니다. 그런 것이 제가 간 후로부터 시아버님이 돌아가시고 그리고 맏아들이 죽고 농사 밑천인 소 한 마리를 도둑 맞고 하더니, 차차 못살게 되기 시작해서 종내 저렇게 거지가 되었답니다. 지금도 시골 큰댁엘 가면 굶지는 아니 할 것을 부끄럽다고 저러고 있지요. 사내 못생긴 건 할 수가 없어요."

우리는 이제야 비로소 아범이 어제 울던 까닭을 알았고, 이때에 나는 비로소 아범의 이름이 '화수분'인 것을 알았고, 양평 사람인 줄도 알았다.

4

그런지 며칠이 지난 어느 날 아침이다. 화수분은 새옷을 입고 갓을 쓰고 길 떠날 행장을 차리고 안으로 들어온다. 그것을 보니까 지난 밤에 아내에게서 들은 말이 생각난다. 시골 있는 형 '거부'가 일하다가 발을 다쳐서 일을 못하고 누워 있기 때문에, 가뜩이나 흉년인데다가 일을 못해서 모두 굶어죽을 지경이니 아범을 오라고 하니 가보아야 하겠다는 말을 듣고 나는 "가보아야겠군." 하니까, 아내는 "김장이나 해주고 가야 할 터인데." 하기에, "글쎄 그럼 그렇게 이르지." 한 일이 있었다. 아범은 뜰에서 허리를 한 번 굽히고 말한다.

"나리, 댕겨 오겠습니다. 제 형이 일하다가 도끼로 발을 찍어서 일을 못하고 누웠다니까 가보아야겠습니다. 가서 추수나 해주고는 곧 오겠습니다. 거저 나리댁만 믿고 갑니다."

나는 어떻게 대답했으면 좋을지 몰라서,

"잘 댕겨 오게."

하였다. 아범은 다시 한 번 절을 하고,

"안녕히 계십시오."

하면서 돌아서 나갔다.

"저렇게 내버리고 가면 어떡합니까 ? 우리도 살기 어려운데 어떻게 불 때 주고, 먹이고, 입히고 할 테요 ? 그렇게 곧 오겠소 ? "

이렇게 걱정하는 아내의 말을 듣고 나는 바삐 나가서 화수분을 불러서,

"곧 댕겨 오게. 겨울을 나서는 안 되네. "

하였다.

"암, 곧 댕겨 옵지요. "

화수분은 뒤를 돌아보고 이렇게 대답을 하고 달아난다.

5

화수분이 간 지 일 주일이 되고 열흘이 되고 보름이 지나도 아니 온다.

어멈은 아범이 추수해서 쌀말이나 지고 돌아오기를 밤낮 기다려도 종내 오지 아니하였다. 김장 때가 다 지나고 입동이 지나고 정말 추운 겨울이 되었다. 하루 저녁은 바람이 몹시 불고, 그 이튿날 새벽에는 하얀 눈이 펑펑 내려 쌓였다.

아침에 어멈이 들어와서 화수분의 동네 이름과 번지 쓴 종이 조각을 내어놓으면서 오지 않으면 제가 가겠다고 편지를 써 달라고 하기에 곧 써서 부쳐까지 주었다.

그 다음날부터는 며칠 동안 날이 풀려서 꽤 따뜻하였다. 그래도 화수분의 소식은 없다. 어멈은 본래 어린애가 달려서 일을 잘 못하는데다가, 다릿병이 있어 다리를 잘 못 쓰고 더구나 며칠 전에 손가락을 다쳐서 일을 하지 못하는 것을 퍽 미안하게 생각한다.

그리고 추운 겨울에 혼자 살아갈 길이 막연하여, 종내 아범을 따라 시골로 가기로 결심을 한 모양이다.

"그만, 아씨 시골로 가겠습니다. "

"몇 리나 되나 ? "

“몇 린지 사나이들은 일찍 떠나면 하루에 간다고 해두, 저는 이틀에나 겨우 갈 걸요. ”

“혼자 가겠나 ? ”

“물어 가면 가기야 가지요. ”

아내와 문답이 있은 다음날 아침 바람 몹시 불고 추운 날 아침에 어멈은 어린것을 업고 돌아볼 것도 없는 행랑방을 한 번 돌아보면서 아장아장 떠나갔다.

그날 밤에도 몹시 추웠다. 우리는 문을 꼭꼭 닫고 문틈을 헝겊으로 막고 이불을 둘씩 덮고 꼭꼭 붙어서 일찍 잤다.

나는 자면서 잘 갔나, 얼어 죽지나 않았나 하는 생각이 났다.

화수분도 가고, 어멈도 하나 남은 어린것을 업고 간 뒤에는 대문간은 깨끗해지고 시꺼먼 행랑방 방문은 닫혀 있었다. 그리고 우리 집에는 다시 행랑 사람도 안 들이고 식모두 아니 두었다. 그래서 몹시 추운 날, 아내는 손수 어린 것을 등에 지고 이웃집의 우물에 가서 배추와 무우를 씻어서 김장을 대강 하였다. 아내는 혼자서 김장을 하면서 눈물을 흘리고 어멈 생각을 하였다.

## 6

김장을 다 마친 어떤 날, 추위가 풀려서 따뜻한 날 오후에, 동대문 밖에 출가해 사는 동생 S가 오래간만에 놀러 왔다. S에게 비로소 화수분의 소식을 듣고 우리는 놀랐다. 그들은 본래 S의 시댁에서 천거[4]해 보낸 것이다. 그 소식은 대강 이렇다.

화수분이 시골 간 후에, 형 ‘거부’는 꼼짝 못하고 누워 있기 때문에 형 대신 겸 두 사람의 일을 하다가 몸이 지쳐 몸살이 나서 넘어졌다. 열이 몹시 나서 정신없이 앓았다. 정신없이 앓으면서도 귀동이(서울서 강화 사람에게 준 큰 계집애)를 부르고 늘 울었다.

---

4) 천거 : 인재를 어떤 자리에 추천하는 일.

"귀동아, 귀동아, 어델 갔니 ? 잘 있니……. "

그러다가는 흐득흐득 느끼면서,

"그렇게 먹고 싶어 하는 사탕 한 알 못 사 주고 연시 한 개 못 사주고……."
하고 소리를 내어 어이어이 운다.

그럴 때에 어멈의 편지가 왔다. 뒷집 기와집 진사댁 서방님이 읽어 주는 편지 사연을 듣고,

"아이구 옥분(작은 계집애 이름)아, 옥분이 에미－"
하고 또 어이어이 운다. 울다가 벌떡 일어나서 서울서 넝마전[5]에서 사입고 간 새옷을 입고 갓을 썼다. 집안 사람들이 굳이 말리는 것을 뿌리치고 화수분은 서울을 향하여 어멈을 데리러 떠났다. 싸리문 밖에를 나가 화수분은 나는 듯이 달아났다.

화수분은 양평서 오정이 거의 되어서 떠나서, 해져갈 즈음해서 백 리를 거의 와서 어떤 높은 고개를 올라섰다. 칼날 같은 바람이 뺨을 친다. 그는 고개를 숙여 앞을 내려다보다가 소나무 밑에 희끄무레한 사람의 모양을 보았다. 그것을 곧 달려가 보았다. 가본 즉 그것은 옥분과 그의 어머니다. 나무 밑 눈 위에 나뭇가지를 깔고 어린것 업는 헌 누더기를 쓰고 한 끝으로 어린것을 꼭 안아가지고 웅크리고 떨고 있다. 화수분은 와락 달려들어 안았다. 어멈은 눈을 떴으나 말을 못한다. 화수분도 말을 못한다. 어린것을 가운데 두고 그냥 껴안고 밤을 지낸 모양이다.

이튿날 아침에 나무장수가 지나가다 그 고개에 젊은 남녀의 껴안은 시체와 그 가운데 아직 막 자다 깬 어린애가 등에 따뜻한 햇볕을 받고 앉아서 시체를 툭툭 치고 있는 것을 발견하여 어린것만 소에 싣고 갔다.

5) 넝마전 : 오래된 헌 옷 따위를 파는 가게.

**작가소개** 전영택 (1894~1968)

평양에서 출생했다. 1919년 김동인, 주요한 등과 함께 순수문예 동인지인 『창조』를 창간하기도 했으며, 같은 해 단편 「천치」를 발표하면서 문단에 나왔다. 주요 작품으로 「화수분」 「크리스마스 전야의 풍경」 「혜선의 죽음」 등이 있는데, 그는 기독교적인 인도주의 사상이 짙은 작품을 쓰는 작가로 평가받고 있다.

**작품해설**

1925년 『조선문단』에 발표된 「화수분」은 극도로 가난한 부부의 삶을 통해 일제강점기라는 시대적 상황과 이를 극복하려는 작가의 인도주의적 작가 의식이 투영되어 있다. 이 작품은 우리나라 자연주의 소설의 경향을 본격화 시키면서 초기 단편소설의 특징을 잘 보여주고 있다는 평가도 받는다.

**읽고 나서**

(1) 이 작품에서 중요한 점은 그 기법과 창작태도이다. 이 작품 마지막 부분에서 그 기법과 창작 태도가 무엇인지 찾아보자.

— 사물을 객관적으로 관찰하고 그것을 그대로 묘사 또는 서술하는 것이 근대 소설의 기본 요소이다. 어린 것을 소에 싣고 갔다는 사실만을 밝힐 뿐, 그 뒤 아이나 가난한 부부의 시체는 어찌되었다는 뒷이야기가 없다. 다만 독자의 상상에 맡기는 근대 소설의 기법과 일치하고 있다.

(2) 화수분이란 무슨 뜻인지 알아보고, 왜 그런 제목을 썼을지 생각해 보자.

— 화수분은 본래 재물이 끊임없이 나온다는 보배 그릇을 가리키는 우리말이다. 작품 속에서 주인공 화수분은 가난을 벗어날 가망이 없다. 작가는 실제 상황과 이름 사이의 반어를 통해서, 부자가 되고자 하는 농민대중의 열망이 결국 실현될 수 없음을 선명하게 드러내려 한 것이다.

# 흑산도

전 광 용

첫 조금[1]이 지난 달무리였다. 철에 고깝지 않게 포근한 날씨가 새벽눈이라도 내릴 것만 같았다.

손바닥 오그린 모양으로 오붓하고 아늑하게 생긴 좌청룡 우백호에 감싸인 마제형의 형국이라는 나루였다.

평나무 · 누럭나무 · 재배나무가 우거진 속 용왕당이 버티고 서 있는 당산 기슭에 감아붙어 갯밭에 오금을 괴고 조개껍질처럼 닥지닥지 조아붙은 마을 한 기슭으로 뒷주봉 나왕산 골짜기에 꼬리를 문 밀물을 함박 삼켰다가 썰물에 구렁이처럼 갯벌로 꿈틀거리고 흘러내리는 것이 희미한 달빛에 비늘처럼 부서진다.

갯가에서는 마을 장정들의 흥겨운 노랫소리가 꽹과리 · 장구 소리에 섞여 당산까지 울렸다가는 숨죽은 듯 고요한 바다 위로 다시 퍼져 흩어진다.

인실이네 마당에서는 큰애기들이 손에 손을 잡고 둘레를 돌면서 메기고 받는 강강수월래가 그칠 줄을 모른다.

딸아딸아 막내딸아
인실이 어머니의 메기는 소리다.
강강수월래—

---

1) 조금 : 매달 음력 초여드레와 스무사흘. 조수가 가장 낮다.

큰애기들은 목청을 돋구어 받는다. 빨리 돌 때는 큰애기들의 삼단 같은 머리채가 궁둥이를 치고 허리통에 휘감긴다.

너만 곱게 잘만 커라
강강수월래—

어느덧 노래는 그들이 가장 즐기는 '둥당의 타령'으로 바뀌었다.

둥당에다 둥당에다
당기둥당에 둥당에다

큰애기들은 흥겨워 저도 모르게 어깨춤에 가랭이질이 섞인다.

저기가는 저생애는 (생애 : 喪輿)
남생앤가 여생앤가 (남생애 : 남자가 죽은 상여)
여생질에 가거들랑 (여생질 : 여자가 죽어 상여로 가는 길)
우리엄마 만나거든
어린자식 보챈다고
백수벵이 젖을 짜서
한숨으로 마개막아
무지개로 끈을 달아
전하라소 전하라소
안개속에 전하라소

까막개의 밤은 추위도 모르고 깊어만 갔다.

북술이는 동무들과 맞잡고 둥당의 노래를 부를 때는 아무 시름도 없이 즐겁기만 했다. 그러나 혼자서 이 노래를 읊조리면 얼굴 모습조차 기억 속에 더듬기 어려운 어머니의 옛이야기처럼 서러움이 꿀꺽 치밀었다. 둘레를 돌면서도 북술이의 눈은 이따금 갯가로 옮겨졌고, 그럴 때마다 용바우의 믿음직한 목소리가 귓전을 어루만져 슬픔을 가라앉히곤 했다. 갯가에서는 막걸리를 나누는 참이었는지 한참 잦았던 징소리가 이번에는 더 세차게 마을을 스쳐서는 뒷주봉에 메아리를 울렸다.

— 한아부지가 기다릴라 —

아쉬운 생각도 없지 않았지만 노래 중간에서 빽소니를 쳐나온 북술이의 걸음은 집에 가까울수록 무거워만졌다.

당산 및 낭떠러지에 등을 대고 다가붙은 갯집 큰방에는 불빛도 보이지 않았다. 정지[2]와 큰방과 마루를 둘러싼 앞마당은 그대로 행길이자 갯가였다.

"인자사 와……. "

굴뚝 위로 우거진 동백나무 그림자에서 불쑥 튀어나오는 소리였다.

"아이고 놀랐재라우, 누고……"

"나야,나. "

용바우의 크고 벌어진 어깨가 북술이 앞으로 다가왔다.

"난 또 누구라고. 갯가에서 벌써 왔는지라우. "

"안 갔재라, 내일이 유왕님[3] 고사 모시는 날이랑께. "

"응, 그랴. "

북술이는 깜빡 잊었던 용왕제가 생각났다.

"그렁께로 술도 고기도 못 먹고 정히 한다이께. "

까막개 사람들은 바다와 싸우면서 바다를 의지하고 살아왔다. 폭풍우를 만나면 바다가 적이었고, 고요하게 잠자는 날이면 바다보다 다사로운 벗은 없었다.

이 섬에서는 일 년의 넉 달은 농사가 살려 주고 나머지 여덟 달은 바다가 키워 주어 미역과 자반과 생선으로 목숨을 이었다.

그들은 바다에서 나서 바다에서 죽었다. 용바우 아버지도 그랬고, 북술이 아버지도 그러했다. 원수인 바다에 끝없는 저주를 보내면서 바다에 대한 지성은 그들의 신앙이었다.

그러기에 가장 허물없고 깨끗한 젊은이들이 해마다 정초에는 용왕제 집사로 뽑혔다. 용바우도 금년에는 이 정성스러운 일에 한몫 들었다.

용바우는 열다섯에 첫배를 탔다. 털보 영감으로 통하는 안 선달과 두 살

---

2) 정지 : '부엌'의 사투리.
3) 유왕님 : '용왕님'의 전라도 사투리.

맏이이지만 알이 작기에 대추씨라는 별명을 가진 두칠이 틈에 끼어 북술이 할아버지 박 영감과 함께 칠산바다에서 연평 앞개까지 올라 훑는 조기잡이로 시작된 뱃길이 어느 새 십 년이 흘렀다.

세월은 박 영감의 등에서 살점을 앗아가고, 머리빛을 갈아내고, 이마에 밭이랑 같은 주름을 박아가는 사이에 용바우는 제법 소금섬 두 가마씩을 단숨에 지고 발판을 나는 듯이 뱃전으로 오르내리게 되었다. 간물에 절은 검붉은 얼굴은 윤기를 띠었고 이글이글 타는 화경 같은 눈동자는 박 영감의 가슴속 빈 구석을 채워 주었다.

용바우에게 북술이는 거리낌도 수줍음도 없었다. 나이야 먹어가든 말든 그대로 장난이요, 반말이었다. 그러던 북술이가 어느덧 용바우 앞에서 옷고름을 물지 않으면 앞섶을 만지작거리는 버릇이 생겼다.

박 영감은 박 영감대로 용바우에 대한 속셈을 했고 용바우는 어느새 북술이가 제 물건처럼 소중해졌다. 북술이도 노상 용바우가 싫지는 않았다.

"그라문 간물에 몸을 씻고 가지라우."

"내일 새벽 일찍이 씻는당께."

"배는 언제 떠나고."

"이자 배꼴을 박고 끄스리문 모레쯤 떠나제, 올에는 새로 묵은 배니께 홍두날께라."

"그랑이께, 두 밤 자문 ?"

"응, 그랴."

용바우는 달빛에 어린 북술이의 얼굴이 봉오리 벌어지는 동백꽃보다 더 아름답다고 느껴졌다. 몸집이 마음놓고 굵어진 것 같아 부풀은 가슴이 풀먹인 인조견 저고리 앞자락을 슬며시 들고 일어섰다.

"북술이는 또 나이 하나 더 먹었으니께 인자 열아홉이제."

"누군 나이를 안 먹구 나만 먹는지라우."

고름 끝을 비비는 북술이의 입가에는 엷은 웃음이 어렸다.

용바우는 북술이의 입이 가장 복스럽다고 생각되었다. 그 입으로 말이건 웃음이건 거푸거푸 새어나오게 하고만 싶었다.

— 북술이는 지 어무니를 닮았재라우, 고 복스런 입이 더 —

입버릇처럼 뇌까리는 인실이 어머니의 말이 떠올랐다.

"인자 씨집도 가양께."

처음 하는 소리였다. 그러나 지난봄부터 용바우의 혀끝에서 맴도는 한마디였다.

"누가 씨집 간다는지라우."

"그랴문 씨집두 안 가구 큰애기로 늙으라제."

"언제 누가 큰애기로 늙는당께……남의 걱정 말구 장가나 가라재라우."

북술이도 이번에는 가슴이 탁 트이도록 소리를 내어 웃었다.

어느 사이엔지 용바우의 삿대 같은 팔은 북술이의 겨드랑이를 스쳐 사등이뼈가 바스라지도록 껴안는 판에 가슴은 숨막히게 가빴다. 용바우의 뜨거운 입김이 북술이의 이마를 확확 달구었다.

"어디 참말 씨집 앙가나 보자이께."

"누구는……."

봉창문이 삐걱 소리를 내었다. 박 영감의 쿨룩거리는 기침소리였다.

"누구라."

"……."

"누가 왔는게라."

"나 북술이라우."

"응, 북술이라."

"야."

북술이의 허리를 놓은 용바우는 슬며시 갯가로 돌아 까막바위 쪽으로 내려갔다.

"누가 왔지로."

"저, 용바우가."

"새날이문 유왕님 고사에 나갈 놈이 가시나하고 무슨 짓이라."

다시 박 영감의 해소가 끊이지 않는 사이에 북술이는 방에 들어가 쪼그리고 누웠다. 그러나 용바우의 입김은 아직도 이마에 뜨거웠다.

먼동이 트기 전부터 내리는 눈은 솜송이같이 함박으로 퍼부어 미처 녹다 못해 오래간만에 쌓여졌다. 당산에서는 본당 정면에 단청으로 그려진 남녀 괘화 앞에 소 한 마리가 사각과 두족(頭足)으로 동강이 나 놓여 있고, 이 한 해의 잡귀를 몰고 풍어를 기원하는 고축(告祝)[4]도 끝났다. 만선을 축원하는 용바우의 머릿속에는 북술이가 크게 자리잡고 있었다.

한낮이 되자 하늘은 개이고 거의 녹아 버린 눈길에 마을 사람들은 명절보다 더 기뻤다.

달이 나왕봉 마루에 기울기 시작했다. 까막바위 앞에 웅크리고 앉은 두 그림자는 이슥하도록 움직이지 않았다. 잔물결이 바위 밑에 부서졌다가는 밀려가는 것이 차츰 거세어졌다.

"그라이께, 새벽참에 꼭 떠나야제."

"그랴."

"한아부지가 보름이나 지나믄 나가자는디."

"물감자(고구마)도 그만 다 떨어졌지라, 먹을 것이 바닥이 났으라우."

"그랄 테지라, 하지만……"

"아니요, 보름 전에 한 축은 해야 한다이께."

용바우는 담배를 말아서 불을 붙였다. 두툼한 양볼이 오무라지게 빨았다가는 길게 내뿜었다. 눈 온 뒤에는 꼭 바람이 터진다는 할아버지의 말이 다시 떠올라 북술이는 어쩐지 불안스러웠다.

"보름을 쇠구 가제 그라요."

"보름은 손구락을 빨고 쉰당께. 새벽참에 떠나문 보름 전에 돌아오지라."

잊었던 찬 기운이 겨드랑이로 스며들었다. 북술이는 용바우 무릎에 바싹 다가앉았다.

---

4) 고축 : 신명에게 고하여 빎.

"그라이께 말이여, 이번 한 채만 잘 하믄 그걸 포라서[5] 북술이 신발을 사고 나도 작업복이나 한 벌 갈아 입어야제."

"……."

용바우의 거북등 같은 손아귀에 꽉 쥐인 북술이의 손은 해면처럼 오그라들었다. 북술이는 용바우가 껴안는 대로 잠자코 있었다. 머루알 같은 젖꼭지에 용바우의 손끝이 닿으니 등줄기가 저리도록 간지러웠다.

용바우는 박 영감을 찾았다.

"나두 인자 이만큼 하이께 한아부지는 그만 쉬지라우, 올해는 셋이서 넷 몫을 하랍니데."

"글쎄라……."

"털보 영감과 두칠이두 그랬지로, 해소가 심한디 조섭을 해야지라고."

"이래도 배에만 오르믄 상관없는지라."

박 영감은 곰방대를 들면서 긴 한숨을 껐었다.

"가알(秋)도 아니고 절(冬)에 안 되지라."

"그래셨지마는 어디 그랄 수야……."

벌써 몇 번이나 되풀이되는 이야기였다. 정지에서 뱃점심 고구마를 솥에 안치고 있던 북술이는 코허리가 시큰했다. 눈꺼풀을 까물거리니 기어코 방울이 떨어졌다. 설 보름과 제사 때만 맛보던 쌀밥이건만 제사에 쓰려던 멥쌀을 갈라서 고구마 솥에 깔았다.

첫닭이 울었다. 배는 물때를 따라서 떠나야 했다. 앞개에 늘어선 배마다 불이 환했다. 나루터는 찾는 소리 대답하는 소리에 왁자지껄 고와댔다.

털보 영감은 홍어주낙을 올리고 두칠이와 용바우는 뒷장에 그물을 실었다. 물동이를 이고 나오는 북술이의 뒤에 박 영감이 따라섰다.

두칠이는 닻을 올리고 털보 영감은 뒷줄을 풀었다. 용바우가 삿대를 내려

---

5) 포라서 : '(물건을) 팔아서'의 전라도 사투리.

밀자 털보 영감은 이내 키를 잡았다. 두칠이는 노를 풀어 놋좆[6]을 제자리에 박고 노걸이를 걸었다.

배가 움직이기 시작했다. 어둠 속에 썰물을 타고 달아나는 뱃머리에 부딪는 물결소리만이 아우성에서 멀어져 가는 새벽의 고요를 깨뜨렸다.

"알맞은 샛마[東南風]라, 돛을 올리제."

털보 영감의 의기를 띤 소리였다. 용바우와 두칠이는 돛대를 발바닥으로 지그시 밀면서 총줄을 팽팽히 죄었다. 용두줄을 당겨 뒷장에 꼽을 돛을 올리고 허리돛마저 올렸다. 새벽바람에 활처럼 탱겨진 돛은 바람먹은 복어가 물 위로 떠가듯 가볍게 미끄러졌다.

안개를 벗어난 지 이윽해서 용바우는 멀리 홍도께로 내다보았다 먼동이 트기 시작하나 수평선은 아직 어둠 속에 잠겼다. 아득히 석끼미 등대불만이 깜박거렸다.

용바우의 머리에는 간밤 진주알 같은 눈망울로 쳐다보던 북술이의 모습이 떠올랐다. 가슴이 뛰었다.

'만선을 해가꾸 들어가야제.'

이렇게 바다로 나가는 것이, 아니 사는 것이 모두 북술이 때문에 보람 있는 것같이 그런 심정으로 자꾸만 이끌어졌다.

'언제 누가 큰애기로 늙는당께.'

북술이의 말소리가 아직도 귓가에서 떠나지 않았다.

큰바닥에 나오니 바람은 휘몰아치고 너울은 점점 거세어졌다.

"치(키)를 좀 외로 틀제."

이무장에 걸터앉은 털보 영감은 뒷장에 서 있는 용바우를 건너다보며 넌지시 한마디 던지고는 담배를 피워 물었다. 털보 영감은 까칠어진 손을 비비면서 아들놈도 장성해 가니 이제 금년으로 뱃길은 끝내야겠다고 생각에 잠겼다. 그리고는 애숭이 같은 것이 그래도 하이칼라랍시고 머리밑을 도리고 다니는

---

6) 놋좆 : 노를 끼우기 위해 뱃전에 내민 나무못.

아들녀석의 굵어가는 뼈다구를 가늘어진 눈언저리에 그리며 만족한 듯한 미소를 입 가장자리에 여물렸다.

아직도 갯가에 서 있는 박영감은 지금쯤은 배가 옥섬 모퉁이는 돌았겠다고 생각되었다. 뭇 배가 다 떠나고 갯밭이 조용해질 때까지도 박 영감은 돌처럼 그 자리에서 움직이지 않았다.

얼마 동안을 지났던지 비금도 쪽에 포개졌던 엷은 구름이 가시고 햇발이 솟아오르기 시작했다. 육십평생 보아온 하늘이건만 하루도 똑같은 날은 없었다.

'바다가 유헨덕이라면 하늘이사 제갈량이제, 참 조홰야, 암난 가구 싶어도 하누님이 말면 못 가이깨'

박 영감의 눈은 동녁 하늘에 못박히고 있다. 활대구름이 허리띠처럼 가로 놓여 있기 때문이었다.

'거기다 해까지 노란 씨레를 달았군. 옘평 가마께에서 배가 곤두박질한 것도 저 구름이었다. 아들놈이 서바닥 호쟁이 꼴에서 소식이 없어진 것도 바로 저 구름이었지……. 오늘밤엔 하누바람[7][西風]이 터질 테라.'

갯밭에서 마을길로 옮기면서도 박 영감의 시선은 항시 구름에서 떨어지질 않았다.

누더기가 되다시피 한 솜옷 위에 언젠가 데구리 선장이 던지고 갔다는 군복잠바를 걸친 박 영감은 뒤로 보아서는 야윈 얼굴이 짐작될 바도 아니나 옆에서 치켜보면 목덜미의 힘줄이 지렁이처럼 내솟구고 있다.

'올 해사나 잘 되문 가알에는 성례를 시켜야제'

박 영감은 한순간 흐뭇한 기분으로 중얼거렸다. 북술이는 귀엽고 용바우는 고마웠다. 멀리 안개로 들어서는 겐자꾸의 고동소리가 박 영감에게 못마땅했다.

해초 뜯기는 조금께가 제일 알맞았다. 북술이는 바구니를 들고 까막바위 쪽으로 돌아갔다.

---

7) 하누바람 : 하늬바람. 서풍을 이르는 말.

정이월부터 삼사월까지는 좌반과 우무를 뜯고, 오뉴월이면 잠질해서 생복이나 성게를 땄다. 칠팔월에는 미역이 한창이었고, 구시월 접어들어 동지섣달까지는 김을 주웠다. 갯밭을 파는 조개잡이는 사철 가리지 않아 이렇게 까막개 아낙들은 여름은 여름대로 겨울은 겨울대로 바다와 더불어 손끝이 닳아 갔다.

"잉아, 북술이 니는 뭍에 가봤제."

작년 봄에 과부가 된 새댁이 북술이 허벅다리를 꾹 찔렀다.

"응, 한 번."

"나도 꼭 한 번 목포에……."

큰애기 머리채처럼 치렁치렁한 좌반 포기를 바구니에 주워담던 그들은 허리를 폈다. 그들의 눈길은 멀리 동쪽 기좌도, 팔금도의 희미한 능선에 머물렀다. 까막개 큰애기들에게는 뭍이 향수처럼 그리웠다.

"이자 그만 뭍에 가 살았으문……."

새댁은 바위 끝에 주저앉으며 동의를 구하는 듯한 눈매로 북술이를 쳐다보았다. 북술이의 마음도 그러했다. 바다를 떠나서는 살 수 없으면서도 해마다 그 꼴로 되풀이되는 섬 살림이 이젠 진절머리가 났다.

"그라문 새댁은 뭍으로 가제."

"북술이는 용바우가 있으니끼로 안 되지라우."

"……."

북술이의 가슴은 화살을 맞은 것 같았다. 사실 북술이도 뭍이 뼈저리게 그리웠다.

"누가 용바우 때문이라우!"

"유왕제 전날 밤은 살금이 새어서 용바우를 만났재."

"……."

머리를 저었으나 북술이의 얼굴은 붉어졌다.

지난 여름 물을 실어간 건착선의 곱슬머리가 찾아왔다.

"북술이 금년에도 물 좀 부탁해."

"야."

"이거는 빨래고."

곱슬머리가 다녀간 후 보따리를 헤치니 빨래비누 세 개와 담배갑이 굴러나왔다.

할아버지는 그거는 왜 받았느냐고 몹시 나무랬다. 그러나 얼마 안 가서 노인은 풀잎을 썰어 피우던 쌈지를 밀어넣고 궐련을 끄집어내기에 북술이도 겨우 마음을 놓았다.

떠나는 뱃길이 썰물이라면 돌아오는 뱃길은 밀물이었다. 갯벌은 장작횃불에 야시(夜市)[8]처럼 환했다. 그러나 간밤부터 몰아치는 돌개바람은 아직도 가라앉지 않고 너울은 굶주린 이리떼처럼 태질을 했다.

마을 사람들은 나루터에서 밤을 새웠으나 아직도 배 세 척이 돌아오지 않았다.

열흘 만에야 하태도에 불려갔던 구장네 배가 돌아왔다. 그러기에 그들은 아직도 한 가닥의 희망은 버리지 않았다. 이제 순돌이네 배와 용바우가 탄 배만 돌아오면 되었다.

바다는 언제 그런 폭풍우가 있었느냐는 듯이 시치미를 딱 떼고 거울같이 맑았다. 마을 사람들은 아무 일도 없은 듯이 또 배를 타고 바다로 나갔고, 아낙네들은 바구니를 들고 갯벌로 나갔다.

북술이는 나왕봉 꼭대기로 올라갔다. 이 마루턱에 서면 멀리 홍도가 검은 바윗빛으로 나타나고 그 사이에 호쟁이꼴이 가로 놓여 있기 때문이었다.

북술이의 마음속에는 용바우가 꼭 살아서 돌아올 것만 같은 생각이 들었다. 북술이는 하루 종일 홍도 바다에 눈을 박고 장승처럼 섰다. 그러나 해가 하늘 끝에 기울어도 수평선에 까물거리는 고랫배 외에는 낯익은 아무것도 나타나지 않았다.

북술이 아버지 제삿날 밤이었다. 같은 날에 세 사람의 제사였다. 그러나 까막개에는 이것이 그렇게 신기한 일은 아니었다. 다행히 같은 배에서 살아

---

8) 야시 : 야시장. 밤장.

오는 사람이 있으면 죽은 날이 밝혀졌고, 기다리다 지쳐서 단념을 하게 되면 떠나던 날이 제삿날로 되었다. 바다는 그들에게 눈물을 훑아갔고 한숨마저 뿌리째 빼어갔다.

"하이끼로 구만 예를 올리제."

희망 잃은 구장의 말이었다. 그러나 아무도 대꾸하는 사람이 없었다. 성복(成服)[9]한다는 것은 망령에 대한 산 사람의 정성이겠지만 가족들에게는 그것이 혹 살아올지도 모르는 요행마저 도려가는 것 같아서 석 달이고 반 년이고 파묻어두는 일이 예사였다.

"그놈의 기골이 그라케[10] 비명으로 죽을 놈은 아닌디."

무거운 침묵을 깨뜨리고 박 영감의 입이 열렸다.

"글쎄 인실이 아부지도 그때 석 달 만에 살아왔으니께."

다른 사람에게 틈을 주지 않고 불길(不吉)을 막으려는 듯 용바우 어머니가 가로챘다.

"인실이 아부지 같은 천명이야 어떻게 바란다우. 대마도까지 불려갔으니께."

하나도 이치에 어긋나는 이야기가 아니건만 가족들은 구장의 말이 제각기 못마땅하였다.

"그놈의 겐짜꾸 '요다끼'인가 불바다 돼 가지구 하룻밤에 우리가 잡는 일년 몫을 쓸어가는지라, 나갈 제는 소가 잡으라 나가는 것처럼 소리치고 나가지만 들어올 때는 죽을 지경으로 들어오니께."

박 영감의 말이었다.

"데구리까지 제멋대루 끌고 당기이께 양짝서는 펴실어도 가운데서는 못 잡지라우."

곱사등이 입을 내밀었다.

"왜정 때만 했어도 연해 삼십 마일밖에라야 데구리 허가를 했는데 요새는 손 앞에서 막 해먹으니께로 고기 종자가 없제."

---

9) 성복 : 초상 났을 때 처음으로 상복을 입는 일.
10) 그라케 : 그렇게

도무지 세상 되어먹는 꼴이 눈꼴 사납다는 듯한 구장의 말투였다.

"맹아더 론(맥아더 라인), 그것도 상관없는지라."

이번에는 구레나룻의 주걱턱이 맞장구를 쳤다.

까막개의 밤은 이야기로 새었고, 주리고 부은 얼굴들엔 그렇게라도 해야 어지간히 화풀이가 되었다.

벌써 두 달이 꼬박 흘러갔다. 마을 사람들은 길어진 해가 원망스러울수록 허리띠를 더 졸라맸다. 집집마다 계량이 끊어졌다.

이젠 그들의 입에서 털보 영감이나 용바우 이야기가 점점 사라져 갔다. 기억 속에서도 아지랑이처럼 흐려갔다. 그러나 북술이만은 날이 갈수록 용바위의 윤곽이 더 뚜렷이 돋아올랐다. 구리빛으로 타는 얼굴이 눈에 선했다.

북술이는 나루터로 나갔다. 어젯저녁 꿈자리가, 오늘은 꼭 용바우가 돌아올 것만 같았다. 그러나 밤이 이슥하도록 고기가 낚이지 않아, 빈 배로 돌아오는 마을 사람들의 시들어진 얼굴 속에 용바우의 모습은 보이지 않았다.

이튿날 아침 북술이는 묵을 쑬 우무를 고아서 동이에 받아 놓고 집을 나섰다. 인실이 어머니를 찾아 산으로 올라갔다. 벌써 달포나 우려먹은 우무묵과 좌반나물에 시달려 종아리가 허전했다.

칡뿌리 파기에는 힘이 겨워 송기[松皮][11]를 벗겼다. 소나무의 곧은 줄기라곤 다 없어지고 앵드러진 가지밖에 남지 않았다. 한나절이 지나서야 송기는 바구니에 반이나 찼다.

"북술애, 쪼금 쉬재이."

"그라재라우."

인실이 어머니가 주저앉은 옆에 북술이도 다리를 뻗고 앉았다. 인실이 어머니의 얼굴은 멀겋게 부었다. 만삭이 되어서 그런지 몸뚱어리도 부은 것같이 유별히 크게 보였다.

인실이 어머니는 다리를 쭉 펴고 정갱이를 엄지손가락으로 꾹 눌렀다가 떼었다. 한참 있어도 손가락 자리는 부풀지 않았다.

---

11) 송기 : 소나무의 연한 속껍질.

"이렇게 배도 부었제라."

북술이는 마음이 쓰렸다. 이번에는 그 손가락으로 북술이의 정갱이를 더 힘주어 눌렀다. 북술이 다리도 손가락 자리가 움푹했다. 그러나 손바닥으로 문지르니 그 자리는 금방 그대로 되었다. 북술이는 제 손가락으로 이렇게 되풀이하면서 쓴웃음을 지었다.

인실이 어머니는 북술이 다리를 베고 누워 북술이에게 머릿니[12]를 잡히면서 이야기를 시작했다.

"북술이는 꼭 지 어무니를 닮았재, 고 입이 더, 북술이 어머니는 소문나게 고왔재라, 마을 머시마들이 오금을 못 썻으이께, 그란디 육지루만 씨집가겠다구 그랴는지라."

처음 듣는 이야기였다. 북술이는 이 잡던 손을 멈추고 인실이 어머니 입만 내려다보았다.

"그랴, 북술이 아버지가 홍도에 장가를 갔었는디 가서 잔칫날 각씨를 다리고 오고는 사흘 만에 첫질을 가는디 풍파가 심했서라. 좋은 날 받아 갈라니 또 풍파가 일구 또 일구 그래서 북술이를 나가꾸 첫질을 갔재라."

북술이는 침을 꿀꺽 삼키고 또 인실이 어머니의 입만 지키고 있다.

"그란디 그 다음해 호쟁이꼴에서 그만 북술이 아부지가……"

인실이 어머니는 숨을 길게 들이키었다. 북술이의 눈 언저리가 흐려졌다.

"북술이 어무니는 날마다 나왕봉에 올라갔재라. 석 달을 두고……옛날에도 그래 망부석이 있어라, 그런디 인실이 아부지 오이께 소식을 듣고 병이 났지라."

북술이의 눈물이 인실이 어머니의 이마에 떨어졌다.

"그런디 북술이 어무니는 밤에 없어졌재라."

"어디로?"

잠자코 듣고만 있던 북술이가 다급하게 물었다.

"물에 빠져 죽었다이께……육지에서 봤다는 사람도 있제."

---

12) 머릿니 : 사람의 머리카락 속에 기생하는 곤충. 이.

"육지에……"

어머니가 죽었다고만 들은 북술이는 제 귀를 의심했다. 육지가 어머니의 젖가슴처럼 그리워졌다. 북술이는 급기야 흐느껴 울었다. 인실이 어머니는 무릎에서 일어났다.

"울지 말라이께, 다 옛말이라, 인자 북술이도 육지로 씨집을 가야제."

북술이는 용바우가 돌아오지 않는 바다라면 정말 싫증이 났다. 바다가 미워졌다. 아예 바다를 떠나야만 살 것 같았다.

북술이의 머리에는 건착선의 곱슬머리가 떠올랐다. 육지에 같이 가 살자고 그렇게 조르는 곱슬머리에게 오늘은 대답하리라고 마음 먹었다.

북술이는 정지에 들어서자 난데없는 자루에 눈이 둥그래졌다. 풀어 보니 쌀 자루에 고무신 한 켤레가 들어 있었다. 그렇잖아도 풀물만 마시고 누워 있는 할아버지에게 쌀미음 한 그릇이라도 따끈히 권하고 싶은 요사이의 심정이었다.

"한아부지, 쌀이라우."

방 쪽을 향하여 묻는 말이었다.

"응, 북술이라, 그 겐자꾸 젊은이가 가져왔지라."

지난번 담배때와는 딴판으로 별로 나무래는 눈치는 아니었다. 오래간만에 다루어 보는 쌀이었다. 북술이는 쌀을 한움큼 쥐어서는 부서져라 비비고 손바닥을 살그머니 폈다. 오드득 소리나게 마른 쌀이 손가락 사이로 간지럽게 흘러 내려갔다.

이번에는 고무신을 신어 보았다. 발에 맞기는 하나 눈처럼 흰빛이 소복 같아서 용바우에 대한 무슨 불길한 예감이 떠올라 겁이 났다.

그러나 미음솥에 불을 지피면서도 북술이는 오래간만에 가슴이 후련했다. 부지깽이로 정짓문을 내밀치고 마당에 나섰다. 당산 끝 낭떠러지에 팽꽃이 한창이었다. 둔부꽃도 피기 시작했다. 동백새가 짝을 찾는지 찢어지는 소리를 내며 숲속으로 사라졌다. 저녁 노을이 나왕봉 마루에 걸렸다. 차츰 땅거미가 산골짜기에서 갯벌로 퍼졌다.

할아버지는 쌀미음에 구슬땀이 흘렀다. 북술이도 치마끈을 늦추었다. 그러나 할아버지도 손녀도 다시는 쌀자루에 대한 이야기는 없었다.

까막조개 등잔에서 뱀 혀끝 같은 심지가 빠지작빠지작 타들어 갔다.

새벽에 진통이 시작하였다는 인실이 어머니가 해질 무렵에 어린애가 걸린 대로 죽었다는 소문이 온 마을에 퍼졌다. 다물도에 배를 가지고 갔던 인실이 아버지가 의사를 모시고 돌아온 것은 이미 운명한 뒤였다.

북술이는 송기 벗기러 갔을 때의 손가락 자리가 종시 솟아나지 않던 인실이 어머니의 다리가 자꾸만 눈앞에 어른거렸다. 나도 시집을 가면 저러랴 싶으니 등골이 오싹했다. '의사가 있는 육지에 가 살아야지.' 북술이의 마음은 자꾸만 육지로 줄달음쳤다.

곱슬머리가 사흘째 찾아왔다.

"겐자꾸가 내일 저녁 목포로 떠나. 꼭 같이 가지 ?"

"그라재라우 !"

북술이의 눈망울은 안개보다 깊었다.

"내일 저녁 해떨어지문 곧……."

"야."

"까막바위로 와."

"가지라우."

곱슬머리에게 승낙을 하고 난 북술이의 마음은 한곳으로 정해졌다. 육지에 가서 자리만 잡으면 할아버지도 모시자는 곱슬머리의 눈동자에는 진정이 고였다고 생각되었다.

자기를 아껴주는 사람이면 다 고마웠다. 북술이의 머리에는 언제인가 한 번 보았던 육지의 화려한 모습이 그물코처럼 연달아 떠올랐다. 기차를 타고 자꾸자꾸 가고만 싶었다. 곱게 생겼다는 어머니의 얼굴도 그려 보았다. 그럴수록 북술이의 머릿속은 엉클어져 뜬눈으로 밤을 새웠다.

집을 나선 북술이는 끝내 까막바위로 나갔다.

해는 수평선에 가라앉았다. 어둠이 밀물처럼 스며들었다.

뎀마가 까막바위에 와 닿았다. 그러나 북술이는 보이지 않았다. 곱슬머리는 북술이가 자기를 놀래게 하려고 숨었나 싶었다. 몇 차례나 바위를 돌았다. 아무리 돌아도 북술이의 모습은 찾을 길이 없었다.

곱슬머리는 뎀마를 나루터로 돌렸다. 그러나 마을 어느 구석에도 북술이의 그림자는 찾아볼 수 없었다. 건착선에서는 연달아 고동이 울려 왔다. 뎀마가 갯가에서 사라진 후 얼마 안 되어 건착선은 앞개를 떠났다.

까막바위 위에 선 북술이의 눈앞에는 고래등 같은 용바우가 가로막고 섰다. 할아버지의 꿀대를 파고 솟구치는 가래침소리가 목덜미를 잡았다. 다음 용왕님과 나루터와 갯벌이 머릿속이 비좁게 감돌았다.

'그랴문 씨집도 안 가구 큰애기로 늙으라제.'

용바우의 황소 같은 목소리가 어깻죽지를 붙잡았다.

뎀마의 물 가르는 소리가 점점 까막바위로 가까워 왔다. 북술이는 갑자기 마을 쪽으로 쏜살같이 달아났다. 용바우가 내일 틀림없이 연락선으로 돌아올 것만 같았다.

까막개의 아낙네들은 그리다가 목마르고, 기다리다 지쳐서 쓰러지면서도 바다와 더불어 살았다.

자리를 털고 일어난 박 영감은 끌과 자귀를 들고 밖으로 나섰다. 굴뚝 뒤 바위 위에 엎어 놓은 낡은 근깃배를 끌어내렸다. 해풍에 강마른 뱃바닥에 햇볕이 새었다. 박 영감은 앨기 끝에 배꼴을 끼워 벌어진 틈을 메우기 시작했다. 부러진 노를 이었다. 박 영감은 아픈 허리를 두드리면서 아들보다 용바우가 더 그리웠다.

저물녘에는 짚불을 피워 배연애가 까맣게 된 근깃배가 나루터에 떴다. 배윗장에서 이마에 손을 대고 북녘 하늘을 쳐다보는 박 영감의 긴장된 얼굴이 엷은 경련을 일으켰다.

'갈바람(南西風)이제, 고기사 밤에 잘 물재라.'

주낙(줄낚시)을 실은 박 영감은 뼈만 남은 양어깨가 부서지도록 노를 저었다. 배는 나루터에서 멀어져 갔다. 바다는 속물이 약해지는 첫께끼였다.

박 영감의 가슴에는 장수라는 별명을 듣던 삼십대의 시절이 번개같이 어렸다.

'혼자서 셋 몫은 실히 해넘겼겠다. 유왕제가 끝나면 첫 조금에서 열 물을 넘어 마지막 께끼를 되풀이하는 사이 서바닥에서 한몫 보구, 간나안 앞바닥에서 상어잡이가 끝나면 칠산에서 옘평까지 조기떼를 따라 물줄기를 거스르며, 용호동에서 만선에 기를 지르고 강화로 들어갔겠다. 생선회에 한 말 술을 기울이면 객주집 계집들도 노상 파리떼 모이듯 했겠다.'

흥겨웠던 뱃노래가 어젯일같이 또렷했다.

어야 디어—어가이여 —차
영—차 영—차
우리내 배임자 신수가 좋아서
칠산 옘평에 도장원 하였네
어—요 에— 어—야
우리배 사공님 정심이 좋아서
안암팍 두물에 만선이 되었네
어—요 에— 어—야

멀리 나루터의 북술이 그림자가 주먹만큼 했다가 팥알만큼 변하는 대로 박 영감의 시야에서 아물아물 사라졌다.

흑산도(黑山島)!

숙명처럼 발목을 매어잡는 이름이었다.

할아버지의 배가 사라진 영산 모퉁이에서 옮겨진 북술이의 눈은 하늘을 건너 아득한 육지 쪽에 얼어붙었다.

해풍에 나부끼는 머리카락 밑으로 저녁 노을에 비낀 양뺨은 흠뻑 젖어들었다.

**작가소개** 전광용 (1919~ )

함남 북청에서 출생했다. 1913년 동아일보 신춘문예에 동화 「별나라 토끼」가 입선되고, 1955년 조선일보 신춘문예에 단편 「흑산도」가 당선되어 문단에 나왔다. 그의 작품세계는 정확한 문장으로 사회의 부조리를 파헤치고, 그 가운데 인간의 존엄성을 강조하고 있다. 단순한 고발이나 넋두리를 배격하면서 사람이 살아가는 데 있어서 무엇보다 큰 힘으로 나타나는 인간의 끈질긴 생명력을 밀도 있게 그려나간다. 주요 작품으로 「흑산도」 「경동맥」 「지층」 「충매화」 「꺼삐딴 리」 『나신』 『태백산맥』 『젊은 소용돌이』 등이 있다.

**작품해설**

1959년 『현대문학』에 발표된 「흑산도」는 뭍과 떨어진 바다의 외로운 섬에서 고깃배를 타고 어업에 종사하며 사는 섬사람들의 이야기로 짙은 향토색을 깔며 전개되고 있다. 어떠한 불행이 자신을 덮쳐와도 섬사람은 쉽사리 자기가 자라온 고향을 버리지 못한다는 이 이야기에서 독자들은 스스로의 삶을 숙명처럼 여기고 살아가는 섬사람들의 끈질긴 생명력을 느낄 수 있다.

**읽고 나서**

(1) 이 작품에서 북술이의 성격은 어떠한가 ?
— 뭍에 대한 동경심을 가지고 있으나 용바위와 할아버지 때문에 떠나지 못하고 자신의 운명을 숙명처럼 받아들이는 전형적인 어촌의 여인
(2) 이 작품에서 작가는, 등장인물의 외적인 관찰은 물론 그들의 생각이나 느낌 같은 내적 상황까지지도 모르는 것이 없다. 이 글의 시점은 무엇인가 ?
— 전지적 작가 시점

중학생을 위한 소설 30선(상)

초판발행 · 1995년 7월 31일
26쇄 · 2011년 9월 30일
지은이 · 이광수 외 / 엮은이 · 김훈 . 안도현
펴낸이 · 이종선 / 펴낸 곳 · 도서출판 한빛
출판등록 · 1991. 4. 2  제10-468호
전화 · 333-7710 / 팩스 · 714-8337

값 · 9,500원


ISBN 89-86218-07-0